शब्द-शब्द झरते अर्थ

शब्द-शब्द झरते अर्थ

(ललित-निबंध संग्रह)

श्रीराम परिहार

ज्ञान गंगा, दिल्ली

प्रकाशक : ज्ञान गंगा, 2/42, अंसारी रोड, दरियागंज, नई दिल्ली–110002
 / संस्करण : 2025 / मूल्य : चार सौ रुपए
मुद्रक : नरुला प्रिंटर्स, दिल्ली ISBN 978-93-82901-79-2

SHABDA-SHABDA JHARTE ARTH

by Sriram Parihar ₹ 400.00

Published by **GYAN GANGA**
2/42, Ansari Road, Daryaganj, New Delhi-110002

पूज्य माताजी एवं पिताजी
की
पावन स्मृतियों को
श्रद्धापूर्वक

ललित-निबंध पंचगव्य विधा है

ललित एक प्रज्ञान है, जो सृष्टि और मनुष्य की अंत:क्रियाओं से प्रत्ययीभूत होता है। वस्तु की आंतरिक सत्ता को जिन शक्तियों के द्वारा एक संगति और व्यवस्था प्रदान की गई, उन्होंने सौंदर्य की एक शास्त्रीय पद्धति विकसित की। इस शास्त्रीय पद्धति में आनुपातिकता, सामंजस्य आदि के साथ वस्तुगत और आत्मगत क्रियाओं का भी विवेचन हुआ और दार्शनिक स्थल से अलग हटकर कलाओं के सौंदर्यबोध की परिकल्पना की गई। इस तरह से जो कलाएँ प्रकट हुईं, उनके संसार को ललित माना गया। स्पष्ट है कि सृष्टि की संरचना में ललित का अनुभूति-विस्तार है। मानव द्वारा इस सृष्टि की कलात्मक अनुभूति भी ललित का ही विस्तार है। ललित-निबंध का मूल प्रतिपाद्य कलात्मक अनुकृति ही है।

ललित-निबंध स्वयं में एक जीवन-दृष्टि को समाहित किए हुए, उसे रमणीयार्थक अभिव्यक्ति देता है। उसमें जीवन-दर्शन और जीवन-बोध, भावाकुलता और आर्द्रता के साथ संतरण करते हैं। ललित का रमणीय और निबंध का बौद्धिक मिलकर इसे स्वतंत्र विधा का रूप देते हैं। ललित-निबंध में 'ललित' शब्द प्रारंभ में भले ही विशेषण के रूप में जोड़ा गया है, परंतु आज यह 'निबंध' के साथ मिलकर मात्र विशेषण नहीं रहा। 'ललित-निबंध' अपने आप में एक विधा का व्यक्तित्व-सूचक शब्द है। आज यह संज्ञा बन चुका है।

सौंदर्य का बहुत ही ऋजु संबंध हमारे चित्त के साथ है। प्रकृति में रूप, रस, स्पर्श, शब्द, गंध आदि का जो सौंदर्य भरा हुआ है, वह महाचिति की ही सौंदर्याभिव्यक्ति है। अत: सौंदर्य सृष्टि में प्रकृति की ही तरह सर्वत्र व्याप्त है। प्रकृति या सृष्टि के सौंदर्य को जब मनुष्य अपने इंद्रिय तंत्र के द्वारा आस्वादित करता है तथा आस्वाद को वह अपनी सर्जनात्मकता में अभिव्यक्त करता है, तब यह सौंदर्य ललित में परिवर्तित हो जाता है। इस प्रकार ललित एक भाव है, जो कलात्मक माध्यमों से अभिव्यक्त होता है।

यह सौंदर्यात्मक प्रकृति भी स्रष्टा के अंतस के अनुभव का ललित प्रसार है। सृष्टि-रचना के पूर्व स्रष्टा के अंतःकरण में स्वप्न रूप में, कल्पना या बिंब रूप में जो सृष्टि विस्तारित हुई, वह विभु के अंतस के भाव की ललित परिणति है। अतः यह सृष्टि भी स्रष्टा की संस्कृति (सम्यक् कृति) है। इस संस्कृति के अंतर्निहित तत्त्वों से मनुष्य की ऐंद्रिक संवेदना जब संपृक्त होती है, तब आस्वाद की स्थिति बनती है। इस आस्वादन को मनुष्य या मानवेतर सृष्टि जब कलारूपों में अभिव्यक्त करती है, तब वह ललित है। अतः यह ललित सृष्टा के महाललित की ही अनुकृति है। हम कह सकते हैं कि ललित सौंदर्य का पुत्र है।

ललित-निबंध पंचगव्य विधा है। वह अपनी रचना-प्रक्रिया में जटिल और संश्लिष्ट है, किंतु ललित निबंधकार की रचना सामर्थ्य इस जटिल रचना-तंत्र में भी सहज अभिव्यक्ति को प्रतिष्ठित करने के प्रयत्न में निरंतर सक्रिय रहती है। ललित निबंधकार के पास काव्य, नाकट, कथा, आत्मकथा और निबंध की रचना प्रणालियों का सर्जनात्मक अनुभव होता है, जो ललित-निबंध को बहुमुखी और बहुआयामी बनाता है। ललित-निबंध में केंद्रीय विषय के साथ उसके रचनाकार की आसक्ति का प्रसार केंद्रीय विषय की पृष्ठभूमि पर बहुत दूर-दूर तक होता है। इसलिए यह विधा जीवन के ललित को विस्तार देनेवाली अत्यंत सौंदर्योपासक विधा है।

सार्थक लेखन की उपलब्धि यह है कि लेखक का अपनी भाषा को पा लेना। अपनी भाषा को पा लेने के लिए लेखक अपने व्यक्तित्व को सांस्कृतिक प्रवाह में डुबोता है। ललित-निबंध में भाषा अपने सांस्कृतिक प्रवाह से अविच्छिन्न रहते हुए सुदूर अतीत की ध्वनियों से अनुगूँजित होती रहती है। वह अपने वर्तमान से संपृक्त भी होती है। इसलिए ललित निबंध की भाषा सांस्कृतिक जीवंत-चेतना की वाहक है। संस्कारों की इस जीवंत चेतना के लिए भाषा न केवल सांस्कृतिक प्रतीकों का प्रयोग करती है, अपितु वह ललित-निबंध में अधिकांशतः स्वयं सांस्कृतिक प्रतीक बनकर उपस्थित होती है।

इस संग्रह के ललित-निबंधों में भूमि, जन और संस्कृति के अंतर्संबंधों को परिभाषित करने का प्रयास किया गया है। सृष्टि की सार्थकता सौंदर्य को धारण करने में है और जीवन की सार्थकता उस सौंदर्य को ललित कलाओं के नाना रूपों में रूपायित कर उसे सृष्टि हित में सौंप देने में है। ललित-निबंधों की यह मंजूषा अपने पाठकों को सौंपते हुए प्रसन्नता है।

—डॉ. श्रीराम परिहार

रामनवमी, संवत् 2072
आजाद नगर, खंडवा

अनुक्रम

1

सनातन पुरुष की सनातन यात्रा

भूमि, भूमि पर रहनेवाला मनुष्य और मनुष्य की संस्कृति से राष्ट्र का स्वरूप बनता है। मनुष्य की उत्पत्ति संबंधी पश्चिम की धारणा भिन्न है और भारत की भिन्न है। इसके कारण सृष्टि के प्रथम चरण में मानव-सभ्यता की धारणा भी भिन्न है। पश्चिम की डारविनवादी धारणा में मनुष्य अपनी आदिम अवस्था में जिस तरह का जीवन जीता है, वैसा जीवन भारतीय चेतनवादी धारणा में नहीं है। पश्चिमी धारणा में व्यक्ति अपनी प्रारंभिक अवस्था में ही भोक्ता की भूमिका में है, जबकि भारतीय धारणा में साहचर्य और सहअस्तित्व विकास के केंद्र में हैं। भारतीय धारणा के अनुसार मनुष्य की विकास यात्रा में निसर्ग सहयात्री है। मनुष्य और प्रकृति आमने-सामने नहीं हैं, बल्कि साथ-साथ हैं। आरंभ से ही वह प्रकृति का स्वामी नहीं, बल्कि उसका पुत्र बनकर अपने जीवन के द्वार अनुपम और अपूर्व दिशा में खोलना चाहता है। वह कबीलाई संगठन का प्रमुख या सदस्य होकर भूमि पर स्वामित्व नहीं जताता, बल्कि वह भूमि से उसी तरह दुग्धमय कोष की प्रार्थना करता है, जिस प्रकार बच्चा अपनी माँ की ओर आतुरता और आकुलता भरी आवाज में करता है।

माता भूमिः पुत्रोऽम् पृथिव्याः। (अथर्ववेद 12/1/121) में भूमि की माता के स्वरूप में प्रार्थना और स्तुति के भाव में मनुष्य का दैन्य नहीं, बल्कि आरंभिक मनुष्य की उदात्त चेतना अभिव्यक्त हुई है। यह चेतना उस मनुष्य को अपनी भूमि के प्रति प्रणत करती है, जो भूमि जंबूदीप की है। भरतखंड की है। आर्यावर्त्त की है। आसेतु हिमालय के बीच की है। यह भूमि भारत राष्ट्र का आधार है। उसकी जननी है। उसकी पहचान है। यह भूमि, जिससे राष्ट्र बना है उसकी भौतिक अनुभूति जब

होती है, तो उस भूमि के वे सारे सौंदर्याभिकरण भारत-जन की साँसों में समाए होते हैं, जिनसे यह भूमि दुग्धा बनती है। शस्य श्यामला कहलाती है। वत्सला होती है। यह भूमि विश्वरूपा एवं अनंत सौंदर्यशालिनी है। इसके पर्वत, वन, सर, समुद्र, ऋतु, पुष्प, पशु, पक्षी आदि इसे दिव्यता देते हैं। इसकी आंतरिक रसवत्ता इसे रसा बनाती है। इसकी नदियाँ माताएँ हैं। सूर्य-चंद्र देव हैं। नक्षत्र ऋषि हैं। अन्न ब्रह्म है। ऐसी भूमि से उस भूमि पर रहनेवाले मनुष्य को अनुराग है। वह इसी राष्ट्र-भूमि के लिए गौवत्स सा हुँकारता है। रँभाता है। अथर्ववेद के पृथ्वी-सूक्त में भारतवासी इसी भूमि की अभ्यर्थना करता है—

असम्बाधं बध्यतो मानवानां,
यस्या उद्धतः प्रवतः समं बहु।
नानावीर्या औषधीर्या बिभर्ति,
पृथिवी नः प्रथतां राध्यतां नः॥ *(अथर्ववेद, 12/2)*

(उन्नत प्रदेश, उत्तुंग शिखर अति सुंदर। नीची वसुंधरा, नीचे बहते निर्झर। वे हरे-भरे मैदान। मनोरम समतल। मानव के सम्मुख सावकाश अगणित थल। जिस पर शोभित हैं, जो भारत की धरती। बहु शक्ति भरी औषधियाँ धारण करती है। वह भूमि हमारे लिए परम विस्तृत हो। उसके आराधन से हम सबका हित हो।)

इस भूमि से भूमि पुत्र का संबंध रागात्मक है। यह बड़ी और विशिष्ट बात है, जो अन्य राष्ट्रों के जन और जनसंस्कृति से भारत राष्ट्र के निवासियों और उसकी सांस्कृतिकता को भिन्नता देती है। इस रागात्मक संबंध ने ही भारत भूमि को यह महत्त्व दिया और माता के रूप में पूज्य बनाया है। यह भूमि इसी संदर्भ में वीर-प्रसूता तो है, परंतु भोग्या नहीं। माता भोग्या कैसे हो सकती है? माता का मातृत्व अनुभव करने के भारत-जन के पास जो संदर्भ हैं, वे संदर्भ निसर्गजात हैं। भारतभूमि पर मनुष्य की समझ प्रकृति की आपसदारी में विकसित हुई। उसकी दिशा सर्जनात्मक रही है। वह प्रकृति के नाश पर अपना घर और समाज नहीं बनाता, बल्कि प्रकृति की जीवंतता में ही अपनी धड़कनों का वांशी-रव सुनता है। प्रकृति के प्रत्येक तंतु और उसके साथ संपर्क में अपना प्राण-रस प्राप्त करता है। इसलिए प्रकृति के जीवन में वह अपने जीवन की सुरक्षा अनुभव करता है। भूमि के होने में वह अपना होना अनुभव करता है। भूमि के स्वरूप-विस्तार में भारत-जन अपने राष्ट्र के व्यक्तित्व को उभरता देखता है। उसके मनोविज्ञान में वह भूमि का टुकड़ा राष्ट्र का प्रतिमान बनकर स्थापित हो जाता है।

भूमि के पुत्र के रूप में मनुष्य ने अपनी विचारणा का विस्तार किया। उसके

चिंतन में भूमि अपनी समग्रता में समा गई। तात्पर्य यह कि चिंतन की सरणियाँ जब दिक् के भौतिक स्वरूप को भेदती हैं, तो जड़ वस्तु सजीव बनकर उपस्थित होती है। यह कौतुक नहीं है। सत्य और ऋत की आनुभूतिक चिंतन की देहलीज पर खड़े मनुष्य ने भूमि-जाए—तृण-पर्वत, नदी-सिंधु में एक चैतन्य-शक्ति की ज्योति का साक्षात् किया। यह अनुभव भय या विस्मय आधारित नहीं है। यह मनुष्य के भीतर के उल्लास का मनोल्लास में रूपांतरण है। एक आभ सब में चमक-रेख बनकर क्रियात्मक शक्ति के रूप में उभरती है। क्रियात्मकता मनुष्य के व्यवहार और निसर्ग की धड़कनों और उसकी सर्जनात्मक-विध्वंसात्मक प्रवृत्ति में अभिव्यक्त होती है। उन्हीं में से सनातन पुरुष और सनातन प्रकृति उभरते हैं। राष्ट्रवाद के चैतन्यलोक की यह 'सनातनता' नींव है।

चिंतन की उच्चतम या निम्नतम धाराएँ एक भूमि-खंड में रहनेवाले, समान आचारवाले लोगों को प्रभावित करती हैं। प्रकृति का मनुष्य की जिंदगी में निरंतर हस्तक्षेप और आत्मीय प्रतिदान ही विकास की गति में सकारात्मक और उपयोगी जोड़ता रहा है। इस क्रिया की अनुभूति भारतीय जन को होती है। यह उसकी सूझ की अवस्था का प्रमाण है। मनुष्य अपनी भूमि की प्रकृति के प्रति अपार कृतज्ञता से भरा हुआ पहुँचता है। वह अहंकार की गठरी को खोह-खंदकों में पटक आता है। तब ही भारत राष्ट्र का मनुष्य 'आत्मवत् सर्व भूतेषु' की उदात्त-चेता भूमि पर खड़े होकर सत की चिन्मयता का आभास और उद्घोष कर सका है।

भूमि पर निवास करनेवाले भारतवासी के राष्ट्रवाद का पहला गुण तो यह है कि वह अपनी भूमि और भूमि को धरित्री बनानेवाले सारे तत्त्वों, सारे उपादानों से आत्मस्तर पर प्यार करता है। वह अपना आत्म-विस्तार प्रकृति के कण-कण तक पाता है और परिणाम में ईश्वर-जीव-जगत् को चैतन्य के धवल-धागे से जुड़ा अनुभव करता है। वह अनुभूत करता है, 'एकं सद् विप्रा बहुधा वदन्ति'। वह नदियों के जल में बूढ़कर आत्मशुद्धि के स्तर को पार करने का उपक्रम खोजता है। भारत-जन दिक् और काल के बीच में अपनी क्रियाओं को संपन्न करते हुए जिस सम्यक कृति, जिन अच्छे कार्यों से विश्व के होने को महत्त्व देते हुए स्वयं के होने को सार्थकता देता है, वह ही संस्कृति है। वह निरंतर त्याग में भोग का खयाल रखता है। वह अपने साथ ही सबके होने और सबके बने रहने में विश्वासपूर्वक कर्म करता है। वह सनातन पुरुष राष्ट्रवादी होते हुए भी विश्ववादी है। जीवन के मूल्य अनायास उसके साथ होकर एक कल्याणी भूमि का दर्शन कराते हैं। वह अपनी भूमि पर खड़े होकर भी अपनी भूमि की राष्ट्रवादी सीमाओं का विस्तार

करता है। विस्तार की सकारात्मक प्रक्रिया में राष्ट्र बड़ा और विराट् भाव-चेतना बनता चला जाता है, जिसमें कई देश समाहित हो जाते हैं।

राष्ट्रवादी चेतना संपन्न भूमिवासी अपना एक सांस्कृतिक विधान रचते हैं। इस अलक्षित संविधान का सर्जन होता है—सम्यक् कर्मों से, सम्यक् संस्कारों से, सम्यक् स्वभाव से। भारतीय सनातन को गढ़ा नहीं गया है। वह सनातन प्रकृति के सान्निध्य में सनातन पुरुष की सनातन यात्रा है। यात्रा आगे की ओर बढ़ती है—पीछे बहुत कुछ को छोड़ते हुए, बहुत कुछ को साथ लेते हुए। निश्चित रूप से सांस्कृतिक राष्ट्रवाद की यात्रा मूलतः वर्तमान में ही हो रही है, लेकिन स्मृतियों में अपने अतीत से साक्षात्कार कर उससे रस ग्रहण करते हुए और आशाओं-आकांक्षाओं में अपने भविष्य को वर्तमान में स्थित करते हुए। वर्तमान ही प्रमुख है। उसे ही सुधारना है। उसे ही सामने रखकर पुरुषार्थ करना है—यही कृष्ण के द्वारा गाये गए अमर गीत, गीता की वाणी है। समय को युगों में मापने के बाद भी वह अनमापा ही है, क्योंकि वह चक्रीय है। अनादि और अनंत काल की संसृति के बीच मनुष्य है—अपने सुख-दुःख, जनम-मरण के साथ। मनुष्य अपनी सीमाओं के पार काल की अनंतता में अपनी चेतना का द्युलोक खोजता है। वह समय के पार होकर भी समय में स्थित हो जाता है, क्योंकि काल अनंत है। निरंतर है। सदा वर्तमान है।

दिक् और काल में भारत भूमि के मनुष्य की जो संस्कृति विकसित हुई, उसका रूप-स्वरूप अनाविल है। वैदिक चिंतन के केंद्र में देवता था। प्रकृति और उसकी शक्तियाँ-अग्नि, मरुत, जल, पृथ्वी, आकाश सब वहाँ देवत्व रूप में हैं। रामायण और महाभारत से भारतीय संस्कृति को राम और कृष्ण जैसे महान् चरित्र प्राप्त होते हैं। इन दो ग्रंथों से निस्रत सांस्कृतिक संरचनाएँ अपने विकास में मानव केंद्रित हैं, लेकिन मानव के विकास की ज्योति-रेख को देवत्व तक ले जाने की अग्नि-क्षमता धारे हुए हैं। इन ग्रंथों ने मानव को सर्वोपरि जाना-माना और देवत्व की नीची भूमि पर अपने संसार में अपनी ऊष्मा के साथ जीनेवाले मनुष्य को भारतीय कविता के केंद्र में लाने का महत्-पुण्य कार्य किया। भारतीय कविता देवत्व-लोक से उतरकर इस भू-लोक पर पाँव-पाँव चलना सीखी। मनुष्य सरीखे राम-कृष्ण से भारतीय मनुष्य ने अपनापन जोड़ लिया। उनके चरित्र से आचरण की भाषा सीखी। उसी भाषा से सांस्कृतिक राष्ट्रवादी भारतवासी ने आत्मा का विगलन और परात्म का पोषण सीखा।

सांस्कृतिक राष्ट्रवाद में आस्तिकता अपनी भूमि, अपने मनुष्य, अपनी संस्कृति के प्रति है। समग्र रूप में यह सांस्कृतिक राष्ट्रवाद मानवतावाद ही है। मनुष्य की

जिजीविषा, जहाँ उसे कर्मवाद में गहरे प्रवृत्त किए हुए आत्मोत्सर्ग कराती है। यह सांस्कृतिक राष्ट्रवाद भूमि की सीमाओं का अतिक्रमण कर अपनी भू-भौतिक पहचान के साथ विश्वव्यापी हो जाता है। यहीं देश और राष्ट्र का अंतर साफ हो जाता है। भारतीय राष्ट्र की सांस्कृतिक पहचान यह है कि वह मनुष्य के अस्तित्व को पदार्थ से ऊपर महत्ता देता है। धर्म, अर्थ, काम, मोक्ष में धर्म और मोक्ष के बीच में अर्थ और काम है। दोनों, दोनों को अनुशासित किए हुए हैं। नाथे हुए हैं। इन्हीं चारों मूल्यों से जुड़े हुए तीस प्रमूल्यों से सांस्कृतिक राष्ट्रवाद का व्यक्तित्व स्पष्ट होता है। सत्य, तप, दया, शुचिता, तितिक्षा, शम, दम, अहिंसा, ब्रह्मचर्य, त्याग, स्वाध्याय, आर्जन, संतोष, समदृष्टि, सेवाभाव, अश्लील इच्छाओं का त्याग, धीरता, मौन, आत्मचिंतन, अपने अन्न का प्राणियों में विभाजन, सभी प्राणियों में आत्मा या देवत्व का बोध, श्रवण, कीर्तन, स्मरण, पूजन, सेवा, विनय, दास्य, सख्य और आत्मसमर्पण आदि प्रमूल्य ही जिस संस्कृति की रचना करते हैं, वह मानव संस्कृति ही है। उपर्युक्त चार मूल्यों और तीस प्रमूल्यों पर आधारित सम्यक् कर्म निर्मित संस्कृति से ही सांस्कृतिक राष्ट्रवाद का स्वरूप बनता है।

ये ऐसे मूल्य-प्रमूल्य हैं, जो भूगोल, धर्म, जाति और नस्ल को भेदकर मनुष्य के जातीय बोध को सबल करते हैं। इनका अनुपालन करके कोई भी कहीं का भी और कैसा भी आदमी, मनुष्य बन सकता है। अर्थात् सांस्कृतिक हो सकता है और वह भारतीय सांस्कृतिक राष्ट्रवाद की विस्तार-परिधि के भीतर आ सकता है। ऐसा मनुष्य जीवन-मृत्यु की द्विविधा से मुक्त हो जाता है। सांस्कृतिकता यह भी गहरे में सावधान करती है कि पार्थिव संपत्ति के प्रति अनावश्यक मोह पतन का द्वार खोलता है। जीवन में समदृष्टि और समन्वयात्मक दृष्टि ही 'जगत्याम् जगत्' को समझने की और उसके बीच में से राह बनाने की विनय, धैर्य और साहस देती है। इसी में से फूटती है वह कल्याणी भाव-धारा, जिसमें समस्त विश्व की मंगलकामना की पुण्यवती चेतना स्नान करती है। समस्त विश्व आज कुटुंब सरीखा ऊपर से तो हो गगा है। ऐसी स्थिति में 'समस्त विश्व का कल्याण हो'; की मांगलिक संस्कृति-चेता भावना की आज कितनी जरूरत आ पड़ी है न? सांस्कृतिक राष्ट्रवाद विश्व-मंगल-भाव का ही कर्मश्लोक है।

भारत शब्द का वर्ण-विच्छेद करें तो 'भा' का अर्थ है—प्रकाश और 'रत' का अर्थ हुआ—लगा हुआ। भारत ऐसा राष्ट्र जो ज्योति की खोज में लगा हुआ है। 'तमसो मा ज्योतिर्गमय'। जो स्वयं प्रकाशित होकर संसार में प्रकाश फैलाने में लगा हुआ राष्ट्र है। यह मृत्यु-पूजक राष्ट्र नहीं है। इसकी सांस्कृतिकता जीवन को

पुरुषार्थ के लिए प्रेरित करनेवाली तथा मनुष्यता को देवत्व तक ले जानेवाली है। कह सकते हैं—सांस्कृतिक राष्ट्रवाद, नवमानवतावाद के एकदम निकट का मानसिक और सांस्कृतिक बोध हैं, जो मनुष्य की रागात्मक, किंतु विवेकशील क्रियाशीलता में लोकमंगल और लोकरंजन दोनों का सर्जन करता है। ऋषि की अमरवाणी याद आती है, 'वयं राष्ट्रे जागृयाम् पुरोहिता:'।

□

2

ब्रह्म सत्यं, जगत् सत्यम्

मिट्टी प्राकृत होती है। मृणमय है। मिट्टी से दीप बनने की प्रक्रिया भले ही सर्जन से जुड़ी हो, लेकिन मिट्टी को बहुत कौशल के साथ दीपक का आकार देने में कला-संस्कार सर्जन-धर्म के स्तर पर सक्रिय रहते हैं। कुम्हार प्राकृत मिट्टी को दीपक बनाने की संलग्नता में सर्जक और शिक्षक दोनों ही भूमिका में होता है। माटी से दीपक, दीपक में तेल-बाती और एक जगमग लौ तथा दूर भागता अँधेरा। अँधेरा परास्त होता है। नन्हा दीप कुछ नहीं करता, वह स्वयं जलता है। देह के दीप में आत्मा की बाती सँजोकर स्नेह का तैल भरकर ज्ञान की ज्योति में स्वयं भी आलोकित होता है और सूरज के आने तक मौन, मधुर, निष्कंप बलता रहता है। सूरज का उत्तराधिकारी बनकर नहीं, प्रकाश का लघु कण बनकर क्षण-क्षण के अंधकार को काटता रहता है। माटी सने हाथ, सजल नयन और संस्कार अपने सर्जन में गर्वित हो प्रेरित दुलार करते हैं, 'दीप मेरे जल अकम्पिक, घुल अचंचल'।

सर्जन की इच्छा यदि कला-संस्कार से नहीं जुड़ती, तो न मिट्टी दीप बनती और न ही चकमक ज्ञान की चिनगारी बाती के शीर्ष पर ठुमक बलती। नेह का झरना माँ, पिता और गुरु के हृदय से शांत, शीतल, तप्त बहता है। दीप को तैल-बाती-ज्योति के संस्कार न मिले होते, तो जिस हेतु उसका सर्जन हुआ है, वह लक्ष्य उससे दूर ही रहता। जीवन जितना कोमल है, उससे कहीं अधिक कठोर है। संघर्ष-उलझनें पग-पग पर हैं। अनंत सिंधु का विस्तार है। जल की अनंतता पर एक छोटी सी जीवन की नाव तैर रही है। टूटी-जर्जर होकर ही रहेगी यह नाव एक दिन। जब तक अच्छी, ठोस है। जल की सतह पर हवा से होड़ लेती है। लहरों से टकराती है। तूफानों के चंगुल से निसटकर किनारों की रेत पर हँसी-भरे और फूल-

झरे पाँवों के निशानों में अनटूटी विजय की भैरवी गाती है। इन अमरता नापते पगों में कोई संघर्ष-संस्कारों के घुँघरू बाँधता तो होगा? अन्यथा आलोड़ित सिंधु के व्यूह के बाहर आकर किनारों से उद्घोष करना सहज नहीं कि द्वंद्व और दुघर्ष से भी बड़ी और सृष्टि-हितकारी शांति और सद्भावना होती है। 'तुमुल कोलाहल कलह में, मैं हृदय की बात रे मन'।

बहुत कोलाहल है। रेल-मोटर, कल-कारखाना, सड़क-गली, दुकान-दफ्तर, तीरथ-घाट, मंदिर-विद्यालय, बैंक-डाकघर, अस्पताल-विश्रामालय, स्टेशन-प्लेटफार्म, खेल का मैदान-सार्वजनिक शौचालय-मूत्रालय, सार्वजनिक प्याऊ-सार्वजनिक नल, सार्वजनिक घाट-सार्वजनिक वाट, शादी-विवाह, पर्व-त्योहार सब कोलाहल भरे हैं। इनका मूल राग और वास्तव रूप सब बदरंग होता जा रहा है। बातपेटी (मोबाइल) ने पता नहीं कौन सी क्रांति पैदा की कि संवाद और स्वर की नाभि में सगरा संसार डूब गया। अच्छा खाना, अच्छा पहनना और महँगी बातपेटी अंगुलियों में दबाए एक पूरी पीढ़ी दुनिया को ठेंगा दिखाती संसार को समझने के लिए दौड़ पड़ी है। वह दौड़ती कम है, भागती ज्यादा है। इस कनफट हल्ले में महाविद्यालय परिसर में स्थित नीम योगी सा खड़ा है। गुड़हल पुजारी सा वृत्तों की आरती में सुंदर लाल-पीले फूल खिलाकर प्राची दिशा में उगते देव को चढ़ा देता है। मैदान की घास बहुत छोटी है, पर वह सब देखती रहती है। सब कुछ। कुत्तों की झींगा-मस्ती और पिल्लों की कूँ-कूँ भी इस कोलाहल को नहीं तोड़ पाती है। पीपल का पीला पत्ता गिरता है और नई डीकुर (कोंपल) में प्राण पुकार उठते हैं, 'जागो फिर एक बार'।

संसार का जो प्रत्यक्ष है, वही सत्य है या सत्य कुछ और है? ज्ञान के संकुलों में प्रशांत आसन मारकर बैठने से भी रहस्य नहीं खुलते। मीमांसक मर-खप गए और संसार चलता रहा। चल रहा है। चलता रहेगा। हम भी न रहेंगे। बात रहेगी। सुवास रहेगी। क्या फर्क पड़ा है किसी एक के रहने, न रहने से। तब फिर खाओ-पीओ-भोग करो और मर जाओ। यदि ऐसा ही आदर्श है और यही सत्य है तो ज्ञान-विज्ञान, चिंतन-मनन, धरम-करम, पाप-पुण्य का खटकरम काहे के लिए? उन्नति के उर्ध्वमुखी सोपानों का आमंत्रण किसलिए? नर्मदा मैया की परिक्रमा जीवन के किस पुनश्चरण की पूर्णता के लिए? क्यों अमरकंटक के रेवाकुंड में प्रत्येक डुबकी के साथ शुचिता को वरण करने का आकुल-आग्रह? क्यों आरती के दीपक की लौ में आत्मा के प्रकाश को मिलाकर आनंदकंदी नर्मदा को मनुहारने का भाव? सतपुड़ा की घाटियों में बसी झोंपड़ियों में चूल्हे पर सिकती ज्वार-बाजरे की

रोटी में अपने परिवार की पलती जिजीविषा की अमरता कैसे जागती रहती है? क्यों नींद बोझिल पलकों पर जागते सपनों से करुणा-कलित पुकार बहती आती है, 'चंदन की मुठिया से लेकर गोबर के कंडों तक, जीवन की यह कैसी गांधर्व वाणी बज रही है'।

एक बार नर्मदा परिक्रमा पूरी हुई। जीव न जाने कितनी अनाम-अनंत परिक्रमाओं में चलता-चलता इस देह में आया है। माना कि यह देह माटी की है। मिटनेवाली है। छिप जानेवाली है। जल जानेवाली है। गल जानेवाली है। राख होकर उड़ जानेवाली है। मिट जाने की बिरिया मौन होकर आकाश हो जानेवाली है। पृथ्वी हो जानेवाली है। खाद बन जानेवाली है। तब फिर क्या कुछ न करें? क्यों करें? यह सब एक दिन मिट जानेवाला है। जीव जीवन के साथ है। वह शरीर को प्राणत्व और स्वरूप को आत्मत्व देता है। वह अचल को सचल और जड़ को चेतन करता है। वह मौन को मुखर करता है। नहीं! यह सब मिथ्या नहीं हो सकता है। धूप-किरणों की रँभाती धेनुओं, आकाश से झरती जलधाराओं, पादपों से खिलते गायत्री मंत्रों, 'रव-रव' करती रेवा के उत्सवी तटों, धान के लहलहाते खेतों से हँसती गुजरती पगवाटों, शून्य भित्ती पर बनते-निखरते चित्रों, मांडवगढ़ की घाटियों में पशुओं को चराती, दिन-दिन खटती रूपमती की प्रेमपगी सुरलहरियों, रत्नाकर सागर में मिलकर स्वयं को महासागर बनाती नर्मदाओं, ममता से दुधियाते संबंधों की गोदी में किलकारी भरते नवजीवनों के बीच शिशुता का वरण करता सत्य मिथ्या कैसे हो सकता है?' मनुष्य होने का अर्थ ही है—एक उत्सव, एक रास का आरात्रिक संपन्न होना'।

मंदिर के कलश पर रवि की प्रथम किरण तिलक करती है। असंख्य ज्योति-कलश छलक जाते हैं। मसजिद से अजान के स्वर ऊँचे और ऊँचे उठकर अंतरिक्ष हो जाते हैं। गिरजाघरों में शांति अनुशातित होकर उर्ध्वमुखी प्रार्थनाओं में विनम्र सेवारत खड़ी है। गुरुद्वारे से गुरुग्रंथ साहब की वाणी में बार-बार ध्वनित हो रहा है, 'एक ज्योति का सकल पसारा'। भगवान् बुद्ध की करुणा में बड़े-बड़े पत्थर-दिल हिमालय डूब जाते हैं और महावीर की जीव-दया प्राणी-प्राणी, पुद्गल-पुद्गल के सिर पर स्नेहिल हाथ फेरती हुई अभय होकर स्वयं के साथ दूसरों को भी निर्भय होकर जीने का उपक्रम अनादिकाल से करती आ रही है। एक नदी है, नर्मदा। धरती पर ममता की दूध धारा बहाती पृथ्वी के जन्म के समय से कण-कण को रसवंती बनाती बह रही है। वह अपनी कोमल जलधार से कंकर-कंकर में शंकर-शंकर रूपायित कर रही है। कितनी ममतालु, किंतु कितनी तीक्ष्ण धारा प्रवाहिनी है यह स्रोतस्विनी। यह पयस्विनी है। संत बालक बनकर मचलते हैं और सामान्य जन

हठी बनकर मनुहार-मनुहार कर अपना कारज सारते हैं। पंथ बुहारते हैं। करुणार्द्र पुकारते हैं। ऊँचे चढ़-चढ़ गुहारते हैं। इसकी गोद में बूढ़ते हैं। उतराते हैं। खेलते हैं। नयनों के नीर से माँ के जल का अभिषेक करते हैं। नाचते हैं। ताली बजा-बजाकर गाते हैं, 'मैया अमरकंटवाली, मैया तुम भोली-भाली'।

तुलसी-क्यारे में ग्रीष्म, वर्षा, शीत में तपते, भीगते, ठिठुरते शालिग्राम बैठे हैं। सुबह-शाम असंख्य-असंख्य मंदिरों-घरों में अगरबत्ती के धुएँ में प्रार्थनाएँ हवाओं पर बैठकर प्रभु को पुकारती हैं। बातपेटी (मोबाइल) में 'जय हनुमान ग्यान गुण सागर' बजता है। सुंदरकांड के पाठ में प्रत्येक भक्त 'वातात्मजं वानरयूथमुख्यं, श्रीरामदूतं शरणं प्रपद्ये' चाहता है। 'ॐ नमः शिवाय' का अखंड जाप कैलाश मानसरोवर की हरित-कोमल-शुभ्र भूमि पर चलने की आतुरता प्रबल करता है। गंगोत्री के बर्फ-बहते जल में डुबकी लगाता संन्यासी जगत् के ताप-शीत से उपराम पा लेता है। दोना भर पान-फूल चढ़ाकर तीर्थयात्री-परकम्मावासी क्षण भर का अमित तोष पा लेता है। और 'हाँ रे! एक निर्जन वन में, जोगी एक रमता है और निर्गुण की मोटी रोटी का भोग लगाता रहता है'।

दीवार में दरार पड़ जाती है, तब भी घर-मकान वर्षों-बरस हिलते नहीं हैं। मस्तिष्क की दरार क्षण भर में आस्था को जमीन पर लाकर पटक देती है। हृदय की फाँक जुग-जुग तक मानव-मानव के बीच अनबोला झंझावात मचाए रखती है। हृदय और मस्तिष्क में से किसी एक को चुनना हो, तो मैं हृदय को ही चुनना चाहूँगा। मस्तिष्क के बिना जीवित रहा जा सकता है और परमात्मा को भी पाया जा सकता है, परंतु हृदयहीन जीवन की तो कल्पना ही नहीं की जा सकती। माता-पिता, गुरु, पुत्र, पत्नी, सगे-संबंधी के पास कैसे जाएँगे? हृदय नहीं होगा तो पत्थर के देवता में, नर्मदा के जल में, आरती की जोत में, पूजा घर की प्रार्थना में, सूरज की उदित छवि में, पूर्णमासी के चंदरमा की चाँदनी में, मिट्टी की उदास प्रतिमा में, गृहलक्ष्मी द्वारा रोटी खिलाकर पूजित गौ में, बोर-भाजी-आँवला, उठो देव साँवला की मनुहार में, पुस्तकों-कापियों के पन्नों में रखे पुष्प-पाती द्वारा विद्यादेवी के आमंत्रण में, संगणक की बटन दबाते ही परदे पर उभरते अपने देवता की आकृति में, बातपेटी में छोटे काँच के भीतर हँसते-बिहँसते लड्डू-गोपाल के चित्र में, अपने गुरुदेव के श्रीचरणों में ढोक देते-देते अपने भीतर उपजे आत्मतोष और आत्मसमर्पण के महीन बिंदु में ईश्वरत्व के निकट पहुँचने और उसके स्वरूप को पा जाने के महाभाव का वरण कैसे हो सकेगा? 'श्रीगुरु-पद-नख-मणिगण जोती, सुमिरत दिव्य दृष्टि हिय होती'।

मैं झोंक में, किंतु होश में कह गया कि जीवन में हृदय की सत्ता सर्वोपरि होनी चाहिए। परंतु मस्तिष्क के बिना जीवन में समय-समय पर उपस्थित होनेवाले समीकरण हल नहीं होते। मस्तिष्क हृदय के पीछे और साथ-साथ चलता चले तो निर्जन वन पथ में साहस की लाठी ठपकारते हुए आगे बढ़ते रहा जा सकता है। घुप्प अँधेरे में हाथ-पर-हाथ धरे बैठने की बजाय चकमक पत्थर की टकराहट या बाँस-वृक्षों की रगड़ और चंदन-कंडिकाओं के घर्षण से आग जलाकर आँखों के दीप जलाए जा सकते हैं। अतिशय तर्क और बौद्धिक अतिवाद जीवन से विच्छेद और पदार्थ से संयुक्त करता है। प्रकृति ने शरीर में हृदय और मस्तिष्क दोनों का आवास बनाया है, इसलिए दोनों का समतोल अपेक्षित है। महत्त्वपूर्ण है आस्था का केंद्रित होना। विश्वास का पैदा होना। श्रद्धा का संग-साथ रहना। ये तीनों ही भक्ति के अंत: उपादान हैं। तीनों का ही जन्म हृदय के बिना संभव नहीं। ये नहीं तो भक्ति नहीं। भक्ति में सेवा और प्रेम अंतर्निहित है। शांडिल्य सूत्र कहता है कि ईश्वर में परानुरक्ति ही भक्ति है। 'परानुरक्तिरीश्वरे'। अर्थात् ईश्वर और ईश्वर-सृष्टि को निरवधि स्नेह करना ही भक्ति है। विचार मस्तिष्क में पैदा होता है, किंतु उसे आत्मसात् और कार्य-प्रेरणा हृदय का प्रबल आवेग ही प्रदान करता है। ''यदि एक मनुष्य किसी गह्वर-गुफा में जा अपने आपको बंद कर वास्तव में कोई महत् विचार सोचकर मर जाता है तो वह विचार गुफा की प्रस्तर-प्राचीरों को भी भेदकर वायु की तरंगों पर चलकर मनुष्य-जाति के हृदय में समा जाएगा'' (विवेकानंद) कौन तम के पार से आता हुआ, सहसा हृदय में प्रकट होकर आशीषता है, 'रहो तुम निर्मल सदा निष्पाप, संवर्धित करो भूसंपदा'।

कण-कण में परमात्मा विराज रहा है। वह पत्र-पत्र पर बैठा है। पुष्प-पुष्प में विहँस रहा है। सरग-पताल में वह पैठा है। जल में, थल में, नभ में, वायु में, सब में रम रहा है। तब यह जगत् मिथ्या कैसे हो सकता है? कोऊ कह सत्य, झूठ कह कोऊ, जुगल प्रबल करि मानै। बड़ा गड़बड़ है। सामान्य जन क्या जाने? क्या समझे? क्या करे? मेरे जैसे भावुक को तो कुछ न सूझै। बूढ़ी माँ की आँखों में ममता का समुंदर दिखता है। पिता के बूढ़े हाथों की कंपन में त्रिभुवन सिहरता-विहँसता दिखाई देता है। बादलों की श्यामता ऐसे लगती है कि द्वापर की लीलाओं का विलास ही नभ में छा गया है। सागर की तटहीन मर्यादा में त्रेता के युगपुरुष, इतिहासपुरुष, पुराणपुरुष का व्यक्तित्व ही अपार-उद्घोष के साथ असीम लहरा रहा है। सीप में बूँद गिरती है और सीप के हृदय का अवसाद बूँद पर चढ़कर मोती बन जाता है। बूँद और सीप दोनों का संसर्ग मोती को जन्म देता है। प्रत्येक जीव की

उत्पत्ति, स्थिति और लय में कोई परमाप्रकृति ही संवलित और संचरित है। ऐसा हृदय अनुभव करता है। हृदय की भाव सरणियाँ उच्च शिखर कैवलास (कैलाश) पर जाकर ही मुख से बोलती हैं—ब्रह्म सत्य है, जगत् सत्य है और जीव परमात्मा का ही अंश है, न कि परब्रह्म है। 'ब्रह्म सत्यं, जगत् सत्यं, अंशोजीवहि नापर'।

हिमालय पर नर-नारायण पर्वत के शिखर की शुभ्र बर्फ पिघलने लगी है। अलकनंदा का जल दूधिया हो उठा है। चीड़ और देवदार के वृक्षों की शाखाएँ वेदों की ऋचाओं सी सृष्टि के उत्सव का गान गा रही हैं। रवि-रिश्मियों का स्पर्श पाकर पंछियों के पंख स्वर्णिम हो उठे हैं। नर्मदा के जल में बाबा बूँद-बूँद में शिवत्व को पाकर-देखकर रोम-स्फुरित हो उठे हैं। कन्याकुमारी के सिंधु तट की चट्टान पर अनासक्त योगी सा भारतवर्ष का युवक वेदांत का नया पाठ लिख रहा है। मालाबार की पहाड़ियों के झुरमुटों से निकलकर एक हथनी अपने बच्चे को दूध पिला रही है। पास ही से काबेरी-तल से कावेरी झर-झर बहती अनाम-आत्मीय की खोज में चल पड़ी है। आषाढ़ का पहला बादल बरस गया है। मेरे देश का किसान खेत की माटी को माथे से लगाकर प्रार्थना कर रहा है, 'विश्वमाता, कामदा, संस्तुत्य; तुम हो अन्नदा'।

□

3

निर्जन वन में रमता जोगी

अमरकंटक में माई की बगिया में माँ नर्मदा का पूजन कर सोनमूड़ा होते हुए रेवाकुंड के दर्शन करने आ जाता हूँ। रेवाकुंड से परिक्रमावासियों को जंगल के रास्ते पैदल डिंडोरी मार्ग तक आना होता है। मैं भी नर्मदा की परकम्मा पर हूँ। डिंडोरी की सड़क के दोनों ओर बहुत सुंदर और घना हराकच्च जंगल है। सड़क किनारे एक झोंपड़ी है। आँगन में कुआँ है। थोड़ी सी खुली साफ-सुथरी जगह है। झोंपड़ी में साधु रहता है। हम परकम्मावासियों का भोजन वहीं सड़क पर होता है। दिन चढ़ आया है। भूख भी सिर चढ़कर बोल रही है। सब भोजन करते हैं। भोजन करने के बाद मैं अपने वाहन में बैठ जाता हूँ। सड़क पर हमारे दल का भोजन-वाहन खड़ा है। उसी वाहन की छाया में सड़क पर बैठकर हमारा भोजन बनानेवाले दल के लोग मन-मगन होकर भजन गा रहे हैं। निर्जन किंतु मोहक वन-प्रांतर में दल के एक 'राजू' नामक युवक के कंठ से एक भजन स्वर-स्वर, अक्षर-अक्षर, शब्द-शब्द, अर्थ-अर्थ खुलता है, 'अरे हाँ रे! एक निर्जन वन में जोगी एक रमता था'।

भजन की एक-एक कड़ी खुलती जाती है। तन का सोटा, मन का लँगोटा सदा बगल में दबाए रहता था। वह जोगी 'निर्गुण रोटी, सबसे मोटी, उसका भोग लगाता था'। भजन का अंतरा-अंतरा अखंड वन प्रदेश में दूर तक गूँजता चला जाता है। एक अद्‌भुत वैराग्यमय सम्मोहन-स्वर मेरे भीतर तक उतर जाता है। मैं बेसुध और बावरा सा बच्चे की तरह सुन रहा हूँ। सुन रहा हूँ और रो रहा हूँ। रो रहा हूँ और सुन रहा हूँ। मुझे कुछ नहीं सूझ रहा है कि मुझे क्या हो रहा है। आँसू थम नहीं रहे हैं। आँखों में अनिर्वाच्य शीतलता पसर रही है। फिर आँखों का मन भी विरागी होकर एक महाविस्मृति में चला जाता है। अब मुझे मेरी ही सुध-बुध नहीं है।

भजन के बादल से भक्ति का जल बरसा और सारी वनराई भीग गई। धरती भीग गई। पंछियों के पंख भीग गए। गायों के रोम भीग गए। परकम्मावासियों की हथेलियाँ भीग गईं। मैं ऐसा भीगा कि अभी तक सूख नहीं पाया। एक निर्जन वन है और उसमें मैं चला जा रहा हूँ। कोयल नहीं। पपीहा नहीं। मृग नहीं। बाघ नहीं। फूल नहीं। पाती नहीं। नदी नहीं। सरोवर नहीं। सूरज नहीं। चंद्रमा नहीं। जल नहीं। अगिन नहीं। केवल आकाश है।

गायक मगन होकर गा रहा है। वहाँ मंदिर नहीं। मूरत नहीं। आरती नहीं। पूजन नहीं। विधि-विधान नहीं। धरती है। धरती की हरी-नीली-सँवलाई मुलायम-खुरदरी सतरंगी बिछी है। शब्द, स्वर और लय का ऐसा सात्त्विक संयोग हो रहा है कि क्षण-क्षण में निर्गुन-सगुण दुरित-प्रकट हो रहे हैं। संगीत में जिस 'अवधान' स्थिति को पाने के लिए साधना करनी पड़ती है, वह स्थिति अनायास लब्ध हो गई है। असीम, अजेय और अपरिमित के प्रति श्रद्धा का प्रकटीकरण सहज हो रहा है। यह भक्ति है। केवल संगीत है या मात्र मनोरंजन? यह नहीं जानता। ज्ञाता, ज्ञेय और ज्ञान तीनों एक बिंदु पर मुझे दिखाई दे रहे हैं। गायक, गायन और गेय वस्तु का संपुट मेरे भीतर के अहं को निःशेष कर रहा है। देश, काल, जाति सब नाद में समाहित हो रहे हैं। सब नए-नए हो रहे हैं। सब अपने भेदक रंगों को छोड़कर अभेद की स्थिति का वरण कर रहे हैं। भजन-भक्ति सबको समान और स्वच्छ करती चलती है। 'गुणाः पूजास्थानं गुणिषु न च लिंगं न च वयः'। गुणियों के गुण देखे जाते हैं। उनकी उम्र क्या है? वे स्त्री हैं या पुरुष? यह विचारा नहीं जाता है। भजन ही यह अभेद और अद्वैत भाव पैदा करता है।

निर्जन वन में जोगी रमता है। वह योग से समाधि तक जाता है। भक्ति संगीत के माध्यम से क्षण-क्षण की तन्मयता को समाधि में रूपांतरित कर देती है। चिदाकाश में व्याप्त सत्ता का ध्यान, स्मरण, ध्वनि स्फुरण गायक और श्रोता दोनों को अपनी चरम अवस्था में 'नाद योग' तक ले जाते हैं। भक्ति का एक रूप 'श्रवण' भी है। कानों से सुनाई देनेवाली ध्वनि आहत नाद है। आहद नाद जब शब्द, स्वर, लय की निर्मल भाव-झारी में डूबकर निकलता है और वह हृदय के कानों को आहत करता हुआ अनाहत नाद तक पहुँचता है तो भक्ति भी योग की उच्च स्थिति में गायक और श्रोता दोनों को पहुँचाती है। जहाँ सारी इंद्रियाँ सम पर आकर गीत के भाव में डूब-डूब जाती हैं, तब तो सहज में ही 'निर्विकल्प समाधि' लग जाती है। तब आनंद-ही-आनंद है। अखंड आनंद है। पूज्यपाद वल्लभाचार्य कहते हैं—जैसा सुख भक्तों को भगवान् के गुणगान में होता है, वैसा सुख भगवान् के स्वरूप-ज्ञान की मोक्ष

अवस्था में भी नहीं होता—

गुणगाने सुखवाप्तिर्गोविन्दस्य प्रजायते।
यथा तथा शुकादीनां नैवात्मनि कुतोन्यतः॥

अनंत कोटि योजन विस्तारित आकाश में आदि भक्त की छवि उभरती है। वह भक्त अनवरत, अकुंठ, अविराम भ्रमण करता-फिरता है। उसके एक हाथ में वीणा है। दूसरे हाथ में करताल है। मुख से 'श्रीमन्न नारायण, नारायण' वैखरी गा रही है। उसके पाँवों की गति नृत्यमय है। वह चलता भी है तो नृत्य करता हुआ। उसकी वीणा बजती है तो नादब्रह्म कंपित होकर जाग्रत् हो जाता है। उसकी करताल की ताल से सृष्टि के सारे वाद्य ताल-से-ताल मिलाने में आदि से अब तक लगे हुए हैं। स्वर, ताल और लय (नृत्य) से कीर्तन हो रहा है। यह पहला भक्त और पहला कीर्तनकार सृष्टि में भक्ति-संगीत के पादप को रोपकर उसकी आनंदछाया में भावविभोर हो उठता है। यह देवर्षि नारद है। परम भक्त, परम ज्ञानी, परम विरागी, परम संगीतज्ञ, परम यात्रावर, परम स्वर उच्चारक, परम अगम विचारक, परम पराक्रमी, परम परामर्शदाता, परम मार्गदर्शक, परम जनकल्याणक, परम आत्मीय, परम सर्वज्ञ। परम एकाकी, परम आनंदमार्गी, परम भगवदप्रिय। नारद की भक्ति जगविश्रुत और निष्काम है। उनके द्वारा ईश्वर का नाम-गायन भक्ति-संगीत की अमरकंठी है। भगवान् कह उठते हैं—

नाहं वसामि वैकुण्ठे योगिनां हृदये न च।
मद्भक्ता यत्र गायन्ति तत्र तिष्ठामि नारदः॥

"हे नारद ! न तो मैं वैकुंठ में रहता हूँ और न योगियों के हृदय में। मेरे भक्त जहाँ गान करते हैं। मेरा भजन करते हैं। वहीं मैं निवास करता हूँ"।

मैंने बंगाल में देखा घोटमोट सिरवाले, लंबी चोटीधारी, धवल वस्त्रधारी, हाथों में झाँझ-मँजीरे लिये, लंबा श्वेत तिलकधारी अनेक भक्त-दल, मृदंग बजाते, हरे रामा, हरे कृष्णा गाते-गाते भाव-विभोर होकर मार्ग में, मंदिर प्रांगण में, धर्मसभा में नाचते-नाचते आत्मविस्मृति की स्थिति में पहुँच जाते हैं। गा रहे हैं। नाच रहे हैं। पूरी देह अभिनय हो गई है। आँखों से अश्रु टपक रहे हैं। भक्ति देह धारण कर कई-कई स्वरूपों में साकार हो उठी है। आनंदभाव की माला सबके गले में सहज फब जाती है। अवनि-अंबर एक हो जाते हैं। प्रकृति-पुरुष आत्मस्थ होकर अपनी ही रचना की उदात्तता पर गर्वित होते हैं। तुलसी-दल पूजा-कलश में तैरने लगता है। शंख, घड़ियाल, नगाड़े, झाँझ, मृदंग, घंटा, पखावज बज उठते हैं। सब एक स्वर में उच्चारते-उच्चारते 'संकीर्तन' करते हैं। ईश्वर कृपा-सागर सुख-निधान है।

शाश्वत है। उनसे मिलकर प्राप्त होनेवाला सुख भी शाश्वत है। उनके दर्शन का आनंद अनिर्वाच्य विश्राम देनेवाला है। वह सदा एक रस है। स्थिर है। 'संकीर्तन' के माध्यम से बंगाल से वृंदावन तक और घर-घर से लेकर मंदिर-मंदिर तक उसी आनंदकंद की प्राप्ति के लिए चैतन्य महाप्रभु के अनुयायी भक्त गा रहे हैं। मंजीरे और मृदंग बजा रहे हैं। नाच रहे हैं। 'नाद' की मुग्धावस्था को पाने की स्थिति की ओर स्वयं प्रवाह में बढ़ रहे हैं। ब्रज की गोपियाँ श्रीकृष्ण के नाम संकीर्तन से आनंद महाभाव को पाती हैं। यह सत्य है—नाद के समान परम श्रेष्ठ दूसरा मंत्र नहीं। आत्मदेव से बढ़कर कोई देवता नहीं। नादानुसंधान से बढ़कर दूसरी उत्तम पूजा नहीं। तृप्ति से बढ़कर कोई दूसरा सुख नहीं—

नास्ति नादात्परो मन्त्रः न देवः स्वात्मनः परः।
नानुसन्धेः परापूजा नहि तृप्तेः परं सुखम्॥

'नाद' आकाश का गुण है। पृथ्वी का गुण गंध है। आकाश का वैशिष्ट्य 'नाद' का कारण बनने में है। पृथ्वी का वैशिष्ट्य 'रसा' बनने में है। अन्न की गंध पृथ्वी जाया है। अन्न को खाकर शरीर धर्म की साधना में प्रवृत्त होने योग्य बनता है। अन्न का यहाँ व्यापक अर्थ पृथ्वी उत्पन्न खाद्य-पदार्थों से है। जब शरीर साधना का धाम बनता है, तब ही मोक्ष का द्वार दिखाई देना संभव है। इस शरीर में स्थित आत्मतत्त्व की वाक्शक्ति ही गाती है। वाक्शक्ति 'नाद' में कंप पैदा करती है। ऊर्जा की असंख्य-अनंत-धूर्मण शक्तियाँ सक्रिय होती हैं—अनायास ताली बजती है। आनंदातिरेक में देह नृत्य करने की बेसुध बान धर लेती है। वाक्, ताली, नृत्य तीनों मिलकर भक्ति में रमते जोगी को, भक्त को भक्ति की पुण्यभूमि में ले आते हैं। जहाँ आत्म-ज्योति से उद्भासित परम आह्लाद है। परम तृप्ति है। माधुर्य और सत्य का वैभव-विलास है। ज्ञाता, ज्ञान और ज्ञेय की त्रिपुटी एक हो जाती है। वाक् से स्वर, ताली से वाद्य यंत्र और आनंदाभिनय से नृत्य निपजते हैं और संगीत नर्मदा की अमर धारा सा बह निकलता है। उसी धारा से आर्द्र निर्जन वन है। उसमें एक रमता जोगी है।

वाक् के अनादिस्वरूप 'नाद' की व्यापकता निस्सीम है। यह सृष्टि कार्य-कारण पर आधारित है। आकाश कारण है। नाद कार्य है। अवनि-अंबर के बीच का शून्य बहुत-बहुत विराट् है। अवनि के चारों ओर भी उसका आवरण-वलय अपरिमित रूप से शांत धड़कता हुआ अवस्थित है। 'आकाश' जितना व्यापक और विभु है, 'नाद' भी उतना ही व्यापक और शाश्वत है। सत्य है। 'नाद' आकाश के ओर-छोर में व्याप्त है। 'नाद' सब जगह, सब समय, सब कहीं गूँजता रहता है। आकाश नित्य

है। नाद भी नित्य है। आकाश और नाद सूर्य और रश्मि की तरह अभिन्न-अविच्छेद है। कारण और कार्य में विलगाव नहीं होता है। गुण और गुणी में पार्थक्य नहीं किया जा सकता है। इसीलिए आकाश में तैरते हुए शब्दों को, उनकी तरंगों को नाना वैज्ञानिक उपकरणों से पकड़ा जा सकता है। भविष्य में हो सकता है—हम वैदिक ऋषियों की वाणी, नारद का कीर्तन, चैतन्य महाप्रभु का संकीर्तन और गोपियों के महारास की संगीत-लहरियों और शब्द-ध्वनियों को सुन सकेंगे। ईश्वर का गुण भी व्यापकता है। वह भी नित्य है। सर्वत्र है। सत्य है। नाद भी नित्य है। सर्वत्र है। सत्य है। अत: 'नाद', 'ब्रह्म' है। जब नाद और ईश्वर का एकात्म हो जाता है, तब आनंद का स्रोत हुल्ल से फूट पड़ता है। अंतर-बाहर सब रस में; 'आनंद रस' में भींग जाता है। भक्ति अपनी गांधर्व वीणा बजाती कण-कण पर उतर आती है। आँखों से आँसू ढुलक पड़ते हैं।

तैत्तिरीय उपनिषद् में एक कथा है—भृगु ऋषि वरुण के पुत्र थे। एक बार भृगु ने अपने पिता वरुण से कहा, 'हे तात! मैं ब्रह्म को जानना चाहता हूँ'। पिता वरुण ने पुत्र भृगु से कहा, 'जाओ तपस्या करो'। भृगु ने घोर तपस्या की और पाया कि अन्न ही ब्रह्म है। वरुण को संतोष नहीं हुआ। उन्होंने भृगु को पुन: तपस्या करने को कहा। भृगु ने कठिन तपस्या की। इस बार उन्होंने पाया कि प्राण ही ब्रह्म है। वरुण ने और तपस्या करने का आदेश दिया। भृगु ने कठोर तपस्या की। अब की पाया कि मन ही ब्रह्म है। वरुण ने निर्मोही भाव से पुन: तपस्या करने की आज्ञा दी। भृगु ने इस बार घनघोर तपस्या की। पाया कि विज्ञान ही ब्रह्म है। वरुण इस पर भी संतुष्ट नहीं हुए। उन्होंने अविचलित होकर भृगु को परम तपस्या करने को प्रेरित किया। भृगु ने अनंत काल तक अविचल तपस्या की और अनुभव किया—आनंद ही ब्रह्म है।

अखंड आनंद न सही; परंतु पल, क्षण, घड़ी भर का आनंद तो भजन अवश्य देता है। भजन-भक्ति अखंड आनंद की प्राप्ति का साधन भी है। भजन गानेवाला कलाकार कितना आत्मस्थ होकर भाव-समुद्र में नहाता है, यह तो कलाकार ही जाने; पर भजन सुनकर जो आत्मविस्मृति से होते हुए आत्मचेता स्थिति को प्राप्त कर लेते हैं, आनंद का अतुल मोदक उन्हें ही मिल पाता है। यह 'आनंद रस' में भींजने की दशा जितनी देर भी रहे, वह आत्मा को निर्जन वन में योगी सा रमने की अनुकूलता रचती है। भजन के शब्द-शब्द पाँखुरी से झरते हैं। जोगी सौरभ-सौरभ छक लेता है। पाँखुरी-पाँखुरी धूल में झर जाती है। टूक-टूक होती पाँखुरी के अस्तित्व और महत्त्व का भी भान है जोगी को। जोगी आत्मा से देखता है। मित्र भाव से देखता है। मित्र नाम सूर्य का है। सूर्य का प्रकाश सबको समान रूप से

प्रकाशित कर सुख पहुँचाता है। सुख-दु:ख, राग-द्वेष, आसक्ति-विरक्ति, जन्म-मरण के परे जाकर जो सोचता है, विचार करता है, देखता है, करता है और स्वयं में मगन रहता है, वह ही निर्जन वन में रमता है। जीवन की झील में वृत्त-पर-वृत्त बनते जाते हैं। प्रत्येक वृत्त में अलग-अलग चित्र उभरते हैं। तट तक आते-आते वृत्त टूट-टूटकर विलीन हो जाते हैं। चित्र डूब जाते हैं। केवल झील रह जाती है। निर्मल जल से भरी हुई झील।

भजन गायक का स्वर, ढोलक पर पड़ती थापें और भक्तिरस पगे स्वर पूरे आकाश में फैल गए हैं। भक्त नाच रहे हैं। मेरी बगल में बैठे हुए मित्र 'दीप' की देह विगलित हो चली है। तट के वृक्ष गा रहे हैं। पंछी गा रहे हैं। चाँद-सूरज गा रहे हैं। गायें-बछुए गा रहे हैं। पत्थर-कंकड़ गा रहे हैं। वसुंधरा गाने लगी है। नभ गाते-गाते स्वयं आकाश हो गया है। क्षण भर के लिए ही सही 'नादब्रह्म' अमरकंठ के झाड़-झंखाड़ों में बिरम रहा है। अवनि-अंबर में विस्फोट होता है—'अलख निरंजन'। क्षण-भर की चुप्पी और युग-युग की प्रतीक्षित प्रकाश-प्रभा का अवतरण। उसी प्रकाश-प्रभा के वलय में निर्जन वन में एक जोगी अनादि-अनंत से रम रहा है।

□

4

संस्कृति का निकुंज और भाषा का वांशी-रव

मनुष्य-जीवन ईश्वरीय सृष्टि की सर्वश्रेष्ठ कृति है। मनुष्य को प्राप्त वाक्शक्ति प्रकृति द्वारा प्रदत्त अनुपम उपहार है। वाक् से वाणी और वाणी से भाषा-निर्माण की प्रक्रिया संपन्न होती है। भाषा जीवन की तरह ही सतत विकासमान प्रक्रिया है। जिस तरह जीवन-विकास की प्रक्रिया में परिवार, समाज, राष्ट्र जैसी इकाइयाँ निर्मित होती हुई संस्कार, सभ्यता एवं संस्कृति को रचती चलती हैं, उसी प्रकार भाषा भी जीवन के समांतर विकास-प्रक्रिया में अपनी संस्कृति का निर्माण करती चलती है। इस निर्माण-प्रक्रिया के आधार पर ही हम भाषा की संस्कृति के विकास और उसके स्वरूप का अध्ययन कर सकते हैं। उसका संज्ञान ले सकते हैं। भाषा-निर्माण का प्रथम चरण तो इसकी रूपगत संरचना है, जिसमें वर्ण, शब्द, अर्थ, वाक्य एवं वाक्य-समुच्चय तथा गद्य, पद्य की विविध सरणियाँ शामिल की जा सकती हैं। भाषा की संस्कृति का दूसरा और वास्तविक चरण उसकी संस्कृति-संरचना से संबंधित है, जिसमें भाषा के विकास की समग्र प्रक्रिया का अध्ययन, आकलन एवं मूल्यांकन किया जा सकता है। जिस तरह एक नदी अपने उद्‌गम से निकलकर सागर-संगम तक प्रवाहमयता के साथ नाना तरंगों एवं उतार-चढ़ावों, मोड़ों, बाँकपन के साथ सतत बहती रहती है, भाषा की प्रवाहमयता का गुण-धर्म भी नदी समान ही विकसनशील है। इस विकसनशीलता के भीतर ही भाषा की संस्कृति के ऊर्जावान अंकुर झाँकते हैं।

वाक् ईश्वर द्वारा मनुष्य और पशु-पक्षियों, कीट-कृमि को दी गई नैसर्गिक

प्रतिभा है। भाषा को मनुष्य अपने समाज में रहकर अर्जित करता है। प्रत्येक समाज और देश की अपनी संस्कृति होती है। संस्कृति का निर्माण समाज ही करता है। उसी निर्मित संस्कृति के मूल्यों और धारणाओं के द्वारा वह समाज अनुशासित और संचालित होता है तथा आगे भी बढ़ता है। इन सारी प्रक्रियाओं में भाषा की भूमिका बहुत महत्त्वपूर्ण होती है। संस्कृति की अवधारणाओं और समाज में रहनेवाले व्यक्तियों के क्रिया-कलापों, संस्कारों, चिंतन-निष्कर्षों, भावों-विचारों, स्थिति-परिस्थितियों को प्रकट करने में भाषा ही माध्यम होती है। ऐसी दशा में भाषा और संस्कृति का अटूट संबंध है। भाषा संस्कृति के परिवेश से जन्मती है। संस्कृति भाषा की उत्पत्ति का स्रोत है।

सामान्यत: संस्कृति मानव के सम्यक् कर्मों का समूह है। ये कर्म दैहिक, मानसिक, बौद्धिक और प्राकृतिक हो सकते हैं। अत: मानव की सम्यक् कृति ही संस्कृति है। यह मानव के चिंतन की उपज हैं। संस्कृति में मूल्य, विचार, दृष्टि, नियम, आस्था, विश्वास, मानसिक और कार्मिक व्यवहार शामिल है। संस्कृति के सारे तत्त्व समाज विशेष में रहनेवाले लोगों को नियंत्रित और संचालित करते हैं। मनुष्य की वाक् शक्ति उसके संपर्क में आनेवाली वस्तुओं, प्रकृति-परिवेश, व्यवहार और चिंतन को एक नाम देती है, उसके लिए शब्दों का निर्माण करती है और भाषा द्वारा उसे व्यक्त करती है। भाषा का विकास मनुष्य ने प्रकृति के साथ रहकर और अपने संगी-साथियों के साथ रहकर ही किया। उसने अनुभव जुटाए और दूसरों को उन्हें बताया। उसने वस्तुओं को नाम दिए। इस प्रक्रिया में संस्कृति उसके अनुभवों और भाषा के विकास की स्रोत बनी, साथ ही भाषा के द्वारा संस्कृति के विकास के चहुँदिश मार्ग खुलते गए। भाषा न होती तो संस्कृति का विकास न होता, किंतु दूसरी तरफ संस्कृति के विकास ने भी भाषा के विकास को गति दी। उसका शब्द-भंडार विकसित हुआ। उसकी भंगिमाएँ बनीं। शब्द की शक्ति में अर्थ की अनेक छवियाँ प्रकट हुईं। सांस्कृतिक परिवेश भाषा का क्रीड़ास्थल है, जहाँ भाषा अपने व्यक्तित्व का संपूर्ण और समुचित विकास करती है।

संस्कृति देशकाल से निपजती है। काल और देश के मध्य ही समूची सृष्टि स्वयं में नियमबद्ध चल रही है। भूगोल और जलवायु जीवन, समाज और राष्ट्र को नित-नूतन संस्कार देते रहते हैं। संस्कारों की सरणियाँ संस्कृति के स्वरूप के निर्धारण में महती भूमिका निभाती हैं। चूँकि जीवन का संपूर्ण विलास भाषा में अभिव्यक्त होता है; इसीलिए संस्कार और संस्कृति की सारी ऋचाएँ भाषा-निबद्ध लिखित और वाचिक साहित्य में रूपायित होती रहती हैं। इसीलिए भाषा विशेष के शब्द और

अर्थ आकाशीय शून्य में पैदा नहीं होते हैं, उनका गहरा जुड़ाव भूमि और भूमिजन से होता है। इसीलिए प्रत्येक शब्द अपने साथ अपने अर्थ में हजारों साल की जीवन-परंपराओं का प्रकाश समेटे हुए रहता है। संस्कृति की भाषा देश और काल में स्थित सृष्टि-जीवन की संस्कृति का ही अभिव्यक्तीकरण है। इन्हीं अर्थों में भाषा स्वयं में भी एक संस्कृति है।

भारतीय संस्कृति प्राचीनतम है। वह अखंड है। उसकी एकता वंदनीय है। यह एकता, अखंडता और सुंदरता उसकी भाषाओं से भी प्रकट होती है। भारतीय संस्कृति प्राचीनतम है, तो भारतीय भाषाओं की जननी 'संस्कृत' भाषा भी विश्व की प्राचीनतम भाषाओं में से एक है। भारतीय संस्कृति भावात्मक तथा आंतरिक रूप से अखंड है, तो भारतीय भाषाएँ लिपि, वर्ण और उच्चारण में भिन्न होते हुए भी मानवीय भावों की उदात्त और समान भावाभिव्यक्ति की दृष्टि से अखंड हैं। भारतीय संस्कृति प्रकृति के सान्निध्य में विकसित हुई है। भारतीय भाषाएँ भी मानव, मधुमक्खियों, वृक्षों, पक्षियों, पशुओं, स्तनधारी जीवों, समुद्री जीवों, नदियों, हवा, वर्षा आदि से प्राप्त संकेत-शब्द, स्वाद, गंध, स्पर्श, रूप आदि से प्राप्त अनुभवों को शब्द देती हुई प्रकृति के सान्निध्य में विकसित और समृद्ध होती रही हैं। भारतीय संस्कृति से निकली हुई संस्कृत भाषा ने संस्कृति को रक्षित और विकसित किया। संस्कृत ने हिंदी सहित अन्य भारतीय भाषाओं तथा विदेशी भाषाओं के शब्द-भंडार और रचना-शैली को भी गहरे प्रभावित किया। संस्कृत और संस्कृति अनुपूरक और अविभाज्य हैं।

'संस्कृति की भाषा' का सीधा संबंध भाषा संस्कृति की अभिव्यक्ति से है। इसीलिए कह सकते हैं कि भाषा केवल भावों और विचारों की अभिव्यक्ति का माध्यम ही नहीं होती है, बल्कि वह अपनी अर्थवत्ता में अपने अतीत, वर्तमान एवं भविष्य-जीवन और देशकाल की अनेक प्रतिच्छवियाँ प्रदर्शित करती हुई अभिव्यक्त होती है। चूँकि भाषा का सीधा संबंध व्यक्ति-जीवन और समाज-जीवन से होता है। जीवन और समाज संस्कृति की उत्सभूमि होते हैं। अत: भाषा में जिस तरह का जीवन, उसकी विचार-अनुभूति और समाज-जीवन की धड़कनें तथा हलचलें अभिव्यक्त होती हैं; वे ही दरअसल संस्कृति की भाषा का यथेष्ट होती हैं। भाषा में मौखिक और लिखित दोनों रूपों में जो भी कहा जाता है, वह जीवन, सृष्टि और समाज में घटित हुआ सच होता है। कल्पना की उड़ान भी सृष्टि और जीवन की वास्तविकताओं से ही बिंब और प्रतीक लेकर अपना अर्थ-विस्तार और प्रभाव-विस्तार करती है। वास्तव में भाषा की सृजनात्मकता ही सांस्कृतिक अभिव्यक्ति की

सकारात्मक विकसनशील प्रक्रिया है।

समय-समय पर होनेवाले मानवीय व्यवहार और सामाजिक परिवर्तनों के कारण संस्कृति में उतार-चढ़ाव आते हैं। भारत में अनेक विदेशी आक्रांता आए। अनेक संस्कृति के पोषक आए, बावजूद इसके भारतीय संस्कृति की परंपरा का रंग फीका नहीं पड़ा। इसके साथ ही यह भी स्पष्ट है कि संस्कृत भाषा का रंग भी फीका नहीं पड़ा। विदेशी आक्रांताओं के साथ उनकी भाषाएँ भी आईं, संस्कृत भाषा और भारतीय भाषाओं को चुनौती भी दी, लेकिन उनका प्रभुत्व और महत्ता कम नहीं हुई। संस्कृति की ही तरह सभी भारतीय भाषाओं तथा हिंदी का शब्द-भंडार एक सा है और व्याकरणिक संरचना में भी बहुत कुछ समानताएँ हैं। संस्कृति और हिंदी में प्रकृति की जो समानताएँ दृष्टव्य हैं, वह बहुत उल्लेखनीय और महत्त्वपूर्ण हैं।

हिंदी की अपनी एक संस्कृति है। वैदिक संस्कृत से लेकर लौकिक संस्कृत, पाली, प्राकृत, अपभ्रंश, हिंदी तथा उसकी अनेक बोलियों, उपबोलियों का समृद्ध संसार भाषा की संस्कृति का ही शाब्दिक आगार है। चूँकि लिपिकीय-संकेतों की वैज्ञानिकता, उनके उच्चारण का स्थान-निर्धारित और उनमें अंतर्निहित विभिन्न अर्थ-ध्वनियाँ भाषा के वे संस्कार होते हैं, जिससे वह अपनी संस्कृति का निर्माण करती है। प्रत्येक भाषा की इस संरचनागत् और अर्थगत् विकासमान समृद्धि के संपुट में ही भाषा की संस्कृति का मोती आभामय रहता है।

हिंदी एवं अन्य भारतीय भाषाओं की जननी संस्कृत है। हिंदी एवं अन्य भारतीय भाषाओं को सीखने में जितनी मदद संस्कृति करती है, उससे कहीं अधिक संस्कृत करती है। क्योंकि संस्कृत के माध्यम से प्राचीन संस्कृति को तो जानने-समझने में सुविधा होती ही है, भाषा के व्याकरण, शब्द-भंडार और भाषा-संरचना को सीखने में भी आसानी होती है। भारतीय संस्कृति से संस्कृत भाषा का प्रगाढ़ संबंध रहा है।

समाज, संस्कृति और भाषा का अटूट रिश्ता है। भारत की एक संस्कृति है। उसके अनेक परिचायक और पोषक तत्त्व हैं। भारतीय संस्कृति के ये सूत्र या स्रोत ही हिंदी सीखने या समझने का आधार है। हिंदी के अनेक शब्द वस्तुबोधक, विचारबोधक तथा भावबोधक हैं, ये शब्द संस्कृति के भौतिक, वैचारिक तथा दार्शनिक-आध्यात्मिक तत्त्वों का परिचय देते हैं तथा नामकरण करते हैं। भारतीय संस्कृति में जहाँ भूगोल की सत्ता स्थापित है, जिस तरह की भौगोलिक स्थिति है, उसी के अनुरूप हिंदी में पहाड़, नदी, तट, सरोवर, खेत, मैदान, वृक्ष, लता, समुद्र, पशु, पक्षी और अंतरिक्ष नाम धरकर उपस्थित हुए हैं। अतः संस्कृति से संबद्ध

होकर हिंदी की अपनी एक जातीय संस्कृति बन गई है, जिसे हम समाज के संदर्भ में हिंदी जाति की संस्कृति कह सकते हैं।

भारतीय संस्कृति में अनेक संस्कृतियाँ आकर मिलती हैं। विश्वकवि रवींद्रनाथ ठाकुर ने भारतवर्ष को इसी अर्थ में 'महामानवेर समुद्र' की संज्ञा दी है। ये सब संस्कृतियाँ भारतीय संस्कृति में समाहित होकर अपनी पहचान खो चुकी हैं। संश्लेषण की यह प्रक्रिया सिद्ध करती है कि भारतीय संस्कृति में आत्मसात् करने की अद्भुत क्षमता है। यह क्षमता हिंदी में और अन्य भारतीय भाषाओं में भी है। हिंदी एवं अन्य भारतीय भाषाओं में भी संस्कृति की ही तरह अनेक भाषाओं का संश्लेषण हुआ है। यह पाचन-क्षमता हिंदी की शक्ति है।

प्रत्येक संस्कृति के कुछ प्रतीक होते हैं। वास्तव में व्यक्ति और समाज द्वारा संपन्न क्रियाओं में जिन वस्तुओं, भावनाओं और विचारों का उपयोग और आधार लिया जाता है, उसके लिए उस संस्कृति में प्रतीक होते हैं। आकार-प्रकार और उपयोगिता-उपयोग, देश-काल, परिस्थिति-प्रौद्योगिकी के अनुसार उनके प्रतीक बन जाते हैं। उन प्रतीकों का नामकरण भी उस संस्कृति की भाषा में निर्धारित होकर उनके अर्थ रूढ़ हो जाते हैं। भारतीय संस्कृति के प्रतीकों के आधार पर हिंदी और अन्य भाषाओं को सीखने में ये प्रतीक बहुत सहायक होते हैं। भारतीय संस्कृति में कलश, कमल, हंस, स्वस्तिक, सूर्य, चंद्र, दीपक, पीपल, आम्र, अश्व, कमंडल, सुदर्शनचक्र, गदा, कामधेनु, त्रिशूल, पुष्प, मयूर, शंख, मोरपंख, बाँसुरी आदि ऐसे प्रतीक हैं, जिनमें हिंदी भाषा एवं अन्य भारतीय भाषाओं के शब्दों का अर्थ-विस्तार होता है, तथा उनसे संस्कृति की व्यापकता और प्रकृति से उस संस्कृति का अटूट और जीवन्त संबंध भी सिद्ध होता है। ये प्रतीक मानव-चेतना को सघन रूप में प्रभावित करते हैं और अपना अमिट प्रभाव छोड़ते हैं। धार्मिक विश्वासों और सामाजिक मान्यताओं के अभिप्रायों को समझाने में ये बहुत सहायक होते हैं।

भारतीय संस्कृति में प्रतीकों के साथ ही मिथकों का महत्त्वपूर्ण स्थान है। मिथकों का किसी भी संस्कृति या संस्कृति विशेष पर आधारित जीवन-विधि को उसके आदिम स्वरूप और विकास-प्रक्रिया में समझने में भरपूर योगदान होता है। भारतीय संस्कृति के मिथक भारतीयता के मूलभूत आदिम विश्वासों, मूल्यों और जीवन-सत्यों को उनके कल्याणक स्वरूप में व्याख्यायित करते हैं। भारतीय संस्कृति में अंतर्निहित मूल्यों की अंत:तहों को उघाड़ने और उनके सत्त्व को प्रकट करने में हिंदी भाषा सहित सभी भारतीय भाषाओं ने देश-काल अनुसार अर्थ प्रस्तुति करते हुए अपनी शब्द-संरचना और रूपक-विधान से स्वयं को समृद्ध किया है। इन

सांस्कृतिक मिथकों से हिंदी एवं अन्य भाषाओं की अभिधा, लक्षणा, व्यंजना-शक्ति प्रदर्शित होती है तथा हिंदी एवं अन्य भाषाओं के अभिव्यंजक स्रोत एवं भाषा-भंगिमाओं के दर्शन होते हैं। भाषा के माध्यम से संस्कृति के गूढ़ संदर्भों के गुनन के अभिप्राय स्पष्ट होते हैं। भाषा की सृर्जनात्मकता जन्म लेती है। हिंदी की सर्जनात्मक क्षमता में उसके विकास की संभानाएँ खुलती हैं। मिथकों का बहुविध और बहुअर्थगर्भित प्रयोग भाषा की सर्जनात्मक क्षमता के कारण होता है और यह साहित्य के द्वारा ही अधिक संभव है। अन्य कलारूपों में अर्थ-अतिक्रमण और अर्थ-विस्तार की संभावनाएँ सीमित होती हैं।

भारतवर्ष हिंदी भाषा की जन्मस्थली है। इसलिए हिंदी एवं भारतीय भाषाएँ भारतीय भूमि, समाज एवं संस्कृति से गहरे जुड़ी हैं। अतः इस दृष्टि से हिंदी एवं भारतीय भाषाओं की आत्मा और कलेवर को समझने के लिए भारत की भूमि, समाज और संस्कृति को जानना-पहचानना आवश्यक है। हिंदी एवं अन्य अनेक भारतीय भाषाओं की लिपि देवनागरी है। भारतीय संस्कृति भी हिंदी एवं भारतीय भाषाओं से गहरा सांस्कृतिक संबंध रखती है। अतः संस्कृति हिंदी एवं अन्य भारतीय भाषाओं को सीखने का महत्त्वपूर्ण और अनिवार्य स्रोत है, जिसमें मनुष्य की प्रतिभा, सर्जनात्मकता, अनुकरणक्षमता और विवेक की महती भूमिका है।

□

5

शब्द बोलते हैं

शौनक नामक प्रसिद्ध महागृहस्थ ने ऋषि अंगिरा के पास जाकर विनत होकर पूछा, 'भगवन्! किसके जान लिये जाने पर यह सब कुछ जान लिया जाता है?' 'कस्मिन्नु भगवो विज्ञाते सर्वमिदं विज्ञातं भवतीति।' अर्थात् किस एक को ही जान लेने से मनुष्य सर्वज्ञ बन जाता है? वह जानने योग्य क्या शब्द ब्रह्म है? अक्षर ब्रह्म है? या परंब्रह्म है? इसमें स्थूल कौन है? सूक्ष्म कौन है? सूक्ष्मतम् कौन है? शब्द की बड़ी महिमा गाई गई है। अक्षुण्णता सर्वत्र विस्तारित है। परब्रह्म जो अदृश्य, अगोत्र, अवर्ण, चक्षुहीन, श्रवणहीन, नित्य, विभु, सर्वगत है; नेति-नेति कहकर उसे मन, वाणी को अगम, अगोचर कहा गया है। परंतु उसी की सत्ता पात-पात में नर्तित और उल्लसित है। क्या वह शब्द से जाना जा सकता है? या वह भी शब्द से परे है। क्या उसे जानने की कोई विद्या है?

ॐ पूर्णमदः पूर्णमिदं पूर्णात्पूर्णमुदच्यते।
पूर्णस्य पूर्णमादाय पूर्णमेवावशिष्यते॥

ऋषि अंगिरा जिज्ञासु शौनक को उत्तर देते हैं—ब्रह्मवेत्ताओं ने कहा है कि दो विद्याएँ जानने योग्य हैं—एक परा और दूसरी अपरा। ऋग्वेद, यजुर्वेद, सामवेद, अथर्ववेद, शिक्षा, कल्प, व्याकरण, निरुक्त, छंद और ज्योतिष अपरा विद्या है। ऋग्वेद, यजुर्वेद, सामवेद और अथर्ववेद ये चार वेद तथा शिक्षा, कल्प, व्याकरण, निरुक्त, छंद और ज्योतिष ये छह वेदांग अपरा विद्या कहे जाते हैं। ये सब शब्द के द्वारा ही ज्ञेय और प्रकट हैं। 'वेद' शब्द से सर्वत्र शब्द राशि ही कही जाती है। शब्दों के अर्थ ही कर्मकांड और साधनापथ को आलोकित करते हैं, जिससे यह स्थूल सृष्टि सोपान-दर-सोपान खुलती जाती है। शब्द-अर्थ और क्रिया की संगति ही

अपरा विद्या के माध्यम से इस स्थूल सृष्टि से सूक्ष्म अक्षर ब्रह्म का आभास कराने में सक्षम होती है।

वह परब्रह्म 'अक्षर' है। उसका क्षरण या नाश नहीं होता है। वह अदृश्य है अर्थात् वह ज्ञानेंद्रियों की भी सीमा से परे है। वह अग्राह्य है—वह कर्मेंद्रियों की शक्ति से भी प्राप्त नहीं हो सकता है। वह अगोत्र है—उसका कोई मूल नहीं है, जिससे वह उत्पन्न हुआ हो, या जिससे संबद्ध कर उसका वर्णन किया जाए। जिस प्रकार द्रव्य में धर्म और वर्ण विद्यमान रहते हैं, ऐसा वहाँ कुछ नहीं है। वह अक्षर वर्ण अवर्ण है। जिस प्रकार आँख, नाक, कान, त्वचा, जिह्वा भौतिक जीवों में होती है, ऐसा उसमें कुछ नहीं है, लेकिन जिसके विषय में कहा जाता है, 'बिनु पद चलै, सुनै बिनु काना, कर बिनु करम करहिं विधि नाना। आनन रहित सकल रस भोगी, बिनु वाणी वक्ता बड़जोगी।' इस दृष्टि से वह नित्य है। अविनाशी है। सर्वगत है। सर्वव्यापी है। वह ब्रह्म से अक्षर, अक्षर से ब्रह्मा, ब्रह्मा से विभु होकर स्थावर-जंगम में अनेक प्रकार का हो जाता है। वह शब्द की स्थूलता से रहित और अर्थ की परिधि से परे होने के कारण आकाश के समान अति सूक्ष्म और अति व्यापक है। शब्द और वायु आकाश के स्थूल रूप हैं। इन धर्मों के कारण उसका कभी व्यय नहीं होता है। व्यय तो अंग सहित वस्तु का होता है, जिसका कोई अंग नहीं, उसका न ही व्यय होता है और न ही क्षरण होता है। वह अव्यय है। वह अक्षर है। ऐसा 'अक्षर' जिस विद्या से जाना जाता है—वही परा विद्या है।

जिस प्रकार मकड़ी जाला बनाती है और पुनः उसे निगल जाती है। जैसे पृथ्वी में औषधियाँ उत्पन्न होती हैं और उसी में झरकर समाहित हो जाती हैं। जैसे पुरुष की देह से केश और रोम उत्पन्न होते हैं, उसी प्रकार उस अक्षर ब्रह्म से यह विश्व प्रकट होता है। यह सृष्टि-मंडल किसी निमित्त की अपेक्षा न करते हुए उस अविनाशी 'अक्षर' से ही उत्पन्न होता है। वह अक्षर ब्रह्म विशुद्ध ज्ञानमय है। जब उसे सृष्टि करनी होती है, तब वह कुछ-कुछ स्थूलता को प्राप्त होता है, जैसे बीज अंकुरित होने के पूर्व कुछ-कुछ स्थूल, मोटा या नरम हो जाता है, उसी से अन्न उत्पन्न होता है। अन्न से प्राण, प्राण से मन, मन से सत्य, सत्य से लोक, लोक से कर्म और कर्म से अमृतफल उत्पन्न होता है। इस भूत सृष्टि में कर्म प्रधान है। कहते हैं कि सौ करोड़ कल्प तक भी कर्मों का नाश नहीं होता है। जब तक कर्म रहते हैं, उनके फल भी नष्ट नहीं होते हैं। इसीलिए कर्मफल को 'अमृत' कहा है।

जो सर्वज्ञ है। जो ज्ञानमय है। वह परब्रह्म मूलतः विशुद्ध रूप ही है। वह अक्षर है। उस अक्षर से ही हिरण्यगर्भ रूप रूपायित होता है। उसी की इच्छा रूप

क्रिया से यह नाम, रूप, रस, स्पर्श, गंध और शब्द अलोकित शुक्ल-नील रूपाकार सृष्टि उत्पन्न होती है। पंच कोष निर्मित होते हैं। अन्नमय, प्राणमय, मनोमय, विज्ञानमय और आनंदमय कोषों की उत्तरोत्तर यात्रा अपरा विद्या की सीमा का अतिक्रमण कर परा विद्या के शुभ्र-ज्योर्तिमय, किंतु निस्पंद-शून्य क्षेत्र की ओर जाती है। यह वह शून्य है—जहाँ आकाश के समान अव्यय, अनंत, अक्षय, अज, अमर, अभय, अपूर्व, अनन्य, अद्वय, शांत, शिव शून्य में समाहित हैं, विराजित हैं।

उस ब्रह्मांड निकाया, निर्मित माया, वाले करुणा-पुंज को क्या संबोधन दें? क्या नाम दें उसे? जो चराचर में व्याप्त है। परंतु चराचर से विलग भी है। वह सबमें व्याप्त है। सबमें उसी की चमक है। वह तेजस है। सबको तेजस भी कर रहा है। वह सबमें स्पंदित है। इस स्पंदन को एक नाम दिया। एक संबोधन दिया—नाद। नाद शायद सृष्टि-रचना के पूर्व की स्थिति है। उसी नाद से बिंदु प्रकट होता है। बिंदु से यह भूतमय सृष्टि उत्पन्न होती है। यह क्रिया उसी प्रकार की है, जैसे अंकुरण के पूर्व बीज की स्थिति होती है। या जाला बुनने के पहले मकड़ी के उत्साह और आतुरता के कारण उसके शरीर की सक्रियता या तीव्रता की होती है। या सूर्योदय के पूर्व प्राची में लालिमा फैलाने की लीला की होती है। निराकार 'नाद' है। साकार 'बिंदु' है। विराट् एवं व्यापक शून्य से निखिल नादमय एवं लयमय इस प्रपंच सृष्टि का निर्माण करना एक अपौरुषेय कृत्य है।

नाद का अर्थ 'कंपन' है। कंपन जब लहरों या तरंगों में प्रवाहित होता है, उससे स्वर उत्पन्न होता है। नाद का स्वर से अटूट संबंध है। स्वर और वर्ण अन्योन्याश्रित हैं। वर्ण का समुच्चय शब्द की निर्मिति करता है। नाद के दो रूप हैं—आहत और अनाहत। आहत नाद के माध्यम से अनाहत नाद की साधना और प्राप्ति की जा सकती है। 'नाद' की साधना एक प्रकार से अक्षर ब्रह्म की साधना ही है। जिसके पार परब्रह्म की प्राप्ति-स्थिति है। नाद की साधना मुग्धकारी और देह-गेह बिसरा देनेवाली है। नाद के समान परम श्रेष्ठ दूसरा मंत्र नहीं। अपनी आत्मा से बढ़कर कोई देव नहीं। नादानुसंधान से बढ़कर दूसरी उत्तम पूजा नहीं। तृप्ति से बढ़कर कोई सुख नहीं। 'नास्ति नादात्परो मंत्रः न देवः स्वात्मनः परः। नानुसन्धेः परापूजा नहि तृप्तेः परं सुखम्।' नाद से स्वर जन्मता है। स्वर की आत्मा के लिए माध्यम रूप है—अक्षर। 'अक्षर' रूपी कुंभ में 'स्वर' रूपी आत्मा का निवास है।

वृहदारण्यक उपनिषद् में याज्ञवल्क्य ने साध्वी गार्गी को अमरत्व का रहस्य बताते हुए कहा, 'सब कुछ अक्षर में ही समाहित है। उसी में सब कुछ ओत-प्रोत है। इस अक्षर को जब स्वर का सान्निध्य मिल जाता है, वह पौरुषेय और अर्थवान

बन जाता है। शब्द की उत्पत्ति का यही शुभ क्षण होता है। एक ओर यह स्थिति निराकार अक्षर ब्रह्म से शब्दरूप सृष्टि-रचना की होती है। दूसरी स्थिति वाक्-शक्ति के माध्यम से अक्षर, स्वर और शब्द-रचना की होती है। पहली स्थिति आकाश की रचना और उसमें शब्दरूप सृष्टि के आधान की होती है। दूसरी स्थिति मानव की निराकार वाक् के कंपन या आघात से परा शक्ति से अक्षर, पश्यंती से स्वर, मध्यमा से अक्षर और स्वर की युति से शब्दाकृति और वैखरी से शब्द निष्कृति की सुक्रिया संपन्न होती है। यह एक अद्‌भुत और पराभौतिक अनुष्ठान ही कहा जाएगा। योग दर्शन में मस्तिष्क में चार प्रकार की बुद्धि की स्थिति स्वीकार की है—बुद्धि, मेधा, प्रज्ञा तथा ऋतंभरा। स्वरों की पहुँच बुद्धि की अंतिम स्थिति तक है, परंतु वह शब्द-निहित है। शब्द सहित है।

स्वर की संगति संगीत से है। शब्द की संगति भाषा से है। बच्चा जन्म लेते ही रोता है। वह बोलता नहीं है। अत: स्वर वह प्राकृतिक रूप से साथ लेकर आता है। वाक्-शक्ति उसमें भूतायमान रहती है। जैसे सभी भूतों में, प्राणियों में, वनस्पतियों में, निसर्ग में नाद कंपायमान रहता है। वाक् से स्वर, स्वर से अक्षर (वर्ण) अक्षर से शब्द, शब्द से वाणी और वाणी से भाषा का नादमय स्थूल संसार रचा जाता है। अत: यह तय है कि स्वर पहले आया और शब्द बाद में आया। संगीत पहले जन्मा, भाषा का जन्म बाद में हुआ। संगीत का प्रसार और व्याप्ति प्रकृति के अंग-अंग में है। पर वाणी सबको नहीं मिली। अनुभूति की नदी बहती रही। अभिव्यक्ति के तीर्थ सबको नहीं मिल सके। मनुष्य वाणी के तीर्थजल में उतरा और अवगाहन कर स्वयं को शब्द-पूजक, शब्द-साधक, शब्द-सर्जक बनाने का उपक्रम ढूँढ़ता रहा और सफल हुआ। संगीत को आत्मा की प्रार्थना बनाकर नाचने, गाने, बजाने लगा। वाणी शब्द-शब्द उसकी अनुभूति के मौन को मुखर करने चल पड़ी। अर्थों का शंख गूँज उठा। दिशाएँ व्याख्याओं द्वारा रहस्योद्‌घाटन से भर उठीं। जिस आकाश से शब्द उत्पन्न हुआ, उसी शब्द की महनीय अर्थवान संपदा से आकाश संपन्न हो उठा। शब्द आकाश का गुण तो है ही; उसका श्रृंगार और उसका विशेषण भी बन गया। शब्द की ब्रह्म की तरह जगरमगर जोत जगमगाने लगी। सर्जक की झोली में उसे वीणापाणी द्वारा वरदान में डाल दिया गया। योगी के आज्ञाचक्र में 'ॐ' की ध्वनि में वह घुमड़ उठा।

अक्षर ब्रह्म से भी सूक्ष्मातिसूक्ष्म परब्रह्म है। उसे संबोधन दिया गया है, 'ॐ'। ॐ ही सब कुछ है। 'अकार', 'उकार' और 'मकार' 'अ, उ, म' का समेकित स्वरूप है 'ॐ'। अकार सृष्टि की रचना का, उकार सृष्टि के पालन का और मकार

सृष्टि के नाश का क्रिया तत्त्व है। सृष्टि, स्थिति और लय, ये आयाम उभरते हैं। त्रिआयाम का एकमेक स्वरूप 'प्रणव' है। 'प्रणव' ही ब्रह्मा, विष्णु, महेश में सौंदर्यमान है। सृष्टि की उत्पत्ति और क्षय के बीच राग है। यह संपूर्ण सृष्टि वैष्णवी अनुराग में नृत्य कर रही है। गान कर रही है। वाद्य बजा रही है। इसी भारतभूमि पर उसी राग में विस्तारित होकर भगवान् कृष्ण नाचते हैं। उसी राग में बँधकर भक्त चैतन्य भी नाचते हैं। मीरा गाती है। सूरदास का तंबूरा बजता है। तुलसीदास शब्द की सत्ता से राज्य सत्ता को ललकारते हैं। ऊँकार निर्भय पद है। उसे जानकर, उसे साधकर भक्त निर्भय हो जाता है। कबीर अनभै हो गए थे। शब्द-साधक जान लेता है—प्रणव ही सबका आदि, मध्य और अंत है। नाद में से स्वर और स्वराघात से शब्द जनमा है। 'परा' के शून्य में से 'ॐ' की ध्वनि स्फुटित होती है। 'ॐ' ही आदि शब्द है। 'ॐ' ही आदि शब्दब्रह्म है। 'ॐ' ही अद्वैत शिव है।

महाकवि दंडी कहते हैं कि सृष्टि में शब्द का प्रकाश नहीं होता, तो तीनों भुवनों में अंधकार छाया रहता। अतः शब्द प्रकाशित रहते हुए अन्य को आलोकित करता है। शब्द में प्रकाश अर्थ से आता है। शब्द की आत्मा के स्थान पर अर्थ ही अवस्थित और प्रतिष्ठित है। शब्द और अर्थ की युति महेश्वर-उमा जैसी है। शिव और शक्ति सरीखी है। शिव पुरुष है। उमा प्रकृति है। प्रकृति के संसर्ग में आकर ही शिव शिवत्व धारण करते हैं। अर्थहीन शब्द वर्ण का संकुल मात्र है। वर्ण में भी अर्थान्विति होती है, लेकिन वह सार्थक और गम्य तभी होती है, जब वह प्रकृति से अर्थ तादात्म्य कर लेती है। इस प्रक्रिया में मनुष्य चेतना के अनुभव, क्रियाओं के परिणाम और बुद्धि, मेधा, प्रज्ञा और ऋतंभरा शक्तियाँ कार्य करती हैं। अक्षर से उद्भूत विश्व शब्द द्वारा परिभाषित होने लगता है। शब्द की सत्ता महत् गौरव पाती है। यह दृश्यमान जगत् शब्द के द्वारा ही जाना जा सकता है। शब्द जगत का व्याख्याता बन जाता है। सभ्यता और संस्कृति की नदियाँ अपने जल को शब्दतीर्थ के द्वारा ही मंगलमय विधान प्रदान करती हैं। शब्द आत्मा का पुत्र है और बुद्धि द्वारा पोषित-पालित है। भाव और विचार की कोमलता और परुषता से उसका अक्षय व्यक्तित्व सुघड़ होता है। शब्द स्तुति-गान में स्वरित होकर अंतरिक्ष में व्याप्त नाद से अपने गोत्र को जानने का यत्न करता है। शब्द सृष्टि की स्थूल-शक्ति है। वाक् का उत्सव है। वाणी का कलश है। भाषा का विहान है।

साधक की समाधि में पहुँचकर शब्द मंत्र बन जाता है। जिससे मन की वासनाओं, विकारों और इच्छाओं का शमन हो, वह मंत्र है। मंत्र में शब्द को बार-बार उच्चरित करने की क्रिया होती है। किसी शब्द या कार्य की पुनरावृत्ति; पुनः-

पुनः आवृत्ति; निरंतर आवृत्ति होने से वह स्वभाव बन जाता है। पतंजलि योगसूत्र शब्द की साधना को मंत्र में परिवर्तित करने की योग-विधि बताते हैं। साधना चाहे ब्रह्म की हो या शब्द की, यह विधि ही कारगर उपाय है। यम, नियम, आसन, प्राणायाम, प्रत्याहार, धारणा, ध्यान और समाधि के सुमनमय, किंतु अत्यंत सूक्ष्म पथ पर चलते हुए ही शब्द को मंत्र में परिवर्तित कर और शब्द में समाहित होकर समाधि की स्थिति तक पहुँचा जा सकता है। एक ही शब्द को बार-बार जपने से वह स्वभाव बन जाता है। वह शब्द अपने प्रभाव में मन को पूरी तरह विमन या शांत बना देता है। शब्द का चयन किसी अरूप, अनाम, ध्येय को पाने के लिए ही किया जाता है। 'ॐ' तो मात्र संबोधन है—ब्रह्म रूपी ध्येय तक पहुँचने के लिए। ध्यान उसका जाप होता है। धाता उसका जाप करता है—ध्येय की प्राप्ति हेतु। धीरे-धीरे ध्यान, धाता और ध्येय तीनों एक हो जाते हैं। ध्यान में धीर-धीरे धाता तिरोहित हो जाता है। समाधि की स्थिति में धाता और ध्येय दोनों समरूप हो जाते हैं। तब न नाम बचता है। न पुकार बचती है। न पुकारनेवाला बचता है। बस वह शेष रहता है—जिसे पुकारा जा रहा होता है। जाप, अजपा, आहत, अनाहत सब शब्द में समा जाते हैं। केवल सुरति-संयम के माध्यम से अलख-निरंजन का प्रकाश स्फुरण होता रहता है। इसलिए संत कहते हैं, 'साधौ सबद साधना कीजै'—

जाप मरै, अजपा मरै, अनहद हूँ मरि जाय।
सुरति समाणी सबद में, ताहि काल न खाय॥

समस्त साधना में मनुष्य की मनःस्थिति की भूमिका सर्वोपरि है। मनुष्य का मानस समूचे शरीर-रथ में सर्वाधिक सचेत, सजग और संवेगमय है। मानस एक प्रकार का भावसमुद्र ही है। मनुष्य जैसे ही अपने प्रकृति-परिवेश से संवेदना के स्तर पर जुड़ता है, उसके मानस का भाव-व्यवहार प्रारंभ हो जाता है। शेष संसार या प्रकृति-निसर्ग से चेतना के जुड़ते ही ज्ञान आता है। फिर भाव या इच्छा आती है। उसके बाद कर्म में प्रवृत्ति होती है। हमारी मनीषा ने इसे ज्ञान, इच्छा, कर्म की त्रिवेणी के रूप में अनुभूत किया है या ज्ञानयोग, भक्तियोग, कर्मयोग की संज्ञा से अभिहित किया है। भारतीय चिंतन-परंपरा का विश्वास है कि प्रत्येक जीव आत्मवान् है। ज्ञान, इच्छा और क्रिया आत्मा की तीन प्रवृत्तियाँ मानी गई हैं। सांख्य का मत है कि जिस प्रकार प्रत्येक जीव आत्मवान् है, उसी प्रकार प्रत्येक में अनात्मभाव भी है। यही मूल प्रवृत्ति है। आत्म और अनात्म के संयोग से ही जीव मात्र की रचना हुई है। गोस्वामी तुलसीदास ने रामचरितमानस के उत्तरकांड में कागभुशुंडी-गरुड़ संवाद में ज्ञान-भक्ति के रूपक के माध्यम से इसे भली-भाँति समझाया है।

ईसर अंश जीव अविनासी। चेतन अमल सहज सुख रासी॥
सो मायाबस भयउ गोसाईं। बँध्यो कीर-मरकट की नाईं॥
जड़ चेतनहि ग्रंथि परि गई। जदपि मृषा छूटत कठिनई॥
तब ते जीव भयउ संसारी। छूट न ग्रंथि, न होई सुखारी॥

आत्मा का मूल स्वभाव आनंदमय है। आत्मा सत् चित् आनंद स्वरूप ईश्वर तत्त्व का ही अंश है। अत: स्पष्ट है कि उसका सहज स्वभाव आनंद ही होगा। अंश और अंशी में गुणात्मक समानता स्वाभाविक है। आत्मा आनंद को पाने की सहज चेष्टा करती है और आनंद का विस्तार भी करती है। आनंद का विस्तार, प्रसार और उन्नयन ये आत्मा की ही उर्ध्वमुखी क्रियाएँ हैं। आत्मवान मनुष्य सदैव क्रियाशील रहता है। यह क्रियाशीलता वायवीय और मानसिक दोनों स्तरों पर बनी रहती है। आत्मवान मनुष्य शेष सृष्टि से मानसिक धरातल पर जुड़ते हुए अनेक प्रकार का संज्ञान प्राप्त करता है। अपने संज्ञान को वह अपनी ऋतंभरा प्रतिभा से समृद्ध कर शेष सृष्टि के समक्ष रखता है। वह स्वयं को अभिव्यक्त करता है। अभिव्यक्ति शब्द के द्वारा ही अर्थ पाते हुए 'गिरा-अरथ, जल-वीचि सम' सीता राम की युग्म छवि पाती हुई स्वयं को धन्य करती है। मनुष्य शब्द में अभिव्यक्त होकर आत्मिक आनंद की स्थिति पाता है। मनुष्य के रूप में वह शब्द के माध्यम से प्रकट होता है; कवि के रूप में 'रस' की सृष्टि करते हुए ब्रह्मानंद सहोदर को प्राप्त होता है।

'रस' शब्द साहित्य, संस्कृति और सृष्टि के सौंदर्य को अपने संपुट में धारे हुए है। भारतीय चिंतन ने सौंदर्य को 'रस' के अंतर्गत ही देखा, परखा, जाना है। 'रस' का संबंध स्थायी भावों से है। स्थायी भाव जन्मजात या प्रकृति-प्रदत्त होते हैं। अत: सौंदर्य का उद्भव और उन्मेष दोनों ही अवस्थाओं का संबंध सहजात वृत्तियों पर निर्भर रहता है। काव्यशास्त्र में 'सहृदय' की अवधारणा का रसग्राहकता से सीधा संबंध है। रसग्राहकता संप्रेषण की प्रभावशीलता का आग्रह करती है। संप्रेषण का अभिन्न-अटूट संबंध शब्द से होता है। इस प्रकार संस्कृति, संप्रेषण और शब्द की त्रिनाड़ी साधना से 'रस' की या ब्रह्मानंद सहोदर की कुंडलिनी जाग्रत् होती है। इनमें सुषुम्ना का कार्य शब्द ही करता है। संस्कृति के संप्रेषण में शब्द की भूमिका अद्वितीय है।

यहाँ संस्कृति का अर्थ और सीमाएँ पराभौतिक जगत् को भी स्पर्श करती हैं। शब्द मनुष्य सृष्टि की आनुभूतिक संस्कृति को संज्ञान से वेष्टित कर अभिव्यक्त करता है। इससे भी महत्त्वपूर्ण और विशेष यह है कि वह परमब्रह्म की संस्कृति को भी शब्दित करता है। वह भौतिक स्तर पर मनुष्य के संज्ञान से प्रकृति और पुरुष को

स्वयं उद्गाता के रूप में प्रकट करता है। वह परा, पश्यंती, मध्यमा और वैखरी के द्वारा आत्मन् को वाणी देता है। वह अनंत-अनंत आकाशों में व्याप्त नाद को बिंदु के रूप में सुंदर आकृति देता है। वह (शब्द) इस स्थिति को पाकर ब्रह्म की ही तरह अक्षुण्ण, अक्षय-अक्षत, अनंत हो जाता है।

संस्कृत काव्यशास्त्र में स्पष्ट कहा गया है, 'शब्दाः ब्रुवन्ते।' शब्द बोलते हैं। सच ही है। अनुभव-सच है। लोक ने अपनी वचनबद्धता से शब्दों को अनेकशः सौंदर्यमंडित और गौरवमंडित किया है। 'प्राण जाहिं पर वचन न जाई।' के शब्द-प्रण और कथन-प्रमाण पर न जाने कितने हंस आकाश उड़ गए। शब्द-शक्ति की भंगिमाओं से वाच्यार्थ, लक्ष्यार्थ और व्यंग्यार्थ अपने-अपने सौंदर्यशास्त्र की रचना करते आ रहे हैं। रचना कर रहे हैं। जैमिनी, शबर, कुमारिल भट्ट आदि की 'शब्द मीमांसा' ने शब्द की सृष्टि में महत्ता, उसकी सामर्थ्य और उसके पराभौतिक रूप-स्वरूप का प्रतिपादन किया है। शब्द ब्रह्म है। शब्द अजर-अमर है। शब्द अमृत है। शब्द के संपुट में भौतिक-पराभौतिक सृष्टि के अर्थ-मुक्ता आभायुक्त होते हुए आलोकित होते हैं। शब्द के माध्यम से आकाश बोलता है, धरती सुनती है। पुरुष और प्रकृति की गोद में शब्द का शिशु किलकता हुआ आनंदित होता है और आनंद का उन्नयन भी करता है। ऐसे शब्द को प्रणाम है।

□

6

शब्द अपने अर्थ पाने को आतुर

आँख खुली तो पुष्प को अभ्यर्थना की मुद्रा में पाया। द्वार पर खड़ी गाय आशीर्वाद देती सी लगी। सूर्य प्राची से निकला और असंख्य स्रोतों से ऊर्जा का वर्णन होने लगा। पक्षियों के पंखों पर आकाश उतर आया। नदी सकपकाकर जाग उठी और उसके घाट हलचल से भर उठे। कुओं के मौन को वाणी मिली और बालटियों ने अपनी अँजुरियों में जीवन-जल को लहराता पाया। समुद्र के तट की नेह-भींजी गीली रेत में कोई अपने आत्मीय के पाँवों के चिह्न-चिखाने ढूँढ़ते-ढूँढ़ते रेत हो गया। सिंधु के जल पर कोई नभचारी ने उड़ान भरकर सिंधु और नभ दोनों की नीलिमा को चीरकर क्षितिज तक जाने का संकल्प दोहराया। माँ ने चूल्हे के सिर पर हाथ फेरा और चूल्हे में चिनगारी हँसते-हँसते आग बन गई, हाँडी खदबदाई। तवा की आँखों से बच्चों की आँखों का मिलाप हुआ और पेट के आँगन में उत्सव मनने लगा। पिताजी ने बैल छोड़े और खेत की राह पकड़ी। हल की नोक से खेत के पन्नों पर साहित्य उचर आया। खेत में खुदे हुए कुएँ की पाल से टिककर बेटा अपनी किताब में ललित निबंध बाँच रहा है। एक निबंध पिता धरती पर लिख रहा है। एक निबंध बेटा किताब में बाँच रहा है।

साहित्य-सर्जन कृषक-धर्म है। क्षितिजों तक विस्तारित वसुंधरा के साथ व्यक्ति के पुरुषार्थ ने मिलकर मिट्टी की उर्वर-शक्ति को अंकुरों, पादपों, पुष्पों और नाना प्रकार के अन्नों में आमंत्रित किया है। धरती की ममता को जब श्रम-बिंदुओं से सींचा जाता है, तब वनखंड के बीच, पार्वतीय उपत्यका में, घर के आँगन के कोने में कोई पत्ता अपने हरेपन में, कोई पुष्प अपनी सुवास में, कोई बीज अपनी जीवन-पौष्टिकता में गौरव पाता है। पुरुषार्थ ही कर्म की रेखाओं में आतुर आकांक्षाओं के रंग भरता है। पुरुषार्थ के केंद्र में आस्था की अगिन-शिखा झिलमिलाती है। मिट्टी

से जुड़ाव और धरती से आत्मीयता कृषक के पुरुषार्थ की कुंजी है। कृषक मिट्टी की उदास प्रतिमा में माँ वसुंधरा का विहँसता प्रतिमान गढ़ता है। यह कृषक की वसुधा के प्रति गाढ़ आस्था ही है कि वह नीरवता में रव, मौन में वाणी, शून्य में सृष्टि और संघर्ष में सफलता को जन्म देता है।

कृषि के घराने नहीं होते हैं। साहित्य के भी न घराने होते हैं और न ही मठ हुआ करते हैं। कला के पौधे प्रतिभा की भूमि में उपजते हैं और आस्था से सिंचित होते हैं। साहित्य और कला जीवन का सात्त्विक अनुष्ठान है; इसीलिए और इस अर्थ में वह विधना की सृष्टि के समांतर एक परा भौतिक सृष्टि है। परा भौतिक इसलिए कि शब्द ब्रह्म है और अक्षर का क्षरण नहीं होता है। शब्द आकाश का धर्म है; अतः आकाश की विस्तीर्ण नीलिमा और अक्षुण्णता शब्द में भी अंतर्निहित है। शब्द के प्रति सजग और समर्पित शब्द-साधक के भाल पर वाणी की देवी तिलक लगाती है तथा सिर पर आशीषों से भारित हाथ रखती है। ऐसे सर्जक की आस्था के पाँव धरती पर चलते हुए मिट्टी का स्पंदन आत्मसात् करते हैं तथा उठा हुआ मस्तक सूरज-किरण से रंग लेकर जीवन के सुंदर स्वप्न जगाता है।

कमोबेश इस समय पूरी दुनिया जड़ों की ओर लौटने की बात करने लगी है और भारत है कि 'इंडिया' बनने की दौड़ दौड़ रहा है। हर जगह और हर स्तर पर भारत को 'इंडिया' बनाने की बेसुध व्याकुलता है। मिट्टी, पानी, आकाश, वायु, अग्नि सब बर्बाद किए जा रहे हैं, भारत को 'इंडिया' बनाने के लिए। उधार ली हुई वस्तुओं से घर सज सकता है; परंतु उन वस्तुओं के बीच क्या सुख की नींद आ सकती है? चैन की वंशी बज सकती है? गमले में खिले बदरंग फूल चटक हो सकते हैं? चौके में घी की सुगंध भर सकती है? पत्नी के उलझे केशों में फूल की पाँखुरी अटक सकती है? स्कूल जाती हुई बेटी की पीठ पर लदे बस्ते में से नारी-मुक्ति का स्वर फूटकर अस्मिता और अभिव्यक्ति की स्वतंत्रता सुनिश्चित कर सकेगा? बैंकों के कर्ज पारंपरिक कृषि का तर्पण करने में उतारू हैं, तब घर के सामने खड़ा ट्रेक्टर और बर्बाद होती फसलें किसानों की आत्महत्याओं को रोक सकेंगी? प्लास्टिक के फूलों से सुगंध और कोमलता झरती होती तो आदमी की निसर्ग कामनाएँ फूलों की घाटी और अछोर वनांतों तक पाँव-पाँव चलकर नहीं जाती। व्यक्ति मात्र हाड़-मांस का पुतला नहीं; वह सृष्टि की सुंदरतम रचना है, जिसे आस्था का संबल प्रकृति-प्रदत्त है।

साहित्य-सर्जक की आस्था के मूल में माटी और मनुष्य गहरे बैठे हैं। माटी के क्षितिज-विस्तारित संदर्भ और मनुष्य की भू-नभ के बीच प्रसरित कर्म-तरंगें ही सत् साहित्य में पद्मासन-आरूढ़ हैं। मिट्टी एक संस्कृति रचने के लिए मनुष्य को सहज

प्रेरित करती है। मनुष्य अपनी सचेत विकास कर्मनिष्ठा में संस्कृति की फसल बोता, उगाता, काटता रहता है। वह संस्कृति को रचता है। संस्कृति भी उसे रचती है। वह संस्कृति से विभूषित होता है और मनुजत्व की पूर्णता पाता चलता है। साहित्य-सर्जन मनुष्य की संस्कृतिनिष्ठ आचरणशीलता का शब्द-अनुष्ठान है।

संस्कृति अपनी सर्जनात्मक प्रक्रिया में मूल्यों का निर्माण और मूल्यों को धारण करती चलती है। धर्म, अर्थ, काम, मोक्ष की अवधारणा हजारों वर्षों के जीवनानुभव, चिंतन और उससे निपजे निष्कर्षों का परिणाम है। पुरुषार्थ चतुष्ट्य धूल के पहाड़ नहीं हैं; ये वे हिमशिखर हैं, जिन्हें जीतने पर, पार करने पर शुभ्र-हिम-तुषार से स्नात परिमंडल में प्रवेश की पात्रता मिलती है। ये मूल्य अपने संतुलित आवेग में जीवन का उत्कर्ष आमंत्रित करते हैं। साहित्य-सर्जक की आस्था अपने रचना-विधान में जिन लक्ष्यों की पुकार लगाती आगे बढ़ती है, वे लक्ष्य इन्हीं मूल्यों के पास ही घर बनाकर रहते हैं। शून्य जीवन और मूल्य विहीन साहित्य गूलर के फल सरीखा होता है।

साहित्यकार की आस्था सत्य को भी छानकर पीती है। वेदों, शास्त्रों, पुराणों, उपनिषदों से लेकर आज तक सत्य का कितनी-कितनी बार और किस-किस तरह से निरीक्षण-परीक्षण किया जाता रहा है और किया जा रहा है। सत्य को ही बार-बार तपाया, पकाया, निखारा जाता है। वह कई-कई प्रकाश की पर्तों के नीचे स्थिर-गतिशील है। साहित्य-सर्जक उन पर्तों को उघाड़कर गर्भ में से अनावृत्त सत्य को उद्भाषित करता है। सामान्य जन और सामान्य दर्शक की पहुँच और दृष्टि यह कार्य नहीं कर सकती। रचनाकार की आस्था उसे जिद्दी बनाती है और वह गहरे कुएँ में उतरकर सत्य का मीठा-शीतल जल लाता है। उसे पीकर और पिलाकर स्वांतः सुखाय और परहित का पुनश्चरण पूरा करता है।

साहित्य-सर्जन में अटकलों और झूठों एवं चालबाजियों तथा चोरियों से काम नहीं चलता है। इनका आँचल पकड़कर बहुत दूर तक नहीं जाया जा सकता है। साहित्य-इतिहास इसे प्रमाणित करता है। आस्था तो निज के अनुभव की नदी में स्नान करती है और समर्पण की शिला पर आसन जमाकर ध्यानस्थ होती है। वह पाती है कि सृष्टि में अहोरात्र एक भागवत कथा लिखी जा रही है। ज्ञानी लोग उसे तरह-तरह से बाँच रहे हैं। अर्थ कर रहे हैं। साहित्यकार की आस्था सृष्टि-कथा में से विषयवस्तु का चयन करती है और सृष्टि-जीवन के जैसा ही, किंतु भिन्न जीवन का पुनर्सर्जन करती है। इस कार्य में सर्जक की आस्था जिन स्थानीय उपादानों-भूमि, पर्वत, नदी, जन, जलवायु, पशु, पक्षी, कीट, भृंग, तरु, पादप को संग-साथ लेती है; उससे उसका वैशिष्ट्य, भिन्नता, सर्जन-सौंदर्य और निजता की सीमा में असीमता

स्पष्ट और मुखर होती है। स्थानिक हुए बिना वैश्विक नहीं हुआ जा सकता है।

साहित्य-सर्जन में मूल्यबोधी दृष्टि और मांगलिक आकांक्षाएँ बूँद-बूँद से आस्था-घट को भरती रहती हैं। लोक और लोकमंगल के तत्त्व उस आस्था-घट का स्थापन और पूजन करते हैं। अपने देश और काल में जीवित लोक में गहरी आस्था ही साहित्यकार को रचना का गहरा और व्यापक फलक देती है और अपने प्रण पर दृढ रहने का आत्मबल भी संचरित करती है। लोक अपनी स्मृति में अतीत के गर्भ से परंपराएँ, विश्वास और अनुभव सहेजे रहता है। रचनाकार उनसे आत्मसात् होकर अपने समय के वर्तमान की राह साहित्य के माध्यम से सुझाता है और मार्ग प्रशस्त करता है। वह लोक साहित्य में प्राण की तरह रमते हुए लोकमंगल और परदुखकातरता की जोत से अपनी आस्था में अग्नि-मंत्र फूँकता है, जिसके स्फुर्लिंगों की चमक उसके सत्साहित्य में अमरता का आनंद गान गाती है।

गहरी, सघन और अटूट आस्था ही रचनाकार के देशकाल में सक्रिय जड़-चेतन को अभिव्यक्ति देती है। अभिव्यक्त रचनाकार ही होता है, लेकिन उसकी निर्वैयक्तिकता उसके साहित्य की सीमा और अमरता का विस्तार करती है। उसकी आस्था अभिव्यक्ति की उदात्तता में सृष्टि-जीवन को अभिषेकित करती हुई मंगल-कलश स्थापित करती है।

संसार निसर्ग द्वारा रचित साहित्य ही तो है। इसमें अनेक कथानक-उपकथानक हैं। कहानी-नाटक के संवाद हैं। भूमिका-प्रस्तावना हैं। उपसंहार है। खेल-खिलौने हैं। माटी के उपहार हैं। वस्तुओं के बाजार हैं। धूप-छाँह के गाँव हैं। चालबाजियों-कलाबाजियों से भरे-भरे नगर हैं। अनेक पात्र हैं। एक के बाद एक अनेक यवनिकाएँ हैं। कोई निर्देशक नहीं दिखाई देता; परंतु निर्देशक है। मंच एक है। एक ही मंच पर सारा साहित्य नाट्यशास्त्र बन रहा है। दर्शक देख-देखकर हतप्रभ हैं। दर्शक भी सब अपनी-अपनी खोल में दुबके हैं। पार्थ जैसा स्थितिप्रज्ञ एकाध है। आत्मविस्मृति की रेखा को कौन छू पाता है? जो छू जाए वह पार्थ हो जाता है। वह 'कविर्मनीषी परिभू: स्वयंभू:' हो जाता है। जब तक तटस्थ भाव से देखते-देखते देखनेवाला सिर्फ आँख भर नहीं रह जाता है, तब तक असली देखना नहीं होता है। किसान खेती करते-करते खेत हो जाता है। सिद्ध साहित्य सर्जक भी सर्जन की मधुमति भूमि पर जाकर एक तरह से रस ही हो जाता है। ऐसी स्थिति उसी में होती है, जिस रचनाकार का चैत्य जाग्रत् रहता है। वरना इस संसार के हर गली-कूचे में एक अहमन्य साहित्यकार मिल ही जाएगा।

अनुभव की गठरी बड़ी मुश्किल से ठसा-ठस भराती है। अनुभव की निर्बंध

स्थिति में आदर्श-यथार्थ सब मिट जाते हैं। केवल सत्य बचा रहता है। यह सत्य ही साहित्य-सर्जक का मूल होता है। 'अस्ति' और 'भवति' का बोध सत्य को वर्णित करते समय सर्जक में होता है। साहित्य मील का पत्थर भी है और उठी हुई उँगली भी है। वह अतीत की यात्रा का अनुभव और भविष्य तक पहुँचने का संकल्प दोनों देता है। इसलिए साहित्य-सर्जन मन की निर्मलता और व्यक्ति की गरिमा दोनों की अपेक्षा करता है। उसकी अनुभव-संपदा का स्रोत उसके व्यक्तित्व-निर्माण और सर्जन की पीठिका-निर्माण में दूर तक अंत:सलिला की तरह प्रवाहित रहता है। इसलिए साहित्य के संस्कारों की महत्ता अक्षुण्ण है। ये जितने मिट्टी और जीवन-धूल से धूसरित होंगे; साहित्य सर्जक उतना ही अपनी भूमि के मातृत्व के ममत्व से सिक्त और जीवन की संवेदनाओं से तरल होगा। मिट्टी बदलती है तो पौधों-तरुओं के रूप-आकार और रस भी आंशिक बदलते हैं; क्योंकि माटी की भी अपनी रसवत्ता और संस्कार होते हैं। साहित्य-सर्जन में भी माटी की रसवत्ता और जीवन-संस्कारों की कुहुक बार-बार उठती है और गूँजती है।

माटी-गंधी जीवनानुभूतियाँ और संस्कार वहाँ के जन और साहित्यकार की अभिव्यक्ति को भी एक विशेष शैली, बनक और ठसक देते हैं। मारवाड़ में मीरा, पंजाब में नानक, अवध में तुलसीदास, काशी में कबीर, ब्रज में सूर, पंढरपुर में नामदेव, खानदेश में बहणाबाई की भाषा की कहन और बनक में यह अंतर देखा जा सकता है। निसर्ग का संसर्ग पंत की भाषा में सुकोमलता भरता है। जीवन-मिट्टी का काठिन्य निराला को भाषा की परुष-मसृणता देता है। चिंतन के सांस्कृतिक निर्झरों-सी झरती और लहरों से तरलायित कूलों पर कुसुमित सुमनों की अर्थ-सुवासित भाषा जयशंकर प्रसाद की लेखनी गाती है। जीवन के कठिन प्रस्तर में चिनगारी सी चिलकती भाषा के साथ अज्ञेय हैं। आम्रमंजरियों के पंगडंडियों पर बिखरे कणों सी वासंती वाट जोहती धर्मवीर भारती की भाषा अंधायुग से निकलकर कनुप्रिया की असमाप्त प्रेमकथा कहती है। जीवन के अंतिम अरण्य में टहलते हुए निर्मल वर्मा की भाषा जीवन के प्रकृति-सत्य का उद्घाटन सहज ही कर जाती है।

शब्द अर्थ चाहते हैं। अपेक्षित अर्थ जीवन-सत्य में आकंठ डूबा हुआ साहित्य-सर्जक ही दे पाता है। जब इन शब्दों को अपने सही अर्थ मिल जाते हैं, तो मघा नक्षत्र में होनेवाली वर्षा की तरह रचनाकार की अभिव्यक्ति जन-जन के मानस में झकोर पैदा करती है। हे मेरे युग के साहित्य-सर्जक! शब्द अपने खोए हुए अर्थों को पाने हेतु आतुर हैं। काश! इन्हें अपने खोए हुए अर्थ मिल पाते।

□

7

शब्द-शब्द झरते अर्थ

पुस्तकें सच्ची मित्र, ज्ञानराशि की धरोहर और अनुभव की अकूत संपदा की धारक हैं। शब्द-शब्द में संस्कृति और घटना में इतिहास-पुराण का जीवन-बोध लिये हैं। मनुष्य की विकास यात्रा का शब्दांकन हैं। मूक होकर भी बहुत कुछ बोलती हैं। विचार को विकास और वाणी को विलास देती हैं। पुस्तकें ज्ञान-साधना की फसल हैं। पुस्तकें मनुष्य की मानसिक भूख की तृप्ति हैं। पुस्तकें पृथ्वी पर ज्ञान का शब्द-रूप आकार हैं।

जब हमने शैशव में आँखें खोली थीं, शेष सृष्टि से हमारा परिचय वाचिक और लिखित पद्धति के पठन-पाठन के माध्यम से ही हुआ था। हमने पुस्तकों के पृष्ठों पर देखते हुए कल्पना की आँखों से हिमालय के हिममंडित शिखरों का सौंदर्य निहार लिया था। समुद्र की अतल गहराई और असीम विस्तार को भाँप लिया था। हमने यह भी जाना कि विद्या मुक्त करती है—जड़ता से। यह भी समझा कि ज्ञान मुक्त करता है—कर्मपाश से। यह पाया कि अपने ही भीतर अविचल, अस्थिर, सुस्मित कोई बैठा है। कौन है वह? उसे जानने की एक अंत:साधना प्रारंभ हुई और जानते-जानते, स्वयं को समझते-समझते पूरी सृष्टि का रहस्य हथेली पर रखे आँवले की तरह समझ गए।

क्या थे वे लोग? कैसे थे वे पुरखे? कैसे धुनी थे वे अपनी धुन के? कैसे गुणी थे वे अपने गुणों से आपूरित? थे तो वे भी पंच भौतिक तत्त्वों से सृजित, पर अपनी खोज में अपना ही कैसा निस्सीम विस्तार किया कि देश-काल सब ज्ञान के क्षीरसागर में डूब गए तथा शेष रह गया परम तत्त्व और परम ज्ञान। परमप्रकृति और उसका अनुलोम-विलोम। पठन-पाठन की स्रोतस्विनी का ऐसा प्रवाह कि उसमें

जिसने डुबकी लगाई, मनीषी होकर निखर आया।

राष्ट्रनिर्माण का प्रथम सोपान है—चरित्र-निर्माण। 'कोई राष्ट्र समृद्ध है' से आज तात्पर्य उसकी वैज्ञानिक और भौतिक प्रगति से है। यह अर्थ अधूरा है। यह दृष्टि ही खंडित है। समृद्धि यदि आंतरिक नहीं है तो वह अधूरी है। साहित्य-कलाओं के बिना यदि जीवन की पूर्णता और चेतना की चमक पाई जा सकती थी, तो अरस्तू जैसा पश्चिम का भरतमुनि अपने 'पॉलिटिक्स' और 'पोइटिक्स' में 'अनुकरण', 'विरेचन' और 'त्रासदी' की चर्चा करते समय काव्य-कला को 'जीवन का पुनर्सर्जन' नहीं कहता। पठन-पाठन भी प्रकारांतर से जीवन का पुनर्सर्जन करता है। वह ज्ञान-चक्षु खोलता है। वह आभ्यंतर को झंकृत करता है। सोए को जगाता है। करुणा की प्यास जगाता है। वह बार-बार कहता है कि जीवन यदि सौभाग्य है तो उसमें करुणा का विस्तार और चेतना का संस्कार परम उपलब्धि है। इसलिए 'उठो-जागो और अपने लक्ष्य को प्राप्त करो'। फ्रांसिस बेकन ने अपने पक्के अनुभव से कहा, 'Reading make a full man, conference a ready man, and writing an exact man.' पठन एक पूर्ण मनुष्य बनाता है, विमर्श एक तत्पर मनुष्य बनाता है और लेखन एक सटीक मनुष्य बनाता है। पूर्णत्व की अवधारणा मनुष्य को कर्म और संस्कार दोनों ही ध्रुवों की संपन्न धवलता देती है। अधूरापन न ज्ञान का ठीक होता है और न ही जीवन का। जीवन की रिक्तता के भराव में पुस्तकों से निकले शब्द-शब्द झरते अर्थ कांता सम्मित बोलते हैं। इन्हें थोड़ा समझ के साथ बैठकर सुनो तो।

हम नहीं कह सकते, कबीर जैसे चित्र में दिखाए जा रहे हैं, वास्तविक जीवन में भी कबीर की देह वैसी ही रही हो। तुलसीदास का संतत्व और साधुता उनके कवित्व से मिलकर पाठक के मन पर एक छवि गढ़ते हैं, जिसे चित्रकार तीसरे सत्य के रूप में अपनी ओर से बहुत कुछ मिलाकर प्रस्तुत करता है। सूर को उनके दिव्य सूरदासत्व के साथ किसने देखा? देखा भी हो तो वह छवि पीढ़ी-दर-पीढ़ी वाचिक परंपरा के साथ उनकी चित्र-छवि में कितना अंतर भर चुकी है। प्रत्येक समझदार पाठक पुस्तक के पीछे बैठे हुए कवि-लेखक को भी पढ़ता है। उसके रचना-सत्त्व से उसके व्यक्ति-सत्य का अनुमान कर अपनी ओर से छवि-अर्थ का निर्माण करता है। जिस तरह एक सच्चा पाठक दो शब्दों, दो वाक्यों या दो पंक्तियों के बीच के अर्थ को खोजता और भरता है; उसी तरह आस्थावान पाठक रचना और कवि के बीच में से कवि-व्यक्तित्व को खोजकर तथा गढ़कर अपने मानस में उसकी छवि निर्मित करता है। कवि शब्द-शब्द में बोलता है। कवि अर्थ-अर्थ में स्वयं को ही

खोलता है। कवि रचना की संपूर्णता में अपने व्यक्तित्व को तौलता भी है। भारतीय पाठकीय दृष्टि ने रचना और रचनाकार को समान तथा सम-सात्त्विक धरातल पर आसीन पाया है। कथनी-करनी की एकरूपता सदैव मानक बनी रही है। हरबर्ट रीड का कथन याद आता है, 'पुस्तक पढ़ते समय पुस्तक के पीछे बैठे आदमी को भी पढ़ना चाहिए। प्रत्येक पुस्तक के पीछे उसका कवि या लेखक बैठा रहता है।'

एक अच्छी पुस्तक पढ़ना और एक श्रेष्ठ रचना लिखना समान है, बल्कि परस्पर-पूरक है। अच्छी पुस्तक का पाठ रचनात्मक वृत्तिवाले व्यक्ति के भीतर सर्जन की उर्वर शक्ति की समेट करता है। अच्छी पुस्तक प्रकृति-प्रदत्त प्रतिभा को नहरबद्ध भी करती है। नदी के उद्दाम वेग को बाँध से रोककर नहरों में मोड़ा जाता है, जिससे सूखी धरती का चेहरा खिलता है और खेत हँसने-गाने लगते हैं। उसी तरह सर्जन की उदात्त और श्रेयष्कर स्थिति की अंत:प्रेरणा भी कोई अच्छी किताब बन सकती है। किताब अनुभवों की गाड़ी है, जिसमें विचार के बैल जुते होते हैं। सृष्टि में जितने और जैसे जीव हैं, किताब ने अपने सुई-धागे में सबको गाँठकर और सीकर गुदड़ी बनाई है, जिसे ओढ़ना-बिछाना सुखकर और स्वास्थ्यवर्धक है। कितनी भटकी जिंदगियों को अपेक्षित राह और व्याकुल आत्माओं को अभीप्सित ठौर पुस्तक की कोई पंक्ति, कोई कथा, कोई चरित्र, कोई शब्द दिखाता रहा है। पुस्तकें मनुष्य की ज्ञान-यात्रा की साक्षी, सहयात्री और प्रवक्ता हैं। इनसे प्रेरणा-विभूषित जीवन सबसे अलग, सबसे न्यारा, सबसे प्यारा और सबसे विशिष्ट लगता है। यदि ऐसा मानें कि अच्छे संस्कार, अच्छी संगत, अच्छी पुस्तकें पढ़ने का सुयोग भी नियति के इशारे से ही प्राप्त होता है तो भाग्यवादी होने का खतरा है। पर भाग्य तो होता है। उसे कर्म से प्रभावित और बहुत कुछ परिवर्तित किया जा सकता है। आवश्यकता यह है कि कर्म पुण्यमय हो। सदेच्छा-वेष्टित हो। उस कर्म में पूजाभाव का अनुष्ठान हो। महाकवि भारवि ने चिंतन-समझ के उच्चाकाश में बैठकर कहा—

विविक्तवर्णा भरणा सुखश्रुतिः प्रसादयन्ति हृदयन्यपि द्विवाम्।
प्रवर्ततेनकृतपुण्यकर्मणां प्रसन्न गम्भीर पदा सरस्वती॥

(—किरातार्जुनीयम्)

विविध वर्णों से अलंकृत, सुनने में सुखप्रद, यहाँ तक कि शत्रु के भी हृदय को प्रसन्नता से आप्लावित कर देनेवाली, प्रसन्न एवं गंभीर पदों से अलंकृत वाणी बिना पुण्य-कर्म के प्राप्त नहीं होती।

आज कर्म-संस्कृति का अभाव हो चला है। बिना कर्म किए ही व्यक्ति सबकुछ

पा लेना चाहता है। पहले बाजार में बैठकर पुरुषार्थ करना पड़ता था, तब अर्थ-संपन्नता आती थी। वह अर्थ-संपन्नता अनुभव और कर्मनिष्ठा के साथ होती थी। अब सारे लोग, मजदूर से लेकर किसान तक, व्यापारी से लेकर नेता तक और चपरासी से लेकर अधिकारी तक बिना श्रम के रातोरात मालामाल हो जाना चाहते हैं। खेती किसान के पुरुषार्थ को अन्न-संपन्नता के रूप में सम्मानित करती थी। अब खेती व्यापारियों-उद्योगपतियों के व्यापार का आकर्षण हो गई है। वह खरीदी-बिक्री का खेल हो गई है। जमीनों के भाव आसमान छू गए और सड़कों के किनारों की कोई जमीन किसान के पास नहीं बची है। भूमि के व्यापार ने कृषिभूमि को लील लिया है। नगरों और महानगरों में भू-माफिया सरकार को ठेंगा दिखा रहे हैं। न्याय पर उन्हें पूरा भरोसा हो गया है कि चाहे कोई भी कुछ कर ले, न्याय उन्हीं के पक्ष में होगा। सब बिना श्रम किए कुबेर का पद और वैभव पाना चाह रहे हैं। तब ऐसे कलिकाल में पुस्तकों से माथापच्ची कर अपने भोगप्रिय जीवन को पसीने से तरबतर कौन करना चाहेगा? पर क्या पसीने के गीलेपन के बिना देह-राग गाया जा सकता है? यह देह साधना के धाम और मोक्ष के द्वार तक ले जानेवाली है।

कर्म का पाठ सृष्टि के आदि-बिंदु पर मनुष्य को उसकी जैविक-प्रकृति ने पढ़ाया, फिर माँ ने पढ़ाया। पिता ने उस पाठ को कर्म की पंक्तियों में फसल-फसल उगाया। गुरु ने पढ़ाया। गुरु ने सबद के गुह्य से अर्थ के प्रकाश में कर्म के ताप की उज्ज्वल धरती के दर्शन कराए। एक पुस्तक ग्रंथ बनती है। ग्रंथ के रूप में वह जीवन को गाते हुए जीवन में कर्म का आह्वान करती है। वह 'गीता' बन जाती है। उस आह्वान में कर्म के साथ ज्ञान, भक्ति, योग के अनंत अंतरपाठ और पुनर्पाठ चले आते हैं। जीवन का 'मोल' और सृष्टि-व्यापार का 'निमित्त' फलित और अर्थायित हो उठता है। पार्थ जीवन-रथ पर सवार होकर कर्मक्षेत्र के साथ धर्मक्षेत्र को भी सृजन, प्रवाह और अविराम जीवन-प्रक्रिया का अर्थ-संकल्प देने में सक्षम हो जाते हैं। कर्म का पाठ अमित-तोश उपजाता है, जिसमें सारी इच्छाएँ अनिर्वाच्य-विश्राम पाती हैं। मेरे युग के पार्थ को कर्म की गीता किस तरह पढ़ाई जाए? जबकि कर्म का पारायण और पुस्तक का पाठ उतना ही अनिवार्य है, जितना जीवन को सँभालकर जीना।

मनुष्य के पास पुस्तकों के रूप में सभ्यता और संस्कृति का एक सुपाठ है। एक समय था कि पठन-पाठन से मनुष्य का नाभि-नाल संबंध था। मनुष्य को प्राकृत से सुसंस्कृत बनाने में पठन-पाठन का आधार-मूल था। यह पठन-पाठन वाचिक और अध्ययन-अध्यापन दोनों से जुड़ा था। आज भी है, लेकिन उद्देश्य बदल गए हैं। पठन-पाठन का आधार लेकर जो संस्कार और जीवनानुभव हमारे

पूर्वजों ने प्राप्त कर उन्हें पीढ़ियों की अमराइयों के रूप में सींचा, वे आज सूख चली हैं। आज पठन-पाठन मतलब-पूरता रह गया है। सब और सारी क्रियाओं-कर्मों के बीच 'अर्थ' आ धमका है। विद्यार्थी सिर्फ उतना ही पढ़ना चाहता है, जितने में वह परीक्षा पास हो सके। पढ़ने का संबंध रोजगार मात्र से जुड़ गया है। रोजगार या नौकरी प्राप्त होते ही पठन-पाठन पीछे, बहुत पीछे छूट जाता है। इसीलिए हमारे घरों में फालतू चीजें अधिक हैं। पुस्तकों के लिए या तो स्थान है नहीं, है तो अत्यल्प।

पठन-पाठन से दूर होकर हम क्या बनेंगे और कहाँ पहुँचेंगे? जिस पीढ़ी को पठन-पाठन में अपने किशोर-युवा जीवन का सर्वोश्रम लगाना चाहिए, वह हाथ में बातपेटी (मोबाइल), कान में फूहड़ संगीत के तार और पाँवों के नीचे मोटर साइकिल दबाकर बेतहाशा और बेमतलब सड़कों पर दौड़ रही है। कैसे युग में हम और हमारी संतान जा रही है। हमारी जातीय स्मृतियाँ, परंपराएँ, सामाजिकताएँ, संबंधों की ऊष्माएँ और भावों की पावनताएँ हमसे विदा हो रही हैं। नालंदा और तक्षशिला जैसे वाचनालयों की न रक्षा कर सके और न ही उनके सरीखा दूसरा बना पाए। पुस्तकें घर से बिदा हुईं और अब तो अच्छी पुस्तकें बड़े पुस्तकालयों में भी मिलना दुर्लभ हैं, क्योंकि उन्हें पढ़ने से किसी को सरोकार नहीं रह गया है।

अति प्रदर्शनप्रियता ठीक नहीं होती। यह एक अंतहीन घुप्प सुरंग है, जिसमें लक्ष्यहीनता के अतिरिक्त कुछ हाथ नहीं लगता है। यह कैसा आत्मघाती नशा है कि नई पीढ़ी फैशन के पीछे पागल है और उस पागलपन की आँच में तथाकथित पढ़े-लिखे एलिट वर्ग के अधेड़-बूढ़े लोग भी पिघल रहे हैं। यह कैसी पीढ़ी और कैसा युग है कि जिसने अपने महाविद्यालयीन जीवनकाल में 'गोदान' नहीं पढ़ा। 'गुनाहों का देवता' नहीं पढ़ा और अपने समग्र जीवन के अशेष होते क्षणों तक भी 'रामचरितमानस', 'गीतगोविंद', 'कामायनी', 'कनुप्रिया', 'अंधायुग', 'मैला आँचल', 'उर्वशी' नहीं देख-पढ़ पाए। अपने परंपरा-बोध को समझना तो दूर, उसके प्रति सम्मान प्रकट करने भर की चुटकी भर आस्था भी जिसके पास नहीं बच पाई है। संगीत को आत्मा के द्वारा ईश्वर की प्रार्थना कहा गया है। नृत्य को आंगिक चेष्टाओं की सात्त्विकता के माध्यम से ईश्वर की आराधना माना गया है। यह कौन सा कानफाड़ू संगीत और कमरतोड़ू नृत्य है, जो जीवन में कामेच्छाएँ जगाकर विचलन पैदा करता है। ये बेसुध लोग और बेसुध क्रियाएँ किस तरह का व्यक्ति, समाज और राष्ट्र बना सकेंगी? कुछ नहीं कह सकते।

पठन-पाठन से दूर होते हम और हमारी लाख टके की जिंदगी बिन मोल बिकने को बाजार में प्रस्तुत है। परिणामतः एक कामचलाऊ भाषा हमारे पास रह गई

है। हमारी भाषा से मुहावरे, कहावतें और लोकोक्तियाँ गायब होती जा रही हैं। भाषा का संस्कार एक तरह से हमारे व्यक्तित्व का भी संस्कार करता है। पठन-पाठन से दूर होते जाने के कारण भाषा का संस्कार भी हमारे पास नहीं आ पा रहा है। भाषा केवल वर्णों का समुच्चय और शब्दों-पदों की रचना मात्र नहीं है, वह संस्कृति की संवाहक और संस्कृति की आख्यायिका भी है। पठन-पाठन से जुड़कर ही हम मानव-विकास की सुसंस्कृत परंपरा का विकास कर सकेंगे।

हे मेरे समय देवता! अपने अंतरिक्ष के शून्य में और हवाओं के स्पर्श में मेरे युग के पार्थ के लिए नया, किंतु अनुकूल वसंत न्योतिए। पाँत-पाँत, शब्द-शब्द के झरते संदर्भों में नव-जीवन के नए अर्थ भरिए।

□

8

कौन तम के पार

यह सृष्टि बहुत सुंदर और मोहक है। अवनि-अंबर के बीच का दृश्यमान जगत् सच्चा-सच्चा वास्तविक सा अनुभव होता है। स्वर्णिम विहान की वेला में आँखों का प्रकाश जहाँ तक फैलता है, अभिलाषाएँ नृत्य करती सी लगती हैं। कल्पना की आँखें और दूर तक जाती हैं। बहुत दूर तक देखती हैं। सौ-सौ स्वप्न जाग उठते हैं। हमारे देखने की और स्वप्न-बुनने की भी एक सीमा है। उस सीमा के पार भी देखने लायक और जानने लायक बहुत कुछ शेष है। जिसे ब्रह्मांड कहा जाता है, वह कितना विराट्, किंतु कितना अद्भुत है। सूर्य, चंद्र, सविता, सोम, ग्रह, नक्षत्र भरा ब्रह्मांड बड़ा रहस्यमय है। धरती और धरती के गर्भ की विस्तार-गहराई को ही ठीक-ठीक कहाँ जाना-समझा जा सका है। अग्नि-सोम अहोरात्र जहाँ सृजन-यज्ञ में रत होकर ऋत् को उत्पन्न कर रहे हैं और ऋत् में अवस्थित भी हो रहे हैं। असंख्य जीव-सृष्टि कहाँ से आकर कहाँ चली जा रही है। निखिल सृष्टि में ही स्थित हमारी पृथ्वी भी है। सुंदर संतरे के समान रसभरी हमारी पृथ्वी।

बुद्धि अकुलाहट से भरा प्रश्न करती है—दुःखों और संघर्षों से भरी इस सृष्टि के निर्माण के कारण-कार्य का वास्तव क्या है? जिसमें 'धिक् जीवन को जो पाता ही आया विरोध' की स्थिति पैदा होती रहती है। हृदय करुणा-कलित होकर पूछता है—यह किसकी करुणा कण-कण में पत्र-पत्र पर ज्योतित हो रही है? यह कौन 'मात: दशभुजा, विश्व-ज्योति' दसों दिशाओं में स्थित-उपस्थित हो रही है? बुद्धि और हृदय दोनों सम आसन पर बैठकर संचित त्रिकुटी पर ध्यानस्थ होकर स्मितिहास के साथ प्रश्नाकुल होते हैं—यह किसका आनंदमय लीलाभाव अखिल सृष्टि में क्षण-क्षण गतिमान हो रहा है? आनंद का स्रोत कौन है? कौन अपने आनंद के

लिए स्वयं का आनंदमय विस्तार करता है? प्रज्ञा के पंख नभ की नीलिमा में विलीन हो जाना चाहते हैं। वह खोजना चाहती है—नाद से उत्पन्न बिंदु को। वह जानना चाहती है—अक्षर महेश्वर को। वह समझना चाहती है—तम के पार भास्वर सत्य को। वह पाना चाहती है, 'सत्य, सच्चिदानंद रूप, विश्राम धाम को'।

क्या संबोधन दे उसे? ॐ, प्रणव, ब्रह्म, शिव आदि-आदि कह देने से भी मन नहीं भरता। ॐ से शिव तक चिद् शक्ति का विलास है या शिव ही अनादि है। ॐ से भी पहले और परे यह चिद् शक्ति किस रूप-स्वरूप में रहती है; बिनु अनभै के कैसे कुछ ठोस कहा जा सकता है? 'न सन्न चासच्छिव एव केवल:'। इस वेदवाक्य का अर्थ है कि सृष्टि के पूर्व न सत् ही था और न असत्। केवल शिव था। ब्रह्म का वर्णन करते हुए वेद कहता है—'ये भूत जिससे पैदा होते हैं, जन्म पाकर जिसके कारण जीवित रहते हैं, नष्ट होकर जिसमें प्रविष्ट हो जाते हैं; वही जिज्ञासा के योग्य है और वही ब्रह्म है'—

यतो वा इमानि भूतानि जायन्ते येन जातानि जीवन्ति,
यत् प्रयन्त्यभिसंविशन्ति तद्विजिज्ञासस्व तद् ब्रह्म।

श्रुति कहती है कि सृष्टि के पूर्व काल में सत् और असत् दोनों ही नहीं थे, केवल शिव था। सत् चेतन वस्तु को कहते हैं और असत् जड़ वस्तु को कहते हैं। इस संसार में दो ही तरह की वस्तुएँ हैं—चेतन और अचेतन। ये दोनों अस्तित्व में नहीं थे, तब शिव ही था। अस्तु सद्-असद् की उत्पत्ति के पूर्व शिव था। तब शिव ही जगत् की उत्पत्ति का कारण होना चाहिए। सत् उसको कहते हैं, जो सदा रहता है। असत् उसको कहते हैं, जो परिणाम के कारण नाना कालों में नाना रूप धारण करता है। चेतन अपरिणामी होने से सदा एक रूप है। वह सत् कहलाता है। अचेतन परिणामी होने से नाना रूप है। वह असत् कहा जाता है। जिस समय ये दोनों नहीं होते, वही सृष्टि-पूर्व का काल है। उस समय जो सत्ता रहती है, वही सृष्टि का कारण है। 'सन्न चासत्'। इस काल में केवल शिव की सत्ता ही रहती है। अत: वही सृष्टि का कारण है। वेदांत ब्रह्म को जगत् का कारण बताते हैं। 'शिव' शब्द शुभतम या श्रेयस्कर वस्तु का वाचक है। ब्रह्म सर्व शुभकारी या सर्व श्रेयस्कारी है। अत: 'शिव' शब्द ब्रह्मवाचक भी है। ब्रह्म ही शिव है। इस तरह शिव को सृष्टि की उत्पत्ति का कारक माननेवाली मान्यता की संगति हो जाती है।

अनादि-अज-अक्षर ब्रह्म के तीन रूप माने गए हैं, 'एका मूर्तिस्त्रयो देवा ब्रह्माविष्णुमहेश्वरा:'। ब्रह्मा, विष्णु और शिव एक ही हैं। एक ही अक्षर पुरुष के तीन स्वरूप हैं। एक ही शक्ति के तीन रूपांतरण हैं। एक ही बिंदु पर तीनों शक्तियाँ रहती

हैं; किंतु कार्यवश स्वरूप भेद और स्थान भेद होता रहता है। चेतन जगत् में इन शक्तियों का स्थान-भेद स्पष्ट है। चेतन प्राणियों में प्रतिष्ठा बल मध्य में, गति बल नीचे और अगति बल ऊपर रहते हैं। यथा मनुष्य शरीर के अंतर्गत हृदय-कमल में ब्रह्मा का, नाभि में विष्णु का और मस्तक पर शिव का आसन या वास माना गया है। मनुष्य शरीर पार्थिव है। पृथ्वी से जो प्राण मानव शरीर में आता है, वह शरीर के अधोभाग से ही आता है। अत: आदान शक्ति के अधिष्ठाता विष्णु की स्थिति नाभि में ही कही गई है। उत्क्रमण उससे विपरीत अर्थात् उर्ध्व दिशा में होना सिद्ध है। महेश्वर की स्थिति शरीर के शिरोभाग में मानी जाती है। संपूर्ण शरीर की प्रतिष्ठा और अस्तित्व हृदय से है। हृदय में ही एक प्रकार की स्फुरणशील तिलमात्र ज्योति अवस्थित रहती है। वहीं से संपूर्ण शरीर को चेतना मिलती है। अत: ब्रह्मा का आसन-स्थान हृदय है। संध्योपासना में इन्हीं स्थानों में इन तीनों देवताओं का ध्यान होता है। 'राम की शक्तिपूजा' में युद्ध से लौटकर वानर-भालू वीर 'संध्या-वंदन विधान' करने सरोवर तट पर जाते हैं। शिव की स्थिति मस्तक पर है—श्री दुर्गा की त्वरित उदित छवि में 'निराला' संकेत करते हैं—

हैं दक्षिण में लक्ष्मी, सरस्वती वाम भाग,
दक्षिण गणेश, कार्तिक बाएँ रण-रंग-राग।
मस्तक पर शंकर, पद पद्मों पर श्रद्धा भर,
श्रीराघव हुए प्रणत मंद-स्वर-वंदन कर॥

शतपथब्राह्मण (5,6,/3/1/10) में अग्नि को रुद्र कहा गया है, 'अग्निर्वै रुद्रः'। अग्नि का ही रूप रुद्र है। इसके दो रूप हैं—एक घोर दूसरा शिव। अग्नि का जो रूप उपद्रावक, रोगप्रद, विध्वंसक है, उसे 'घोरीरुद्र' कहते हैं और जो लाभप्रद, रोगनिवारक, रक्षक है, वह 'शिव' रूप है। 'घोररुद्र' से दूर रहने, बचने की चेष्टा की जाती है। 'शिवरुद्र' की उपासना की जाती है। अग्नि में जितना 'सोम-संबंध' है, वह सर्जनशक्ति का कल्याणक आधार है। रुद्र ग्यारह माने गए हैं। पार्थिव अग्नि द्युलोक वा स्वर्लोक अर्थात् सूर्यमंडल तक व्याप्त है। उससे आगे-ऊपर सोममंडल है। अग्नि की गति ऊपर को और सोम की गति ऊपर से नीचे की ओर रहती है। अग्नि को 'शिव' और सोम को 'शक्ति' कहते हैं। 'सोम' शब्द उमा से ही बना है। 'उमया सहितः सोमः'। इसमें शक्ति 'उमा' है। शक्तिमान 'शिव' हैं। यह तत्त्व वृहद्जाबालोपनिषद्-ब्राह्मण 2 में इस तरह आया है—

अग्निषोमात्मकं विश्वमित्यग्निराचक्षते।
रौद्री घोरा या तैजसी तनूः।
सोमः शक्त्यमृतयमः शक्तिकरी तनूः।

'इस चराचर जगत् की आत्मा अग्नि और सोम हैं। घोर या तेजस रूप रुद्र का शरीर है। अमृतमय शक्तिदायक सोम शक्ति रूप है'। अर्थात् 'घोरअग्नि' शिव रूप है। 'सोमअग्नि' शक्ति रूप है। विद्या-कला आदि में अमृतमय सोम रूप शक्ति ही विद्यमान रहती है। स्थूल-सूक्ष्म सर्वत्र सृष्टि में अमृतमय रस (सोम) और तेज (अग्नि) व्याप्त है। अग्नि ऊर्ध्वशक्तिमय होकर सोमरूप हो जाती है और सोम अधःशक्तिमय होकर अग्नि बन जाता है। इन दोनों के संपुट में यह विश्व अपनी संज्ञा पाता रहता है। ऊपर जाती हुई अग्नि अपनी आधार शक्ति सोम से पाती है और नीचे आता हुआ सोम शिव की ही शक्ति कहाता है। बिना शिव के आधार के वह भी नहीं रह सकता। शिव शक्तिमय है और शक्ति शिवमय। शिव और शक्ति जहाँ न हो, सृष्टि का ऐसा कोई कोना नहीं है।

अग्नि से सोम और सोम से अग्नि ऊर्जस्वित होते हैं; अतः दोनों एक ही तत्त्व हैं। शिव और शक्ति अभेद है। अर्धनारीश्वर रूप शिव का यह प्रकट करता है कि शिव और पार्वती मिलकर एक विग्रह है।। उमा शिव की अर्धांगिनी है। अग्नि पुरुष और सोम स्त्री माना गया है। लोकक्रम में सोम ऊपर रहता है, इससे शिव के वृक्षःस्थल पर खड़ी हुई शक्ति की उपासना होती है। शिव ज्ञानस्वरूप और तेजस्वरूप हैं। शक्ति क्रिया या बलस्वरूप है। यह इच्छा का परिणाम है। क्रिया या बल, ज्ञान या तेज के बल पर ही खड़ा रह सकता है। इसलिए भगवती शिव के वृक्षस्थल पर चरण धारे हुए है। ज्ञान-इच्छा-कर्म की युति में ज्ञान की इच्छा तब ही सर्जनाकार धारण करती है, जब क्रिया की जाती है। बिना क्रिया के ज्ञान स्फूर्त नहीं हो सकता है। वह 'शव' है। शक्ति की क्रियमाणता ही 'शव' को शिव बनाती है। शिव विश्वरूप-विराट्स्वरूप है। उस पर चिद्कलारूपा परमाप्रकृति शक्तिरूपा भगवती खड़ी है। शिव का 'विश्व' रूप 'ब्रह्म सत्य' कहाता है। यह संपूर्ण ब्रह्मांड ईश्वर का शरीर माना जाता है। मुंडकोपनिषद (2/1/4) कहती है, 'अग्नि जिसका मस्तक है। चंद्रमा सूर्य दोनों नेत्र हैं। दिशाएँ स्तोत्र हैं। वेद वाणी है। विश्वव्यापी वायु प्राण रूप में हृदय में है। पृथ्वी पादरूप है। यह सब भूतों की अंतरात्मा है'। 'निराला' कहते हैं, 'अंबर में हुए दिगंबर अर्चित शशि-शेखर'।

राम विष्णु के अवतार हैं। वे धर्म रूप हैं। राम का रूप धर्म-विग्रह ही है। धर्म की स्थापना और मर्यादामय लीला के लिए विष्णु का रामावतार त्रेता युग में होता है। ब्रह्मा, विष्णु, शिव एक ही अक्षर-महेश्वर की भिन्न-भिन्न कला-संज्ञाएँ हैं। ब्रह्मा, विष्णु और शिव तीनों अक्षर कलाओं की सृष्टि 'महेश्वर' ही है। उत्पत्ति, स्थिति और लय की समष्टि-क्रियाएँ एक ही तत्त्व की तीन अलग-अलग नाम-रूप

कलाएँ करती हैं। हैं ये तीनों एक और अभेद्य। परमशक्ति जब मायारूप से असीम को ससीम कर लेती है, तब अव्यय पुरुष का प्राकट्य होता है। अव्यय पुरुष की पाँच कोष-कलाएँ हैं—वाक्, प्राण, मन, विज्ञान और आनंद। विष्णु अपनी इच्छाशक्ति से इन पाँचों कोषों के साथ बारह कलाओं से युक्त होकर राम के रूप में प्रकट होते हैं और अपनी मर्यादा गाथा के माध्यम से 'नैसर्गिक ऋत्' को स्थापित करते हैं। अत: राम विष्णु के अंश हैं। विष्णु और शिव एक अखंड-अव्यक्त सत्ता की ही पृथक-पृथक क्रियात्मक शक्तियाँ हैं। अत: प्रकारांतर से राम और शिव भी एक ही अक्षर पुरुष के दो लीलावपु हैं। 'हरि' और 'हर' दोनों शब्द एक ही 'हृ' धातु से उत्पन्न हैं। अत: दोनों की मूल धातु (प्रकृति) एक है। केवल प्रत्यय अलग-अलग हैं। 'शिवस्य हृदयं विष्णुर्विष्णोस्तु हृदयं शिव:'। दोनों एक-दूसरे के पूजक-पूज्य हैं। गोस्वामी तुलसीदास लिखते हैं—

मंगल भवन अमंगल हारी। उमा सहित जेहि जपत पुरारी॥
शिव बैरी मम दास कहावा। सो नर सपनेहुँ मोहि न भावा॥
शंकर प्रिय, मम द्रोही, शिव द्रोही मम दास।
सो नर करहिं कल्प भरि, घोर नरक महुँ वास॥

राम भानुकुल भूषण हैं। वे सूर्य वंश के वंशज हैं। सूर्य 'ऋत्' का देवता है। 'ऋत्' प्रकृति का अनुशासन भी है और धर्म भी है। ऋत् के अधीन जब मनुष्य समाज आचरण करता है, तब वह 'धर्म' का स्वरूप ले लेता है। इस प्रकार 'राम' एक ओर 'नैसर्गिक ऋत्' से संपर्कित हैं और दूसरी ओर मानव समाज आचरित धर्म के संस्थापक भी हैं। राम एक ओर परात्पर ब्रह्म भी हैं और दशरथ-सुत भी हैं। 'सीता' आदि शक्ति जग-जननी भी हैं और वे जानकी तथा राम की भार्या भी हैं। जनक-सुता जग-जननि जानकी, अतिशय प्रिय करुणानिधान की। राम की शक्तिपूजा में राम-प्रिया सीता के उद्धार के लिए पुरुषार्थी और प्रिया-उद्धारक मन कभी हारा नहीं। कभी थका नहीं। 'जानकी ! हाय उद्धार प्रिया का न हो सका! वह एक और मन रहा राम का जो न थका। जो नहीं जानता दैन्य, नहीं जानता विनय, कर गया भेद वह मायावरण प्राप्त कर जय'। शक्ति की 'मौलिक कल्पना' और 'आराधन का दृढ आराधन से उत्तर' देने के पुरुषार्थ का यह सात्त्विक रूप है। राम अपने सौंदर्य और शील से शक्ति का आवाह्न कर धर्म की संपूर्णता और मानव की मर्यादा की विभूति बन जाते हैं।

अंजनी-सुत हनुमान राम के परम भक्त हैं। पवनपुत्र का सत्संगी रूप बड़ा मनभावन है। वे कनक भूधराकार भी हैं। वे अतुलित बलधामं, हेमशैलाभदेहं, ज्ञानिनामं

अग्रगण्यम् हैं। वे सकल गुण निधानं, वानरयूथं मुख्यम् हैं। रघुपति के प्रिय भक्त हैं। दो ध्रुवीय वह्नि धक-धककर प्रकट होती है। परम पराक्रम और प्रशांत शांति एक ही जीवन-वपु में संचरित-समाहित है। राम-भक्त हनुमान एकादश रुद्र माने जाते हैं। शिव से ही अग्नि और सोम की उत्पत्ति है। अग्नि ही रुद्र है। अग्नि की तीन अवस्थाएँ होती हैं—अग्नि, वायु और आदित्य। अग्नि के सहचर आठ वसु हैं। वायु के सहचर 'एकादश रुद्र' हैं। आदित्य के सहचर 'द्वादस आदित्य' हैं। अतः अग्नि आठ रूपों में, वायु ग्यारह रूपों में और आदित्य बारह रूपों में सृष्टि में व्याप्त हैं। 'सोम' की भी तीन अवस्थाएँ हैं—सूक्ष्म दशा में 'सोम', किंचित् घन होने पर 'वायु' और अधिक घन होने पर 'अप्' कहा जाता है। सूर्य से ऊपर का परमेष्ठि मंडल 'अप्लोक' कहलाता है। अग्नि की अवस्था का वायु 'आग्नेय वायु' और सोम की अवस्था का वायु 'सोमवायु' कहा जाता है। पृथ्वी और सूर्य के मध्य में जो अंतरिक्ष है, उसमें आग्नेय वायु प्रसरणशील रहता है। सूर्य से ऊपर परमेष्ठि मंडल तक 'सौम्य वायु' का प्रसार है। यही आग्नेय वायु भौतिक वायु और भौतिक अग्नि को उत्पन्न करता है। श्रुति में कहा गया है, 'मरुतो रुद्रपुत्रसः'। मरुत रुद्र के पुत्र हैं।

राम शिव के आराध्य हैं। शिव निरंतर राम को जपते हैं। हनुमान एकादश रुद्र हैं। शिव से अग्नि, अग्नि से रुद्र, रुद्र से मरुत, मरुत से हनुमान का संबंध है। आग्नेय वायु या अग्नि रुद्र या घोर रुद्रका निवास अंतरिक्ष में है। राम के नेत्रों से आँसू टपके और वे आँसू (युग) 'अस्ति-नास्ति' के एक रूप-गुण-गण अनिन्द्य युगल चरणों पर गिरे। उन्हें देख पवनपुत्र का 'आग्नेयवायु' रूप साकार हो उठा। शिव अपने आराध्य को संकट में नहीं पा सकते। मारुतसुत शिव का ही एकादश अंश हैं। वे उनचास पवन का सहचर पाकर रुद्र से रौद्र रूप में दिग्विजय—अर्थ प्रतिपल सक्षम और समर्थ बढ़ते जाते हैं। 'वज्रांग तेजघन बना पवन को, महाकाश पहुँचा, एकादश रुद्र क्षुब्ध कर अट्टहास'। शिव देवी को मंद्रस्वर में सचेत करते हैं। बात और खुलती है। सत्य और साफ-साफ उजागर होता है कि यह वानर नहीं है, यह अपना ही तेज है। 'संवरो देवी, निज तेज, नहीं वानर यह'। देवी भगवती से शिव अद्भुत बात कहते हैं, यह राम की अर्चना ही मूर्तिमान अक्षय-शरीर रूप महाकाश हो गई है। शिव-शक्ति, राम-हनुमान ज्योर्तिमय महानिलय के मध्य शतशीर्षा, सहस्राक्ष, शतेषुधि रूप में स्थित हैं। शिव रघुनंदन-कूजित महावीर के शत-वायु-वेग-बल को अनुमान कर वास्तविक मूल स्वरूप स्फुटित कर देते हैं—

चिर ब्रह्मचर्यरत ये एकादश रुद्र धन्य।
मर्यादा-पुरुषोत्तम के सर्वोत्तम अनन्य।

इतना कुछ कहने के बाद भी उस अक्षर महेश्वर के चारों रूपों—शिव-शक्ति, राम-हनुमान के रूप-गुण का वर्णन पार्थिव जिह्वा और मोह विजड़ित बुद्धि से कैसे किया जा सकता है। जिसे वेदों ने 'नेति-नेति' गाया है; उसे 'वह ऐसा ही है', 'वह ऐसा ही है'; यह कैसे कहा जा सकता है। अतः यही विनय है—

आवाहनं न जानामि, नैव जानामि पूजनम्।
विसर्जनं न जानामि, क्षम्यतां परमेश्वर॥

□

9

कहाँ से शुरू हुए, कहाँ पहुँचे

पानी बरस रहा है। बरसते पानी के बीच निमाड़ का छोटा सा गाँव यादों में उभर आया है। गाँव, जहाँ पर आँखें खुलीं। जहाँ खेतों में दौड़ते-कूदते सतरंगी सपने जागे। जहाँ नदी के घाट पर जल में जीवन के कई प्रतिबिंब उभरे और तिरोहित हुए। जहाँ की स्कूल में शिक्षा का पहला ककहरा पढ़ा, सीखा। उसी गाँव के विद्यालय के 15 अगस्त की सुबह स्मृतियों में साफ-साफ हो आई है। लगभग 55 वर्ष पहले का दृश्य सामने है। सुराज मिल गया है, लोग सुराजियों की जय-जयकार कर रहे हैं। पानी बरस रहा है। छोटे-छोटे हम स्कूली बच्चे बहुत सुबह-सुबह विद्यालय में इकट्ठा हो रहे हैं। गुरुजी ने एक दिन पूर्व ही समझा दिया है कि सबको साफ-सुथरी पोशाक पहनकर विद्यालय आना है, और हाँ! सफेद टोपी हरेक को लगाकर आना है। अहा! उस सुबह का क्या दृश्य था; लग रहा था—स्वतंत्रता-संग्राम सेनानियों का समूह आ जुटा हो।

गुरुजी हम सब बच्चों से पहले, दिन की किरन फूटने से पूर्व ही विद्यालय आ गए थे। गुरुजी क्या थे, साक्षात् स्वराजी लगते थे। खादी की सफेद धोती, खादी का सफेद कुरता, खादी की सफेद गांधी टोपी, आँखों पर मोटी फ्रेम का चश्मा और नंगे पाँव। गुरुजी ज्ञान का स्वरूप लगते थे। उनसे भय नहीं लगता था। उन पर श्रद्धा होती थी। उनके आचरण की भाषा बहुत ताकतवर थी; जो हम सब बच्चों पर एक जबरदस्त प्रभाव छोड़ती थी। बालमन की स्लेट पर गुरुजी की मूरत और उनके वचन आज भी अमिट हैं।

15 अगस्त के दिन प्रभात फेरी निकलती थी। पाँचवीं कक्षा का होशियार विद्यार्थी उस दिन धोती, कुरता और गांधी टोपी लगाकर आता था। वह राष्ट्रध्वज

लेकर आगे-आगे चलता था। विद्यालय के सारे बच्चे दो-दो की कतार में उसके पीछे चलते थे। पूरे उत्साह से भारतमाता की जय। महात्मा गांधी की जय। वंदे मातरम्। स्वतंत्रता अमर रहे। आदि नारों से स्कूल का प्रांगण और गाँव का गगन गूँज उठता था। प्रभात फेरी प्रारंभ होती थी और साथ ही बहुत उत्साह से हम सब बच्चे गाते थे, ''विजयी विश्व तिरंगा प्यारा, झंडा ऊँचा रहे हमारा।'' राष्ट्रध्वज के सम्मान को बनाए रखने के नन्हे-नन्हे संकल्पों से प्रभात फेरी आगे बढ़ती थी। गाँव की प्रत्येक गली में से गुजरती थी। माताएँ-बहनें फाटक पर आकर नन्हे-नन्हे सुराजियों को देखती थीं। आशीषती थीं। सबको तिलक लगाती थीं।

अच्छी तरह याद है कि उस दिन गाँव का प्राय:-प्राय: प्रत्येक व्यक्ति भी प्रभात फेरी के पीछे-पीछे साथ-साथ चलता था। गाँव उत्सव से भर उठता था। विद्यामंदिर के द्वार पर आम्र-पल्लवों के वंदनवार लगाए जाते थे। प्रभात फेरी पुन: विद्यालय प्रांगण में आकर रुक जाती थी। हम सब बैठ जाते थे। तब गुरुजी स्वतंत्रता का महत्त्व समझाते थे। स्वतंत्रता की लड़ाई का वर्णन करते-करते उनकी आँखें पनीली हो आती थीं। वे एक मुट्ठी माटी उठाकर कहते, ''इस मुट्ठी भर मिट्टी पर हमारा जीवन निर्भर है। इसका पोषण और रक्षण करने से यह हमें भोजन, ईंधन एवं घर की व्यवस्था कराने में सहायक होगी और सौंदर्य से घेर लेगी। दुरुपयोग करने से मिट्टी नष्ट हो जाएगी और अपने साथ मानव को भी नष्ट कर देगी। यह मिट्टी हम सबकी माँ है। भारत माता का मस्तक अब झुकने न पाए।'' हम सब हाथ उठाकर कहते, ''भारतमाता की जय। स्वतंत्रता अमर रहे।''

आज मेरे गाँव में ऐसा कुछ नहीं होता है।

देश-धरम की नई परिभाषाएँ गढ़ी गईं, तो देश बदला और देश के गाँव भी बदल गए। 'इंडिया दैट इज भारत' को सुमरनी की तरह जपनेवाले काले अंग्रेजों की जमात पैदा हो गई। माइकल जैक्सन के हाड़तोड़ नृत्य पर लटबौरे होनेवाले युवाओं की भीड़ खड़ी हो गई। सुरा-सुंदरी की मस्ती में अलगौजा से बजते नवधनाढ्य लोगों की संतानों के नरक से तीर्थों-पर्यटन-स्थलों की नालियाँ गंधाने लगीं। विश्वसुंदरी प्रतियोगिताओं और विज्ञापनों की होड़ में नारी-शक्ति के सारे प्रतिमान टूक-टूक हो गए। हत्या, बलात्कार, सामूहिक दुष्कर्म की खबर से अखबार की शर्मसार होती अक्षर-लिपि अपने अर्थ खोने लगी। आज आम आदमी का 'भारत' खो सा गया और उसके सुखों-दु:खों के तमाम चेहरे पीछे छूटते चले गए। एक दरिंदा भारत के घर में आतंक बनकर घुस आया और संसद् मुसकराती रही। गहराते अँधेरे में सन्नाटे को तोड़ने के सारे आमंत्रण मौन हो गए हैं।

लगता है रात सर्द है और पूरी नदी उद्गम से लेकर सागर-मुहाने तक जम-सी गई है। हमारे अंदर सब कुछ जड़ हो गया है। हमारे भीतर बहुत कुछ गलने लगा है। बाहर धुंध छा गई है। एक अंधी-खामोश यात्रा जारी है। इस यात्रा में अंधे संगी-साथियों को क्या नाम दें? इस यात्रा में आम आदमी; जिसमें आप-हम शामिल हैं; कितने अकेले हो गए हैं? कितने अधूरे, खाली और निरीह हो गए हैं। हम अपनी माटी, बानी-बोली और गाँव की गलियों को भूल गए हैं। अपने पुरखों की धरोहर को लातों से कुचलकर, पुरानी समझकर बिखरा आए हैं। इस बौराएपन में हम अपना असली चेहरा भी भूल गए हैं। हम अपना असली 'भारत' खो बैठे हैं।

आम आदमी के प्रतिनिधियों ने और सरकारी तंत्र में बैठे काले अंग्रेजों ने अंग्रेजी के ध्वज को उठा रखा है। पाश्चात्य शिक्षा-प्रणाली, पंचसितारा जीवन-शैली और अनियंत्रित भोगवाद उस ध्वज के तीन रंग हैं। उन्हें देख सूरज रोज शर्मिंदा होता है और चाँद का चेहरा फीका पड़ जाता है। किसी फूल की कोई खुशबू हथेली पर नहीं ठहर पा रही है। नीले आसमां पर पंछियों के पंखों की अदृश्य रेखाएँ उभरती हैं और लोप हो जाती हैं। विश्व के 'ज्ञानगुरु' का मान सेमड़े बालक की लटकती टाई और अंग्रेजी वर्णमाला की रटंत में दबकर घायल हो रहा है। भारतीय संस्कृति 'हैप्पी दशहरा', 'हैप्पी दीवाली', 'हैप्पी होली' और 'हैप्पी न्यू इयर' के कुसंबोधनों और बदतमीज कामनाओं से बदरंग हो चली है। मैकाले की औलादों की भरमार है, जिनको और जिनके आचरणों को देख लंदन की मिट्टी में मिट्टी हो गई एक माँ अपनी कब्र में भी मुसकरा सकती है।

मेरा देश भारत अपना दुःखड़ा किससे कहे? किसे सुनाए? यहाँ धृतराष्ट्र अंधे हैं। भीष्म पितामह परवश, धर्मराज विवश। द्रोपदी विपत गठरी बन बिलख रही है। कृष्ण के अवतरण की प्रतीक्षा है। कहीं दूर-दूर तक जागरण की आहट नहीं है। दूर हिम-मंडित चोटी से जब-तब एक चिड़िया भी दिखाई नहीं देती, मन जिल्लत से भर उठता है। सनसनाती बर्फीली खौफनाक हवाएँ चलती हैं, मन शंकाओं के नीचे दबा-दबा कराह उठता है। एक आस जागती है—कोई चिड़िया, कोई परिंदा दिखे, तो पूछूँ मेरे पुरखों का घर कैसा है? मेरे माता-पिता क्या अभी भी आँगन में बैठे अँजुरी भर धूप पी रहे हैं? कैसा है मेरा देश, मेरी जन्मभूमि, भारत।

मेरा घर-गाँव, देश-धरम-भारत। मेरी जन्मभूमि-भारत। भारत सोने की चिड़िया। जहाँ डाल-डाल पर सोने की चिड़िया करती हैं बसेरा, वह भारत देश है मेरा। भारत की भोर स्वर्णिम। भारत की शाम सुआपंखिया। भारत के सोने से दिन। चाँदी सी रातें। भारत के पर्वत प्रहरी। भारत के वन खजांची। भारत की नदियाँ संस्कृति-

पोषिता। भारत की धरती पुत्रवत्सला। भारत की गायें कामधेनु। भारत के वृषभ हलधर। भारत के किसान अन्न उपजाने में ब्रह्मा। अन्नदाता के रूप में विष्णु। सबका भलाकर संतुष्ट होने में शिव। भारत की तरुणाई कर्मठ। भारत का मन त्याग में भोग का सुखानुभवी। भारत का ज्ञान सहस्रार के पार के लोक का द्रष्टा। भारत की नदी, नारी और संस्कृति-गंगा, गायत्री और गीता। भारत के नन्हे दीपक की लौ में प्रकट होती हैं प्रार्थनाएँ।

अंग्रेजों ने जब अपनी भूरी आँखों से भारत के इस सतरंगी स्वरूप को देखा, तो इसका सोनरंग व्यक्तित्व अंग्रेजों, फ्रांसिसियों, पुर्तगालियों, को आकर्षित करने लगा। यूरोपवासियों में यहाँ आकर अपनी रोजी-रोटी कमाने की नहीं, इसके शोषण और इस पर शासन की खोट-इच्छा जागी। लार्ड आकविल ने अपनी विशाक्त लार टपकाते हुए इंग्लैंड के वायसराय को 1901 में लंबा पत्र लिखा था, 'भारत भूमि को छोड़ने का अर्थ है, इंग्लैंड को आधा-अधूरा करना, क्या आप जानते हैं, इन दिनों भारत से जो कच्चा माल ब्रिटेन के कारखानों के लिए आता है, उससे ब्रिटेन के मजदूरों को लगातार काम मिल रहा है और भारत तथा अन्य देशों में उसे बेचकर ब्रिटेन को कितना मुनाफा हो रहा है। भारत को छोड़ने के निर्णय से पहले इस पर विचार कर लिया जाए।'

खोटी नीयत, खोटा काम, भारत की बर्बादी। नष्ट हो गया भारत का गौरव। बिसरा दिया गया उसका पौराणिक इतिहास। छीन लिया गया उससे अपना सांस्कृतिक बोध। काट दिया गया उसे अपनी परंपराओं से। धूमिल कर दी गईं उसकी स्मृतियाँ। चुरा लिया गया उसका कालबोध। यह जीवित सच्चाई है। कोई माने या न माने। दूर-दूर तक अपसंस्कृति का मरुस्थल फैलता जा रहा है। किसी वृक्ष पर कोई पत्ता नजर नहीं आ रहा है। एक माटी के दीये की लौ मात्र जल रही है। हम सुबह की प्रतीक्षा में हैं।

रात सर्द हो चली है। चाँद बेवड़े (गेहूँ-चने) की रोटी सरीखा पीला दिखाई देने लगा है। पौष-माघ की ठंडाती रातों में कितनी ही जिंदगियाँ शीत से दो-दो हाथ करते मौन हो जाती हैं। पूरे विश्व की आबादी सात अरब है। सात अरब लोगों में से डेढ़ लाख लोग रात को सोते तो हैं, लेकिन सुबह उठ नहीं पाते। बर्फ के ढेले-जैसी जिंदगियाँ बेपानी होकर गल जाती हैं। यह हमारे विकास के मुँह पर पड़ता हुआ थप्पड़ है। ऐसी ही 16 दिसंबर, 2012 की सर्द रात में 'क्राइमकेपीटल' बनती जा रही दिल्ली की एक मोटर में छह दरिंदों द्वारा भारत की एक बेटी की देह को नोच-नोच कर लोथड़ा कर दिया जाता है। उसकी चीख मोटर के काले शीशों को तोड़

नहीं पाती और अपनी आँतों में घाव लिये मौन हो जाती है। इस पत्थरों के शहर और शीशे के घरोंवाले नगर में चीख और आक्रोशित दहाड़ का कोई भी अर्थ नहीं रहा है। रात के अँधेरे में सड़क किनारे 'दामिनी' की बुझती रोशनी जनपथ पर कई सवाल छोड़कर सो जाती है। भारत का मध्यवर्ग और युवावर्ग नगर-नगर, गाँव-गाँव सड़कों पर उतरकर शांत, किंतु उद्धत होकर इस जघन्य दुष्कर्म के विरोध में खड़ा हो जाता है। वह इस पापकर्म के विरोध में न्याय माँगता है। राजा विक्रमादित्य का देश अपने सत्ता मदांधों को यह दुष्खबर देने हेतु जगाना चाह रहा है। न्याय माँगने हेतु एकत्रित हुए उन युवाओं, युवतियों, महिलाओं पर लाठी चार्ज किया जाता है। भारत ने अपने ही स्वराज में अपने ही नुमाइंदों द्वारा अपने ही लोगों पर इस तरह की बेरहमी भरा काला दिन कभी नहीं बरसाया था। ऐसे जुल्मों के आगे शायद खुदा भी झुक जाए।

इस अनाचार, देशव्यापी भ्रष्टाचार और धर्म, संप्रदाय भाषा के नाम पर प्रचारित राजनैतिक झूठ की ज्वालाओं को बुझाने हेतु जल-कलशे लेकर आम जनता को घरों से निकलना ही होगा। अड़सठ बरस हो गए भारत को स्वतंत्र हुए। अड़सठ वर्षों में कला-साहित्य के नाम पर विदेशी विचारों की रोटी खा-खाकर मस्ताए तथाकथितों ने जो कुछ लिखा, चित्रित किया, वह साहित्य न तो परिवार के साथ बैठकर पढ़ने लायक है और न ही वह कला बच्चों-घर-परिवार के साथ देखने योग्य है। यथार्थ के नाम पर जो कुछ कथा-कविता में विगत चालीस-पैंतालीस वर्षों में लिखा गया, वह भारतीय जीवन का मर्यादित सच नहीं हो सकता। हुसैन की नंगी तसवीरों से घर सजाने की चाह हमारी जीवित अस्मिता नहीं बन सकती। कुत्सित मनोवृत्ति से चित्रित सरस्वती का नग्न चित्र हमारे आचरण को बदनाम करने से कैसे रोक पाएगा? कला-साहित्य में झूठ और फरेब की फसल खूब बोई-काटी जा रही है। हमारा सुंदर सच और सुनहरा सपना अमेरिका के चरण-चाटुकारों, मार्क्स के गलत व्याख्याकारों और मैकाले के सपूतों ने चुरा लिया है। कुत्तों ने दुम उठाकर भौंकना शुरू कर दिया है। उनकी दाढ़ में खून लग गया है। उनकी दाढ़ों को तोड़ना या उन्हें मार भगाना आवश्यक हो गया है।

तथाकथित इक्कीसवीं सदी के भारत का चेहरा कैसा होना चाहिए; जरा पूछें तो अंडमान की जेल से टकराते समुद्र के काले पानी से। पूछें—गांधी, सुभाष, भगतसिंह, चंद्रशेखर आजाद, अशफाक उल्लाह और ऐसे ही अनाम-अपरिचित राष्ट्र भक्तों से। हमारे ये पुरखे भारत को हमें सौंपकर गए हैं। यह भारत हमारा है। हमें अपनी आँखों के परदे की महीन पर्त की शर्म को बचाए रखना है।

अभी भी संभावनाएँ शेष हैं। हमारा वर्तमान अंधकार में है, लेकिन नन्हे दीये की लौ बल रही है। इसी के प्रकाश में हमें खोए हुए को तलाशना है। उस खोये हुए को, जिसका लोहा पूरा विश्व मानता रहा है। उठो! कि उठने का वक्त आ गया है। सँभालो अपने तीर और तरकश, कि निशाना साधना है। राष्ट्रभक्ति की इस लौ को चिनगारियों के वृक्षों और रोशनी के पहाड़ों में बदलना है। हम भोर की प्रतीक्षा न करें। सूरज का आह्वान करें। स्वर्णिम विहान का स्वागत करें। सूरज हमारे हाथों में होगा।

पूरब की ओर देखो—एक नन्हा सपूत भारतवर्ष के आँगन में खेलते-खेलते गा रहा है, 'अरुण यह मधुमय देश हमारा।'

□

10

इस अँधेरे में तो ठोकर ही उजाला देगी

चंद्रमा सतपुड़ा के एक शिखर से दूसरे शिखर पर कंदुक की भाँति उठ-गिर रहा है। अँधियारी और उजियारी में छियाछितौली का खेल चल रहा है। पेड़ ऊँघ रहे हैं। पक्षी मौन हैं। वे शायद नींद की रजाई में दुबके हुए हैं। पेड़ों के पत्तों और शाखाओं के बीच से चाँदनी झर रही है। झरनों की रजत धाराएँ उस चाँदनी के सान्निध्य में उत्सव मनाती सी लग रही हैं। कोई वन-पशु झरने के जल का आचमन करने आया है। आचमन की तृप्ति के बाद उसकी आँखें चमक उठी हैं; मानो दो छोटी टॉर्च अचानक जल उठी हों। सतपुड़ा अँधेरे के गद्दे पर लेटा, चाँदनी की चादर ओढ़े, नींद में मुसकरा रहा है। फागुन की वासंती-रजनी में मोटर की खिड़की से मेरा मन-महुआ यह सब देख-देख टप-टप झर रहा है।

जब-जब भी सतपुड़ा अँधेरे से, चाँदनी से, धूप से या वर्षाजल से स्नान करता है, प्रत्येक प्रहर में इसकी छवि अलग किंतु मन की मनुहार करती सी लगती है। इसकी सघनता ही इसकी समृद्धि है और इसके सात पुड़ों से युक्त व्यक्तित्व की बनक का सौंदर्य पृथ्वी पर पार्वतीय औदार्य का अनुपम उपहार है। प्रकृति भी अपनी महिमा में कितनी उदार और अपनी गरिमा में कितनी विराट् होती है। ये वन-पर्वत धरती का श्रृंगार हैं और सृष्टि की धड़कन का आधार हैं। सतपुड़ा बहुत सघन वनों और सुंदर पर्वतों का नाम है, जो मेकल की बाईं भुजा सा पूर्व से पश्चिम तक मध्यप्रदेश की धरती पर किलोल कर रहा है। मेकल पर्वत की दाईं भुजा विंध्याचल है। विंध्याचल और सतपुड़ा के बीच से प्राणदायिनी नर्मदा प्रवाहित है। सतपुड़ा के पास जाकर व्यक्ति का गर्व चूर नहीं होता, बल्कि व्यक्ति का स्वाभिमान जागता है। वह व्यक्ति के साहस को प्रबोधता है और पुरुषार्थ को आमंत्रित करता

है। सतपुड़ा धरती-पुत्रों को गुहारता है, 'इस अँधेरे में तो ठोकर ही उजाला देगी; रात, जंगल में कोई शम्मा जलाने से रही'।

वृक्षों के आसरे से दुबके अँधेरे को चीरती और चाँदनी के साथ हुलसित होती मोटर अविराम पर्वत पार कर रही है। एक ही नदी संपूर्ण वनक्षेत्र को अपने घुमावदार सौंदर्य से और कल-कल के मद्धम राग से जाग्रत् होने और जाग्रत् रहने की अमृत वाणी बोल रही है। मैं मोटर में बैठा रात्रि के निचले पहर में उस नदी को कितनी-कितनी बार पार करता हुआ अनुभव करता हूँ कि जनम-मरण की नदी के घुमाव भी कितने मोहक और सौंदर्यशाली होते हैं। उन्हीं के मोह में हम जन्म-जनमांतर की यात्रा करते हुए भी अनथके और बुझकर भी पुन: जाग्रत् होकर अनवरत चलते रहते हैं। चलते रहने का अपना सुख और आश्वस्ति होती है। मोटर के रुकते ही उदासी और ठंडापन घेरने लगता है। चलना ही या चलते रहना ही स्वभावत: सुखकर लगता है। चलते-चलते ही मोटर पर्वत पार कर जाती है। उषा जाग जाती है। धरती करवट बदलती है। पक्षियों की आँखें खुल जाती हैं। तितलियों के पंखों पर निसर्ग की कविता के शब्द और पुष्पों की सुवास में निसर्ग की कविता के अर्थ गूँजने लगते हैं। भुवन-भास्कर की पहली किरण मेरी पलकों पर आलोक के अमर संदेश पढ़ने लगती है। अभ्यर्थना में अनायास मेरे हाथ जुड़ जाते हैं। पहाड़ी की उपत्यका में खेत-जोतता बैलों को टिटकारता लोक-स्वर सुनाई देता है।

मैं अमरावती जा रहा हूँ। अमरावती में श्रीमती केशरबाई लाहोटी महाविद्यालय में हिंदी विभाग में कविता-उत्सव का प्रसंग है। हिंदी विभाग का आत्मीय आमंत्रण बुला रहा है। उसी प्रसंग में शब्द-पुष्प अर्पित करने जा रहा हूँ। जा रहा हूँ इंद्र की पुरी अमरावती को उसके आधुनिक आलोक में देखने के लिए। अमरावती की आधुनिकता और महाविद्यालय में संचालित अनेक व्यावसायिक पाठ्यक्रमों में मरुस्थल के बीच कविता का प्रसंग मरुद्यान की सुखानुभूति कम-से-कम मुझ जैसे लालित्याकांक्षी को तो दे ही रहा है। महाविद्यालय के प्रवेश द्वार पर रंगोली के रंगों में कला के भावों की अनेक-अनेक अर्थ-छवियाँ कविता के अर्थों से अन्विति जोड़ती हुई मनुष्य के पुरुषार्थ की कल्याणी वाणी उचार रही है। सभागृह की दीवारों पर कविता लिखी है। वैश्वीकरण के चंगुल में फँसे विश्व की गोद में कविता अभी हँस रही है, यह कितना आशा बँधानेवाला और शब्द की शाश्वतता के प्रति विश्वास जगानेवाला कर्म है।

सतपुड़ा पर्वत की श्रेणियों को पार करता हुआ खंडवा से अमरावती जानेवाला यह सड़क मार्ग मानव निर्मित सौंदर्य को निसर्गजात सौंदर्य में अनुस्यूत करता हुआ,

जिस नए सौंदर्य का सर्जन कर रहा है, वह सौंदर्य और लालित्य के सुमेल से उत्पन्न श्रम का लावण्य है। इस क्षेत्र को स्थानीय लोग मेलघाट कहते हैं। मेल का अर्थ मिलना अथवा संगम होता है। सतपुड़ा की अनेक श्रेणियाँ एक शिखर से आकर मिल रही हैं। नदियाँ-झरने निकलकर दौड़ते जा रहे हैं—खेतों को सींचने, पशुओं की प्यास बुझाने और वनवासियों की घड़ौची के घड़ों में भर-भरकर हँसने के लिए। पत्ते-पत्ते पर सुबह आकर ठहर गई है। अँधेरा हिंसक पशुओं सा खोहों-गुफाओं में छिपकर विश्राम करने चला गया है। किसान ने जोर से बैलों को हाँक लगाई है और हल की नोक ने धरती पर श्रम के ललित-निबंध लिखना शुरू कर दिया है। सुबह क्या हुई, कि किसान का पूरा घर खेत हो गया है। किसान, उसकी पत्नी, उसके बच्चे, उसके पालतू पशु सब खेत पर आकर खेत बन गए हैं। खेत सरीखे गहरे और अपने हाड़ को फोड़कर दुनिया का भरण करनेवाले अन्न प्रदाता। किसान है, इसलिए यह दुनिया है; इतनी छोटी सी बात विकासमानों की मोटी बुद्धि में क्यों नहीं आती?

मेलघाट पर एक साथ मैं किसान के श्रम, भोर के प्रकाश और कविता के महत्त्व का संगम अनुभव कर रहा हूँ। ये तीनों एक ही कवि-भाव से प्रसूत सौंदर्य-आचरण हैं। इसलिए प्रकृति निसर्ग की कविता लिख रही है। किसान श्रम की कविता लिख रहा है। महाविद्यालय लिखी हुई कविता का उत्सव मना रहा है। कविता या साहित्य क्या खाने-कमाने की जुगत करता है? कविता, कहानी भी आज के इस आत्मघाती समय में क्या पाठ्यक्रम में पढ़ने-पढ़ाने की चीज रह गई है? सब कुछ कल-पुरजों में बदलने को आतुर है। सबकुछ वस्तु बनकर मिट्‌टी के मोल बाजार में बिकने को उत्कंठित है। ऐसे समय में लिखे शब्दों के भाव-संसार में गहरे बैठने की फुरसत और समझ किसके पास है। अब तो बाजार में मिट्‌टी भी महँगे दाम बिक रही है और जमीन का भाव आसमान को छूकर किसान की करुणार्द्र अँगनाई से बाहर हो चुका है। व्यवसाय और व्यवसाय, और व्यवसाय ने आदमी और आदमी के संबंधों का व्यवसाय करने में भी शर्म नहीं खाई। हाय रे! बेहया समय और बेहया समय की उपज-पूँजी-संग्रह का अकुंठित मोह और मोह का निरंजन अंधापन और अंधापन का विनष्टीकरण की ओर बढ़ता बेसुध प्रसार। और हम हैं कि कविता का उत्सव मनाने में काँस जैसे फूले हैं और बाँस जैसे ऊँचे हुए जा रहे हैं। साहित्य का क्या होगा, मेरे राम?

शिक्षा का उद्‌देश्य क्या मात्र ज्ञानोपासना है? ज्ञानोपासना भी क्या निरा पत्थर पर टापती घोड़ी जैसी? जिसकी पीठ पर सवार होकर गिरे कि चकनाचूर हुए।

समय की नरम घास पर चलते हुए आदमी की पगथलियाँ इतनी कठोर और हथेलियाँ इतनी खुरदरी हो जाएँगी कि उसके पाँवों से संबंधों के आँगन के चकत्ते निकल उठेंगे और हथेलियाँ जिन गालों को छुएँगी उनसे खून चूने लगेगा; ऐसा किसने सोचा था? हमारे शिक्षाशास्त्रियों और मनीषियों के चिंतन का निष्कर्ष तो यह है कि शिक्षा भावों की निर्मल समृद्धि और अभ्यांतर साठी निर्मल-विस्तार का आधार बनती है। साहित्य उस निर्मल विस्तार में स्वस्थता का संचार करता है। यह देश तो घूरे से सोना उपजाता आया है। पर आज कर्मण्यता का ऐसा प्रबंधन हुआ कि वह पूरे विश्व को ही घूरा बनाने पर तत्पर है। और हम जैसे बेचारे लोग हैं कि सोने जैसे विश्व को कचराघर बनने से बचाने के जतन में कविता का पौधा रोप रहे हैं। बहुत मामूली सा और मासूम सा प्रयास है ना हमारा! पर प्रयास तो है।

ज्ञान-इच्छा-कर्म के नए प्रबंधन (मेनेजमेंट) से आज सारा विश्व सम्मोहित, किंतु भीतर सहमा डरा हुआ है। दरअसल यह प्रबंधन कम, साँठ-गाँठ या षड्यंत्र अधिक है। यह ज्ञान वस्तु आधारित है, चेतना आधारित नहीं। इच्छा काम या कामना का नया-नया वेश धारण कर आ रही है। कर्म सब कुछ लूट लेने, छीन लेने का उद्‌देश्य लेकर किया जा रहा। तीनों के सनातनी अर्थ खुरच दिए गए हैं और भोक्तावादी अर्थ चस्पा हो गए हैं। साँप पर केंचुल चढ़ जाती है तो वह अंधा हो जाता है। वह केंचुल फेंक देता है। पर यह निखट्टू सभ्यता है कि केंचुल-पर-केंचुल धारण करती चली जा रही है। नारियल जैसे कठोर आवरण में से भी समय आने पर धमोड़ा (अंकुर) फूट आता है। पर इस आत्मसंकुचित होती मायावी दुनिया की आँखों में कैक्टस उग आए हैं। बबूल से तो खैर थी। पर 'ए टी एम' में बदलते माता-पिता और 'पैसे कमाने की मशीन' में तब्दील होती जा रही संतान के लिए कविता के कौन से नए अर्थ-प्रयोजन खोजने होंगे?

गोवा के आक्षिजित फैले नील-रजत सिंधु के सिकता-कणों पर नंगे पाँव चलना कितना प्राकृतिक लगता है। गंगोत्री के बर्फ-प्रवाह में डुबकी लगाकर रोम-रोम से शीत का हाड़ तक फुसफुसाना कितना कुँआरा अनुभव लगता है। हिमालय के अमित सौंदर्य को प्रथम बार आँखों की डिब्बियों में भरकर बंद करना कितनी संपन्नता का भाव-संचार करता है। आसाम के जंगलों से गुजरते हुए अचानक हाथियों के समूह को देखकर मन का महावत बनकर हाथी पर सवार हो जाना कितने ऊँचे सिंहासन पर बैठ जाने की तृप्ति देता है। राजस्थान के रेगिस्तान में तृषा-तृषित मृग की भटकन में जीवन की अनबुझी-मृगतृष्णा को धधकते हुए देखकर कितना करुणार्द्र होकर बह जाने का विराग आ जाता है। नर्मदा में स्नान

करे हुए एक पूरी संस्कृति में डुबकी लगाकर निकलने का क्षण भर का सुख कहाँ से आता है? रामचरितमानस को पढ़ते हुए कविता से भिन्न मानव-मर्यादा को बाँचने का सहज बोध कैसे होने लगता है? खेत में काम करते हुए धरती की सेवा करते-करते सुफल पाने की निष्कामना किस बिंदु पर चमकती है? यह घर, परिवार, गाँव, देश मेरा है और उसके लिए कर्म करते हुए जीवन उत्कर्म हो जाए, यह प्राण-पुकार किस नील-कूल की अतल गहराई से आती है? कविता क्या इन सबके उत्तर खोजने में मदद करती है?

प्रकृति और कविता दोनों ही मनुष्य की माता और गुरु रही हैं। इससे कम महत्त्व इनका नहीं है। यदि यह न होता तो मनुष्य जन्म के साथ ही 'भूमि मेरी माता है' और 'कविता मेरी पथ-प्रदर्शक है' का उद्घोष करता हुआ अपनी जययात्रा पर नहीं निकलता। वह कुछ और कहता। उसने यह नहीं कहा कि धन-संपत्ति ही मेरे पिता-माता हैं और यह नहीं गाया कि आत्मरिक्तता ही मेरी कामना है। कुछ बात तो है, जिसके कारण मनुष्य विश्व की पहली कविता से लेकर आज तक की कविता में अपनी यात्रा की संचारिणी शक्ति को पाता रहा है। दुनिया आगे ही बढ़ती जाती है। रुकती नहीं है। लेकिन वह अपनी यात्रा में जरूरी वस्तुओं को साथ लेना नहीं छोड़ती, चाहे वे कितनी ही वजनदार क्यों न हो। कभी-कभी नई पीढ़ी झल्लाकर उन्हें पटककर आगे बढ़ जाना चाहती है। ऐसा ही शायद वर्तमान में हो रहा है। वह सिनेमा के संवादों में अपनी अभिव्यक्ति तलाशने लगी है। सिनेमा के गाने ही उनके भावों और विचारों का पोषण करने लगे हैं। उन्हें मानसिक खाद फैशन के कचराघरों से मिल रही है। दृश्य-श्रव्य-यंत्र उनकी उत्तेजनाओं की त्रासदी और कामदी लिखने लगे हैं। 'दबंग' के संवाद बोलकर वह पीढ़ी दबंग हो रही है और मुन्नी सरे राह बदनाम हो रही है। फिर भी हम हैं कि इस पीढ़ी को 'अविगत गति कहु कहत न आवै' का अर्थ और लोगों को 'सीय राममय सब जग जानी' का भाव समझाने के लिए कविता-कूल पर अकेले खड़े हैं।

हम खड़े हैं कि लोग उस पार से इस पार अवश्य आएँगे—उजड़े हुए वनों को फिर से रोपने के लिए। अपने सूने घर में किलकारी सुनने के लिए। सुआपंखी राँझवाली नदी के जल में अपना थका हुआ चेहरा धोने के लिए। रँभाती गाय की धुनि सुनकर अपनी पुतलियों में नाचते-हुमसते बाछरू को दुग्धपान करते हुए देखने के लिए। अपने खेतों को बाज़ार की चोपड़ी में से निकाल बाहर करने के लिए। अपने माता-पिता को भूमि और आकाश की महिमा प्रदान करने के लिए। अपनी संतति को आँगन के आम्रतरु की विकसनशीलता और फलवत्तता में निहारने के

लिए। अपने जल, जंगल और जमीन से निपजी संस्कृति में शरण पाने और उनको कुदृष्टि से देखनेवालों को चुनौतीपूर्ण आवाज में बरजने के लिए। पेट भरने के लिए रोटी सोने की नहीं; गेहूँ, ज्वार, बाजरे, मक्का की ही चाहिए। हे मनुष्य! तू शब्द का साधक था, वस्तु का आराधक क्यों बन गया? आओ, कविता की वट-छाया में जीवन की भागवत कथा का नया पाठ लिखें।

□

11

माँ की लोरी, रस की गागर

माँ की ममता न होती, तो यह धरती कैसी होती? बिन ममता के घर कैसा होता? कैसी होती यह दुनिया? नरम कपोलों पर ढुलकते आँसुओं को आँचल से कौन पोंछता? कौन जानता मन की बात? कौन सुनता दुधमुँहे अधरों के तुतलाते शब्दों के अर्थ? पगथलियों में लगी धूल के सौंदर्य को शिशुता का श्रृंगार कौन कहता? कौन मिलाता चूल्हे की आँच और पेट की आग के समीकरण? कौन स्वप्न-जागृति के पार जाकर ठुमक-चलते जीवन को धूप-स्नान करते हुए देखता? कौन हरसिंगार के फूलों में अपने शिशु के नयनों के बिंब देख मुसकुराता? कौन गौ-वत्स को अपनी माता का स्तनपान करते देख अपने मातृत्व को दुधियाते हुए उत्फुल्ल होता? कौन चिंटी के मुँह में सँजोए हुए कणों का संबंध माँ-ममता-पोषण और संसृति के विस्तार से जोड़ पाता? कौन धरती और किसान के संबंधों में माँ बेटे की भावमयी महनीयता की दूध-मिश्री घोल पाता? कौन वनपाखी की आकाश-भेदी उड़ान में अपनी ममता की अंडज निष्पत्ति पाकर आकाश सा निस्सीम होता? कौन अपने कोख-जन्मा को छाती से लगाकर लोरी के स्वरों से जीवन की भूमि में संस्कार बोता?

माँ की गोदी हरी होती है। स्वप्न आँखें खोलकर जागते हैं। अभिलाषाएँ पाँव-पाँव चलने लगती हैं। धरती बहुत रसवंती लगने लगती है। आकाश-पुरुष के माथे पर सूरज की पगड़ी सज उठती है। चंद्रमा सुहाग की टिकी सा रजनी के भाल पर फब उठता है। हरी पत्तियों की चमकती आँखों में रेशा-रेशा दूध उतर आता है। नदी की लहर-लहर तट पर आकर रेत पर लकीर-लकीर स्वागत गीत लिख जाती है। देवप्रयाग में भागीरथी और अलकनंदा मिलकर खूब खिलखिलाती हैं। वन से

निकलकर गाँव को जल-उत्सव का उपहार देती अनाम नदी के जल पर नन्हा दीपक तैरता है। खेत से चलकर आए पाँवों में लगे माटी-कण आँगन तक आते-आते गेहूँ की बाली और बाजरे की कलगी की अन्नगंधी सुवास बिखेरकर निःशेष हो जाते हैं। एक तितली पुष्प-पुष्प को संदेशा देकर निहाल हो जाती है। कैरियों से लदे-लदे, झुके-झुके आम्रतरु से ठिठोली करते शुक-सारिका अपने संवादों को भूलकर सोहर गाने लगते हैं। बादर में बिजुरी चमकती है और शिशु की आँखों में काजर आँज जाती है। शिशु की स्मित-किलकारी माँ की छाती को गर्व और जीवन को अनिर्वचनीय सुख दे जाती है। माँ चित्त का विस्तार आनंद के अतल में खोजने लगती है।

बालक का जन्म होता है। बालक हँसता है; माँ वारी-वारी जाती है। बालक रोता है; माँ अविचल-विचलित हो जाती है। बालक की पलकों पर नींद बिछौना बिछाती है। माँ लोरी गाती है, छाती से लगाती है, छाती पर सुलाती है। थपकियाँ देती हैं। क्यों गाती है माँ लोरी? भौंरे क्यों गुनगुनाते हैं? कोयल क्यों गीत सुनाती है? समुद्र क्यों बादल बनाता है? घटाएँ क्यों घिरती हैं? चपला क्यों चमकती है? बादल से बूँदें टपककर धरती में क्यों समा जाती हैं? हजारों-हजारों बूँदें मिलकर नदी-नद-सर-सागर क्यों बन जाती हैं? बीज अंकुरित होकर क्यों पादप-तरु बनता है? कर्म की रेख को गाढ़ी और चारों फलों की उपलब्धता का आधार क्यों बनाया गया है? श्रीकृष्ण ने कुरुक्षेत्र की युद्धभूमि पर ही अनुपम ज्ञानयोग, निष्काम कर्मयोग और परम-पावन भक्तियोग का संदेश क्यों दिया है? योगी त्रिकुटी-मध्य इड़ा-पिंगला-सुषुम्ना को क्यों साधता है? संन्यासी इस संसार को समझ-बूझकर भी इस पर क्यों हँसता है? बैरागी इस संसार को असार क्यों मानता है? साधक नर्मदा तीरे गुफा में बैठकर अचल समाधि में क्यों चला जाता है? रेवा अमरकंटक से सागर-संगम तक रव करती क्यों बह रही है? चिड़िया तिनका-तिनका जोड़कर घोंसला क्यों बनाती है और संसृति का उत्सव क्यों मनाती है? तीर्थयात्राओं में उस अलख को लखने की चाहत क्यों हर जनम में धमोड़ा सी फूटती-लहकती है? अमृत न मिलने पर भी अमर हो जाने की इच्छा दूब-जैसी अपनी जड़ों में क्यों हरी बनी रहती है? यह सत्य है कि यहाँ रहना नहीं, यह देश वीराना है; फिर यह भूमि क्यों स्वर्ग से भी ज्यादा प्यारी और सुंदर लगती है? पत्ते क्यों झरते हैं? तरुवर क्यों निपात हो जाते हैं? वसंत क्यों आता है? निपत्र वनांचल क्यों पल्लवित-कुसुमित हो जाता है? सूरज रोज निकलता है। हर रोज नया होता है। चंद्रमा कई बार उगता है। हर बार अभिनव होता है। माँ चंदा मामा को और शिशु को लोरी में दुलराती है।

स्वर, संगीत और संस्कार लोरी के अंतर्वासी रूप हैं। माँ धरती पर मानवता का संस्कार-संपन्न स्वरूप है। आत्मा उसकी चंद्रमंडल के क्षीरसागर में रहती है। वह जहाँ भी जाती है, दूधिया उजास उसके साथ रहती है। उसकी डाँट घटाओं में इंद्रधनुष सी छिटकती है। उसकी प्रसन्नता फूलों के हृदय से निकलती है। जब वह अपनी संतति को निहारती है तो उसके सामने सारे रूप-कुरूप सुंदर हो जाते हैं। वह कुरूपताओं पर भी ममतामयी दृष्टि के शंख-चूर्ण की वृष्टि करती है। जब वह अपने बच्चे से बोलती है, तो बोलियों का काव्य-सत्व निचुड़कर झरने लगता है। जब वह गाती है तो कालिदास का शृंगार और भवभूति की करुणा थाह ढूँढ़ने लगती है। जब माँ लोरी गाती है, बालक के अनखुले मनोजगत में संगीत के संस्कार पलकें खोलते हैं। बालक की पलकें झपकती हैं। नींद का मोहक स्वप्न-देश आँखों में उतर आता है। नाद बिंदु के झूले में झूलने लगता है। लोरी के स्वर-शब्द बालक के हृदय में बैठकर विलक्षणताओं के रहस्य खोलते हैं। सद्यजात शिशु नींद में मुसकराता है। विस्मित होता है। चौंकता है। आँखें खुलती हैं। एक नई दुनिया सामने होती है। उसी दुनिया की रीत माँ लोरी में गा-गाकर सुनाती है। फूलों के गान गाती है। स्वाद के मंच पर जिह्वा और वनफलों की जुगलबंदी करने के संस्कार देती है।

नाना-सा भाई का नाना-नाना पाँय,
नाना-नाना पाँय-स वाड़ी म जाय।
वाड़ी का वनफल तोड़ी-तोड़ी खाय,
एतरा म आयी गई माळेण माय॥

(निमाड़ी बोली की लोरी का एकांश)

माँ अपने अतीत को, अपने दुःख निपजे करुणार्द्र भूतकाल को अपनी स्मृतियों की माप से मापकर उसमें आशाएँ-आकांक्षाएँ भर लेती है। वह अपने बालक के भविष्य को मणिपूरक चौक पर कलश सा रख देती है। इसलिए कि उसका जन्मना शिशु विश्व की कटीली और खुरचीली सीमाओं के पार अमरता नापते चरणों का प्रतिनिधित्व कर सके। वह बचपन का निर्माण करती है। निर्माण के बचपन को संस्कार देती है। उसके स्वर-रागों में नर्मदा की उत्कल धारा का ध्वनन सुना जा सकता है। हाथों की थपकियों में नींद की एक-एक तह की जमावट को अनुभव किया जा सकता है। अंगुलियों की चुटकियों में कलियों की चटक का समतोल अनुमाना जा सकता है। उसकी छाती के बिछौने पर ममता के रोम-रोम की नम्रता धन्यता को प्राप्त कर सकती है। माँ के हृदय की धड़कन से शिशु की धड़कन का

अनाहद नाद अपने प्राणत्व की सार्थकता ढूँढ़ सकता है। उस सुखानुभूमि में हिमालय, विन्ध्य, सतपुड़ा, सह्याद्रि और अरावली की ऊँचाई-निचाई सब डूब जाती है। स्वप्नों की जागरण वेला में इच्छाओं के पुष्प खिलते हैं। वर्तमान की स्फूर्ति के प्रकाश में अतीत-भविष्य दोनों चमक उठते हैं।

नर्मदा का अविरल-अविराम निर्मल प्रवाह, प्राची की गोद में अरुणोदय, राका-नभ के अजिर में विधु की रजत-क्रीड़ाएँ, संझा-वेला में वनपाखियों का अपने-अपने नीड़ों में लौटना, वन से लौटती अपने बछड़े को दूध पिलाने की आतुरता ली हुई गाय की दौड़, कली का खिलना, घनालि का घिरकर रूखी-सूखी धरती पर बरसना, गंगा की लहरों पर नन्हे दीपक को नृत्यमय भंगिमा में दूर तक बहते-बहते देखना, किसी तरुवर में मौसम का, उम्र के जीवन का पहला फल फलित होना, बढ़ती फसल की बालियों में पहले दाने का छिलके की ओट से झाँकना, उमड़-घुमड़ घिर आई घटाओं से सौदामिनी का चमकना, अपने श्रम के समर्पण में कृषक के भाल से पसीने की बूँदों का मातृभूमि की गोद में गिरना, लेह-लद्दाख के हिम-मंडित शिखरों पर बर्फ धुली हवाओं से दो-दो हाथ करते-करते अपनी भूमि के पग-पग, कण-कण की रक्षार्थ हिमालय बन जाना, कीड़ों की कुलबुलाहट भरे किसी आतंकी के गँदेले मस्तिष्क में दिन के चटक उजाले में सरेआम गोली दाग देना, संस्कृति के सुदर्शन चक्र से अपसंस्कृति के असुर का शिरोच्छेदन करना, वेणु की धुन पर निकुंज-वन में चाँदनी की रुनझुन का अविकल नृत्य जाग उठना, सतपुड़ा के वनों की हरियाली में मृदंग की थापों की घुमक का पहाड़ों से उतरकर दूर ताप्ती के जल तक फैल-फैल जाना, श्रीमद्‌भागवत कथा की व्यास नदी के चहुँओर बोए जवारों का भागवत-वेला में अंकुरित हो आना, यह माँ की ममता के ही अनेक अवतार हैं।

हिमालय से गंगा, यमुना, ब्रह्मपुत्र, सतलुज, रावी, चिनाब, झेलम, व्यास, सिंधु निकलती हैं। मेकल से रेवा, सतपुड़ा से ताप्ती, ऋष्यमूक से गोदावरी, महाबलेश्वर की पहाड़ियों से कृष्णा, कोयना और सह्याद्रि से कावेरी निकलकर जल की चिकनाई से तृण-तृण के आत्मतत्त्व को सिंचित कर अलख देव की अभ्यर्थना में अपना कर्म-अनुष्ठान संपन्न करती हैं। वनस्पतियाँ किसके प्रति अपनी कृतज्ञता में पुष्प-फल अर्पित कर निःशेष हो जाती हैं? महामानव के प्राणों का आत्मबल विस्तारित होकर विश्व के अनेक राष्ट्रों को पराधीनता और आतंक से मुक्ति की राह दिखाता हुआ किसकी स्वाधीन चेतना की प्रतिष्ठा करता है? करुणा के सिंधु में उल्लास की तरंगों पर बैठकर कवि किसके अनुरंजन हेतु जीवन की अमर कथा लिखता है?

किसकी महामाया को गौरव देने के लिए स्त्री माँ बनकर एक सनातन प्यास को बुझाने का उपक्रम करती हुई धरती हो जाती है?

माँ ने पाया कि गमले में रोज एक लोटा पानी डालने से रजनीगंधा खिल आई है। उसने जाना कि पक्षियों की भाषा मनुष्य और मनुष्य की भाषा तोता-मैना सीख गए हैं। कितनी चिड़ियाँ प्रकृति से ही संगीत के संस्कार लेकर आती हैं और निसर्ग में अपने स्वर से वाणी का दूधिया-स्वर अतंरिक्ष में तैरा देती हैं। सूरज-किरणें अपनी आभ और ताप मिश्रित स्वरांजलि प्रकृति के प्रत्येक शिव-वृक्ष पर बेलपत्र सी चढ़ाती हैं; तो प्रत्येक तरुवर ऊर्जा-स्फूर्त होता हुआ अपने संस्कार-भार से विनम्र हो उठता है। माँ ने देखा कि इस महादेश के जीवन का कोई संस्कार, कोई कर्म, कोई अनुष्ठान गीत-संगीत के बिना पूरा नहीं होता। जन्म-मृत्यु की रेशमी डोर पर चलता जीवन अपनी अंतर्लय की खोज में ही ढलता, गिरता-सँभलता अपने गंतव्य पर पहुँचता है। अपने बालक को संगीत के संस्कार देने के लिए माँ गाती है। जीवन-दु:खों की गठरी के बोझ को हल्का करने के लिए माँ अपने नौनिहाल को राग-रागनियों से गठरी की गाँठ खोलने का कौशल सिखाती है। वह अपने शिशु को अपने चित् की सद्वृत्ति से आनंद के अनुपम भावमय संस्कार से संस्कृत करती है। माँ है ना वह। धरती के संपूर्ण रसबोध को धारण करनेवाली माँ। माँ की लोरी रस की गागर है।

माँ प्रकृति को देखती है। सूरज लय में उगता है। चाँदनी की अपनी लय है। नदी एक लय के साथ प्रवाहित होती है। वर्षा की बूँदें लय-ताल के साथ बादल से धरती पर झरती हैं। फूलों के खिलने में लय है। हल में जुते बैलों के चलने की एक लय होती है। और-तो-और किसी कारखाने में चलती हुई मशीनों की भी एक लय होती है। माँ प्रकृति को गाते हुए सुनती है। धरती गाती है, मौसम गाते हैं, ऋतुएँ गाती हैं, मजदूर गाता है, किसान गाता है, गृहलक्ष्मी गाती है, तुलसी-वृंदावन गाता है, मीरा गाती है, कोयल गाती है, पपीहा गाता है, तोता-मैना गाते हैं, गौरैया गाती है, हवा गाती है, आम्रकुंज गाते हैं, मोर नाचते-नाचते गाता है, बाँसवन गाते हैं, वसंत में जंगल गाते हैं, बादल गाते हैं, वर्षा में नदियाँ गाती हैं, गगन में घन गाते हैं, भौंरे गाते हैं, झींगुर गाते हैं, चरवाहा गाता है, हलवाहा गाता है, मिट्टी का कण-कण गाता है। मिट्टी की देह बनी है। माटी की उदास प्रतिमा को माँ लोरी सुनाकर, संगीत सिखाकर उसे उत्फुल्ल-स्फूर्त कर देती है। वह जीवन में रस घोलती है। शरीर में प्राण फूँकती है। आँखों की दृष्टि को माँजती है। कोनों को श्रवणीय बनाती है। लोरी के संस्कार-दोने उसके श्रवण-रंध्रों में उँड़ेल देती है। माँ लोरी गाती है,

क्योंकि प्रकृति गाती है। प्रकृति अपने पादप-तरुओं को अनगाई लोरी गाकर बड़ा करती है। माँ अपनी आत्मा के स्वर से शिशु के जीवन-तरु को सींचती है। वह सींचते-सींचते गाती है और गाते-गाते सींचती है।

निसर्ग की जन्म-स्थली परमप्रकृति का हृदय होती है। ब्रह्मांड के फलक पर तो वह चित्रित होता है। हरे-नीले बाँस की बाँसुरी का जन्म-स्थल कलाकार का कुशल मस्तिष्क और सुघड़ कौशल होता है। वेणु के स्वर बाँसुरी के छिद्रों से नहीं; वेणु वादक की श्वास के आरोह-अवरोह से जनमते हैं। पुस्तक के पृष्ठों पर टँके शब्द रचनाकार की कलम से नहीं; अनुभव की आँच में ढलकर निकलते हैं। 11/9 पेंटागन और 26/11 को ताज होटल के विध्वंस की चिनगारी बंदूकों से नहीं; किसी दाड़ीजार के मस्तिष्क की हड्डियों की रगड़ से पैदा होती है। नाश और निर्माण के अप्रतिहत-अनिर्णित क्षणों में धमन-भट्टियों से धधकते जीवन का जन्म-स्थल संस्कार हीनता की उसर भूमि होती है। पसरा और गहराता हुआ सन्नाटा कातर-चीत्कार या दिगंत-भेदी हुंकार के बिना नहीं टूटता है। अमर्यादा और अमानुषिकता के चिकने फर्श पर नंगा नाच करते मोम के पुतलों सा जीवन यौनाचार की हड्डियों के चूर्ण से मंजन करता है। स्त्री-विमर्श भ्रूण हत्याओं के पावन पाप की ज्वाला में जलकर भस्म हो जाता है। सहनशीलता घर-परिवार के रिश्तों को ठेंगा दिखाती हुई सरेआम चौपाल पर कपड़े उतार रही है। बच्चे माता-पिता की भाव-रज्जू को तोड़कर उनकी पहुँच से बाहर हो चुके हैं। यमुना के पानी में सडाँध पैदा हो गई है। आँगन पत्थरों के बिछौना वाला हो गया है। तुलसी खुली जमीन से गमले में रोपी जा रही है। अब वह एक लोटा अर्घ्य-जल के अभाव में सूख गई है। उसकी ओट में बैठे शालिग्राम धूल-धूसरित गुमसुम बैठे हैं। माँ अब भी लोरी गा रही है।

हमारे समय के मनुष्य को पंख लग गए हैं। जब चिंटियों के पंख लग जाते हैं, भारी वर्षा होती है; और सर्वनाश हो जाता है। हमारे समय के दो नहीं; तीन-तीन पंख फूट गए हैं। मनी, माइंड और मसल्स। धन, बुद्धि और बल से वह प्रकृति और सारी संस्कृति की रेखाओं को मिटाकर अंधकार और पाप का काला रंग भरने को आतुर-व्याकुल है। मातृत्व के साफल्य की धारणा के पवित्र संदर्भ समाप्त हो रहे हैं। देहराग, यौन, विकार, विषाद और अवसाद में घिरता जीवन कूलर के जल सरीखा-उड़ता, समाप्त होता जा रहा है। बेटा-बेटी पैसे कमानेवाली मशीन सरीखे देश-विदेश दर-बदर भटक-खट रहे हैं। माता-पिता, दफ्तर-दुकान, खेत-खलिहान, शहर-संस्थान, एटीएम कार्ड बने बदहवास लुट रहे हैं। घर-परिवार पर इतना गुरिल्ला आक्रमण कभी नहीं हुआ था। संस्कार, संगीत, साहित्य, संस्कृति धनमद

और बुद्धिबल के आगे घुटने टेक खड़े हैं। अब पिता क्या सोचें? माता क्या करे? संबंध कैसे निर्वहें? घर कैसे बचे? परिवार कैसे बने? कुटुंब कैसे बसे? एक आस फिर भी कि नाना-नानी, दादा-दादी, भाई-बहन, पिता-माता, बेटा-बेटी के संबंध-संबोधन अपने विकास में नूतन महक लेकर खिलेंगे। माँ सप्त-स्वरों में लोरी गा रही है।

□

12

माटी का घट, माटी का शरीर और लोक-अनुष्ठान

लोक प्रकृति की गोद में आँखें खोलता है। वह मिट्टी से शक्ति ग्रहण कर आकाश में पाँखें खोलता है। वह प्रकृति की वस्तुओं के आकार-प्रकार और उसके क्रियाकलापों से स्वयं को तौलता है। वह अनुभव की वाणी बोलता है। उसका वाणी पर अटल विश्वास है। वह जो कहता है, उस पर अचल रहता है। उसका कहा, लिखे हुए से ज्यादा महत्त्वपूर्ण होता है। उसका सृष्टि के विकास में किया प्रत्येक कर्म अनुष्ठान होता है। पृथ्वी, आकाश, जल, वायु, अग्नि के साक्ष्य में उसके कर्म लोक विश्वासों की अनुपम संपदा बन जाते हैं। भौतिक संपदा खुट जाती है। लोक विश्वासों की संपदा दिन-दिन सवाई होती चली जाती है। एक-एक लोक अनुष्ठान अनेक-अनेक विश्वासों के शक्ति-स्रोतों को जन्म देता है। सूरज निकलता है। जीवन की गति को पंख लग जाते हैं। उषा ने भोर के कुएँ से सूर्य की गागर भरकर ले आई है। आकाश चहचहाहट से भर उठा है। डाल-डाल से पखेरुओं ने मंगल-गीत गाना शुरू कर दिया है। ज्योति का कलश छलका और सारी धरती स्वर्णिम जल से नहा गई है। गृहलक्ष्मी ने आँगन में चौक पूरा है। चौक पर अक्षत धर दिये हैं। मुट्‌ठी भर अक्षत पर मंगल घट धर दिया है। आम्र-पल्लव विहँस रहे हैं। नारियल की कल्याणी उपस्थिति घट को कलश की पूर्णता दे रही है। घट में भरा जल सृष्टि-जल का भाग बनकर बिंदु में सिंधु की असीमता का आह्वान कर रहा है।

धरती से बड़ा कोई सहनशील नहीं। मिट्टी से अधिक कोई पवित्र नहीं। जल से अधिक कोई तरल नहीं। वायु से अधिक कोई प्रबल नहीं। अग्नि से अधिक कोई तेज नहीं। आकाश से अधिक कोई मौन-मुखर नहीं। लोक से अधिक माटी का

पूजक नहीं। घट से अधिक कोई शुभंकर नहीं। घट लोकानुष्ठान के केंद्र में है। कोई भी मांगलिक-अमांगलिक अनुष्ठान घट के बिना नहीं। कुलवधू ने पुत्र या पुत्री को जन्म दिया है। शिशु और शिशु की माँ दोनों जाफे में हैं। बच्चा सवा महीने का हो जाता है। जच्चा सवा महीने के बाद सिर पर घट रखकर कुएँ से जल भरकर लाती है। जल देव की पूजा करती है। कुएँ की पाल को पूजती है। पनघट को नमन करती है। कुएँ से जल खींचती है। घट भरती है। एक नहीं दो बड़े-छोटे घट सिर पर रखकर घर की वाट लेती है। उसकी कामना पूरी होती है कि वह माँ बनी। स्त्री होने की वह पूर्ण परिभाषा लिख सकी। उसने स्वयं के भीतर प्रकट मातृत्व को आत्मसात् किया। उसका जीवन धन्य हो जाता है। सिर पर भरा हुआ घट है। वह चलती है तो उसके पाँवों के नीचे की धरती नरम हो जाती है। वह मन-ही-मन प्रार्थना करती है, उसकी गर्भ-गगरी से जन्मा बालक सदैव-सदैव जल जैसा तरल-सरल रहे। सबको शीतलता देनेवाला। सबकी प्यास बुझानेवाला। घिड़ौची पर गगरी (घट) उतारती है। शिशु की रुदनमय किलकारी और पुकार फूटती है। गोद बिछौना बन जाती है। बाँहें हिंडोला बन जाती हैं। घट जैसे स्तन से दूध झरने लगता है। शिशु के मुख में अमृत-सी तृप्ति फैल जाती है। स्तन-घट का पयपान कर शिशु पुष्ट होता है। जीवन क्षेत्र में पाँव गतिवान हो उठते हैं। माँ का दूध शौर्य और पराक्रम बनकर चमकता है।

लोक की दृष्टि बहुत व्यापक होती है। लोक अपनी मौलिक-मेघा से सकल ब्रह्मांड की खबर रखता है। प्रत्येक लोक-कर्म, लोक-व्यवहार और लोक-धर्म में घट की अनिवार्यता के पार्श्व में एक मधुर-मंगल ध्वनि सुनाई पड़ती है। 'घट-घट में बसे हैं राम' यह बात साधारण सी लगती है, पर है बहुत असाधारण। लोक ने घट या कलश में संपूर्ण ब्रह्मांड की अवधारणा अनुमानित कर ली है। यह सगरा ब्रह्मांड घट के समान ही है। ब्रह्मांड में हमारी सुंदर माटी की प्रतिमा पृथ्वी घट के समान है। सूरज घट के समान है। चंद्रमा घट के आकार में पूर्णिमा को ढल जाता है। पृथ्वी का मानचित्र तो साक्षात् कुंभ-सरीखा ही लगता है। उस पर जल, वनस्पति, अन्न, धन है, फल , कामनाएँ हैं। कुमकुम-हल्दी और आटा से पूरा गया चौक है। उस पर अन्न के दाने हैं, दानों पर कलश है, कलश में जल है, जल में रुपया (लक्ष्मी) है। आम्र-पल्लव है, फसलों की हरियाली है, पल्लवों पर नारियल रखा है, फल है, अभिलाषाएँ हैं, प्रार्थनाएँ हैं, मंगल ध्वनियाँ हैं, उत्सव बेलाएँ हैं। अदम्य साहस और उद्दाम-उल्लास उमड़ता है। मंगल-घट धरती का प्रतीक और शुभ का अभिप्राय बन जाता है। लोक अपनी राह चलता है। वह दुनिया की देखा-देखी नहीं

करता है। दुनिया की बहुत परवाह भी नहीं करता है।

लोक का प्रत्यक्ष जीवन मानव-जीवन को संपूर्णता में समझने का आधार है। लोक जीवन भौतिक और अध्यात्म दोनों को साधता है। छोटे-छोटे लोक जीवन द्वारा किये गए कर्म व्यावहारिक रूप में भले ही सामान्य और आदिम प्रतीत हों, लेकिन लोक विश्वासों में इनके गहरे अर्थ छिपे होते हैं। लोक जीवन के अनुष्ठान इस लोक और प्रत्यक्ष जीवन को कल्याणक बनाने के उपक्रम के साथ ही उस लोक या परोक्ष जीवन के लिए भी श्रेय सिद्ध करते हैं। लोक जीवन इस लोक के मानवीय जीवन को सुंदर, सुशांत, समृद्ध और संतुलित तथा सुचालित बनाने में निरंतर मंगल-घट की स्थापना और मंगल प्रकाश का आमंत्रण करता चलता है। महर्षि वेदव्यास कहते हैं, 'प्रत्यक्षदर्शी लोकानां सर्वदर्शी भवेन्नर:।' लोक जीवन का प्रत्यक्ष ज्ञान ही जीवन को उसके मंगल घट रूप के अंतर-बाह्य को जानने का आधार है। लोक जीवन में घट, कलश, गागर, गगरी, माट, मटकी, घड़ा अलग-अलग कर्म-प्रसंगों में आसन जमाकर बैठे हैं और हजारों वर्षों से जीवन पादप पर मंगल वर्षा कर रहे हैं। लोक जीवन के इन माटी सुवासित संदर्भों को जानना भारतीय संस्कृति को पूरा-पूरा समझने का प्रवेश द्वार है। द्वार पर दोनों ओर मंगल घट सजे हैं। उन पर कलाकृतियाँ उकेरी हुई हैं। एक घट, उस पर दूसरा घट, उस पर आम्र-पल्लव और उस पर नारियल है। ऐसा लगता है—एक संपूर्ण सांस्कृतिक आचरण को आमंत्रित करती हुई लोक संस्कृति की देवी विराजित है।

विधाता ने सृष्टि रची, सूरज, पृथ्वी, चंद्रमा, नदी, नद, सरोवर, सिंधु, तृण, तरु, लता, गिरि, कंदर, खोह बनाए। इन सबके बीच सुंदर मनुष्य बनाया। ये सब देव-शिल्प हैं। ये देव-शिल्प सारे भुवनों में व्याप्त हैं। इनसे देव संस्कृति की रचना हुई। देव सृष्टि के बीच पाँव-पाँव चलते मनुष्य ने रूपकों, बिंबों, प्रतीकों, आकृतियों, प्रकृतियों से प्रभावित और अनुप्राणित होकर मानव-शिल्प से घट बनाया। रेखाओं से चौक पूरा। वास्तु से घर, महल, अटारियाँ बनाईं। दीवारों पर चित्र बनाए। प्रकृति को उल्लसित देखकर अपने पाँवों को नृत्य की लय से श्रृंगारित किया। कोयल क्या कूकी, पक्षी क्या चहचहाए, मानव के कंठ से स्वरलहरियाँ निकलीं और अंतरिक्ष गा उठा। प्राची में अरुणोदय हुआ। घर-आँगन में वंदनवार बँध गए। मंगल-घट मुसकरा उठा, गृहलक्ष्मी गा उठी। लोक ने अपने सुदीर्घ कर्म नैरंतर्य से संस्कृति रच डाली। सम्यक् कर्म ही संस्कृति बन गया। मनुष्य या लोक के सामूहिक सत्कर्मों ने विधाता की सृष्टि को और अधिक सुंदर तथा लालित्यपूर्ण बना दिया। वेदव्यास फिर कहते हैं—

मनुष्यलोके यच्छ्रेयः परं मन्ये युधिष्ठिर।

'हे युधिष्ठिर मनुष्य जीवन में जो श्रेय सिद्ध होता है, वह बहुत महत्त्वपूर्ण है।' मेरा मन पाँव-पाँव चलते घर-आँगन-गाँव-गलियों-पनघट-सरोवर तक जाता है। स्मृतियों के पटल पर घट के कई रूप और उसके साथ हँसते-बोलते, विषाद-उदास प्रसंग उभर आते हैं। पिता माटी के घड़े में गाय दुह रहे हैं। माँ बड़ी भोर भिनसारे से माट में दही बिलो रही है। एक मटकी और है, जिसमें चूल्हे की मद्धम आँच पर दूध तप रहा है। एक माट लकड़ी के फँगसों पर उलटी रखी है। वह सूरज की धूप में सूख जाए तो उसका चीकटपन दूर हो जाए। घीलौड़ी वाली गंध धूप में उड़ जाए। सूरज निकला और घर-आँगन में चहकती चिड़कती-जैसी जीजी झट से गागर भर नीर कुएँ से भर लाई है। माँ के होंठों से गीत औचक निकलता है और बहन की गगरी सिर से उतरकर घड़ौंची पर जम जाती है। अभी पानी कुएँ में था। अब पानी घट में है। अभी कुंभ जल में था। अब जल कुंभ में है। 'जल में कुंभ, कुंभ में जल है, बाहर-भीतर पानी।' कबीर के पास भी जीवन दर्शन और दर्शन के मर्म को समझने-समझाने के लिए घट सटकर बैठा रहा है। समुद्र-मंथन से अमृत-घट निकलता है और भारत भूमि पर चार पुण्य-स्थल कुंभ मेले के केंद्र हो जाते हैं।

मेरे कानों में भनक पड़ती है—'दही ले लो'। और वही स्वर बदलकर अंतरिक्ष में छा जाता है—कृष्ण ले लो, किशन ले लो, कान्हा ले लो, कन्हैया ले लो। मस्तिष्क फड़फड़ाकर जाग उठता है। यह क्या मामला है, क्या रहस्य है? कभी दही ले लो, कभी कृष्ण ले लो। पूरा द्वापर प्रकट हो जाता है। पूरी दूधिया संस्कृति खड़ी हो जाती है। बावरी ग्वालन दही बेचते-बेचते कृष्ण के प्रेम में बिन मोल बिक जाती है। प्रेम की बहुत साकरी गली है, जिसमें सिद्ध-योगी भी कभी-कभार एकाध पहुँच पाते हैं। गोपियाँ पहुँची है। कृष्ण यमुना के तीर खड़े हैं। गोपियाँ दही-मही बेचने मथुरा जा रही हैं। सिर पर दही-मही की मटकी है, होंठों पर 'दही ले लो।', 'कृष्ण ले लो' की रट लगी है। पग-पग पर उनकी गति नृत्य की लय सिरज रही है। कृष्ण रोकते हैं गोकुल का दूध, दही, छाछ, माखन, मथुरा मत ले जाओ, मत बेचो। मथुरा नगरी है, गोकुल गाँव है। गाँव का उत्पाद गाँव में ही ग्वाल-बाल, गोप-गोपी, आबाल-वृद्ध, बछड़ों-बछियों के लिए रहने दो। गोकुल की संस्कृति को मथुरा की संस्कृति के यहाँ हाट की वस्तु मत बनाओ। गाँवों को नगरों के हाथों मत उजाड़ो। गोपियाँ मान जाती हैं। वे स्वयं कृष्ण के हाथों बिक जाती हैं। दही, छाछ धरा रह जाता है। घट हँसता है। गगरी बिहँसती है। माट दूध-दही की संचयिनी अँजुरी बनकर भारत की मूल ग्राम-संस्कृति का अनुरक्षण कर रही है।

गृह सों दधि लैके ना जाई, चाहत दान कन्हाई।
तकत रहत है जहँ-तहँ नारिन, लख चाल तहै धाई।
डारत आन सीस घट धरनी, करनी कहत लजाई।
कैहैं जाय कंस राजा सौं, देस दैंय निकराई।
कह नंदलाल इसी रंग कहना, अधर रंग दरसाई॥

नव संवत्सर का आगमन है। सारी प्रकृति वासंती-रंग में रँग गई है। वनासपती फूल आई है। चैत्र शुक्ल प्रतिपदा है। पिता ने स्नान कर लिया है। गाय-ढोर जंगल को चले गए हैं। चौगान में केड़ा-केड़ी पूँछ उठाकर कुलाँचें भर रहे हैं। आम की डाल पर कोयल बोल रही है। नीम पर नीलकंठ बैठा है। पिता ने छोटे से माटी के घट में अक्षत, फूल, दूब, कुमकुम, हल्दी धर दी है। घट के मुँह पर लाल कपड़ा बाँध दिया है। उस घट के साथ नीम की बड़ी टहनी का छौरा बाँध दिया है। नीम का झुक्का और घट बाँस में बाँधकर घर की मुँडेर के सहारे खड़ा कर दिया है। हाथ जोड़ लिये हैं। पिता मुझसे और सब भाइयों-बहनों को भी उस आकाश-लटकते घट और नीम के झौर को प्रमाण करने को कहते हैं। हम वैसा ही करते हैं। इतने में सूरज निकल आता है। माँ सजी'-धजी दुलरी सी बनकर आँगन में चौक भर रही है। चौक पर घट-आम्रपल्लव, नारियल धर दिया है। उसके चौक की आभा और प्रात: के अरुण की अरुणिमा घर-आँगन, चौगान-खेत, जंगल-पहाड़, अंतरिक्ष-आकाश तक फैल गई है। मन का घट भावों से भरकर छलक रहा है, 'अरुण यह मधुमय देश हमारा।'

नव संवत्सर का आगमन होता है। नवरात्रि प्रारंभ हो जाती है। चैत्र नवरात्रि और कुआर की नवरात्रि अपने अनुष्ठान के साथ भारतीय लोक को संबल देती है। जकड़न से मुक्ति देती है। जीवनीशक्ति से पूरित करती है। माँ भगवती का आह्वान है। मनुहार है, प्रार्थना है, श्रद्धा है, विश्वास है, आस्था है, प्रतीक है, प्रयोजन है, हेतु है, भजन है, भाव है, भक्ति है, माताजी की पूजा है। देवी माँ सृष्टि की जननी है। 'आदि सृष्टि जेहि जग उपजाया।' माँ की आराधना का अनुष्ठान है। उसी अनुष्ठान का एक आवश्यक उपादान है—घट स्थापना। माँ के जवारे हैं। बीच में घट स्थापित है। माटी का कोरा सुंदर सुघड़ घट स्थापित किया है। पवित्रता अवतरित हो जाती है। माटी का नन्हा सा दीप जल रहा है। माँ के मुख का आलोक संपूर्ण कक्ष में बगर रहा है। अद्‌भुत शांति है। मस्तिष्क में आज्ञा-चक्र सक्रिय हो जाता है। घट-घटवासी शक्ति की आराधना घट-स्थापना से की जा रही है। माटी की देह, माटी का दीया, माटी का घट, माटी की धरती, माटी की प्रतिमा, माटी में खिलते-

अंकुरित होते जवारे, माटी की रचना, हृदय-घट में शक्ति का प्रकाश, घट में चेतना का आकुल-आमंत्रण। घट में स्पंदन होता है। माटी से जवारे अँखुवाते हैं। देवी भगवती के नयनों की ज्योति घट में अवस्थित होती है। घट धन्य, पावन और पुण्य-प्रतिमान हो जाता है। श्रद्धा और मनुहार, आस्था और धन्यता से भरा गीत-स्वर लहराता है—

माता चलऽ तो कूँ-कूँ का पगल्या मँडऽ ओ।
आसा बोलऽ तो पय-पय बोल, हम लॉवाँ देवी माय पावँणी ओ।

वर्षा विगत शरद ऋतु आई। आकाश निर्मल है। धरती काँदों-कीच से रहित हो चुकी है। रजनी की कामरी ओस से गीली हो रही है। नवरात्रि का पुण्य प्रकाशित हो रहा है। सब कहीं जगर-मगर ज्योति है। शुंभ-निशुंभ मर जाएँ। वे बार-बार जिंदा हो जाते हैं। प्रत्येक नवरात्रि में माँ से प्रार्थना करते हैं—बार-बार जीवित हो जानेवाले शुंभ-निशुंभ, महिषासुर का नाश हो। यह सृष्टि सद्विचारों से सुचालित हो। हमारे खेतों में धान्य हो। हमारी गायों के स्तन दुग्ध से भरे हों। हमारे बछड़े पुष्ट और बलिष्ठ हों। हमारी गंगा, नर्मदा, महानदी, गोदावरी, कृष्णा, कावेरी, ब्रह्मपुत्र में निर्मल नीर बहता रहे। हमारे देवालयों से शांति और सद्भावना के मंत्र उच्चारित हों। हमारे बच्चे सुपाठ पढ़ें। हमारे विद्यालयों-महाविद्यालयों में नियमित अध्यापन समर्पण के साथ हो। हमारे गुरुजन, अध्यापक, प्राध्यापक कर्म संस्कृति की परिभाषाएँ गढ़ें। हमारी गुरु-शिष्य परंपरा के प्राण राष्ट्र के गान गाएँ। जैसे देवी माँ आप सृष्टि की अधिष्ठात्री हो, वैसे ही हमारी माताएँ हमारे घरों-परिवारों की अधिष्ठात्री बनें। ओ माँ! हमें जय दो, विजय दो, यश दो, बल दो, बुद्धि दो, सदाचार दो, सदाचरण दो। हृदय-घट में करुणा दो। हमारे हृदय-घट में निवास करो।

विद्यावन्तं यशवन्तं लक्ष्मीवन्तं जनं कुरु।
रूपं देहि जयं देहि यशो देहि द्विषो जहि॥

शारदिया रात्रि में चनरमा (चंद्रमा) की चाँदनी झरती है। ओस टपकती है। हरसिंगार सुमनों से नवी-नवी जाता है। रजनीगंधा महक-महक उठती है। उसकी कुरकई (बाँस की टोकरी) में माता के जनारों की पीताभ पुल जाती है। गरबा रास प्रारंभ हो जाता है। बीच में घट रखा है। घट में कई छिद्र हैं। घट में माटी का दीया जल रहा है। दीये का प्रकाश घट के छिद्रों से निशा के अंधकार को बुहार रहा है। बालिकाएँ-किशोरियाँ-युवतियाँ गरबा-रास कर रही हैं। रास रात-रात भर चलता है। घट स्थापित है। दीप जल रहा है। घट स्थापित होता रहेगा। दीप जलता रहेगा। जलता ही रहेगा। नवरात्रि समाप्त होती है। दशहरा आता है। रावण को मारा जाता

है। पर वह भी ऐसा जिद्दी और जीवटवाला है कि बार-बार जीवित हो जाता है। फिर मारा जाता है। फिर जिंदा हो जाता है। फिर मारा जाता है। लगता है रावण को इसी में मजा आता होगा। कुआर की ग्यारस से शरद पूर्णिमा तक पाँच दिन कुआरी कन्याएँ गड़ब्या खेलती हैं। कुम्हार दाजी के यहाँ से कोरा नया माटी का घड़ा लाती हैं। उसमें छोटे-छोटे छेद करा लिये जाते हैं। उस मिट्टी के छिद्रमय घयल्या (घड़े-गड़ब्या) के अंदर दीप जलाकर रख दिया जाता है। उसे चौगान के मध्य में रखकर कन्याएँ रात्रि में गोलाकार नृत्य करती हैं। आलोकमय और दूधिया रस भरे जीवन की कामना करती हैं। आकाश से शुभ्र शीतल चाँदनी बरसती है। कोकिल कंठी स्वरों से गीत बरसते हैं। घट और दीपक से आलोक बरसता है। लोक जीवन नेह और रस से भींग-भींग जाता है। माँ लक्ष्मी पद्मासन पर विराजित हो जाती हैं। माटी का घट उनके दायें हाथ में है। घट से स्वर्ण मुद्राएँ टपक रही हैं।

शरद ऋतु जाती है। हेमंत ऋतु का आगमन होता है। खेती-किरसाणी का नया कर्म क्षेत्र आता है। रबी की फसल बुआई शुरू हो जाती है। पिताजी की रवानी और ठवनी गेहूँ की बोवनी करते समय देखते बनती है। उनके माथे की पगड़ी की छप अलग ही रहती है। उनकी मुख-छवि उन दिनों अंत: ज्योति से चिलकती रहती है। बोवनी पूर्ण होने के बाद वे खाखरे की पतली लकड़ियों की बल्लियाँ गाड़ते हैं। उस पर काँस की घास की छावन छाते हैं। मिट्टी के ढेलों से उसकी दीवार बनाते हैं। इस तरह छोटी सी टापरी और उसमें सुंदर घर बन जाता है। हम पिताजी से पूछते हैं—यह किसका घर बनाया है? वे कहते हैं—यह मछोंदरी माई का घर है। गेहूँ-चने की बुवाई के साथ ही इस साल की खरीफ-रबी दोनों की फसल-बुआई पूर्ण हुई। अब मछोंदरी माई की पूजा कर अन्न-धन-लक्ष्मी से खेत-खलिहान-घर-परिवार की समृद्धि की कामना करते हैं। पिताजी उस मढ़ैया के आगे आग सिलगाते हैं। उस पर मिट्टी का एकदम छोटा सा घट दूध से भरकर रख देते हैं। दूध से भरे उस छोटे माटी-घट को कुल्या कहते हैं। (कुल्या पहाड़ी नदी को भी कहा जाता है, यहाँ वह अर्थ नहीं है।) दूध तपता रहता है। माँ गेहूँ की घुघरी बनाकर लाती है। गेहूँ को उबालकर उसमें गुड़-मेवा मिलाकर घुघरी बनाकर लाती है। कुल्या-घट का दूध उफान आता है और मछोंदरी माई का भोग लगता है। माँ-पिताजी हाथ-जोड़कर धरती पर माथा टेकते हैं। यह मछोंदरी माई धरती माता ही है। भूमि माता है, हम उसके पुत्र हैं। वेद और लोक दोनों यहाँ आकर घास-फूस की मढ़ैया में बैठे सृष्टि-हित में शुभ-शुभ सोच-विचार रहे हैं। हम भाई-बहन घुघरी खाते हैं। गड़बड़ गोटी खाते हैं और कुलाटें मारते खेत में दूर तक चले जाते हैं। बड़ा आनंद आता है।

मिट्टी में लोटने का आनंद। खेत से भेंटने का आनंद। बोए हुए अन्न को प्रणाम करने का आनंद। सींचे हुए जल से नम हुई धरती को नमन करने का आनंद। गुड़-घुघरी खाने का आनंद। अपनी लोक-परंपरा के निभाव का आनंद। आनंद-ही-आनंद। बालमन की सुधियाँ कितनी सुहानी होती हैं। इस जीवन में धरती, माँ, पिता का मिलना भी पुण्यफल का प्राप्य होता है। सचमुच धरती, माँ और पिता तो पुण्य-स्वरूप ही हैं। मढैया में तपते घट का दूध शांत-शीतल हो गया है। ठंडी हवा खेत के ओर-छोर दौड़ गई है।

स्मृति में खेत में हल हाँकते हुए जनकजी का बिंब उभर आता है। हल की नोंक ऋषियों के द्वारा रावण को कर स्वरूप दिए गए रुधिर भरे घड़े से टकराती है और एक नन्ही, सुकोमल, सुंदर कन्या घट से प्रकट हो जाती है। घट से प्रकटी जनक दुलारी अपने यश का विस्तार करती हुई कृषि की अधिष्ठात्री देवी और तीन लोक की वंदनीया बन जाती है।

फसल उगती है। खेत लहलहाते हैं। चने के छोर में घेटियाँ लग आती हैं। चिड़ी, पखेरू, होर्‌या (तोता), काबर चने की घेटियाँ खाने आते हैं। उन्हें डराने और उड़ाने के लिए पिताजी खेत के बीच में मोटी लकड़ी गाड़कर उस पर औंधा घट रख देते हैं। वह औंधा घड़ा आदमी की खोपड़ी या सिर जैसा पखेरुओं को प्रतीत होता है। वे समझते हैं—कोई आदमी या खेत का मालिक खड़ा है। वे भाग जाते। औंधा घड़ा आदमी बना खेत में खड़ा है। कहते हैं औंधे घड़े पर कितना ही पानी डालो, ठहरता नहीं है। पानी तो क्या उसे देखकर पक्षी भी नहीं ठहरते हैं। हरी फसल और खड़ी फसल की वह खेत-टँगा घट रखवाली कर रहा है। फसल पकती है। पूरा खेत अपने कर्म की पूर्णता के बाद सुस्ताता है। घर अन्न-धन से भर जाता है। इस अन्न में से माँ अगले वर्ष बोने हेतु बीजाई का अनाज मटकों में, मिट्टी के घयलों में, माटी के घड़ों में भरकर रख देती है। वे घट, घड़े, घयल्या, मटके, बीज की तिजोरी बन जाते हैं। दो-दो, तीन-तीन सालों तक उनमें अनाज सुरक्षित रखा रहता है। माँ मटके में नींबू का अचार, कैरी का अचार भी डालती है। घट किसान-संस्कृति के घर से लेकर खेत खलिहान तक संग-साथ है। वह साईं भी घट-घट में रम रहा है। कबीर याद आते हैं—

सब घट मेरा साईंया, सूनी सेज न कोय।
जिहिं घट में साईं रमै, सो घट परगट होय॥

याद है कि जब फसल ज्वार-गेहूँ काटकर खलिहान में लाए जाते हैं। दावण होती है। कभी-कभी तो धान की, ज्वार की, गेहूँ की दावण रात-रात भर होती है।

फिर उसकी खँडार लगाई जाती है। उस खँडार पर पिताजी गोमूत्र घट में भरकर रख देते हैं। गोमूत्र को पूरे खले में भी छिड़कते हैं। एक छोटा घट तुलसी-क्यारे के पास घर के आँगन में भी रखा है। सुबह ही माँ ने गाय का गोमातीर (गोमूत्र) झेलकर घट में रख लिया है। घर में उसका छिड़काव होता है। परिवार में किसी को सर्दी-जुकाम होता है, थोड़ा सा ताजा गोमातीर पिला देते हैं। सर्दी-जुकाम भाग जाता है। कहीं से लाग-बेलाग करके आए हैं। बाजार-हाट से आए हैं। गोमातीर छिड़क लेते हैं। बिषैले जीवाणु मर जाते हैं। घट और गोमूत्र वैद्य बनकर गाँव-घर में बैठे हैं। वह देखो देव की ठाँण पर रजाल्या देव के सामने घट में नीर भरकर खड़ा है। देवता के पास उपचार की पाँच ही औषधि हैं—घट का नीर, घट का गौमूत्र, भभूत, नीम का झौरा और गाय की परकम्मा। छोटी-मोटी बीमारी दूर। छोटा-मोटा रोग-शोक चंपत। हँसता जीवन। खिलखिलाता लोक जीवन। स्वस्थ गाँव। संपन्न राष्ट्र।

जेठ-बैसाख को घाम पड़ी रह्योज। छाँह भी छाँह ढूँढ़ रही है। प्यासा प्यास के मारे व्याकुल है। बटोही राह पर चला जा रहा है। राह गाँव से गुजरती है। पाँव में कुआँ है, पनघट है, पनघट पर पनिहारिन है। घड़े के गले में लेज (रस्सी) बँधी है। पानी घड़े में भरकर कुएँ से ऊपर आता है। पथिक कुएँ के पास है। पनिहारिन कुएँ की पाल पर है। प्यासे पथिक की आँखों की मनुहार और ओठों की पुकार पनिहारिन सुन लेती है। पथिक की दोनों हथेलियाँ ओक (अँजुरी) बन जाती हैं। घड़े में से पानी अँजुरी में, कंठ में, हृदय में और जीवन में चला जाता है। पथिक झुककर पानी पी रहा है। पनिहारिन झुककर पानी पिला रही है। माटी का घड़ा है। पर इस समय वह सोना-रूपा का हो गया है। नयनों से नयनों का संभाषण होता है। मन से मन का मौन मुखर होता है। पथिक जल की शीतलता और रूप के लावण्य का एक साथ पान करता है। मन की प्रीत छलक जाती है। घड़े की लेज नरम हो जाती है। गगरी जल से भरकर और जल पिलाकर निहाल हो जाती है—

रहिमन प्रीति कीजिए, जैसे लोटा डोर।
गलो फँसावै आपणो, पाणी पीवै और॥

कुएँ से, नदी से, सरोवर से, बावड़ी से, नल से, टैंकर से भरकर लाया हुआ वही घड़ा घड़ौंची पर घाघर (गागर) प्याऊ पर मटका बन जाता है। नाना प्रकार के फ्रिज बाजार से घर-चौके तक आ गए हैं। वे मटके का विकल्प नहीं हो सकते हैं। मटका, मटका है। जैसे राम के समान राम है। ब्रह्मा के समान ब्रह्मा। और भरत के समान भरत। उसी तरह मटका, मटका ही है। मिट्टी से निपजा पानी है। मिट्टी से

निपजा घड़ा है। मेरे गाँव के पास नर्मदा तट पर कुम्हारों का पूरा गाँव बसा था—बड़केश्वर। वह बाँध में डूब गया है। उस गाँव के कुम्हार देवास जिले के कई गाँवों में जाकर अलग-अलग बस गए हैं। उन्होंने अपना घड़े, घट, माट, मटके, मटकी, घयल्या, गगरी, गागर बनाने का काम नहीं छोड़ा है। प्रतिवर्ष होली के आस-पास वे खंडवा में बैल गाड़ियों, टैक्टरों, छोटी-मेटाडोरों में बड़े जतन से मटके भरकर लाते हैं। शहर में वे अनेक जगहों पर बड़, पीपल, नीम, शीशम की छाँह तले सड़क किनारे अपना डेरा और दुकान जमा लेते हैं। वहीं रहना। वहीं रोटी बनाना। मटके बेचना। हम पाते हैं कि फागुन, चैत, बैसाख और जेठ चार महीनों में गाड़ी भर-भर लाए ढेर-ढेर मटके सब बिक जाते हैं। आदमी की प्यास और गागर का रिश्ता बहुत पुराना है, आदिम है। शहर में बसे हुए लोग भी तो गाँव से ही आए हैं। उनको मटकों की चाहत और मटकों के पानी से प्यास बुझाकर कंठ तर करने की बान और बोध है। पर उन्हीं के बेटे-बेटियाँ फ्रिज से निकालकर 'चील्ड' पानी पीकर आधुनिक बन रहे हैं। बाजार के उपभोक्ता बन रहे हैं। घट, घड़ा, मटका फिर भी बन रहा है। मिट्टी रौंधी और खूँदी जा रही है। कुम्हार का चाक घूम रहा है। समय भी घूम रहा है।

गुफा, कुटिया, खेत, झोंपड़ी से लेकर महल-अटारियों तक एक सी उपयोगिता और महत्ता घट की रही है। गुफा, कुटिया में वह पानी का पात्र बना है। वही मटका एक दिन गोदी में आ जाता है। लुढ़ककर बैठ जाता है। व्यक्ति ने उमंग से कुछ गाया और उसके हाथ गोद में रखे मटके पर उँगलियाँ नचाने लगते हैं। मटके से स्वर, नाद, लय फूटे और संगीत बन गया। मटका संगीत का अंग और वाद्य बन जाता है। घट प्रकृति द्वारा प्रदत्त वस्तुओं से निर्मित वाद्य बन जाता है। मटका मिट्टी है। उसमें जल भरा है। उसमें संगीत लहरा रहा है। जीवन गाता चला जा रहा है। तंबूरे के तार बजते हैं। मटका की थाप खनकती है। संत की दूर जाती वाणी पास आती है।

साहिब तेरी साहिबी, सब घट रही समाय।
ज्यों मेहँदी के पात में, लाली लखी न जाय॥

जीवन का खिलना और फिर झड़ जाना प्रकृति के अधीन है। दोनों ही स्थितियों में लोक अपने कर्मकांडों से उनमें रंग भरता है। कहीं खुशी के रंग, कहीं दुःख-शोक-उदासी के रंग। मृत्यु भी उत्सव बन जाती है, यदि भरपूर आयु जीकर जाना होता है। जिसका जन्म होता है, उसकी मृत्यु भी निश्चित है। विधि का विधान है। मरण की वेला में भी घट साथ रहता है। चला-चली की बेला में घड़े का जल मुँह में डाल देते हैं। झारी में यदि गंगा-जल या नर्मदा जल है तो उसे पीकर हंस नई उड़ान भरने की तैयारी करने लगता है। माटी की देह माटी पर चिरनिंद्रा में सोई रहती है।

अंतिम संस्कार के लिए ले जाते समय घट में डोरी बाँधकर उसमें जलता हुआ कंडा रख दिया जाता है। पुत्र उस घट-अग्नि को लेकर आगे-आगे चलता है। श्मशान में उसी अग्नि से बेटा या परिजन मुखाग्नि देता है। अंतिम संस्कार के समय उसी घट में जल भर मृतदेह के चारों ओर जलधारा छिड़की जाती है। फिर ग्यारह दिनों तक गाँव बाहर के पीपल पर घट बाँधकर रोज साँझ को उस घट में दीपक रखा जाता है। घट लटका है पीपल की डाल पर। दीपक जलता है। जलकर बुझ जाता है। प्राण उड़कर कहाँ जाते हैं? कोई बता नहीं पाता। परंतु ऐसा कहा जाता है कि ग्यारह दिन तक वह आत्मा आसपास घूमती हुई उस घट में निवास करती है। फिर मुक्त हो जाती है। आत्मा की मुक्ति के लिए तो सब कुछ किया जाता है। ज्योति-ज्योति में समा जाती है। बूँद समुद्र में समा जाती है। सूना घट औंधा पड़ा रह जाता है। एक दिन उसी में चुहिया अपने बच्चे देती है। या चिड़िया अपना घोंसला बनाती है। जीवन फिर किलक उठता है। घट पहले मंद-मंद मुसकराता है। फिर जोर का ठहाका लगाता है। उसका ठहाका सुन आकाश में नीली रेखा उभर आती है।

□

13

सृष्टि की उत्पत्ति और प्रकृति की व्याख्या

सृष्टि की उत्पत्ति कैसे हुई? इस संबंध में ऋषि-चिंतन से लेकर साधारण मनुष्य की बुद्धिधारा में अनेक प्रश्न अपने उत्तर पाने को आकुलता में डूबते-उतराते रहे हैं। सृष्टि का बहुलांश प्रत्यक्षत: दिखाई देने के बावजूद भी पूर्णत: प्रत्यक्ष नहीं है। जो प्रत्यक्ष है, वह भी अपनी प्रकृत शक्ति से अनेक विस्मयों, सौंदर्यों और आकर्षणों का नितनूतन सर्जन करता रहता है। सृष्टि स्थित शक्ति इस नूतन-सर्जन और परिवर्तन के पार्श्व में आद्य शक्ति बनकर बैठी है। वह भय कम पैदा करती है। विस्मय अधिक रचती है। वह परमसत्ता की इच्छा के क्रियात्मक परिणाम में यह सब करती है। इसीलिए प्रकृति हमेशा अजेय है। सृष्टि और प्रकृति मिलकर ही परम सुंदर, परम आकर्षक और परम भयानक की रचना करती है। यह ठीक है, लेकिन सृष्टि और प्रकृति के अंतस में या परे क्या कोई परमसत्ता या परमाप्रकृति है? मन, चित्त, बुद्धि इसे लेकर प्रश्नाकुल बने रहते हैं। अहंकार उन्हें अशांत किए रहता है। उत्तर मिलते नहीं। अधूरे उत्तरों से अहंकार शमित होता नहीं। धर्म, दर्शन, तर्क, बुद्धिबल के प्रकाश में रहस्यों को भेदकर सत्य के अधिकाधिक निकट पहुँचने का सद्प्रयास किया जाता है। अनुभवों, विश्वासों, आस्थाओं और मिथकों की रवि-किरणों की पीताभ ज्योति में सृष्टि और प्रकृति के जन्म और केलि-क्रीड़ाओं के उत्सवों को कभी विस्मयों और कभी सम्मोहनों से सटकर टुकुर-टुकुर, टक-टक देखा जाता रहा है।

सृष्टि में जीवन का अंकुरण कब और कैसे हुआ? धरती पर मानव का जन्म हुआ; या किसी जीवाणु की विकास-प्रक्रिया अपनी चरम-उत्तम स्थिति की रचना कर गई? प्रकृति की गोद में मनुष्य ने अपनी शारीरिक संरचना की उत्कर्ष अवस्था

प्राप्त की; या मिट्टी अथवा मैल के लौंदों को सुघढ़कर किसी ज्ञात-अज्ञात चमत्कारिक परम सत्ता ने उन्हें प्राणत्व से पूरित कर प्रकृति के निसर्ग-प्रांगण में नन्हे-नन्हे पाँवों से क्षितिज के पार जाकर अमरता का वरदान पाने हेतु छोड़ दिया। कितने-कितने उजले दिन उन पाँवों में उत्साह और उम्मीदें भरते रहे। कितनी-कितनी काली-उजियारी रातें उन पाँवों की थकान मिटाती रहीं। मानवशास्त्र और समाजशास्त्र कभी धर्मशास्त्र की सारस्वत नदी के किनारे बैठ प्रज्ञालोक से इसका अनुमान पूछते रहे हैं। कभी दर्शन की शिला पर बैठकर ठोस और कठोर तर्कना द्वारा काल की अभेद्य नीली गहराई में से उत्तर जैसा कुछ सार्थक पाने की कोशिश करते रहे हैं। परंतु इतने श्रम, इतने प्रयत्न, इतने प्रज्ञा-उपक्रम मनुष्य के एकमात्र आदि-पुरखे का नाम-पता, घर-बार न ठीक-ठीक समझ सके हैं और न ही जान सके हैं। प्रज्ञा और मेधा दोनों अभी भी इस तथ्य की खोज-यात्रा पर हैं।

भारत भूमि का निसर्ग मनुष्य का पालना रहा है। भारत भूमि की आदि संतानों ने अनुभव, आस्था और विश्वास के साथ उद्घोष किया, 'माता भूमिः, पुत्रोऽहं पृथिव्याः'। यह भूमि मेरी माँ है, मैं उसका पुत्र हूँ। उसी भूमि माता ने मानव को प्रकृति के पालने में झुलाया, गोदी में सुलाया। अपनी छाती से निपजे दूध भरे अन्न को खिलाया। नदी, नद, निर्झर का जल पिलाया, अरण्यों में बसाया, जीवन को मूल्यों से सजाया, चिंतन की राह पर चलाया, सप्तदीप-नवखंड पृथ्वी के बीच गुण संपन्न कर बैठाया, तीन लोक, चौदह भुवन, सप्त पाताल में संचरित सत्य को दिखाया। ऐसी भूमि और ऐसे पृथ्वी-पुत्र विश्व-कुटुंब की संरचना और सर्जना में अपने कर्म के बीच बोते रहे। उन्होंने पत्थरों में भगवान् देखा। नदियों में माँ का ममत्व परखा। वृक्षों में मित्र रूप देखा। गाय के रोम-रोम में देवत्व का वास देखा। त्याग में भोग की आकांक्षा को फलित देखा। जल में कमल की तरह जीने को असल जीना माना। शब्द की साधना करते हुए अक्षर-ब्रह्म तक पहुँच गए। इतने पर भी तन पर लँगोटी लगाए आत्मा के प्रकाश में अरण्यों में उभाने पाँव चलते रहे। मिट्टी के स्पर्श से अनुभव की पावनता को माँजते रहे। परदुःखकातरता में आत्मोत्सर्ग का प्रकाश-बिंदु पाते रहे। प्रकृति की गोद में निश्छल प्राकृत जीवन जीते रहे।

जीवन को रचने, सँभालने और जीने की जुगत में बहुत कुछ बाहरी-अनावश्यक छूटता जाता है। मूल्य बचे रहते हैं। जीवनबोध और मानुषभाव संग-साथ चलते-चलते निविड़ क्षणों में ढाँढ़स बँधाते हैं। जिनके पास मूल्य, जीवनबोध और मानुषभाव सघन और तरल हैं, वे भारतपुत्र मानव जीवन, मानव विकास और मानव संस्कृति के सच्चे प्रतिनिधि हैं। वे हमारे पूर्वज भी हैं। वे ही हमारे आदिम बड़, पीपल, नीम

और तुलसी-हल्दी सरीखे प्राणत्व से पूरित पीयूष-स्रोत हैं। बौद्धिक अतिवादिता की नासमझ ने जिन्हें आदिवासी, वनवासी, जनजातीय संबोधन दे डाले हैं, वास्तव में वे ही मूल निवासी हैं। सभ्यता, संस्कार, संस्कृति की रेखाओं में आचरण, ज्ञान, गुण और सहज आत्मविस्तार के रंगों से स्तर-भेद स्वाभाविक रूप से हुआ। श्रेष्ठता परिलक्षित करनेवाला संबोधन आर्य हो गया। साथ ही भूगोल और मौसम ने इन भारतीय मानव-समाज के सिंह के चार मुख रच दिए और समाज रूपी सिंह के चार मुखों—आर्य, द्रविड़, किरात और निषाद के दर्शन विश्व-समाज करने लग गया। सारनाथ के अशोक-स्तंभ की चतुर्मुखी 'सिंहप्रतिमा' के प्रतीक-संदर्भ भारतीय समाज से जुड़े हैं।

मानव की उत्पत्ति की आदि गौ भूमि भारतवर्ष है, ऐसा ज्ञान-विज्ञान दोनों कहते हैं। सृष्टि के सौंदर्य से जीवन के सारत्व का समन्वय और सामरस्य करने का आदि स्रोत भी यहीं प्रकटा। संस्कृति की शारदीया चाँदनी पहले-यहीं छिटकी। मनुष्य ने सामाजिकता के अध्याय रचे। उसके केंद्र में परिवार को बैठाया। परिवार भारतीय समाज की धुरी बना। संपूर्ण भारतीय समाज परिवार के केंद्र से विश्व की परिधि की ओर प्रसार पाता गया। प्रसरणशीलता की प्रक्रिया और प्रभाव के परिणाम में भारतीय समाज के चार मुखों से अनेक मुख हो गए। यह सहस्रशीर्षा पुरुष की तरह—आर्य, द्रविड़, किरात, निषाद, यक्ष, किन्नर, गंधर्व, सुर, असुर, नाग, कोल, मुंडा, गोंड, कोरकू, भील, बैगा, खासी, परधान, पनिका, ओराँव, पांडो, माँझी, मँझवार आदि-आदि मुखों से बोलने और व्यवहार करनेवाला हो गया। इनके भी अनेक गोत्र और उपगोत्र हैं। नाम-उपनाम हैं। लेकिन विकास का यात्रापथ प्रकृति से संस्कृति की ओर बढ़ते रहनेवाला रहा है। प्रकृति रहस्यमई कम, सहचारी या मातृस्वरूपा अधिक रही है। प्रकृति के सान्निध्य में ही सृष्टि की उत्पत्ति संबंधी आतुरताओं का समाधान खोजा गया है।

इस भूमिका के आधार पर यह स्पष्ट है कि मानव के जैविक और मानसिक विकास की प्रक्रिया में ऐसा नहीं हुआ कि भारतीय आदिम समाज का एक हिस्सा अपने मूल से उच्छेदित होकर अलग-थलग सभ्य और आधुनिक कक्षों के भीतर चला आया हो, और दूसरा अरण्यवासी रहकर अपनी प्रकृति की कोठरियों में धँसकर रह गया हो। सृष्टि के विकास की परिवर्तनशील प्रक्रिया में भी आदि बिंदु पर उत्पन्न वृक्ष अब भी वृक्ष, नदी अब भी नदी, आकाश अब भी आकाश, धरती अब भी धरती, पक्षी अब भी पक्षी, अन्न अब भी अन्न, अग्नि-वायु-जल सब अब भी अग्नि, वायु, जल ही बने हुए हैं। इनका कम-ज्यादा रूपांतरण होता रहता है,

लेकिन मूल प्रकृति अपरिवर्तनीय, अक्षुण्ण और अपराजेय है। तब मनुष्य, जो कि अखिल सृष्टि का ही एक सदस्य है, अपने विकास और परिवर्तन की सद्‌यात्रा में मूलोच्छेदित कैसे और क्योंकर हो सकता है? ज्ञान और चिंतन के स्तर हो सकते हैं, लेकिन मानव स्वभाव और रुचि-प्रकृति तो रुधिर की तरह सबमें समान संचरित और विद्यमान है। विवेक के हाथों थमी वल्गाएँ उनकी गति, दिशा और विचलन-फिसलन को नियंत्रित करती रहती हैं। इसलिए जनजातीय समाज या वनवासी समाज भारतीय शेष समाज से अलग है; यह भ्रांत और निर्मूल धारणा है। पारिस्थितिक और भाषाई भेद तो संभव हैं, लेकिन जैविक और सांस्कृतिक भेद स्वीकार नहीं किए जा सकते हैं।

मन और मस्तिष्क मनुष्य की चेतना के सर्वाधिक सक्रिय भाग हैं। आत्मा तो सर्वोपरि है, लेकिन यह सब में और सबके साथ होकर भी तटस्थ रहती है। मिथकों के निर्माण में भी मन और मस्तिष्क विश्वासों और सामंजस्यों को बैठाते हैं। मन का उद्‌वेग और मस्तिष्क की तर्कना शक्ति वैदिक मान्यताओं और जनजातीय विश्वासों में अनेक बिंदुओं पर समानता पैदा करती हैं। प्रकृति की महत् शक्तियों और सौंदर्य उपादानों-पृथ्वी, सूर्य, चंद्र, वृक्ष, नदी, आकाश, जल, मारुत, अग्नि की स्तुति वैदिक साहित्य में भी है और जनजातीय जनगीतों में भी उसी विस्मय, आकर्षण और भय के साथ हैं। प्रकृति दोनों के विश्वासों के केंद्र में है। प्रकृति-परिवेश से गहरा तादात्म्य वैदिक ऋषि भी करता है और जनजातीय गीतकार और संस्कारधारक भी करता है। प्रकृति की शक्तियों को देवत्व से विभूषित करने की आस्थामय भयातुरता और उमंगातुरता दोनों में हैं। आग की प्राप्ति और उसकी व्यापक ज्योतिर्मय उपयोगिता मानव संस्कृति के विकास का आभामय प्रस्थान बिंदु है। वैदिक ऋषि अग्नि की उपासना करते हुए कहता है, 'अग्निमीड़े पुरोहितम्'। वैदिक मानव के जीवन में अरणि अतिशय महत्ता पा गई, क्योंकि वह अग्नि की कारक है। दंडामी माड़िया की मान्यता है कि उनके पूर्वजों ने पहले-पहल अग्नि का आविष्कार सियाड़ी लता के मेरुदंड से किया था।

वैदिक साहित्य, वेदांत और प्रस्थानत्रयी के अनेक प्रसंग जनजातियों सहित समस्त आदिम भारतीय समाज की धारणाओं में मिथक बनकर बैठे हैं। जनसाहित्य या लोकसाहित्य के अध्ययन में और उसके मूल को समझने में ये मिथक बहुत सहायक होते हैं। उनसे समग्र भारतीय पुरा (प्राचीन) जनसमाज की भावों और विश्वासों पर आधारित अभेदता भी उजागर होती है। मिथक मूलतः जीवन-सत्य हैं। सृष्टि की उत्पत्ति संबंधी और प्रकृति तथा जीव-सृष्टि की पारस्परिक संबंधता

वैदिक और पौराणिक आख्यानों से लेकर जनजातीय वाचिक साहित्य तक विस्तारित है। प्रकृति की पूजा और 'वृक्ष देवोभव:' की आस्था ही प्रकारांतर से धान, जौ, आम, जामुन, महुआ से संबंधित मिथकों में नए रूप में विद्यमान है। ये मिथक मात्र काल्पनिक कथाएँ नहीं हैं, बल्कि जीवन-सत्य हैं, जिनमें जनजातीय समाज जीता है। सृष्टि-रचना से लेकर जीवन और जगत् से संबद्ध प्रकृति की शक्तियों का अनंत मिथकीय सिलसिला आश्चर्यजनक रूप से वैदिक चिंतन और पौराणिक आख्यानों से सामंजस्य स्थापित करता है। ऋग्वेद का नासदीय सूक्त सृष्टि रचना का संकेत करता हुआ कहता है—

नासदासीन्नो सदासीत्तदानीं नासीद्रजो नो व्योमा परो यत्।
किमावरीयः कुहकस्य शर्मन्नभ्भः किमासीद् गहनं गम्भीरम्॥

(उस समय सृष्टि रचना के पूर्व न नाम-रूपादि रहित अवस्था थी, न नाम-रूपात्मक ही थी। न कोई लोक था, न आकाश ही था, जो ऊपर है। किसने आवृत्त किया था? कहाँ किसकी सुरक्षा में? क्या अपार गंभीर जल था?)

सृष्टि की उत्पत्ति जल से हुई और जल को उत्पन्न ईश्वर ने किया, यह धारणा भारतीय समाज से लेकर विश्व के अनेक मतों और पंथों में विद्यमान है। भारतवर्ष की जनजातियों में भी यह विश्वास जीवित है। गोंडों का यह विश्वास है कि सृष्टि-रचना के पहले सब ओर जल-ही-जल था। उस अनंत जल-सागर के मध्य सिंगमाली पक्षी के एक जोड़े का जन्म हुआ। पक्षियों के उस जोड़े ने पानी के ऊपर ही अपना घोसला बनाया। उसमें उसने दो अंडे दिए। उनसे सृष्टि का विकास हुआ। वैगा जनजाति की मान्यता है कि पहले चहुँओर पानी-ही-पानी था। जैसे ऊपर आकाश है, वैसे ही नीचे पानी-ही-पानी था। उस जलराशि पर कमल के पत्ते पर भगवान् का प्रादुर्भाव हुआ। उसी आदि सिंधु की अनंत जलराशि पर तैरते हुए कमल-पत्र पर बैठकर भगवान् सृष्टि की रचना करते हैं। वैदिक मान्यता भी 'एकोऽहं बहुस्याम' की ध्वनि संचरित करती है। यह मान्यता और विश्वास 'शतपथ ब्राह्मण' से लेकर जयशंकर प्रसाद की 'कामायनी' तक में प्रतिफलित हुआ है।

पृथ्वी की रचना को लेकर विज्ञान कुछ भी कहता हो, पर लोक विश्वासों और मान्यताओं में भिन्न प्रसंग मिलते हैं। एक मान्यता यह है कि मिट्टी की चोरी हो गई। भगवान् ने चोरी हुई मिट्टी की खोज कराई। खोई हुई मिट्टी मिल जाने पर भगवान् ने उसे समुद्र सतह पर फैला दिया। उसी से पृथ्वी बनी। दूसरी मान्यता यह है कि यज्ञ का आयोजन किया गया, उससे पृथ्वी की रचना हुई। तीसरी मान्यता है कि भगवान् की प्रेरणा से पृथ्वी स्वयं-स्फूर्त हुई। वैगा, अगरिया और गोंड जनजातियों

की धारणा है कि भगवान् ने कौए की रचना की और उसे मिट्टी की खोज में भेजा। यह कौआ 'ककड़ामल' नामक एक क्षत्रिय की पीठ पर सवार हुआ, जो उसे समुद्र के पार 'गिचनाराजा' के पास ले गया, जिसने जल के भीतर डूबी हुई पृथ्वी को बाहर निकाला। कौए ने गिचनाराजा से वमन (उल्टी) करने के लिए कहा। वमन-क्रिया से गिचनाराजा के मुख से मिट्टी के इक्कीस लौंदे निकले। इन माटी-पिंडों को वह भगवान् के पास ले गया। भगवान् उन मिट्टी के पिंडों को गूँधने के लिए कुआरी कन्या को बुलाते हैं। आठ दिनों और नौ रातों तक वह कन्या माटी को गूँधती रही। उसके बाद भगवान् ने उस मिट्टी को रोटी की आकृति में बदलकर अनंत जलराशि पर फैला दिया। यही पृथ्वी बनती है। भीली जनश्रुति कहती है कि भगवान् ने मिट्टी को गीली करने के लिए उसमें रक्त मिलाया। पहले भगवान् पैदा हुए। फिर महाकाल के रूप में समय अस्तित्व में आया। फिर जल-सृष्टि हुई। फिर पृथ्वी बनी। फिर सूर्य-चंद्र, दिन-रात, पावस-शरद-हेमंत-शिशिर-वसंत-ग्रीष्म की सृष्टि हुई। पशु-पक्षी पैदा हुए। फिर मानव-सृष्टि से पृथ्वी खिलखिला उठी। दिशाएँ हँसी। सृष्टि का आलोक-रथ चल पड़ा।

गोंड जनजाति का विश्वास है कि नई-नई स्रजित गीली पृथ्वी पर जब भीमसेन ने लोट लगाई, तो पर्वत-पहाड़ पैदा हो गए। राजमुरिया मानते हैं कि महाप्रभु ने अपनी दाईं टाँग से केशों का लुंचन कर उन्हें आकाश के नौ कोनों में फेंका, वे ही नौ ग्रहों के रूप में स्थापित हो गए। ओराँवों की धारणा है कि पृथ्वी कछुए की पीठ पर रखी हुई है, तथा केकड़ा उसकी देखभाल करता है। जब कछुआ थोड़ा सा हिलता-डुलता है, तो भूकंप आता है।

सृष्टि-विनाश के सामान्यत: दो मिथक जनजातियों में प्रचलित हैं। प्रथम अग्नि का मिथक और दूसरा जल का मिथक। प्रलंकर अग्नि से इस सृष्टि का विनाश होता है, यह धारणा खड़िया, कोल और ओराँव वनवासियों में है। पृथ्वी पर जल प्लावन की धारणा का उल्लेख अनेक जनबोलियों के वाचिक साहित्य में मिलता है। दंडामी-माड़िया मानते हैं कि एक बार प्रलयंकारी वर्षा हुई और उसमें प्रथम सृष्टि डूब गई। जलप्रलय के बाद एक स्त्री और एक पुरुष के जीवित बचे रहने की कथा प्राय: सबमें मिलती है। शतपथ ब्राह्मण में उल्लेखित जलप्लावन की कथा का विस्तार और साम्य इन जनजातीय विश्वासों में पैठा है। आदि पुरुष मनु और आदि स्त्री श्रद्धा के नामों का रूपांतरण जनजातियों में परिवेश और पर्यावरण के आधार पर हो गया सा लगता है।

दंडामी वनवासियों की धारणानुसार एक समय प्रलयंकारी वर्षा हुई और सारी

पृथ्वी जलमग्न हो गई। प्रलयंकारी वर्षा के समय गजभीमुल ने कवाची तथा कुहरामी नामक भाई-बहन को एक तुंबे में सुरक्षित रख दिया। तुंबा कई रात कई दिन तक बहता रहा और एक दिन एक चट्टान से जाकर टकराया। ईश्वर ने कौए की रचना की और उसे भेजा कि जाकर देखे, क्या कोई स्त्री-पुरुष बचा है? कौआ जलराशि के विस्तार पर उड़ता रहा, उड़ता रहा। उसने एक चट्टान से सटा हुआ तुंबा देखा। वह चट्टान पर बैठना चाहता था, परंतु चट्टान बहुत गरम थी। वह ईश्वर के पास वापस लौट आया। ईश्वर ने उसे फिर से वापस भेजा, देखो तुंबे में कोई जीवन शेष है क्या? धीरे-धीरे चट्टान के पास एक वटवृक्ष उग आया। वृक्ष पर बैठकर कौए ने तुंबा उठा लिया। उस तुंबे से कवाची (पुरुष) और कुहरामी (स्त्री) निकलकर बाहर आए। दोनों बहुत दिनों से भूखे थे। वट-वृक्ष का रस पीने लगे। कुछ दिनों बाद रस भी खत्म हो गया। दोनों भूख से तड़फने लगे। कौए ने सोचा—ये दोनों भूख से मर जाएँगे, तो मांस खाने को मिलेगा। वह ईश्वर से यह कहकर झूठ बोला कि वे सकुशल हैं। भूख से उनके रोने की आवाज सुनकर ईश्वर ने गरुड़ को भेजा। गरुड़ भी लोभवश झूठ बोला। ईश्वर ने फिर शेर को भेजा। शेर भी मांस का लोभी निकला। ईश्वर ने तब बंदर को भेजा। बंदर जाकर गरम चट्टान पर बैठा तो उसके पुट्ठे जल गए। उसने मुँह को हाथ लगाया तो उसका मुँह काला हो गया। बंदर ने कवाची और कुहरामी की दशा देखी और ईश्वर के पास आकर सारा सच कहा। तब ईश्वर ने एक सूअर को भेजा। कहा—उस गरम चट्टान के नीचे जो कीचड़ है, उसे चट्टान पर फैला आओ। सूअर गया और वैसा ही किया। इस क्रिया से धरती बनी। दोनों पुरुष-स्त्री ने फसल बोई और स्वयं ने खाई तथा सूअर को भी खाने दिया।

गजभीमुल की इच्छा थी कि सृष्टि का विकास हो। उन्होंने दोनों स्त्री-पुरुष से विवाह करने को कहा। दोनों ने आपस में विवाह करने से मना कर दिया। तब गजभीमुल ने बूढ़ी माताल को बुलाकर चेचक रोग बनाया। दोनों को चेचक हो गई। वे दर्द से व्याकुल होकर दुनिया का चक्कर लगाने लगे। दोबारा दोनों मिले तो चेचक के कारण दोनों के चेहरे विकृत हो चुके थे। वे एक-दूसरे को पहचान नहीं पाए। दोनों ने आपस में विवाह किया। उनसे बारह भाई-बहन पैदा हुए। मारवी, ओयामी, करतामी, कुंजामी, पोरिआमी, कलभूमी, नेंदी, मरकामी, कुहरामी, कवाची, वेत्ती और कत्ती जातियाँ-उपजातियाँ उन्हीं का वंश-विस्तार हैं। इन्हीं से मानव समाज का विकास-विस्तार हुआ है।

दंडामी मारिया जनजाति की लोककथा में सूर्य-चंद्र तुरू नामक मछली के पेट से निकले थे। वे आकाश में चले गए और तब से आकाश में ही हैं। एक और कथानुसार

पहले सूर्य रोज काले बैल का रूप धारणकर धरती पर घूमने आता था। माड़िया ने उसे पकड़ लिया और बाँध लिया। तब से सूर्य बारह घंटे तक कैद में रहने लगा। उसी से रात्रि होती है। तारे सूर्य-चंद्र के पुत्र हैं और टूटकर गिरनेवाले तारे उन बच्चों के मल हैं। गोंडों की लोककथा ऐतरेय ब्राह्मण की धारणा से संबद्ध लगती है। आकाश और धरती पास-पास थे। झाड़ू लगाते समय बुढ़िया की कूबड़ में आकाश बार-बार लगता था। बुढ़िया ने उसे झाड़ू मारी और वह दूर, बहुत दूर चला गया। धुर्वा मानते हैं कि पहले चारों ओर पानी-ही-पानी था। पानी की छोटी-छोटी मछलियाँ ही बिजलियाँ बन गईं। इंद्रधनुष को लिंगों अगिनबान और गोंड धामनगोटा कहते हैं। परधानों के अनुसार यह वासुकि नाग का फन है। जनजातीय धारणाओं में वृक्षों और लताओं के साथ जुड़ी अनेक मिथकीय परंपराएँ आज भी जीवित हैं।

वैदिक जन ने अग्नि, वरुण, इंद्र, पृथ्वी, आकाश, मरुत, मंडूक, कच्छप, वृक्ष, अन्न आदि को देवता माना। आदिम जनों या जनजातियों की मान्यताओं-विश्वासों में भी ये ही देवतास्वरूप बैठे हैं। इन देवताओं की जीवन-शक्ति से गहरी संपृक्ति है। प्रकृति के जो तत्त्व पौराणिक समाज और साहित्य के चिंतन-आधार रहे हैं, वे ही तत्त्व जनजातीय समाज के व्यवहार से प्रत्यक्षत: जुड़कर नाना प्रकार के मिथकों की सर्जना करते हैं। जनजातीय मन-मस्तिष्क का प्रसरण-संसार कल्पना और प्रत्यक्ष-अनुभव दोनों के आधार पर सृष्टि और प्रकृति के सत्य को खोजने-पाने का प्रयत्न करता है। प्रकृति का व्यवस्थित और सघन चिंतन भी संस्कृति-निर्माण का अंग है। वैदिक और आदिम मानव समाज का सत्य प्रकृति से प्रत्यक्ष संबंध, आदिम जीवन-यथार्थ और मन की उन्मुक्त सांगीतिक लय से उद्भूत है। अत: मिथकों के सत्य को वैदिक और जनजातीय जीवन-यथार्थ और प्रकृति-सत्ता से साक्षात्कार करके ही समझा-जाना जा सकता है।

□

14

चिदंबरम् में नटराज

'दिक्पालों! सावधान हो जाओ। आकाश! निरभ्र हो जाओ। आकाशाच्छादित श्याम-वर्णी मेघो! अपना डेरा उठाकर कूच कर जाओ। पवन! शांत एवं शीतल हो जाओ। जल! थिर एवं गंभीर हो जाओ। पृथ्वी! रंगमंच बन जाओ। विशाल और कठोर रंगमंच। अग्नि! अपने समस्त तेज के साथ सूर्य में समाहित हो जाओ। मेरे स्वामी, आशुतोष नृत्य करने को उत्फुल्ल हो रहे हैं। वे बाघंबर धारण कर रहे हैं। जटाजूट बाँध रहे हैं। उनके हाथ में त्रिशूल सज गया है। उनके दूसरे हाथ में डमरू आ गया है। अंग लगी चिताभस्म अंगराग बन गई है। ललाट पर तीसरा नेत्र तिलक की तरह सुशोभित हो उठा है। मेरे स्वामी शिवशंकर नृत्य करने से पूर्व अलंकारित हो रहे हैं। उनके नेत्रों के लाल डोरे आज अनुपम हो उठे हैं। उनके दिव्य वपु का रोम-रोम आज जड़त्व को गतिशील बनाने हेतु आतुर हो उठा है। वे नृत्य करेंगे। यह विश्व रंगमंच बननेवाला है'।

नंदी ने इस प्रकार घोषणा करके सबको सावधान किया। नंदी उस रंगभूमि के सूत्रधार बने। शिव कैलाश की हिमाच्छादित भूमि से नीचे उतरते हैं। विश्व, विराट् प्रेक्षागृह की तरह शांत और उत्सुक है। उस प्रेक्षागृह में एकमात्र दर्शक हैं—आद्याशक्ति पार्वती। शिव अपने अनगढ़ शृंगार के साथ नृत्य की पहली भंगिमा धरती-आकाश के शून्य में उकेरते हैं। देववाद्य मृत्युलोक में ध्वनित हो उठते हैं। श्वेतवसना सरस्वती की वीणा के तारों से स्वर फूटते हैं। सुरेंद्र मुरली की तान छेड़ते हैं। मँजीरे बजाते हुए ब्रह्मा स्वयं प्रकट होते हैं। ओहो यह क्या! जगत् पालक स्वयं विष्णु मृदंग बजाते हुए प्रकट हो गए हैं। शिव पहला पाद-प्रक्षेप करते हैं और सारे वाद्य एक साथ सुरताल में बज उठते हैं। शिव उन वाद्यों के बीच में नृत्य कर रहे हैं। शिव के

नृत्य का वाद्य अनुशरण कर रहे हैं। नृत्य आरंभ में धीरे-धीरे तीव्र और फिर तीव्रतर तथा अंत में तीव्रतम हो उठता है। दिक्पाल डोलने लगते हैं। धरती डगमगाने लगती है। ज्वालामुखियों की सुप्त ज्वालाएँ जाग उठती हैं। समुद्र खलबला उठते हैं। पवन झंझा में परिवर्तित हो जाता है। सरग-पाताल नृत्यमय पदाघातों से कंपित और डोलित हो उठते हैं। शिव का नृत्य सृष्टि में गति और लय भरने लगता है। अमित सौंदर्य का हेतु बन जाता है।

हस्तचालन और पादप्रक्षेपण से शून्याकाश में घूर्मण पैदा होता है। हुंकारों से धरती धसकने लगती है। रुद्र रौद्र हो उठते हैं। इस नृत्य के मूल में उल्लास है और उस उल्लास का कारण त्रिपुर का वध है। शिव त्रिपुर राक्षस को मारने के बाद उल्लासमय नृत्य करते हैं। इस नृत्य का अनुकरण शिव के शिष्य तंडु मुनि करते हैं। इस नृत्य का प्रवर्तन शिव करते हैं, लेकिन प्रचार तंडु मुनि करते हैं। अतः यह शिवतांडव नृत्य के नाम से लोक और शास्त्र में प्रसिद्ध है। इस नृत्य में उल्लास का अतिरेक होता है। इस कारण यह भावानुरंजित नृत्य नहीं होता है, लेकिन इसका उत्स कल्याण से है। त्रिपुर असुर को मारकर शिव विश्व-कल्याण करते हैं। असुर-वृत्ति के नाश और जगत-रक्षा के उल्लास से जो नृत्य विलसित हुआ वह शिवतांडव है। इस नृत्य में शिव निर्बाध नाचे और नाचते ही रहे। उल्लास का उच्छृंखल विलास विक्षोभ की निर्मिति करता है। शिव शांत सुन्दरं से रौद्र हो जाते हैं। विकराल से लगने लगते हैं। माँ भगवती उन्हें संयत और शांत करने के लिए 'लास्य' करती हैं। तांडव उल्लास की सीमाहीनता के कारण निरुद्देश्य होता है, लेकिन 'लास्य' करने के पीछे असंयत को संयत और उल्लास को उमंग बनाना है। 'लास्य' सोद्देश्य किया जाता है। तांडव रस-भाव से मुक्त है। लास्य रस-भाव से युक्त है। तांडव और लास्य ही सृष्टि को परिचालित करते हुए ध्वनित और लयित हो रहे हैं।

साँझ घिर आई है। आकाश के सरग-महल से तारे झाँकने लगे हैं। नभ थककर सुस्ताने लगा है। अँधेरे ने अंबर के हाथ में चनरमा की कंदील दे रखी है। उसके आलोक में वह दिन भर के अपने कार्यों को गुन रहा है। उज्जयिनी की हवा में उमंग बहने लगी है। महाकाल के मंदिर के प्रांगण में प्रशांत सन्नाटा पसरा है। शिप्रा की क्षीप्र गति में शिव के सांध्य नृत्य की पृष्ठभूमि संकेतित होने लगी है। पक्षी अपने नीड़ों में साँस रोके हुए कुछ-कुछ अनुमान लगा रहे हैं। कोई कली रात के आँचल में चटककर अपनी सुवास भरी पाँखुरियों के अर्पण से श्यामा विभावरी के सुहाग को धन्यता दे रही है। महाकाल के प्रांगण की दूर्बाभूमि पर शिव हुलसित होकर नृत्य में विलसित हो उठे हैं। साँझ बेरा में स्वस्फुटित इस नृत्य में शिव अपना

स्वरूप भूल गए हैं। भूल गए हैं कि वे रुद्र हैं। त्रिपुरारि हैं। नृत्य करते-करते वे सहज सुंदर बन गए हैं। भोले बन गए हैं। बवंडर हो गए हैं। वे 'लास्य' करते हुए ललित ललाम छविमय हो गए हैं। कर्पूरगौरं आभा चंद्रमा की आभा से मिलकर महाआभा के रूप में सृष्टि में समाहित हो गई है। शिव परमात्मतत्त्व प्राणामृत हो जाते हैं। उज्जयिनी में अबाध संपन्न इस अकुंठ सांध्य नृत्य का ही स्मरण कालिदास के मेघदूत में यक्ष पूर्वमेघ को कराते हुए कहता है—

अप्यन्यस्मिन् जलधर महाकालमा साद्य काले
स्थातव्यं ते नयनविषयं यावदत्येति भानुः।
कुर्वन् सन्ध्याबलिपटहतां शूलिनः श्याघनीयां
आमन्द्राणां फलमविकलं लप्स्यते गर्जितानाम्॥

'हे मेघ यदि तुम महाकाल के मंदिर में साँझ होने से पहले पहुँच जाओ, तो वहाँ तब तक ठहर जाना जब तक सूर्य भली-भाँति आँखों से ओझल न हो जाए और जब महादेव की साँझ की सुहावनी आरती होने लगे, तब तुम भी अपने गर्जन का नगाड़ा बजाने लगना, जिससे गंभीर गर्जन का पूरा-पूरा फल मिल जाएगा'। पूरा फल मिलने के पीछे संकेत यह है कि मेघ ने यह गर्जना भी शिव के प्रथम नृत्य के समय शिव की हुंकारों, डमरू-निनाद और पदाघातों से उत्पन्न ध्वनि से ही प्राप्त की थी। प्राप्त वस्तु (गर्जना) से मेघ को शिव की अर्चना करने का संदेश यक्ष देता है। क्योंकि यक्ष को पता है कि मेघ को गर्जना शिव के प्रथम नृत्य के समय ही प्राप्त हुई है। प्रथम नृत्य के समय देव, नाग, यक्ष, किन्नर अपनी भामिनियों सहित उपस्थित थे।

प्रदोषकाल का समय है। सृष्टि में इस काल में सत्त्वगुण संपन्न शक्तियाँ क्रियाशील हैं। रजतगिरि कैलाश के प्रशाल में देवता एकत्र हैं। आज कैलाश देवगणों से इसलिए गौरव पा रहा है, क्योंकि शिव नृत्य करनेवाले हैं। जगज्जननी पार्वती आसनारूढ़ हैं। शिव धीरे-धीरे नृत्य की भाव-भंगिमा के साथ अंग संचालन करते हैं। लय-ताल-सुर का जन्म होता है। शिव के नृत्य में मंथरता-क्षीप्रता, तीव्रता अपनी पहचान के साथ पहले-पहल संबोधन पाती हैं। ब्रह्मा ताली बजा-बजाकर आनंद विभोर हैं। ब्रह्मा की ताली, विष्णु की मृदंग पर पड़ती थाप और शिव की पगथलियों का भू-स्पर्श एक साथ ताल को लय के साथ संजुत कर रहे हैं। शिव नाच रहे हैं। सरस्वती वीणा बजा रही हैं और लक्ष्मी गा रही हैं। वीणा का तार और लक्ष्मी के गले का सुर एकमेक होकर नृत्य के लय ताल में सुर की संयुक्ति का प्रथम उन्मेष भर रहे हैं। तैंसीस कोटि देवता, यक्ष, नाग, किन्नर, गंधर्व, पन्नग,

उरग, सिद्ध, विद्याधर, अप्सराएँ विभोर हो उठी हैं। नृत्य संपन्न होता है। सब कुछ थम गया है। रुक गया है। विराट् चुप दिगंतों तक क्षण भर के लिए खिंच गया है। माँ पार्वती प्रसन्न होती हैं। वे आद्यनर्तक शिव से प्रसन्न होकर बोलती हैं—

आज बड़ा ही आनंद हुआ है। हे नटराज आप क्या चाहते हैं?

शिव की आँखें भवतारणी माँ के मुख पर टिक जाती हैं। शिव भगवती कल्याणी के मन की बात ताड़ जाते हैं। वे कहते हैं—

हाँ देवी, आनंद तो अपार हुआ है, लेकिन इन आनंद को केवल हमीं (देवताओं) ने पाया है। पृथ्वीतल के मनुष्य और जीव इस आनंद से वंचित हैं। यदि यह आनंद उन्हें भी मिल जाए तो और आनंद हो। आप कुछ ऐसा कीजिए—यह आनंद उन्हें भी प्राप्त हो पाए।

शिव के वचन सुनकर भगवती पार्वती ने कहा कि—ऐसा ही होगा, लेकिन आप 'तांडव' नहीं करोगे। तब शिवजी ने कहा कि हे कल्याणी मैं अब 'लास्य' करूँगा। शिव और पार्वती देवताओं से विविध रूप धारण कर पृथ्वी पर जाने को कहते हैं और स्वयं दोनों नर्तक का वेष धारणकर पृथ्वी तल पर आते हैं। ऐसा भी कहा जाता है कि स्वयं श्यामा महाकाली श्याम-साँवरे का अवतार लेकर वृंदावन में आती हैं और शिव श्रीराधा के रूप में अवतरित होते हैं तथा वृंदावन की भूमि पर 'देवदुर्लभ' रासलीला संपन्न की जाती है। इसी कारण श्रीकृष्ण का एक नाम नटवर है।

शिव का नटराज संबोधन हमारी सांस्कृतिक परंपरा के कलात्मक संपूर्ण को समाहित किए हुए है। सृष्टि के विकास के आरंभिक दिनों की धवल-धूप का ताप वहीं से और उन्हीं में से फूटता अनुभव होता है। यदि दर्शन की एक गलि-कुंज में खड़े होकर देखते हैं तो अखंड महानंद की ही एक तरंग नृत्य की उद्दाम इच्छा बनकर शिव से प्रस्फुटित होती दिखाई देती है। जैसे सूर्य से किरण फूटती है, बीज से अंकुर फूटता है, वृंत से पुष्प फूटता है, धरती से रस फूटता है और जीवन से राग फूटता है। ये सब इच्छा की सहज और प्रकृति-अनुप्रेरित-संचालित क्रियाएँ हैं। शिव का नृत्य इच्छा की उल्लासमय और कलात्मक अभिव्यक्ति है।

सर्जन का सीधा संबंध उल्लास से है। यह सृष्टि परम चैतन्य की उल्लासमय अभिव्यक्ति है। बिना उल्लास के अपेक्षित सर्जन नहीं होता है। पारिश्रमिक के बदले निर्माण किया जा सकता है परंतु पारिश्रमिक से उल्लास का निर्माण नहीं किया जा सकता है। उल्लास जीवन के भीतरी संसार का संवेगात्मक आवेग है, जो इच्छा के अमूर्तन को क्रिया में मूर्त करता है। परम शिव की इच्छा का क्रियात्मक रूप ही यह सृष्टि है। ऐसा मानकर चलने से हम वहाँ पहुँचते हैं जहाँ सर्जन के

बीज-बिंदु शिव-संयुक्त हैं। समाधि को तोड़कर जड़-चेतन में गतिमान होनेवाले शिव जहाँ दिक् में विस्तारित होने को परम आतुर हैं। शिव का नृत्य उल्लास की सांगीतिक अभिव्यक्ति है, जो जड़त्व को भेदकर गतिशील कर्म को सृष्टि में स्थापित करता है। शिव का प्रथम नृत्य सृष्टि की गतिशीलता के शास्त्र का पहला छंद है। वह नृत्य के शास्त्र का पहला अनुष्टुप है, जिसमें शास्त्रीय नृत्य के शिशु की पहली किलकारी रणित हो रही है।

विशेष बात यह है कि शिव का तांडव और लास्य पृथ्वी पर आनंद और कल्याण की उत्प्रेरणा का फल है। शिव और शक्ति के संयोग से ही तांडव और लास्य होता है और उन्हीं से यह सृष्टि निर्मित हुई है। जब शक्ति, शक्तिमान से मिलकर एक हो जाती है, तब ही पूर्णत्व होता है। शिव 'इकार' रहित होने पर शव हो जाते हैं। शक्ति का अस्तित्व भी शिव के बिना नहीं रह पाता। शक्ति और शिव मिलकर ही ब्रह्म और ब्रह्ममई कहलाते हैं। अत: ऐसी स्थिति में शक्ति, शक्तिमान से अभिन्न है। शक्ति परमात्मा की अस्पंदस्वरूपिणी स्थिति है, वही जब स्पंदस्वरूपिणी होती है, तब ही वह जगत् का आकार धारण करनेवाली विश्वरूपिणी बनती है। शिव के भीतर स्थित शक्ति अपने स्पंदस्वरूप में जगत् और जगत् की क्रियात्मकता बनती है। शिव के द्वारा उद्धृत तांडव के स्फुरण से शक्ति के लास्य का जन्म होता है। लास्य शिव भी करते हैं। नृत्य की तांडव-लास्य स्थितियाँ लोक के बीच आकर मानवोद्भूत और मानवस्फूर्त अनेक भावों से परिष्कृत और परिपुष्ट होती हैं। धीरे-धीरे इन नृत्यों की सरणियाँ बनती हैं और शिव-पार्वती के नृत्य की पृथ्वी पर अवतारणा लोकलय, लोकभंगिमाओं तथा लोकवाद्यों में फूटती है।

शैवागम में तांडव के सात प्रकार बताए गए हैं—आनंद तांडव या ललित तांडव, संध्या तांडव, कालिका तांडव, त्रिपुर तांडव, गौरी तांडव, संहार तांडव तथा उमा तांडव। भरतमुनि ने नाट्यशास्त्र में शिव के नृत्यों के 108 प्रकार बताए हैं। चिदंबरम् के गोपुरा पर शिव के नृत्यों के 108 प्रकार अंकित हैं। नटराज का नृत्य-सृष्टि, स्थिति, संहार, तिरोभाव, अनुग्रह आदि पाँच ईश्वरीय अदृश्य क्रियाओं का हेतु है। शिव और पार्वती का युत होकर स्पंदित होना ही नटराज का नर्तन है। चिदंबरम् मंदिर की जगत् प्रसिद्ध नटराज की मूर्ति में उपर्युक्त सभी स्थितियाँ समाविष्ट हैं। नटराज शिव ने पृथ्वी पर पहली बार तिलई की रंगभूमि पर संध्या समय नृत्य किया था। शिव के सात्त्विक तथा मांगलिक नृत्यों में सांध्य नृत्य की तरह एक और नृत्य आता है। वह है—नादंत नृत्य। भगवान् शिव ने नृत्यलोक में सबसे पहले यह नृत्य तिलई की रंगभूमि पर किया था, जो चिदंबरम् के नाम से जगप्रसिद्ध है।

नवमीं-दसवीं शताब्दी में दक्षिण में चोल राजाओं के राज्य में कुशल कलाकारों ने नटराज शिव की मूर्तियों की रचना की, जिसमें चिदंबरम में काँसे की बनी भव्य मूर्ति को उत्कृष्ट माना जाता है और नटराज की सारी प्रतिमाओं में उसी की अनुकृति पाई जाती है।

विश्व विख्यात चिदंबरम् की नटराज प्रतिमा सांगोपांग प्रतीकात्मक है। प्रतिमा में नटराज 'अतिभंग' मुद्रा में खड़े हैं। इस अवस्था मे एक ही पाँव (दाहिने) पर खड़े हैं। बायाँ पाँव उठाकर दाहिनी ओर झुका हुआ है। उसी के ठीक ऊपर बायाँ हाथ भी दाहिनी ओर हाथी की सूँड की तरह पाँव की ओर समांतर लटक रहा है। दाहिनी ओर एक हाथ अभय मुद्रा में है और दूसरे हाथ में डमरू है। इस प्रकार एक पाँव पर खड़े शिव के शरीर के बाएँ पाँव और बाएँ हाथ तथा दोनों दाहिने हाथों का सारा भार दाहिनी तरफ है। शिव एक पाँव से गति-ताल, लय, नृत्य का प्रदर्शन भी कर रहे हैं। यह नृत्य में अत्यंत कठिन भंगिमा होती है। शिव के मस्तक पर जटाजूट है। जटाजूट में रत्न जड़े हैं। जटा में गंगा है। दाहिनी तरफ द्वितीया का चंद्रमा है। जटाओं से सटा हुआ काँधों का उत्तरीय है, जो नृत्य के कारण दोनों ओर लहरा रहा है। दाएँ कान में पुरुष कुंडल और बाएँ कान में स्त्री कुंडल झलक रहे हैं। गले में सर्प लिपटा है। साथ ही अशोक-पत्रों की माला भी सुशोभित है। चतुर्भुज शिव के दूसरे बाएँ हाथ में अग्निशिखा है। दाहिना पाँव 'अपस्मार' राक्षस की पीठ पर है। राक्षस कमल पीठि पर औंधा पड़ा है। उसके हाथ में एक कृष्ण सर्प है। पद्मपीठिका का आकार लंब-वर्तुल है, उसी से मंडलाकार ज्वालांकुर फूटता रहता है। उस ज्वाला-मंडल को शिव का एक दायाँ हाथ और एक बायाँ हाथ स्पर्श कर रहा है। नटराज के ये सभी अंग और आयुध प्रतीकात्मक हैं। नटराज के इस रूप से मूर्ति, शिल्प, नृत्य, नाट्य, साहित्य आदि सभी स्थापत्य और ललितकलाएँ अनुप्राणित हैं।

चिदंबरम के मंदिर प्रांगण में एक कनकसभा नामक विशाल मंडप है। शिव ने प्रथम नृत्य यहीं किया था। वाममार्गियों के पाखंड का विनाश करने के लिए और लोगों को सन्मार्ग दिखाने के लिए शिव यहाँ प्रकट हुए थे। तिलई दक्षिणापथ में वह प्रसिद्ध स्थल है, जहाँ वाममार्गियों ने अपनी वाम साधना का प्रचारकर भोली-भाली जनता को अपने चमत्कारों से प्रभाव में लाने की कोशिश की थी।

शिव लोक-देवता है, वे लोक-रक्षक हैं। इस महादेश का समाज आर्य, दविड़, किरात और निषाद इन चार मानवीय नस्लों से बना है। शिव वनवासियों के 'बड़ा देव' हैं। वे रावण के आराध्य हैं। वे भारत के आदिम वासियों के कुल देवता हैं। अत: वाममार्गियों द्वारा उन वनवासियों-ग्रामवासियों को आतंकित किए जाने पर

शिव उनकी रक्षार्थ प्रकट होते हैं। कहते हैं शिव को देखकर पाखंडी वामपंथी भयभीत नहीं हुए, बल्कि उनसे युद्ध करने को उद्धत हो गए। वाममार्गियों ने अग्नि प्रज्वलित कर विशिष्ट मंत्रों से आहुति दी। अग्निकुंड से फणीधर, बाघ और बौना व्यक्ति ये तीन प्रकट हुए। तीनों ने शिव पर धावा बोला। शिव अविचल खड़े रहे। मुसकराते रहे। शिव की दृष्टि नाग पर पड़ते ही वह अशक्त होकर चरणों में लोटने लगा। भोले बाबा ने उसे उठाकर गले में धारण कर लिया। बाघ ने झपटा मारा। शिव ने उसे तर्जनी उँगुली से चीरकर उसकी खाल को अपना वस्त्र बना लिया। बौने को पटक कर उसकी पीठ पर खड़े होकर नृत्य करने लगे। सारा दृश्य देखकर पाखंडियों की अकल ठिकाने आ गई। वे शिव की शरण में आए। शिव के भक्त बन गए।

नटराज शिव की यह भंगिमा अनेक-अनेक अर्थों की उद्‌भावक है। शिव के दाएँ हाथ में डमरू है। डमरू नाद का प्रतीक है। हमारी वर्णमाला इसी डमरू से प्रकट हुई है। व्याकरण के चौदह सूत्र नृत्य के समय डमरू-निनाद से निकले हैं, जिन पर पाणिनी की अष्टाध्यायी आधारित है। पाणिनी की अष्टाध्यायी में केवल व्याकरण नहीं है, उसमें संगीत की गहरी पीठिका और व्याख्या है। यज्ञों में वैदिक पाठ एवं गान उदात्त, अनुदात्त तथा स्वरित स्वरों में किया जाता था। साम आदि के अतिरिक्त जो मंत्र एक ही स्वर में पढ़े जाते थे, उन्हें पाणिनी ने 'एक श्रुति' कहा है, 'यज्ञ-कर्मण्य-जप-म्यूखसामम्'। कात्यायन श्रौतसूत्र में एक श्रुति को 'तान' कहा गया है, जिसमें पाठ एक ही स्वर में प्रवर्तित होता है, 'उदात्तादिस्वर रहित एकश्रुतिरेव मंत्रणां स्वरो भवति'। ललित कलाओं के संदर्भ में पाणिनी ने शिल्प संज्ञा प्रयुक्त की है। शिल्प को पाणिनी दो नामों—'चारु' और 'कारु' से अभिहित करते हैं। चारु शिल्प के अंतर्गत संगीतादि ललितकलाओं का अंतर्भाव था और कारु शिल्प के अंतर्गत कुंभकार, सुतार, स्वर्णकार, लुहार आदि का कौशल अंतर्भूत था। अत: शिव का डमरू नाद, वर्ण, व्याकरण, संगीत (स्वर, ताल, लय, तान) का आदिउत्स है।

शिव के बाएँ हाथ में प्रज्वलित अग्नि है। 'पावक' नाम इसलिए कि वह वस्तु को तपाकर पवित्र करती है। वैदिक काल का अग्नि ही रुद्र है। अग्निवलय ने शिव के कर्पूर-गौरं वपु को अरुणकांति से भासित कर दिया। शिव का एक हाथ (दायाँ) अभय मुद्रा में है। वैदिक काल में शिव के रौद्र रूप से सभी भयभीत थे। कुत्स ऋषि की विनती से प्रसन्न होकर शिव ने सचराचर को अभय और सुरक्षा का भरोसा दिया। ऊपर उठा बायाँ पाँव मुक्ति की ओर संकेत है। माया-मोह से ऊपर उठकर मुक्त होने का संदेश है। बायाँ हाथ, बायाँ पाँव की ओर झुका हुआ यह प्रकट कर

रहा है कि विषय वासना से ऊपर उठकर ही मुक्ति संभव है। अविद्या, अज्ञान और संकीर्णता (बौने विचारों) का प्रतीक है। नटराज के चारों ओर का अग्नि मंडल प्रकृति की विराटता का संकेत है। प्रकृति के केंद्र में शिव हैं। समस्त विश्व के अणु-अणु में शिवत्व व्याप्त है। शिव का त्रिभुवन मंगल नृत्य समस्त ब्रह्मांड में अनवरत चल रहा है। पिंड-ब्रह्मांड की स्थिति में हमारा हृदय भी चिदंबरम् है, जहाँ शिव का अखंड नृत्य हो रहा है। शिव का नृत्य शास्त्र, धर्म, कला की त्रिवेणी है। इस नृत्य को हम अंतरतम की आँखों से न जाने कब देख पाएँगे?

संगीत की पूर्णता नृत्य से ही है। गायन, वादन तथा नृत्य तीनों मिलकर संगीत कहलाते हैं, 'गीतवादित्रनृत्यानां त्रयं संगीतमुच्यते'। संगीत में गायन, वादन और नर्तन तीनों की समान महत्ता है। इन तीनों को त्रिमूर्ति भी कहा है—जो प्रकारांतर से ब्रह्मा, विष्णु, महेश स्वरूप होते हैं। सृष्टि-पालन-संहार तीनों ही मिलकर ब्रह्मांड में निनादित और सतत संगीत को पूर्णता देते हैं। संगीत दो प्रकार का होता है—मार्गी और देशी। भरतमुनि के संदर्भ में नाट्य से जुड़े जिस संगीत का संबंध है, वह मार्गी संगीत है। ब्रह्मा ने ही भरतमुनि को शुद्ध संगीत सिखाया। इन्हीं भरत ने नाट्य या संगीत का दुर्लभ अपूर्व ग्रंथ 'नाट्यशास्त्र' का प्रणयन किया।

भारतीय वाङ्मय में तीन प्रसिद्ध भरत हुए हैं। प्रथम महर्षि भरत हैं—जो अवधूत की तरह जीवन जीते रहे। परमहंस की तरह रहते हुए भ्रमण करते रहे। ये पुराणों में जड़ भरत के नाम से जाने जाते हैं। एक समय की बात है—ये मार्ग से जा रहे थे। उसी मार्ग से राजा रहूगण की पालकी जा रही थी। राजा ने देखा एक मोटा-ताजा अधनंगा व्यक्ति मार्ग से जा रहा है। राजा उन्हें पकड़वाकर अपनी पालकी उठाने में लगा देते हैं। तीन कहार (धीवर) और एक महर्षि जड़ भरत—चारों राजा की पालकी ले जा रहे हैं। महर्षि भरत पालकी उठाने और चलने में भी अपनी परमहंसी मस्ती को भूलते नहीं हैं। वे अपनी चाल से मस्त धीरे-धीरे चलते रहते हैं। राजा रहूगण देखते हैं कि यह कहार (भरत) धीरे-धीरे चल रहा है। राजा 'मोटा तो इतना है, पर जल्दी नहीं चलता है' कहकर उन्हें ठोकर मारते हैं। जड़ भरत कुछ नहीं कहते हैं, वे अपनी मस्ती से चलते रहते हैं। थोड़ी दूर जाकर राजा को पता चलता है कि जिसे उन्होंने अपनी पालकी में कहार की जगह लगा रखा है, वह सामान्य व्यक्ति नहीं, परमहंस भरत हैं। राजा पालकी रुकवाते हैं। महर्षि भरत के चरणों पर माथा टेककर क्षमा प्रार्थना करते हैं। उनसे राजा दीक्षा ग्रहण करते हैं और अपना गुरु बना लेते हैं। इस देश ने वेश की नहीं, ज्ञान की पूजा की है। 'जात न पूछो साधु की, पूछ लीजिए ज्ञान, मोल करो तलवार का, पड़ी रहन दो म्यान'।

द्वितीय भरत-शकुंतला और दुष्यंत के बेटे हुए, जो बालपन में सिंह के साथ खेलने का पौरुष प्राप्त कर चुके हैं। जिनके नाम से इस महादेश का नाम 'भारत' पड़ा। यह देश पुरुषार्थ के आलोक तथा ज्ञान के प्रकाश की खोज में अनादि काल से लगा है। 'भा' का अर्थ है 'प्रकाश' और 'रत' का अर्थ हुआ 'लगा हुआ'। अर्थात् जो महादेश प्रकाश (ज्ञान) की खोज में निरंतर है वह है या उसका नाम है—'भारत'। तृतीय भरत भगवान् राम के भाई के रूप में प्रसिद्ध हुए, जिनके बारे में वशिष्ठ मुनि ने नामकरण करते समय कहा था, 'विश्व भरन-पोषण कर जोई, ताकर नाम भरत अस होई'। जिनकी तपस्या, सत्यव्रत, निस्प्रहता और भ्रातृभाव के विषय में तुलसीदास लिखते हैं, 'भरत सरिस को राम सनेही, जग जपु राम, रामु जप जेही'। इन तीनों में नाट्यशास्त्र के रचयिता प्रथम भरत अर्थात् भरतमुनि हैं। यही भरतमुनि मार्गी संगीत को ब्रह्मा से प्राप्तकर शंकर के सामने प्रस्तुत करते हैं। शंकर प्रसन्न होकर भरतमुनि को नृत्य की शिक्षा देते हैं। वह नृत्य तांडव और लास्य है। अलौकिक नृत्य के दोनों स्वरूपों को पाकर भरतमुनि अपनी रचना में पूर्णत्व प्राप्त करते हैं। नाट्यशास्त्र में प्राप्त विवरणानुसार नाट्य में नृत्य का प्रयोग शिव की प्रेरणा से ही होता है।

नाट्यशास्त्र यह भी निर्देशित करता है कि आदिम नाट्य की प्रस्तुति का पूर्ण रंग नृत्यविहीन था। शिव ही उसमें गीत-गायन एवं वाद्यों का प्रयोग करने का निर्देश देते हैं और अपने शिष्य तंडु से कहते हैं कि भरत को इस प्रकार के नृत्य को नाट्य में समाविष्ट करने की शिक्षा दो। इस प्रकार नृत्य को 'चित्र' रूप में प्रस्तुत करने की शिक्षा भी शिव से ही प्राप्त होती है। संदर्भों और विवरणों की खोज से कभी-कभी बहुत चमकदार और बहुमूल्य चीजें प्राप्त होती हैं। दक्ष प्रजापति अपने यज्ञ में शिव को आमंत्रित नहीं करते हैं। शिव के मना करने पर भी पिता के घर उत्सव में शामिल होने की लालसा भगवती सती रोक नहीं पाती है। सती जाती हैं। वहाँ शिव का उचित भाग और सम्मान न पाकर यज्ञ में स्वयं को स्वाहा कर देती है। शिव को खबर मिलती है। शिव अपने गण वीरभद्र के नेतृत्व में यज्ञ-विध्वंस करने हेतु गणों की सेना भेजते हैं। वीरभद्र दक्ष प्रजापति का यज्ञ विध्वंस कर अशुभ एवं प्रतिशोध से प्रेरित कार्य का विनाश करते हैं। कुइच्छा ये यदि कोई लोकमान्य कार्य भी हो, तो उसका अंतिम परिणाम विनाशकारी होता है। दक्ष के यज्ञ का भी वही होता है।

यज्ञ विध्वंस के बाद शिव गीत और डमरू की ताल पर अनेक मुद्राओं में नृत्य करते हैं। नृत्य में शिव विभिन्न देवताओं की मुद्राओं का अनुकरण कर प्रस्तुति देते हैं। शिव द्वारा प्रस्तुत ये विभिन्न भंगिमाओं से युक्त नृत्य पिंडीबंध के रूप में जाने

जाते हैं। भरतमुनि ने इस संदर्भ में प्राय: सब देवताओं के पिंडीबंध का प्रतीकात्मक वर्णन बहुत ही रोचक ढंग से किया है। शिव के इन पिंडीबंध नृत्यों के दो आशय निकलते हैं—एक तो प्रतिशोध और अपमान की अंतर्निहित भावना से दक्ष यज्ञ करते हैं, उसमें देवता जाते हैं। वहाँ तक भी ठीक, शिव को आमंत्रित नहीं किया जाता है और यज्ञशाला में उनके लिए उचित स्थान भी नहीं दिया जाता है। देवता दक्ष से इस बात को पूछते तक नहीं हैं। इसलिए शिव प्रत्येक देवता की अनुकृति को नृत्य में प्रस्तुत कर उनके इस मौन के लिए उनके प्रति अपना नृत्यमय विरोध उनके ही हावभावों की नकल कर प्रस्तुत करते हैं। दूसरा कारण यह कि दक्ष यज्ञ सद्प्रेरणा युक्त नहीं करते हैं। उस यज्ञ की पूर्णता के पूर्व ही सती उसमें भस्म हो जाती है। अत: अशुभ प्रेरक कर्म की परिणति भी शुभ नहीं होती है। शिव अशुभ के विनाश पर भी नृत्य करते हैं। अशुभ के विनाश पर शिव द्वारा नृत्य करने के हजारों उत्तर-संदर्भ हमें मानव-समाज की संरचना में अनेक जनजातियों के मृत्यु-उत्सवों में बिखरे मिलते हैं।

शिव के द्वारा प्रस्तुत नृत्य में समाज की उन्नति और मनोरंजन का अंतर्भाव भी है। ऋग्वेद से पाठ, सामवेद से गान, यजुर्वेद से अभिनय और अथर्ववेद से रस लेकर पंचम्वेद नाट्यशास्त्र की रचना के पीछे भी लोककल्याण और लोकरंजन ही मूल उद्देश्य रहा है। नृत्य का जो 'लास्य' रूप है, वह नृत्य की शास्त्रीय पद्धति के विकास के अंत:सूत्र निर्मित करता है। पंचम्वेद नाट्यशास्त्र में भी नृत्य के शास्त्रीय स्वरूप की विवेचना है। इसी प्रकार श्रीमद्भागवत पुराण से प्रेरणा, अष्टछाप से गायन, अनुभवी कला शिल्पों से अभिनय और रसिकेंद्र श्रीकृष्ण से रस ग्रहण कर 'महारास' की संगीत सलिला प्रवाहित हुई। इस रास नृत्य का आधार शुद्ध शास्त्रीय है। लेकिन श्रीकृष्ण जन-मन-रंजन के आत्मीय देव हैं। अत: श्रीकृष्ण की लीलाओं और रासलीला की संगीतमय लोक-विद्यमानता नृत्य की शास्त्रीयता तक पहुँचने का सहज लोकोपक्रम है। नृत्य की शास्त्रीयता का विस्तार शब्द नृत्य, चमत्कार नृत्य, गीत नृत्य, कट्टरी नृत्य, बंध नृत्य, कल्प नृत्य, भरतनाट्यम्, कथक, कथकलि, मणिपुरी, ओडिसी आदि नृत्य शैलियों में होता चला गया है।

शिव लोक देवता हैं। जो लोक में था, वह वेद में है। लोके च वेदे च। वेदों में बहुत सी जीवन-सरणियाँ भले ही ऋषि-चिंतन का फल हों, परंतु नृत्य जैसी अंतरतम की हुलास-आक्रांत अभिव्यक्ति की आंगिक सुंदरता का सहज प्रकटीकरण तो लोक की ही धरोहर है। शिव आनंद में भी नाचते हैं और क्रोध में भी और संहार में भी। आदिवासियों एवं वनवासियों की कलाओं पर निकाले गए शोधात्मक निष्कर्षों

में भी यह ही स्थितियाँ निकलकर हमारे सामने आती हैं। वनवासी जनजातियाँ जन्मोत्सव पर भी नृत्य करती हैं और मृत्यु के अवसर पर भी अग्नि के आसपास मंडलाकार नाचती हुई दुःख का परिहास कर उसे मृत्यु-उत्सव का रूप देती हैं। ध्यान से देखने पर पता चलता है कि क्रोध में भी उनकी मुद्रा नृत्य की होती है। यहाँ तक कि युद्ध की स्थिति तो एक तरह नृत्य की भंगिमा की अनुकृति रचती सी प्रतीत होती है।

शिव प्रकृति के बीच रहते हैं। वे किसी स्वर्ग या देवलोक के वासी नहीं हैं। उनका घर कैलाश पर्वत पर है। जहाँ प्रकृति का खुला और निस्प्रह-निरंभ्र रूप नित-नूतनता में क्षण-क्षण गतिमान है। नृत्यमय है। शिव के पृथ्वी पर नृत्य करने के पीछे लोककल्याण और लोकरंजन से भी आगे लोक को आनंद देने का भाव है। शिव के नृत्य से अनुरंजित और अनुप्राणित प्रकृति होती है। प्रकृति में हो रहे अहोरात्र नर्तन से लोक अनुरंजित और अनुप्राणित होता है। वर्षा की बूँदों में स्वर और रागिनियों की सरगम, कोयल की तान, हाथी की चिंघाड़, सिंह की दहाड़, पपीहे की कातर पुकार, चिड़कली की चहक, मयूर की कुहक, पत्तों की सरसराहट, नदियों की कलकल, बादलों का गरजन, बिजली का तर्जन, हवाओं का नर्तन आदि अनेक प्रकृति-सदस्यों ने आदिम मनुष्य की हृत्तंत्री को छेड़ा है। उसमें से सुर निकले तो पाँवों की गति नृत्य में बदल गई और पूरी देह नृत्य हो गई। पूरा कलेवर शिव हो गया। बुद्धि के विकास ने जीवन की क्रियाओं में सूक्ष्मता को पकड़कर उन्हें आंगिक चेष्टाओं की अनुकरणात्मक स्थितियों में पुनर्सर्जित किया है। एक-एक भाव-स्तर और एक-एक क्षण-विशेष की जीवन स्थिति को नृत्य की भंगिमाओं में छविमय बनाने की हजारों वर्षों की कोशिश में मनुष्य ने अंततः कलात्मक उत्कर्ष को ही शास्त्रीयता और छांदसिकता दी है। जीवन एक छंद है, जिसे सांगीतिक प्रस्तुति देते हुए नृत्योत्सव बना देना है।

शिव सृष्टि के केंद्र में हैं तो उनके नृत्य की ही छटाएँ और भंगिमाएँ ब्रह्मांड के चराचर में प्रतिबिंबित और नर्तित प्रतिभासित हो रही हैं। बादलों की गर्जना, बिजली का बाँकपन, विद्युत् की चमक, नदी का कभी मंथर और कभी तीव्र गतिमान होना, हवा का चलना, अग्नि का अचानक जल उठना, धरती पर फसलों, वनस्पतियों का कभी लहराना और कभी स्थिर हो जाना, पक्षियों का उड़ना, पशुओं का चौकड़ी भरना, कभी दौड़ना और कभी धीरे-धीरे चलना, रुकना, फूलों का हास-विलास आदि सब नटराज के नृत्य के सारे ललित आयाम हैं। ओस की बूँदें नर्तित शिव के कलावपु से निथरकर गिरते हुए स्वेद बिंदु ही तो हैं। सिंधु का गर्जन-तर्जन और

प्रलयंकारी वर्षा का धरती पर अवतरण उसी नृत्य की आक्रोशित मुद्राएँ हैं। शिव सृष्टि में परिव्याप्त हैं, अत: सृष्टि की लघु-विशाल सारी हलचलें शिव के नृत्य के ही सृष्टि-रूपायित नृत्य आयाम हैं।

भारतवर्ष ही नहीं, विश्व के आदिम नृत्यों में मानवीय शरीर की नृत्यमय संरचनाओं में शिव ही भावों को अभिनय देते हैं। यह विचित्र, किंतु सत्य है कि भारतवर्ष के सारे लोकनृत्यों के उत्स शिव के तांडव और लास्य में उपस्थित हैं। चाहे वह पहाड़ी नृत्यों की पर्वतीय उठान हो। समुद्रतटीय नृत्यों की सामुद्रिक उत्तालता हो, मैदानी नृत्यों की गोलाकार घूमर-थिरकन और तीव्र-मंथर नदी-प्रवाहता हो, खेतों में धान रोपते हुए झुकते-खड़े होते शारीरिक वलय हो; सबमें शिव का नृत्य अपने किसी-न-किसी आयाम के साथ ललित का सर्जक होता है। विश्व की आदिम जातियों के हास-उल्लास की नृत्यमय अभिव्यक्ति की विविधवर्णी भंगिमाएँ समवेत रूप में शिव के तांडव और लास्य में स्थित हैं। सभी नृत्यों के ज्योतिर्कण शिव के ही महानृत्य से स्फुरित हुए हैं। शिव लोक के आदि देव भी हैं और नटराज भी।

शिव सृष्टि के आदि नृत्य-देव हैं, ऐसा हम मानते हैं। शिव की सृष्टि में तांडव के सूत्रों को पकड़कर जिन वनवासियों ने अपने जीवन की विविध स्थितियों को नृत्यमय क्षणों में परिवर्तित करने की राह बनाई, संगीत-नृत्य की वह परंपरागत और समृद्ध राह आधुनिकता के धूल-अंधड़ में विलुप्त हो रही है और तकनीकी वर्षा-बाढ़ में पूरी तरह मिट रही है। जो नृत्य खुले आसमान के नीचे धरती के आँगन में किये जाते थे, वे अब दूरदर्शन पर दिखाए जा रहे हैं। यह भी ठीक है, लेकिन चिंता इस बात की है कि वे जमीन से गायब हो रहे हैं। जो वनवासी समूह में नृत्य करते हुए अपना श्रम-त्याग और उल्लास अभिव्यक्त सहज में करते थे, वे अब समूह नृत्य से मुँह मोड़कर घर में अपने ही नृत्य का कुल-गोत्र दूरदर्शन पर बर्बाद और समाप्त होता हुआ देख रहे हैं। यंत्र ने बुरी तरह जमीन की इबारत को जीवन के संदर्भ में बदला है। नई पीढ़ी को न शिव-पार्वती के तांडव-लास्य से विशेष सरोकार है और न ही परंपरागत नृत्यों की रसमयता को बचाने और विकसित करने में कोई रुचि है। नृत्य प्रदर्शन हो गया है। उसे प्रदर्शनकारी कला की संज्ञा से अभिहित भी किया जाने लगा है। जबकि यह केवल प्रदर्शनकारी नहीं है, जीवन को ऊर्जा तथा नई उमंग का संदेश और मरण के विस्मरण का अवसर देनेवाली संगिनी-कला है।

आज भी पूरे संसार में इन आरण्यकों की दशा सुधारने का प्रयत्न दक्ष प्रजापति

की संतानों ने नहीं किया। भारत के वनवासी हों, दलित हों या अफ्रीका के काले मनुष्य हों या अमेरिका या पश्चिम के गोरे लोगों के समाज में रहनेवाले अफ्रो-अमेरिकन जाति-समुदाय के भाई हों, उनकी स्थिति बहुत नहीं सुधरी है। आज भी वे शिव के नृत्य को अपने संस्कारों में जीवित रखे हुए हैं, लेकिन इस पृथ्वी के कथित सभ्य समाज ने उन्हें जीवन की सारी सुविधाओं से वर्षों-बरस वंचित कर रखा है। आज भी जहाँ सारी दुनिया हथेली पर रखे ग्लोब की तरह छोटी हो गई है, इनको इनका उचित स्थान नहीं मिल पाया है। इन्हें शिक्षा के नाम पर, शक्ति के नाम पर, सरकार बनाने के नाम पर और संसार में भव्य इमारतों और योजनाओं तथा उद्योगों के नाम पर निरंतर छला गया है। लोगों ने अपने घर बसाए-बनाए और ये बेघर-बेदर होते रहे और हो रहे हैं। मैं कहता हूँ—शिव ने तांडव किया था, इनके भीतर का तांडव भी जागना चाहिए। शिव ने समाज की उन्नति के लिए नृत्य को नया रूप दिया था। आज समय आ गया है कि हम पूरे विश्व में समतामूलक मानव-समाज की स्थापना करनेवाले नए नाट्य रूप के आधार पर समाजशास्त्र और समाजकर्म की स्थापना करने के लिए जुट जाएँ, अन्यथा जिस दिन ये पद-दलित, पद-मर्दित अपने शिवत्व को पहचानकर तांडव मुद्रा धारण कर लेंगे, उस दिन तथाकथित सभ्य दुनिया को भागने का रास्ता भी नहीं मिल सकेगा।

चिदंबरम् में नटराज नृत्य कर रहे हैं। बिना पाँव वहाँ तक पहुँचकर उस नृत्य को देखते रहने की कामना है। देखते-देखते उस नादंत नृत्य में भाग लेने की अभिलाषा है। ओ नटराज शिव! महाकाल के शून्य प्रशाल में अविरत संपन्न होने वाले सांध्यनृत्य में शामिल होने का बुलावा कभी भेज सकोगे? शिव! तुम नटराज तो हो ही। तुम आदि पुरुष हो। प्राण प्रणव ओंकार हो।

□

15

मर्यादा राम की

विजयदशमी का पर्व प्रतिवर्ष आश्विन शुक्ल दसमी को मनाया जाता है। इसी दिन मर्यादापुरुषोत्तम राम ने कुमार्गगामी रावण पर विजय प्राप्त की थी। राम की विजय और रावण की पराजय हुई थी। सत्य की विजय और असत्य का पराभव हुआ था। नीति की जीत और अनीति की हार हुई थी। सदाचरण का मस्तक ऊँचा हुआ और कदाचरण का शीश कटा था। धर्म की जय और अधर्म का नाश हुआ था। अच्छाई की जय-जयकार और बुराई का अंत हुआ था। भारतवर्ष के अंतरिक्ष में एक संदेश व्याप्त हुआ था—सत्यमेव जयते नानृतम्।

श्रीराम अयोध्या के राजा दशरथ के पुत्र और पुरुष श्रेष्ठ इसलिए हैं कि वे सत्य, शील और सौंदर्य के प्रतिमान हैं। एक मनुष्य की मर्यादा और उसकी अपरिमेय संभावनाओं से वे परिपूर्ण हैं। वे मानव होते हुए भी नारायणत्व की उच्चता पर आसीन हैं। नर से नारायण बनने की सहज उन्नत क्षमता उनमें है। वे नीति के नियामक और परिपालक हैं। वे सहज-सरल मनुष्य हैं। वे धर्म प्रतिपालक हैं। उनका विग्रह धर्म रूप ही हैं। रामो विग्रह धर्मः।

रावण स्वर्णमयी लंका का राजा था। वह ज्ञानी और वेदवेत्ता था। वेदज्ञ जब पथभ्रष्ट हो जाता है, तो उसकी मेधा विपरीत दिशा में अग्रसर होकर नकारात्मक सोचने और करने लगती है। रावण अपने समय का सर्वथा बुद्धिमान और बलिष्ठ व्यक्ति तथा शिव-भक्त था। वह शिव तांडव-स्तोत्र का रचयिता था। वह दशानन था। कहते हैं उसके दस मुख और बीस भुजाएँ थीं। आज आश्चर्य होता है, दस मुख किसी व्यक्ति के कैसे हो सकते हैं? बीस हाथों वाला व्यक्ति कैसा रहा होगा? वह धर्म के मर्म को जाननेवाला था, पर धर्माचारी नहीं था। मनसा, वाचा और कर्म

का जहाँ भेद होगा, व्यक्तित्व निष्प्रभावी होने और चरित्र स्खलित होने में देर नहीं लगती। धर्मो रक्षित: रक्षति।

रावण के दस सिरों का प्रतीकार्थ है। वह अत्यधिक बुद्धिमान था। किसी भी शब्द या वस्तु की व्याख्या वह सामान्य व्यक्ति की अपेक्षा दस गुना बुद्धिमत्ता से करता था। सामान्य व्यक्ति जिसका अर्थ, व्याख्या या विवेचन एक गुना करता है, रावण उसकी विवेचना, व्याख्या और अर्थान्विति दस गुना करता था। बौद्धिक आधिक्य से वह परिपूर्ण था। ज्ञान का आधिक्य उपयोगी नहीं हो सकता, यदि विवेक का नियंत्रण न हो। रावण सोचता था तो समझ के चरम तक चला जाता था। शब्द की व्याख्या अनायास ही दस गुना होकर प्रस्फुटित होती थी। उसके दूत जब उसे आकर यह संदेश देते हैं कि राम ने समुद्र पर सेतु बनाकर समुद्र पार कर लंका आने का मार्ग बना लिया है। तब उसके मुख से समुद्र शब्द के दस पर्याय एक साथ उद्‌भाषित होते हैं—

बाँध्यो बननिधि नीरनिधि, जलधि सिन्धु वारीस।
सत्य तोयनिधि कंपति, उदधि पयोधि नदीस॥

यह रावण की सकारात्मक सोच है, जो बुद्धि की रज्जू के सहारे ज्ञान-मर्म के शिखरों तक पहुँचने की क्षमता रखती है। यही स्थिति शिव तांडव स्तोत्र की रचना में देखी जा सकती है। यही बुद्धि की रज्जू जब टूटती है, तो दस गुना गहरी खाई में पहुँचा देती है। रावण की ऊर्ध्वमुखी सोच उसे ज्ञानी-पंडित बनाता है। उसकी विपरीत या प्रतिकूल सोच उसे राक्षसों की कोटि में पटक देती है। ज्ञान तो बहुत है, विवेक गुम जाता है। विवेक के अभाव में सद्-असद् की पहचान ठीक-ठीक नहीं हो पाती और कुपंथ पर बढ़ते हुए विनाश की आशंका का साथ भी छूट जाता है। एक-एक कर दुर्गुण कुमार्ग पर धकेलते रहते हैं। नारी का अपहरण, चोर का कर्म, जटायु के रूप में धर्माचरित जीव की हत्या, परनारी का मोह, युद्ध की लालसा, अहंकार का आभूषण, बल-वैभव का अंधापन, स्त्री (पत्नी) की सीख का उपहास, साधु की अवज्ञा, नगर का विध्वंस, कुल का नाश और स्वयं का सर्वनाश करके ही रावण का चरित्र अपनी नियति और परिणति को प्राप्त होता है। मोह का अंत, अहंकार का अंत, अविवेक का अंत, अधर्म का अंत और असत्य का अंत होता है।

सेष कमठ सहि सकहिं न भारा। सो तनु भूमि परेउ भरि छारा॥
वरुण कुबेर सुरेस समीरा। रन सनमुख धरि काहुँ न धीरा॥
भुजबल जितेहुँ काल जम साईं। आजु परेहु अनाथ की नाईं॥
जगत विदित तुम्हारी प्रभुताई। सुत परिजन बल बरनि न जाई॥
राम विमुख अस हाल तुम्हारा। रहा न कोउ कुल रोवनिहारा॥

यह सृष्टि त्रिगुणात्मक है। सत, रज और तम गुण अपने-अपने अनुपात और प्रभाव से प्रत्येक जीव, वस्तु और मनुष्य को संचालित करते रहते हैं। ये तीनों गुण ही कभी बहुकोणीय और कभी दो ध्रुवीय स्थिति पैदा करते हैं। धर्म-अधर्म, जन्म-मृत्यु, गति-अगति, चेतन-जड़, प्रकाश-अंधकार, दिन-रात, कर्म-अकर्म, अच्छा-बुरा, गुण-अवगुण, मनुष्य-राक्षस तथा निर्माण-विनाश की अनुकूलता-प्रतिकूलता के रथ पर आरूढ़ यह सृष्टि चल रही है। पुण्य-पाप की अवधारणाएँ इन्हीं के संदर्भों से जनमी हैं। 'जड़-चेतन, गुण-दोषमय, विश्व कीन्ह करतार; संत-हंस गुन गहहिं पय, परिहरि वारि विकार'। विधाता ने इस विश्व की संरचना जड़-चेतन, गुण-दोष युक्त की है। इस विश्व में संत हंस स्वरूप हैं, जो गुण रूपी दूध को ग्रहण कर लेते हैं तथा पानी रूपी विकारों को छोड़ देते हैं।

संतत्व की प्राप्ति बहुत कठिन है। अच्छे-अच्छे ज्ञानी और सिद्ध भी पूर्णतः विकार रहित नहीं हो पाते हैं, तब साधारण सांसारिकों की क्या कहें। इस संसार में संत सा जीवन जीना याने मनुष्यता का वरण करना है। नाना प्रकार के मोह जनित संशयों से मुक्त हो जाना है। परंतु यह सरल नहीं है। संसार को समझकर उसमें विमुक्त होकर रहना घनघोर साधना से ही संभव है। साधु या संत या सज्जन कहाना आसान है, संतत्व या सज्जनता का प्राप्य होना मुश्किल है। शिखर पर चढ़ना संभव है, शिखर पर पहुँचकर देर तक टिके रहना दुष्कर है।

साधु कहावत कठिन है, ऊँचा पेड़ खजूर।
चढ़ै तो पीवै प्रेम रस, गिरै तो चकनाचूर।

हम प्रतिवर्ष विजयादशमी के दिन रावण का पुतला जलाकर यह मान लेते हैं कि बुराई का नाश हो गया है। परंतु देखने में यह आता है कि विश्व में बुराइयाँ और बढ़ रही हैं। सारा संसार आतंकवाद से त्राहि-त्राहि कर रहा है, 9/11 में पेंटागन और 11/26 में मुंबई के आतंकी हमले ताजा हैं। एक राष्ट्र दूसरे राष्ट्र को ग्रसने पर तुला हुआ है। चीन और पाकिस्तान की भारत के साथ सामरिक उत्कंठा अशुभ है। एक ही राष्ट्र में धर्म, जाति, भाषा, प्रांत के झगड़े आपसी सद्‌भाव और शांति को भंग कर रहे हैं। पारिवारिक कलहों में व्यक्ति का रामत्व सहमा हुआ है और रावणत्व ठठाकर हँस रहा है। नारी अभी भी शिक्षा से दूर है। उसका अपमान, अपहरण और अवमान अभी बंद नहीं हुआ है। आज भाई-भाई में अनबन है। संघर्ष और वैमनस्य की दीवारें उठ गई हैं। व्यक्ति स्वयं भी अशांत और ईहामृग बनकर भटक रहा है। स्वयं के भीतर अनगिनत विकारों को पोषित करता हुआ वह प्रकारांत से अपने अंतस में रावण को स्थान दे रहा है। तब फिर प्रतिवर्ष या प्रतिदिन

पुतला जलाने से रामराज्य स्थापित नहीं होगा। जीवन में रामत्व का आग्रह होना चाहिए। प्रकाश को लाने में प्रयास करना होता है, अंधकार तो सहज फैल जाता है। जीवन को सँभालकर जीने में श्रम और समझ लगती है; मरण के लिए कुछ नहीं करना पड़ता है, वह तो असावधान को दबोचने में पीछे नहीं रहता है।

बुराई, असत्य, अनीति, अहंकार, स्खलित ज्ञान, बौद्धिक अतिवादी नकारात्मकता तथा कुचेष्टा का प्रतीक रावण है। एक ऐसे जीवन का जो स्वर्णमय भवनों के बीच उद्वेलित और अशांत रहता है। स्वयं की शक्ति पर जिसे भरोसा है, किंतु एकदम बहुत डरा हुआ है। विनय पत्रिका में तुलसीदासजी ने रावण के और उसके कुल-कुटुंब के प्रतीकार्थों का उल्लेख किया है—

मोह दशमौलि, तद्भ्रात अहंकार, पाकारिजित काम विश्रामहारी।
लोभ अतिकाय, मत्सर महोदर दुष्ट, क्रोध पापिष्ठ विबुधान्तकारी॥
द्वेष दुर्मुख, दंभ खर, अकंपन कपट, दर्प मनुजाद, मद-शूलपानी।
अमित बल परम दुर्जय निशाचर-निकर सहित षडवर्ग गो-यातुधानी॥

लंका में मोहरूपी रावण, निवास करता है। अहंकार कुंभकरण है। शांति नष्ट करनेवाला कामरूपी मेघनाद है। लोभरूपी अतिकाय, मत्सर रूपी महोदर, क्रोध रूपी देवांतक, द्वेष स्वरूप दुर्मुख, दंभ रूपी खर, कपट रूपी अकंपन, दर्प रूपी मनुजाद और मद रूप शूलपाणि राक्षस है। रावण के इस दुष्ट महा राजपरिवार के बीच में जीव रूपी विभीषण निवास करता है।

इस रूपक के प्रतीकार्थ जीवन के विस्तार और परिचालन के व्यापक अर्थ खोलते हैं। इस देह को हम सोने का पिंजरा भी कहते हैं। यह शरीर स्वर्णजटित-स्वर्णसज्जित लंका के समान ही है। रावण के दस शीश हैं। रावण स्वयं अर्थात् यह देह जनित जीवन मोह रूप ही है। मोह रावण है। उसके दस शीश-अहंकार, काम, लोभ, मत्सर, क्रोध, द्वेष, दंभ, कपट, दर्प और मद के प्रतीक हैं। इन सबके बीच जीव रूपी विभीषण रहता है। जीव रूपी विभीषण का उद्धार श्रीराम अर्थात् सत्य-शील-सौंदर्य की शरण में आकर ही संभव है। श्रीमद्‌भगवत गीता में श्रीकृष्ण कहते हैं, 'सर्वधर्मान्परित्यज्य मामेकं शरणं व्रज'।

इस संसार को अनेक प्रकार से देखा-समझा गया है। यह संसार ओस का मोती है, सुबह होते ही मिट जाना है। यह काया गार-सी (ओले के समान) काची है, थोड़ी देर में गल जाना है। यह बात ज्ञानी-अज्ञानी दोनों जानते हैं। यह नहीं है कि यह जान लेने के बाद वैराग्य धारण कर लेना चाहिए। नहीं, ऐसा नहीं है। यह समझ पड़ जाने के बाद जीवन को मनुष्यता के तत्त्वों से भरते हुए संसार और समाज

को गतिशीलता और परिवर्तनशीलता की सही दिशा दिखाना चाहिए। जीवन जीने के लिए है। सोते रहने या विनाश की ओर जाने के लिए नहीं। मरण निश्चित है, उसका आग्रह और जप ठीक नहीं है। उससे निराशा और निष्क्रियता उपजती है। ये दोनों ही जीवन को जड़ बनाती हैं। जड़ता चैतन्य का गुण नहीं है। मनुष्य सर्वथा चैतन्य-प्राणी है। वह नवनवोन्मेषशालिनी प्रतिभा का आराधक और धारक है। मनुष्य देवत्व तक पहुँचने की संभावना स्वयं में समाए हुए है।

मनुज के मनुजत्व को अवरोधित सबसे ज्यादा तो अंतस के विकास ही करते हैं। रावण जैसा गुणी शिव-भक्ति से च्युत होकर माया के परिवार के सदस्यों से घिर गया। घिर गया और सर्वनाश को प्राप्त हुआ। माया का फंद बहुत विकट है—पानी के भँवर जैसा। मोह में कौन अंधा होने से बच सका है? काम-वासना किसे नहीं नचाती है? तृष्णा के वशीभूत हो कौन पागल सरीखा नहीं भटकता है? क्रोध से किसका हृदय नहीं जलता है? मद किसे नहीं होता? प्रभुता किसे बधिर नहीं बना देती है? मृगलोचनी के नेत्रों के बाण से कौन घायल नहीं हुआ है? यौवन के ज्वर से कौन पीड़ित नहीं होता है? ममता के अतिशय ने किसे अपयश नहीं दिया है? मत्सर ने किसे कलंकित नहीं किया है? शोक ने किसे विचलित नहीं किया है? चिंता ने किसे नहीं डँसा है? इस संसार में रहते हुए कौन है, जिसे माया नहीं व्यापती है? मनोरथ रूपी कीट से किसका शरीर खोखला नहीं हुआ है? पुत्रैषणा, वित्तैषणा और लोकैषणा ने किसकी मती मलिन नहीं की है? लोभ ज्ञानी, तपस्वी, वीर, कवि, गुणी सबको ग्रसता है। यह सब माया का सबल परिवार है, जो संसार और सांसारिक को अपने प्रबल प्रभाव से प्रभावित करता रहता है।

व्यापि रहेहु संसार महुँ, माया कटक प्रचंड।
सेनापति कामादि भट, दंभ कपट पाखंड॥

उपर्युक्त सभी बातें और विकार पृथ्वी पर विचरनेवाले शरीरधारियों में होना स्वाभाविक है, क्योंकि जन्म के साथ ही सांसारिकता उपस्थित है। जीव शरीर धारण कर संसार में आता है। संसार का अपना गुण और स्वभाव है। उसके बीच में आकर उसके संस्पर्श से मनुष्य बच नहीं सकता है। 'ईश्वर अंश जीव अविनाशी, चेतन अमल सहज सुखरासी॥ सो मायाबस भयहुँ गोसाईं, बंध्यो कीर मरकट की नाईं'॥ यह बंधन कितना मजबूत और कसा हुआ है; इस पर मनुष्य की गति-अवगति दर्शित है। संसार में रहते हुए और परिवार तथा राष्ट्र के दायित्वों का निर्वाह करते हुए लाभ-लोभ, शुभ-स्वार्थ का अंश तो जीवन में घर बसाएगा ही, परंतु वह घर में आपके भोंह-भृकुटि संकेतों पर काम करे, आपका अनुचर बनकर

रहे; घर–मालिक नहीं बन जाए। घर–मालिक बनकर वह रहेगा तो आपकी (जीवन की) दिन–रात दुर्गति होती रहेगी। हमारे पास रावण–कंस–दुर्योधन से लेकर वर्तमान के अनेक देशों, परिवारों, व्यक्तियों के उदाहरण हैं। अति किसी भी गुण–दोष की उचित नहीं होती है। समभाव और समतोल ही कल्याणकारी और श्रेयष्कर है। समभाव और शांतचित्त से कर्म करना ही सफलता का आधार बन सकता है। 'कृतं मे दक्षिणे हस्ते, जयो मे सव्य आहित:'। (अथर्ववेद - 7/52/8) मेरे दाहिने हाथ में कर्म (पुरुषार्थ) और बाएँ हाथ में सफलता विराजमान है।

वैराग्य नहीं, कर्म की बात कर रहे हैं। हमारे स्व के जो कर्म हैं, वे इतने निष्पाप हों कि कर्म ही ईश्वर की पूजा बन जाएँ। निरभिमानी होकर संसार में रहना, धर्म सम्मत कर्म की संपन्नता और ईमानदारी और अपरिग्रह भाव से उद्योग, धंधा, व्यापार, कृषि, नौकरी, मजदूरी करते हुए धन कमाना; ईश्वर–पूजा ही है। ऐसी दशा में हमारा कर्म ही धर्म बन जाता है। निरहंकार जीवन में शांति लाता है। अहंकार ही मान की चिंता करता है। अहंकार व्यक्ति का सबसे बड़ा नुकसान यह करता है कि वह जीवन में शांति को नष्ट कर देता है। रावण के पास स्वर्ण की लंका का वैभव और परिवार–सदस्यों की विपुलता होने के बाद भी वह अहंकार–भ्राता के संग रहने के कारण शांति के रिक्थ से रिक्त था। निर्मम होकर अहंकार का दमन करने से ही शांति का पथ बुहारा जा सकता है। जथा–लाभ–संतोष को भक्ति का आठवाँ प्रकार माना गया है। 'आठवँ जथालाभ संतोषा, सपनेहुँ नहिं देखइ परदोषा'॥

इसलिए भोगवाद और बाजारवाद के त्याग से भी विश्वशांति की एक राह खुलती है। भोगवाद और बाजारवाद का नाश होगा तो साम्राज्यवाद अपने आप शक्तिहीन हो जाएगा। वर्तमान में यह भी एक प्रकार की साधना है, जो जीवन और विश्व दोनों की सद्संस्कृति के रक्षण हेतु आवश्यक है। आज विश्व–मंच पर जो कुछ नाटक की तरह प्रस्तुत हो रहा है, उससे सावधान रहने का आग्रह है। सावधानी हटी कि दुर्घटना घटी। दृष्टि का सही होना ही सही मार्ग पर चलना सुनिश्चित करेगा। सही मार्ग ही रामत्व (सद्गुणों) तक ले जाएगा। मनुष्यता ही मनुष्य को श्रेष्ठ बनाती है। राम स्वयं आलोक हैं, इसलिए इसे पाने हेतु उसके मार्ग में अन्य आलोक की आवश्यकता नहीं है। स्वयं का प्रकाश ही राम के प्रकाश का कण–पुंज है। 'राम प्रकाश्य प्रकाशक जेते'।

राम मर्यादा के पालक हैं। धर्म–धुरीण हैं। 'श्रुति–सेतु पालक राम, तुम जगदीश माया जानकी'। राम नाम की वंदना में गोस्वामी तुलसीदास ने व्यापकत्व रख दिया है। यह वाणी का विलास नहीं; अनुभव का प्रमाण है। वे कहते हैं, 'बंदौ नाम राम

रघुवर को, हेतु कृसानु भानु हिमकर को'। मैं रघुवर राम के नाम की वंदना करता हूँ, जो अग्नि, सूर्य और चंद्रमा का कारक है। अन्य मंत्र देवताओं के प्रकाश से प्रकाशित हैं। गायत्री मंत्र में सूर्य का प्रकाश है। शाबर मंत्र में शिव की शक्ति का आलोक है। राम नाम में अग्नि, सूर्य, चंद्र का प्रकाश-स्रोत है। 'राम नाम' स्वयं प्रकाशित है और यह अग्नि, सूर्य, चंद्र को प्रकाशमान किए हुए है। 'राम' शब्द 'र', 'अ' और 'म' तीन अक्षरों से है। ये तीनों ही बीजाक्षर हैं। 'र' अग्नि बीज है। 'अ' सूर्य बीज है। 'म' चंद्र बीज है।

रकारोऽनलबीजं स्याद्ये सर्वे वाडवादयः।
कृत्वा मनोमलं सर्वे भस्म कर्म शुभाशुभम्॥
अकारो भानु बीजं स्याद्वेदशास्त्र प्रकाशकम्।
नाशयत्येव सद्दीप्त्या याऽविद्या हृदये तमः॥
मकारश्चन्द्रबीजं च पीयूषपरिपूर्णकम्।
त्रितापं हरते नित्यं शीतलत्वं करोति च॥

(—महारामायण, 52/62,63,64)

'र' अग्नि बीज है। अग्नि वस्तु के भीतर के सारे विकारों को जलाकर उसे शुद्ध बना देती है। उसके मल-दोष को जलाकर उसके विशुद्ध रूप में कर देती है। उसी प्रकार 'र' के उच्चारण से मन की विषय-वासनाओं का नाश हो जाता है। व्यक्ति को अपने शुद्धस्वरूप या आत्मस्वरूप का बोध होने लगता है। 'अ' भानु बीज है। जैसे भानु के उदय से अंधकार मिट जाता है, वैसे ही 'अ' के उच्चारण से व्यक्ति के भीतर जो मोह-मत्सर आदि अविद्या के कारक हैं, उनका नाश हो जाता है। 'म' चंद्र बीज है। चंद्रमा का संबंध मन से है। उसमें अमृत है। अतः शीतलता है। वह शरदातप हरता है। शरद ऋतु के दिनों की गरमी प्रखर होती है। कहते हैं— क्वार की घाम में हरिण की पीठ काली पड़ जाती है। कन्या राशि का सूरज तपता है। फसलें पकती हैं। शरद के इस ताप को चंद्रमा शीतल करता है। न केवल शरदातम, वरन् छहों ऋतुओं की रात्रिओं को और-और शीतलता प्रदान करता है। उसी प्रकार 'राम' शब्द के 'म' अक्षर से त्रिताप (दैहिक, दैविक, भौतिक) दूर होते हैं। हृदय शीतल होता है। तृप्ति उत्पन्न होती है। जीवन से कलुष नष्ट होते हैं, तो वैराग्य उत्पन्न होता है। अविद्या नष्ट होती है तो ज्ञान प्रकटता है। त्रिताप नष्ट होते हैं तो भक्ति उपजती है। 'राम' शब्द वैराग्य, ज्ञान और भक्ति का कारक है। 'रकार हेतु वैराग्यं, परमं यंच कश्यते। अकारो ज्ञानहेतुश्च, मकारो भक्तिहेतुकम्'॥

हमने वाल्मीकी रामायण का आधार लेकर राम को 'रामो विग्रह धर्मः' कहा है। हमारा धर्म से आशय कर्मकांड युक्त कर्मणा से नहीं है। हमारा मंतव्य सीधा-सीधा सत्य, शील और सौंदर्य से युक्त विग्रह द्वारा किए गए सदाचरण और सत्कर्म से है। 'धर्म न दूसर सत्य समाना' और 'परहित सरिस धरम नहिं भाई' से भिन्न हमारा मंतव्य और पहुँच नहीं है। राम की संपूर्ण मर्यादा इसी धर्माश्रित है। वे इसी धर्म के लिए प्रकट हुए। 'धर्म हेतु अवतरेहुँ गोसाईं'। या 'प्रभु अवतरेहुँ हरन महि भारा'। यह शरीर भी भूमि तत्त्व-संयुक्त है। राम का प्राकट्य होते ही हृदय प्रशांति की नीलिमा से भर जाता है। देह जनित जीवन हल्का हो जाता है। जीवन अच्छा-अच्छा लगने लगता है। जीने का अर्थ हाथ लग जाता है। राम धर्म भी हैं। धर्मपालक भी हैं। धर्म संस्थापक भी हैं।

रावण का अर्थ है—रुलाने वाला। जो लोक को रुलाए; दुःख दे; वह रावण है। **'रावयति सर्वान् लोकान इति रावणः'।** रावण ने अपने समय में समस्त लोकों, लोकपालों और उन लोकों के निवासियों को आतंकित और दुःखी कर रखा था। प्रकारांतर से सोचने पर पाते हैं कि रावण के प्रतीकार्थ ही लोक को दुःखी करते हैं और लोक उनके वश में होकर रोता रहता है। हमारा अतिशय मोह, कामनाएँ, अपेक्षाएँ, द्वेष, पाखंड, क्रोध, लोभ, मद, कपट, दर्प ही हमें रुलाता है। प्रत्येक पंथ इनसे विरत होकर जीने की बात करता है। हिंसा सर्वत्र वर्जनीय है। परंतु कहीं प्रत्यक्ष हिंसा (जीव हिंसा) कहीं भाव हिंसा हो रही है। **'जीवो जीवस्य भोजनम्'** और **'मनुष्यो मनुष्यस्य शत्रुम्'** बना हुआ है। एक व्यक्ति दूसरे को परास्त और पछाड़ने पर तुला हुआ है। अर्थ-पिपासा इतनी प्रबल हो उठी है, जितनी रावण में मोह-पिपासा और दुर्योधन में युद्ध-पिपासा थी तथा अमेरिका में जितनी प्रभुत्व-पिपासा है। स्वर्ग-नरक कहाँ और किस रूप में है; इसका तो हमें प्रमाण नहीं है, लेकिन अच्छे-बुरे कर्मों पर आधारित प्राकृतिक न्याय मिलने के प्रमाण इस संसार में अवश्य दिखाई देते हैं। कहते हैं ईश्वर की लाठी की मार पड़ती है तो आवाज नहीं होती। यह भी कहा जाता है—'चोर की माय मुँह छिपाकर रोती है'।

अच्छाई और बुराई तथा सत्य और असत्य में युद्ध निरंतर चलता आ रहा है। यह युद्ध बाह्य जगत् और मनुष्य के जीवन में भी अविरत है। संसार में यह दिखाई देता है, जीवन में अदृश्य रहता है। परिणाम दोनों के प्रत्यक्ष होते हैं। रावण को लंका की रणभूमि में पछाड़ने के लिए राम धनुष-बाण का सहारा लेते हैं। यह शरीर भी स्वर्णमयी लंका है। एक तरह से युद्ध भूमि है। इस लंका में रावण रूपी मोह अपने परिवार के साथ रह रहा है। उसका परिवार विकारों-दोषों के सदस्योंवाला है,

जिसकी चर्चा पूर्व में की जा चुकी है। उसे परिवार सहित पराभूत करने के लिए राम युद्ध भूमि में उतरते हैं। 'रावण रथी विरथ रघुबीरा, देखि विभीषण भयहुँ अधीरा'। रावण रथ पर सवार है और राम बिना रथ के हैं। पैदल हैं, बिना पदत्राण के हैं। रावण पूरी तरह अस्त्र-शस्त्र से सज्जित है। वह रथी है। महाभारत में चार प्रकार के रथी का वर्णन आता है, अर्द्धरथी, रथी, महारथी और अतिरथी। जो अकेला पाँच सौ वीरों से लड़ सके, वह अर्द्धरथी, जो एक सहस्त्र से लड़ सके वह रथी, जो दस सहस्त्र धनुर्धारियों से लड़ सके वह महारथी और जो असंख्य धनुर्धारियों से अकेला लोहा ले सके, वह अतिरथी होता है।

राम को विरथ देखकर विभीषण अधीर हो जाते हैं। राम के द्वारा विभीषण को जो उपदेश उस समय दिया, उससे विभीषण की शंका का निवारण होता है। यह श्रीमद्भगवद्गीता के उपदेश के समतुल्य है। जिस रथ से वास्तविक जीत होती है, वह रथ और ही है। **'जेहि जय होई सो स्यंदन आना'।** वह आंतरिक है। आध्यात्मिक है। नैतिक है। सदाचरित है। विजय आज भी सेना और युद्ध सामग्री पर नहीं; विजेता की बुद्धि, चरित्र, आत्मबल और साहस पर निर्भर होती है। विश्वामित्र के शस्त्र बल से वशिष्ठजी का आत्मबल प्रबल था। राम-रावण युद्ध में राम की धर्मबुद्धि, विवेक, नीति, मर्यादा और आत्मबल की ही रावण की पाप-बुद्धि, अविवेक और भीति पर जय हुई है।

शूरता या पराक्रम और धैर्य जिसके रथ के चाक हों। सत्य, शुभ चरित्र की जिस पर ध्वजा फहरा रही हो। बल, विवेक, दम (बाह्य प्रकृति का दमन) और परहित जिसके रथ के चार घोड़े हों। धर्मरथ के यही चार घोड़े हैं। क्षमा, कृपा, समता की बल्गाएँ हों। ईश्वर भजन ही चतुर सारथी हो। वैराग्य की ढाल हो। संतोष की तलवार हो। दान का फरसा हो। बुद्धि का बल हो। श्रेष्ठ विज्ञान कठोर धनुष हो। निर्मल अचल मन तरकष के समान हो। शम, यम और नियम ही जिसके बाण हों। गुरु की पूजा (सेवा) जिसका अभेद्य कवच हो। हे सखा! ऐसा धर्ममय रथ जिसका हो, उसके लिए हर प्रकार के शत्रु को जीतना सहज-संभव है। 'सखा धर्ममय अस रथ जाके, जीतन कहँ न कतहुँ रिपु ताके'। इस देह को भी रथ का रूपक दिया जाता है। जीवन भी रथ के समान गतिशील है। जीवन यदि धर्मरथ बन जाए, तो व्यक्ति अजातशत्रु हो सकता है। धर्मरथ के अंग हैं—शौर्य, धैर्य, सत्य, शील, बल, विवेक, दम, परहित, क्षमा, कृपा, समता, ईश्वर-भजन, वैराग्य, संतोष, दान, बुद्धि, बर-विज्ञान, निर्मल अचल मन, शम, यम, नियम, विप्र सेवा और गुरु पूजा। राम स्वयं इस धर्मरथ के समस्त अंगों से सज्जित हैं, 'गुन ज्ञान विधान अमान

अजं, गतक्रोध सदा प्रभु बोधमयं'।

राम ने यह उपदेश विभीषण को प्रबोधने के लिए दिया है। विभीषण की अतिशय प्रीति राम के प्रति है। मंथन किया जाए तो यह भी निष्कर्ष निकले कि द्वापर युग में श्रीकृष्ण द्वारा अर्जुन को दिए गए ज्ञान के अनुरूप त्रेता में श्रीराम जीवन जी चुके थे। श्रीमद्‍भगवद्‍गीता के सारे मूल्य श्रीराम के चरित्र में विद्यमान हैं। एक युग-पुरुष अपनी चारित्रिक श्रेष्ठता से धरती पर श्रेष्ठ जीवन के सारे प्रतिमान स्थापित कर देता है। राम ऐसे ही पुरुष-श्रेष्ठ हैं। वे इतिहास से परे मानव-मन की निरंतर प्रवाहित होती गुणधारा की तरलता, शीतलता और शुचिता के संक्रेंद्रण और सम्मोहन हैं। वे पावन हैं और पावनकर्ता हैं। वे उद्धार हैं और उद्धारकर्ता हैं। वे श्रीराम हैं और रामत्व से भक्त को निरंतर भरनेवाले हैं।

राम सब कहीं हैं—वे अयोध्या में हैं, वे प्रत्येक जन-मन के श्रद्धासन पर विराजित हैं, वे केवट के प्रिय हैं, शबरी के आराध्य हैं, निषादराज, सुग्रीव और विभीषण के सखा हैं, वे सीतापति हैं, कौशल्या की गोद में मुदित बैठे हैं, अहल्या को उसकी खोई हुई प्रतिष्ठा लौटाते हैं। वे कैकेई के दुलारे हैं। सरयू-सरिता का तट उनसे पुलक-पुलक हो उठता है। वे शबरी से कहते हैं, 'कह रघुपति सुनु भामिनी बाता, मानहुँ एक भगति कर नाता'। वे नातों को निबाहते हैं। ऐसा ही भगति-वत्सलता का नाता वे ओरछा की रानी कुँवरि गनेश से निबाहते हैं। ओरछा में वे रानी की भक्ति के वशीभूत होकर ही आए हैं। अयोध्या से ओरछा उनका आगमन संवत् 1631 में चैत्र सुदी नवमी (रामनवमी) को हुआ। ऐसा योग, लग्न, ग्रह, वार, तिथि का संयोग रामजनम के बाद संवत् 1631 में चैत्र सुदी नवमी को आया था। इसी दिन-संवत् को गोस्वामी तुलसीदास ने रामचरितमानस की रचना प्रारंभ की। इसी दिन ओरछा की रानी कुँवरि गनेश की भक्ति ने श्रीराम को राम राजा के रूप में ओरछा का राज्य सौंपा। बेतवा की धारा इसकी साक्षी है। राम दिन में ओरछा में रहते हैं और रात्रि विश्राम अयोध्या में करते हैं।

बैठे जिनकी गोद में, मोद मान विश्वेश।
कौशल्या सानी भई, रानी कुँवरि गनेश॥
मधुकरशाह महाराज की, रानि कुँवरि गनेश।
अवधपुरी से ओरछा, लाई अवध नरेश॥
सर्व व्यापक राम के, दो निवास हैं खास।
दिवस ओरछा रहत हैं, शयन अयोध्या वास॥

सृष्टि और जीवन दोनों के दो पक्ष हैं—उज्ज्वल और मलिन। सत्य और

असत्य। सत्य से सृष्टि और जीवन परिचालित है। अंतस में रावण का निवास होने पर जीवन बिखर जाता है, जैसे रावण का पूरा परिवार छार-छार हो जाता है। सत्य का, शील का, सौंदर्य का आग्रह और आधान जीवन को शुचिता, सौंदर्य और शांति से आपूरित करता है। मनुष्य को उसके होने की सार्थकता प्रदान करता है। सद्‌गुणों के बिना मनुष्य जीवन बिना पानी के बादल जैसा है—

भगतिहीन नर सोहहिं कैसे; बिनु जल वारिद पेखिय जैसे।

□

16

वेश कृष्ण का

भगवान् श्रीकृष्ण का अवतरण भाद्रमास के कृष्णपक्ष की अष्टमी को होता है। भद्र अर्थात् कल्याण का देनेवाला मास है। यह वर्षा ऋतु का उत्सव मास है। यह अन्न-धन के आगमन की आशा का मास है। कृष्ण पक्ष स्वयं श्रीकृष्ण से संबद्ध है। अष्टमी तिथि पक्ष के बीचोबीच पड़ती है। रात्रि योगी जनों को प्रिय है। निशीय यतियों का संध्याकाल है। अर्धरात्रि रात्रि के दो भागों की संधिवेला है। जल वर्षण हो रहा है। रात अँधेरी है। पहरेदारी में कैद वसुदेव-देवकी हैं। पृथ्वी अत्याचार से व्याकुल है। काल, दिशा, पृथ्वी, जल, अग्नि, वायु, आकाश सब आतुर हैं। ऐसे समय श्रीकृष्ण का आविर्भाव होता है। अज्ञान और आतंक के घनघोर अंधकार में दिव्य प्रकाश का प्राकट्य होता है। निशानाथ चंद्रमा के वंश में सोलह कलाओं से परिपूर्ण नटवर नागर अवतीर्ण होते हैं।

वसुदेव सुतं देवं, कंस चाणूर मर्दनम्।
देवकी परमानन्दं, कृष्णं वन्दे जगद् गुरुः॥

श्रीकृष्ण परात्पर ब्रह्म हैं। वे पूर्ण पुरुष हैं। सारी प्रकृति उनके अवतरण से उत्फुल्ल है। उनका अवतरण धरा पर धर्म की संस्थापना के लिए होता है। सनातन धर्म के रक्षण और संवर्धन के लिए होता है। सनातन धर्म मानव धर्म ही है, जो व्यापक अर्थों में सृष्टि में मनुष्य के होने का अर्थ निर्देशित करता है। श्रीकृष्ण एक ओर लोकधर्म का परिपूरण करते हैं दूसरी ओर राष्ट्रधर्म का। वे लोकनायक और राष्ट्रनायक दोनों हैं। लोक से राष्ट्र बना है। जमीनी और जातीय स्मृतियों के वे शलाका पुरुष हैं। संपूर्ण भारतवर्ष की अखंडता स्थापित करने में वे पुराण पुरुष और इतिहास पुरुष हैं। इसके परे वे सहस्त्रशीर्षा पुरुष हैं। वे सर्वांतर्यायी हैं। ब्रह्मांड

की भूमि को सब ओर से व्याप्त करके स्थित हैं और इससे दस अंगुल ऊपर भी हैं। अर्थात् ब्रह्मांड में व्याप्त होते हुए भी वे इससे परे हैं।

ॐ सहस्रशीर्षा पुरुषः सहस्राक्षः सहस्रपात्।
स भूमिं सर्वतस्पृत्वात्यतिष्ठद्दशाङ्गुलम्॥

द्वापर का समाज स्पष्टतः ग्रामों और नगरों में रहनेवाला है। एक ओर लोक है। दूसरी ओर नगरीय समाज। नगरीय समाज में देहवादी भौतिक दर्शन अपने चरम पर रहता है। विशेष बात यह है कि उसे राज्य का संरक्षण प्राप्त होता है। नीति और मर्यादाएँ भंग हो रही हैं। भाद्रपद अष्टमी की अर्धरात्रि को रोहिणी नक्षत्र में भगवान् विष्णु का श्रीकृष्ण के रूप में प्राकट्य धरती की उजली कथा है। श्रीकृष्ण जैसा विलक्षण चरित्र संपूर्ण विश्व में अन्यत्र नहीं है। मथुरा नगरी के बंदीगृह में जन्म होता है। प्रभाष क्षेत्र के भलखा तीर्थ में जरा के बाण के निमित्त से बैकुंठ गमन होता है। जन्म से लेकर स्वर्गारोहण तक उनका जीवन इतना विविध-आयामी है कि विश्व-जीवन की कोई संगति-विसंगति शेष नहीं रहती है। सब कुछ उनके जीवन में समाहित है। इन्हीं में वे जीवन के सौंदर्य को सृष्टि के संदर्भ में उत्कर्ष देते हुए स्थापित करते हैं। यह सौंदर्य उन मूल्यों का है, जिनसे जीवन सतत कर्मरत रहता है। जीवन की गतिशीलता जिनके कारण विरुद्धों के पहाड़ों से टकराती है और उनके पार चली जाती है।

श्रीकृष्ण को लीलावपुधारी कहा जाता है। उनका चरित्र लोक रंजनकारी समझा जाता है। परंतु उनका कोई भी कार्य निरर्थक, लीला और कौतुक नहीं है। उनकी प्रत्येक क्रिया-संरचना समाज और राष्ट्र को संदेश है। कालिया-मर्दन और पूतना-वध मात्र लीला नहीं है, बल्कि राक्षसी वृत्तियों से समाज को अभय करनेवाला साहस है। गोकुल-वृंदावन से सारा दूध-दही मथुरा को जाता है। यमुना-तट पर श्रीकृष्ण खड़े होकर उन्हें रोकते हैं। दही-मही का कर लेते हैं। वे गाँव की वस्तु को शहर जाने से रोकते हैं। गाँव की वस्तु का शहर में पलायन न हों। क्योंकि गाँव की वस्तु शहर में गई तो गाँव उजड़ जाएँगे। पहले वस्तु का पलायन होता है और फिर समाज का। श्रीकृष्ण लोक-संस्कृति के रक्षण की गहरी चिंता से यह कार्य करते हैं। वे शोषण को रोकते हैं। भौतिकवादी, राजसी, राक्षसी शक्तियों को चुनौती देते हैं। नगरों की चकाचौंध से ग्राम्य-जीवन बचा रहे, यह उनका संदेश है। गाँवों का उजड़ना भारतवर्ष के मूल स्वरूप का क्षय होना है। ग्राम्य-बोध मिट्टी की संस्कृति की सुवास है। गाँवों का बचा रहना और अपनी मूल लाक्षणिकता में जीना शुभकर है।

वृंदावन, वंशीवट, यमुना-तट है। एक बाँसुरी, एक मोरपंख तथा गोवर्धन है। गाये हैं। ग्वाल-बाल हैं, गोप-गोपियाँ हैं। बाबा नंद, मैया यशोदा हैं। दही, माखन, छाछ है। एक गोरी है—राधा। एक साँवरा है—कृष्ण। यह एक लोक की संपूर्ण मानक इकाई है। इसी संसार में श्रीकृष्ण लीला करते हैं। कौतुक रचते हैं, खेल खेलते हैं। इसी में रम जाते हैं। उन्हें ब्रज बहुत भाता है। मथुरा चले जाने पर भी ब्रज उन्हें भुलाए नहीं भूलता है। उद्धव से वे कहते हैं, 'ऊधौ मोहि ब्रज बिसरत नाहीं। हंससुता की सुंदर कगरी, अरु कुंजन की छाहीं। वे सुरभि वे बच्छ दोहनी, खरिक दुहावन जाहिं'। श्रीकृष्ण यहीं से संपूर्ण भारत की छवि निर्माण की सौंदर्यपूरित कर्मयात्रा प्रारंभ करते हैं।

मोरपंख में सात रंग हैं। सातों रंग चंद्र आकृति या गोलाकार हैं। श्रीकृष्ण को ये मोरपंखी रंग बहुत अच्छे लगते हैं। ये रंग दुनिया को बहुत लुभाते हैं। ये रंग श्रीकृष्ण के सिर पर बहुत फबते हैं। ये मयूरपाखी रंग सृष्टि के हैं, कृष्ण ने जिन्हें सिर पर धारण कर लिया है। कृष्ण स्वयं योगेश्वर हैं, लेकिन संसार के बीच रहकर ही वे परम योगी भी हैं, परम गृहस्थ भी और परम प्रिय भी। कृष्णत्व उन्हें यशोदा, राधा, सुदामा, यमुना, गोवर्धन, ग्वाल-बालों और गायों से मिलता है। इस परम कृष्णत्व के रंग को वे मधुवन में बिखरा देते हैं। भरतभूमि पर छिटका देते हैं। अनबुझी प्यास बनकर वे आते हैं और एक तृप्तकाम प्यास बनकर द्वापर को सांस्कृतिकता से मोरपंखिया रंग दे जाते हैं। कृष्ण मन को बहुत भाते हैं। एक सौंदर्य बनकर खिल उठते हैं।

सौंदर्य की वह पूर्णता क्या है? सौंदर्य की वह पूर्णता उन आंतरिक और बाहरी मूल्यों की सर्जना और रक्षण में है, जिनसे इस ब्रह्मांड का संतुलन शेष रहता है। इन्हीं आशयों में श्रीकृष्ण की कर्म-संरचनाएँ अद्‌भुत हैं। उन्होंने छोटी-छोटी चीजों की महत्ता की राह बताई है। वन, वृक्ष, नदी, लता, पक्षी, पर्वत, पशु, जन, माँ, पिता, गाँव में पैदा होनेवाली वस्तुएँ, अपनी जीवन-विधि में समृद्ध गाँव की महत्ता आदि में वे स्वावलंबन, पर्यावरण, सामंजस्य और शोषण मुक्त समाज का मार्ग प्रशस्त करते हैं। पुरुष और प्रकृति की आपसदारी में वे सृष्टि-सुरक्षा के मूल्यों को आँखें खोलते पाते हैं।

श्रीकृष्ण भविष्य के समय और समाज को दृष्टिगत रखते हुए अपनी भूमिका निर्वहन करते हैं। संपूर्ण वृंदावन के समाज को वे संगठित करते हैं। वे विश्व के संभवत: प्रथम संगठनकर्ता हैं; जो समाज के सबसे निर्बल वर्ग गोपालकों, कृषकों, शिल्पिकों, श्रमिकों को संगठित करके राष्ट्र और धर्म की रक्षा का नेतृत्व सौंपते

हैं। शोषित और पीड़ित समाज का वे नेतृत्व कर कंस के अत्याचारों से उस समाज को अभय कराते हैं। महाभारत में सारथी बनते हैं तथा जीवनपर्यंत अन्याय और अधर्म से जूझते हैं। श्रीकृष्ण से पहले भी अनेक ऋषियों, मुनियों, मनीषियों, सत्ताधीशों ने राजनीति को नए आयाम दिए हैं, परंतु कूटनीति और व्यावहारिक राजनीति के प्रवर्तक और उन्नायक श्रीकृष्ण हैं। पूर्व से पश्चिम तक संपूर्ण भारत को वे जिस अखंडता और एकता में बाँधते हैं, वह अपने ढंग का प्रथम प्रयास है। जिस भारत की हम बात करते हैं, उसके बारे में कहा गया है—

अवरं यत्समुद्रस्य हिमाद्रे श्रैव दक्षिणम्।
वर्ष तद्भारत नाम भारती यत्र सन्ततिः ॥

सनातन धर्म की हर संस्कार पद्धति में राष्ट्रीय एकता, अखंडता और स्वाभिमान की चर्चा है। स्पष्ट है कि सनातन धर्म कमजोर होगा तो राष्ट्र भी खंड-खंड हो जाएगा। सनातन धर्म में विष्णु के अवतारों और शिव के अंशों ने भिन्न-भिन्न राजसत्ताएँ होते हुए भी उत्तर में हिमालय और दक्षिण में लंका, पश्चिम में अफगानिस्तान और पूर्व में इंडोनेशिया तक को अपनी कर्म-भूमि बनाया है। श्रीकृष्ण भी इसी भूभाग को अपना कर्मक्षेत्र बनाते हैं। श्रीकृष्ण के बारे में प्रायः गोकुल में उनके द्वारा की गई बाल-लीलाएँ, मथुरा में कंस-वध, महाभारत में अर्जुन के रथ का संचालन और कुरुक्षेत्र में अर्जुन का गीता का उपदेश आदि वृत्तांत ही प्रचलित हैं।

महर्षि गर्ग यादवों के कुलगुरु हैं। उनके द्वारा रचित ग्रंथ गर्गसंहिता के अध्ययन से श्रीकृष्ण के जीवन का संपूर्ण कर्मक्षेत्र प्रकट होता है। श्रीकृष्ण संपूर्ण भारतवर्ष को एकाधिकबार अखंडता के सूत्र में बाँधते हैं। किसी भी अवतार और किसी भी दिव्य पुरुष के जीवन का यह वर्णन नहीं मिलता कि उसने एक से अधिक बार पूरे भारतवर्ष पर अपनी धर्मध्वजा फहराई हो। अश्वमेघ यज्ञ और राजसूय यज्ञ चक्रवर्ती राजा इसलिए करते हैं कि ये धन संग्रह का आधार हैं। दूसरा कारण राजनैतिक इच्छाशक्ति का विस्तार है। तीसरा सबसे बड़ा उद्देश्य संपूर्ण भारत उपमहाद्वीप में एक प्राण-संस्कृति की स्थापना और रक्षण करना है। श्रीकृष्ण कभी भी राजसिंहासन पर नहीं बैठते हैं, लेकिन सत्ता के सारे सूत्र उनके पास रहते हैं।

महाराज उग्रसेन राजसूय यज्ञ करते हैं। इस यज्ञ में द्वारिका से जो घोड़ा छोड़ा जाता है, वह कच्छ, मरुदेश, अवंतिकापुरी, माहिष्मति, गुर्जर देश, चेदि देश, कोंकण, महाराष्ट्र देश, दंडकारण्य, शूर्पारक, महाक्षेत्र, ऋष्यमूक पर्वत, प्रवर्षण

पर्वत, गोकर्ण शिवक्षेत्र, त्रिगर्त, केरल देश, तेलंग देश, कर्नाटक देश, दक्षिण समुद्र में स्नान करने के बाद करूष देश, उशीनर देश, विदर्भ देश, कुंत देश, दरद देश, मलय पर्वत, मत्सार देश, सेतुबंध, श्रीरंग, कांची, प्राची, सरस्वती, सह्य पर्वत, द्रविड़ देश, शैल पर्वत, पंपा सरोवर, महेंद्र पर्वत, अंग देश, उड्डीशडाभर, कलिंग, बंगदेश, आशीम देश, कामरूप देश, मिथिलापुरी, मगध, गया, काशी, कौशल देश, प्रयाग, पांचाल देश, कन्नौज, बिंदु देश, निषध देश, भद्र देश, शूरसेन देश, गोकुल, कुरु देश, इंद्रप्रस्थ, त्रिगत देश, कालय वन, शोणितपुर, यक्ष देश, प्राग्ज्योतिषपुर, रंगवल्लीपुर, चैत्र देश, दर्पण देश, उत्तर कुरु प्रदेश, कैकय देश, डिंडिभ देश, स्वर्ण चर्चिका, नि:श्रेयस वन, भद्रश्रव देश, चंद्रावतीपुरी, इलावृत्त वर्ष, उत्कट प्रदेश, वेद नगर, गंधर्व देश, शकसख नगरी से लीलावतीपुरी होते हुए द्वारिका वापस पहुँचता है। इस यज्ञ से संचालन के सारे सूत्र श्रीकृष्ण के पास ही रहते हैं।

पांडवों को वनवास हो जाता है। वनवास के आठवें वर्ष में यादव अश्वमेघ यज्ञ करते हैं, जिसका नेतृत्व श्रीकृष्ण का पोता अनिरुद्ध करता है। अनिरुद्ध कृष्ण-पुत्र प्रद्युम्न का बेटा है। इस यज्ञ के माध्यम से माहिष्मतीपुरी, उशीनगर, सिंहलद्वीप, उपलंकापुरी, भद्रावतीपुरी, अवंतिकापुरी, राजपुर, मणिपुर, रत्नपुर, चित्रकूट, प्रयाग, काशी, गया, गिरिवज्रपुर, पांचजन्यद्वीप, नेपाल तीर्थ, मिथिलापुरी, अयोध्या, कन्नौज, गोकुल, वृंदावन, द्वैतवन क्षेत्र, सरस्वती नदी के तटवर्ती देश और कुंतलपुर को जीता जाता है।

महाभारत का युद्ध समाप्त हो जाता है। धर्मराज युधिष्ठिर भगवान् श्रीकृष्ण के सहयोग से पुन: अश्वमेघ यज्ञ करते हैं। श्रीकृष्ण की आज्ञा और वेदव्यास की दीक्षा से अश्वमेघ यज्ञ का घोड़ा छोड़ा जाता है, जिसका नेतृत्व पांडव करते हैं। इस यज्ञ के माध्यम से श्रीकृष्ण के नेतृत्व में पांडव पूरे भारतवर्ष को एक राष्ट्र के रूप में संगठित करने का कार्य करते हैं। समझ सकते हैं कि इतने बड़े राष्ट्र में स्थापित छोटे-छोटे राज्यों को एक सत्ता के अधीन करने में कितना समय लगा होगा। पैदल, घोड़े, रथ और हाथी इनसे ही यात्राएँ की जाती थीं और युद्ध भी किए जाते थे। इन्हीं का वर्णन मिलता है और कोई तीव्र गति के साधन का उल्लेख नहीं है। ऐसे समय में श्रीकृष्ण अपने पूरे जीवन काल में तीन बार संपूर्ण भारतवर्ष को अपने प्रभुत्व से एकीकृत और संस्कृति संपन्न करते हैं।

यह कार्य बहुत महत्त्वपूर्ण है, क्योंकि आज का भारत जितना कुछ और जैसा भी बचा है, उसके मूल में श्रीकृष्ण द्वारा स्थापित अखंडता और सांस्कृतिकता है। अखंड भारत की कल्पना इसलिए साकार हुई, क्योंकि सनातन धर्म के जितने भी

महानायक हुए उन्होंने राज-सीमाओं की परवाह न करते हुए संपूर्ण भारतीय भूभाग को अपना कार्यक्षेत्र बनाया। इसीलिए हमारा मूल एक है। संस्कृति का उत्स एक है। वह उत्स निश्चित ही सनातन धर्म है।

सनातन धर्म पर आज चौतरफा आक्रमण हो रहे हैं। सनातन धर्म संकटग्रस्त हुआ तो राष्ट्रधर्म और मानव धर्म की राहें भी अवश्य धुँधला उठेंगी। सनातन धर्म का अर्थ किसी जाति या संप्रदाय से जोड़कर नहीं ग्रहण करना चाहिए। हिंदू जीवन विधि है और सनातन धर्म है। जिसके चार मूल्य और तीस प्रमूल्य हैं। इन्हें ही केंद्र में रखकर भगवान् श्रीकृष्ण भारत राष्ट्र को बार-बार संगठित और सांस्कृतिक करने का सद्प्रयास करते हैं। व्यक्तिधर्म, राष्ट्रधर्म और मानवधर्म परस्पर जुड़े हुए हैं। एक विकास प्रक्रिया है, जिससे मानव से महामानव और महामानव से नारायणत्व प्राप्त किया जाता है। श्रीकृष्ण ने व्यक्तिधर्म (जो लोक में रहते हुए संपन्न किया जाता है) और राष्ट्रधर्म को व्यापक संदर्भों में मानव और जीव सृष्टि के कल्यानार्थ स्थापित करते हुए नारायणत्व तक जाने की निसेनी बनाई है।

श्रीकृष्ण सत्ता के सूत्रधार होते हुए भी निजी स्वार्थ और पदलोलुपता से सदैव परे रहते हैं। वे एक ऐसे राष्ट्र के निर्माता हैं, जो अपने भीतरी संसार की सांस्कृतिक चँदनिया में शारदीया स्नान करता है। वे ऐसे महानायक हैं, जो किसी राज सिंहासन पर न बैठकर जन-मन के आसन पर विराजित हैं। हमारे सुंदर और महान् भारतवर्ष में श्रीकृष्ण-सरीखे लोकनायक और राष्ट्रनायक बार-बार अवतरित हों, यही कामना है। यह अवतरण और प्राकट्य किसी जन के व्यक्तित्व में ही होगा। किसी चमत्कार से नहीं।

श्रीकृष्ण परात्पर ब्रह्म है।। 'कृष्णस्तु भगवान् स्वयम्'। यह भी अटल विश्वास है कि वे लीला-पुरुष हैं। यह सृष्टि ही लीलामय है। 'ब्रह्म सत्यं जगन्मिथ्या' कहनेवाले आद्य शंकराचार्य जब भीमा नदी के तट पर घूमते हुए पंढरपुर पहुँचते हैं तो श्रीकृष्ण का स्वरूप देखकर गा उठते हैं—

तडित्वाससं नीलमेघावभासं रमामन्दिरं सुन्दरं चित्प्रकाशम्।
वरंत्विष्टिकायां समन्यस्तपादं परब्रह्मलिंगं भजे पाण्डुरङ्गम्।।

अर्थात् जिसने विद्युत् के समान पीला वस्त्र पहन रखा है। जो नीले मेघों के समान आभासित हो रहे हैं। जो लक्ष्मीजी के मंदिर हैं, उन्हीं के कारण लक्ष्मीजी की शोभा बढ़ती है। जो सुंदर हैं। जो चित्प्रकाश हैं। जो सुंदर ईंट पर दोनों पैर रखकर खड़े हैं। ऐसे परब्रह्म स्वरूप पांडुरंग को मैं नमस्कार करता हूँ।

पंढरपुर में श्रीकृष्ण ईंट पर खड़े हैं। भक्त पुंडलीक के लिए वे दौड़ते-दौड़ते

आते हैं। पुंडलीक माता-पिता की सेवा में व्यस्त थे। उन्होंने भीतर से ईंट फेंककर दरवाजे की तरफ फेंकी; कहा अभी मैं माता-पिता की सेवा में व्यस्त हूँ, थोड़ी देर रुको। पुंडलीक द्वारा फेंकी हुई ईंट पर श्रीकृष्ण खड़े हैं। हाथ कमर पर हैं। नंगे पाँव खड़े हैं। पीतांबर की कछनी है। तुलसी माला गले में डली हुई है। मोरपंख है। ऊपरी देह-भाग उघाड़ा है। कोई विशेष आभूषण नहीं है। भक्त पुंडलीक से मिलने की आतुरता ही आभूषण बन गई है। गीता में कर्म की महत्ता गानेवाले श्रीकृष्ण कर्मयोगी पुंडलीक से मिलने पंढरपुर आते हैं। पंढरपुर कर्मयोग की पीठ बन जाता है। भक्तिधाम बन जाता है। भीमरथ्या नदी का पानी पांडुरंग के रंग में रँगकर भक्ति-रस का प्रवाह बन जाता है। पुंडलीक धन्य होते हैं। पंढरपुर धन्य होता है। भीमरथ्या पयस्वनी धन्य होती है। यह धराधाम धन्य होता है और धन्य होते हैं, आद्य शंकराचार्य। धन्य होते हैं साधारण जन, जो पंढरपुर में साँवरे-गौरवर्णी विठ्ठल के दर्शन करते हैं।

श्रीकृष्ण सुदामा के कच्चे तंदुल खा जाते हैं। दुर्योधन का मेवा त्यागकर विदुर-घर साग-भाजी खाते हैं। पंढरपुर में भक्त पुंडलीक के द्वारे पड़ी ईंट पर खड़े रहते हैं। कृष्ण का यह भाव बहुत बाँधता है। बहुत नेह-छौह हैं उनके पास। एक अनबुझी प्यास है कृष्ण। एक अनुपम सौंदर्य पुंज हैं—कृष्ण। वे गायें चराकर जब शाम को गोकुल में लौटते हैं, तो उनके श्यामवर्ण पर गायों के खुरों से उड़ती हुई धूल ठहर जाती है, तब श्रीकृष्ण का वह रूप तप्त-ताम्रवर्णी हो उठता है। बड़ा मन-भावन लगता है वह सौंदर्य। वह बड़ा मन-लुभावन रूप है। वह रंग ही पांडुरंग है। इस रूप में विष्णु का साँवला और शिव का कर्पूरवर्णी रंग मिला हुआ है। पांडुरंग विष्णु और शिव की समग्र शक्ति का सम्मिश्रित अवतरण हैं। वही पांडुरंग-विठ्ठल पंढरपुर में ईंट पर खड़े हैं। इसलिए कि भक्त पुंडलीक कार्य में व्यस्त हैं। सेवा में संलग्न हैं। धरती पर कर्म ही प्रधान है। भक्ति और ज्ञान के भीतर भी कर्म की स्वर्ण-रेख खिंची रहती है। कर्म यदि संपूर्ण निष्ठा के साथ संपन्न होता है, तो ज्ञान और भक्ति दोनों सध जाते हैं। दोनों सिद्ध हो जाते हैं।

कृष्ण का संपूर्ण चरित्र लोक की रज में सना हुआ है। पुंडलीक की भक्ति से प्रभावित होकर वे दौड़े चले आते हैं। बाँसुरी छूट जाती है। लकुटी छूट जाती है। कामरी खिसक जाती है। गोप-ग्वाल, वृंदावन-मथुरा-द्वारिका छूट जाते हैं। वंशीवट-यमुनातट छूट जाता है। दही-भात, माखन-मिश्री छूट जाती हैं। नंद-यशोदा, वसुदेव-देवकी छूट जाते हैं। रुक्मणी-सत्यभामा और गूजरी राधा छूट जाती है। बावरी, श्याम-सनेही, माधव-रंग भीजी, नेह जल से तरलाई, भक्ति की

उज्ज्वल-रेख, वंशी की धुन, प्रेम की परिपूर्णता राधा। पूरे द्वापर के आकाश में घनालि सी छाई राधा। नेह की बूँद-बूँद सी सरसती-बरसती राधा। कृष्ण अकेले पुंडलीक के द्वार पर ईंट पर खड़े हैं। यह ईंट प्रेम की है। भक्त पुंडलीक के प्रेम की है। उसी पर श्रीकृष्ण खड़े हैं। गौधूलि से सना हुआ श्याम तन पांडुरंग बन जाता है। बहुत अच्छा लगता है—भक्त को अपने भगवान् का यह स्वरूप। कमर पर हाथ रखे हुए श्यामसुंदर ईंट पर खड़े हैं। तुकाराम कह उठते हैं—

वीटेवरी ऊभा कटेवरी हात, काय मौजेचा पंढरीनाथ।

कमर पर हाथ रखकर खड़े भगवान् कितने मौज में हैं। उन्हें इसका क्षोभ नहीं कि पुंडलीक ने उन्हें दरवाजे के बाहर ईंट पर खड़ा कर रखा है। बल्कि वे प्रतीक्षा को आनंद में बदल देते हैं। श्रीकृष्ण परात्पर हैं। वे दुःख-सुख के ताप-कुहरे से परे हैं। महाभारत के युद्ध में कृष्ण की कूटनीति पर बिफरकर गांधारी कहती है, 'कृष्ण तुम होंगे परात्पर ब्रह्म, लेकिन मेरे सौ पुत्र तुम्हारे छल की वजह से मारे गए हैं। मैं तुम्हें शाप देती हूँ कि तुम्हारे सामने ही तुम्हारे वंशज आपस में लड़-कटकर समाप्त हो जाएँगे और तुम्हारी मृत्यु निपट वन प्रांत में एक व्याघ के द्वारा होगी। तुम मनुष्य की तरह नहीं, एक पशु की तरह मारे जाओगे। पशु की तरह'। श्रीकृष्ण यह शाप आनंद के साथ स्वीकार कर लेते हैं। कहते हैं, मैं हूँगा परात्पर ब्रह्म। पर माँ मैं तुम्हारा पुत्र हूँ। तुम्हारा शाप भी वरदान की तरह स्वीकार है'। यह सम भाव कृष्ण जैसे परमात्मा को ही सधता है। जरासंध-शिशुपाल की करनी से कृष्ण क्या कम आरोपित और आक्षेपित तथा आघातित किए गए, परंतु श्रीकृष्ण वासंती पवन की तरह धैर्य और शील लिये प्रशांत-गतिमान बने रहे। वही कृष्ण पंढरपुर में कमर पर हाथ रखे हुए ईंट पर खड़े हैं। भक्त की डाँट और चेतावनी झेलते हुए खड़े हैं। इस मुद्रा को देखकर संत तुकाराम कहते हैं, 'का रे पुंड्या मातलासि ऊभे केले विठ्ठालासि'। (क्यों रे पुंडलीक तुझे बहुत अभिमान हो गया है, जो विठ्ठल को इस तरह ईंट पर खड़ा कर रखा है।) कितने लाड़ में डूबा हुआ है, यह कथन। भगवान् भक्त के अभिमान का भी मान रखने के लिए स्वयं इस तरह की अड़चन-मुद्रा में खड़े हो जाते हैं। भगवान् किसी के वश में नहीं हैं। भक्ति की बारीक रज्जू में बँधे भर हैं, 'कह रघुपति सुनु भामिनी बाता, मानहुँ एक भगति कर नाता'।

नरसी मेहता की गाड़ी नाले में फँस जाती है। कीचड़ में धँस जाती है। चाक-धुरे टूट जाते हैं। बैल मरियल हैं। संत गाड़ी से उतरकर जमीन पर खड़े हैं। नानी बाई का मायरा भरने जा रहे हैं। भक्त नरसी संकट में हैं। सृष्टि-निर्माता परात्पर

ब्रह्म सुतार बनकर चले आते हैं। वही कृष्ण रुक्मणी के साथ जूनागढ़ आते हैं। नानी बाई का मायरा भरते हैं। नरसी मेहता की लाज रखते हैं। बनवारी भक्त के लिए गायों के पीछे रन-बन में भटकते हैं। श्रम और स्वावलंबन की महत्ता को जीवन-रस से निस्रत पसीने की बूँदों से सींचते हैं। साथ ही संबंधों की उधड़न में तुरपई करते हैं। कौन है, जो पराई माँ को सगी माँ से ज्यादा प्यार करता है और वह माँ यशोदा अपने ममत्व का संपूर्ण फल कान्हा में पा जाती है। आज बेटा अमेरिका में है। बेटी दिल्ली में। माता-पिता खंडवा में अकेले बंदी सा जीवन काटते हैं। गुजरात के किसी भाई का एक बेटा कलेक्टर है। दूसरा भी बड़ा अधिकारी। लेकिन पिता भिक्षावृत्ति के सहारे अपनी जन्मभूमि पर रहते हुए जीवन की साँसें पूरी कर रहे हैं। संबंधों की यह छीजन संसार को उसकी परिभाषा से ही अलग कर देगी। पदार्थ, भोग, बाजार और अंधी राहें इस जगत् से आनंद भाव और रिश्तों की हरियल भूमि नष्ट कर रही हैं। ऐसे समय में कृष्ण का चरित्र पूरे उदास आकाश में धनश्याम की तरह घिरता है, छाया के लिए और भाव की आनंद भूमि पर मानवीय संबंधों की बदरिया सा बरस जाने के लिए। श्रीकृष्ण की वह संबंध भूमि नेह-नीर से भींजती हुई पुंडलीक तक चली आती है। जो चराचर का पिता है, 'पितासि लोकस्य चराचरस्य'। वह किसी का बेटा, किसी का सखा, किसी का प्रिय, किसी का पति, किसी का हितैषी और भक्त की पतराखनहार बनकर इस संसार में जीते हुए मगन मन रहने की रीति बता जाता है। संबंधों के निबाह का वेणुनाद सुना जाता है। पुंडलीक के घर के सामने ईंट पर खड़ा रहता है।

भगवान् ने सृष्टि की रचना आनंद भाव से की है। यह संसार दुःखमय नहीं है। यह सुखमय है। सात्त्विक कर्म करते हुए यदि जीवन सरिता का प्रवाह चले तो जीवन-सरिता के तटों पर तीर्थ बन जाते हैं। हिमालय होना महत्त्वपूर्ण नहीं है—महत्त्वपूर्ण यह है कि उस पर कैलाश है। मानसरोवर है, उससे गंगा निकलती है। उससे यमुना, ब्रह्मपुत्र, सिंधु, रावी, चिनाव, व्यास, सतलज, झेलम, सरयू, घाघरा, गंडक निकलती हैं। उस पर देव वृक्ष 'देवरारु' है। इन सबसे हिमालय है। वरना वह तो पत्थरों का भी नहीं, मिट्टी का पहाड़ है। गंगा-नर्मदा से देव और मानव संस्कृतियाँ पोषित-पल्लवित हुई हैं, इसलिए वे संस्कृति-धारा हैं। जीवन-धारा हैं। पुण्य-सलिला हैं। पुंडलीक भी अनेक भक्तों की तरह साधारण ही रहते यदि वह साँवरे को पंढरीनाथ के स्वरूप में ईंट पर खड़ा न करते। श्रीकृष्ण माखनचोर, गोपाल, राधिकारमण, गिरिधारी, नंदनंद, मथुरेश और द्वारिकाधीश ही बने रहते पर विठ्ठल नहीं हो पाते। यह श्रीकृष्ण का आकाश की विराटता से धरती

की रसमयता की तरफ विस्तार है। ईश्वरत्व की ढुरन है—स्वर्ग से धरती की ओर। ब्रह्म का ब्रह्मत्व भक्त से महिमामंडित होता है। उसकी सगुण मनोहरता भक्त की पुण्यता से ही प्रकटती है। ब्रह्म सगुण होकर भक्त की भक्ति का आधार लेकर गतिमान होता है।

हम प्रार्थना द्वारा अपनी आस्था में इस विश्वास को स्थापित करते हैं, 'त्वमेव माता च पिता त्वमेव, त्वमेव बंधुश्च सखा त्वमेव'। अर्थात् अपने पिता पर पूर्ण विश्वास करते हुए उसी के सहारे स्वयं को छोड़ देते हैं। विश्वास भक्ति का बीज है। तुलसी कहते हैं, 'बिनु विश्वास भक्ति नहीं, सो बिनु द्रवहिं न राम'। जो उसके सहारे स्वयं को नहीं छोड़ता, वह डूब जाता है। माता-पिता, बंधु-सखा भी हमारे विश्वास का निबाह करते हुए हमें विपदा से निरूवारते हैं। पंढरपुर में माधव, ईंट पर खड़े, कमर पर हाथ धरे वही कर रहे हैं। वे यह संकेत दे रहे हैं कि यह सृष्टि मेरी रची हुई है। मुझे इसकी गहराई और विस्तार का पता है। यह भव-जल अधिक गहरा नहीं है, बस कमर-कमर पानी है इसमें। इसका भी संकेत करते हैं कि इस भव-जल को अर्थात् विषय-वासनाओं को कमर से ऊपर मत आने दो। कमर से नीचे तक रहेंगी तो कर्म में बाधा नहीं पड़ेगी। यात्रा बाधित नहीं होगी। कमर से नीचे के हिस्से के अंगों से उनकी प्राकृतिक क्रिया सहज में धर्मसम्मत होकर करते जाओ, उनका मन-मस्तिष्क-हृदय पर प्रभाव मत पड़ने दो, तब यह संसार भी आनंद-प्रांगण सा अनुभव होगा और भक्ति की पीपल-छाया में जीवन का लक्ष्य भी प्राप्त होगा। बोधिसत्व इसी में है कि संसार में रहकर उसे अपने सद् से आनंदकारी बनाते हुए पांडुरंग को खुद के द्वार पर आने के लिए उत्सुक कर दो। वह दौड़ा चला आए और देह भवन के रोम-रोम की ईंट पर खड़ा हो जाए। वह सुख, वह रहनी, वह गहनी, वह पारख, वह परख, वह दर्शन, वह स्पर्श, वह नाद, वह सुरभि, वह अनुभव अप्रतिम और अमोलक होगा। पंढरपुर में भीमा नदी के सलिल-प्रवाह से तरल, शांत, धीर प्रफुल्ल पांडुरंग खड़े हैं।

पांडुरंग को वनतुलसी की माला अच्छी लगती है। कृष्ण को यह बहुत भाती है। पांडुरंग के कलेवर पर यह वनतुलसी बहुत फबती है। यह कृष्णा तुलसी साँवरे के रंग-रचकर श्यामता को गहरा बनाती है। कृष्णत्व की यह श्यामता प्रकृति से सन्निधि का परिणाम है। कृष्ण का संपूर्ण लीलापुरुष प्रकृति के उपमानों से ही विभूषित हुआ है और प्रकृति के संसर्ग में ही कृष्णत्व का चरित्रांकन हुआ है। प्रकृति के उजड़ते ध्रुवों और बिसूरते बनांतों के उदास और सन्नाटा बुनते दिनों में यह चरित्र बहुत कुछ खास तथा अच्छी बातें सुनाने के लिए हमारे पास आ जाता

है। कृष्ण से सीखें हम प्रकृति के पास बैठकर जीवन के शब्द-शब्द, पाँत-पाँत ललित निबंध। कृष्ण से सीखें हम प्रकृति के नवगीत। निसर्ग के छंद। उन्मुक्त लय। प्यार की रागिनी। आत्मा का संगीत। कृष्ण जैसा लाड़-लड़ाना। माधव होना। मधुसूदन होना। रस-भरी देह हो जाना। निर्गुण का सरस साकार होकर—तृण-तरु, वन-पर्वत, नद-सरिता, बूँद-समुद्र में परम प्यास बनकर प्रकट हो जाना। निसर्ग का सौंदर्य कृष्णत्व का रूपायन हो जाता है। निसर्ग को बचाने की प्यास हमारे भीतर प्रकट होना चाहिए और तद्नुसार क्रियात्मकता अनिवार्य है।

श्रीकृष्ण के सिर मोरपंख है। हाथ में वेणु है। गले में वन तुलसी की माला है। मयूर घनश्याम को देखकर नृत्य करता है। काली घटाएँ आकाश में घिरती हैं और मयूर के पाँवों में धरती पर नृत्य उतर आता है। मोरपंख के सात रंग धरती-आकाश के बीच फैले सृष्टि-विलास को अपने में समाहित कर पुनः सावन की सँवलाई धरती पर और शारदीया आकाश की नीलिमा में छिटक देते हैं। कृष्ण मोरपंख को अपनी शोभा का अंग बना लेते हैं। प्रकृति-पुरुष की विराटता और सरसता एकमेक होकर वृंदावनी संस्कृति बुनती है। वृंदा का पावन और समर्पण की हरीतिमा से भरा पत्ता ईश्वर के सिर से खिसककर कृष्ण के गले का हार बन जाता है। वृंदा, वृंदा से तुलसी हो जाती है। घर-घर की शोभा और देह-देह की औषधि तथा प्राण-प्राण का रस बन जाती है। मीरा गा उठती है, 'घर-घर तुलसी, ठाकुर पूजा, भजन गोंविदजी को। माई री! म्हानै लागै वृंदावन नीको'॥ वृंदावन नाम ही तुलसी-वन के कारण पड़ा होगा। आज वृंदावन में तुलसी के पौधे नहीं, यूकेलिप्टस के झाड़ हैं। जमुना-जल नहीं, बोतल बंद पानी और उद्योगों के नरक से उपजे शीतल पेय हैं। दूध-दही, चाय-कॉफी की भेंट चढ़ गया है। नौ लाख गायें अकेले नंद बाबा की हुआ करती थीं। शायद ही अब पूरे वृंदावन में नौ लाख गायें हों। प्रकृति का सान्निध्य क्या छूटा; जीवन की लय टूट गई है। राग ही बदल गया है। बदला राग कितना तोष-परितोष देगा यह तो राम जाने या कृष्ण जाने। हमारा तो चिंतन ही अभी उस तरफ नहीं है।

कृष्ण के पास वंशी हो, लकुटी हो, नेह-ओस भींगी कामरी हो। दही-माखन हो। यमुना तट, वंशीवट, कुंजवन, कदंब की छाया, गोवर्धन, गौ, गौ-वत्स, गोरस या गोरज हो, सब कुछ प्रकृति का है। निसर्ग की साधारणता में वे अपना श्रृंगार पाते हैं। उसके विरूप में से लावण्य प्रकटाते हैं। उपेक्षित में आकर्षण भरते हैं। कहाँ पोर-पोर गाँठ लिये हुए वन का बाँस। उसी को तोड़ा, तराशा और हाथों से सहलाकर अधरों पर रखा; बाँसुरी बन गया। बाँसुरी ऐसी कि बजे तो तीनों लोक

मोहित हो जाएँ। आत्मा का राग जाग उठे। एक आदिम मीठी धुन अणु-अणु में भर जाए और कण-कण नाच उठे। अब बाँसुरी जैसे सर्वथा प्रकृति से निपजे वाद्य का कृष्ण की प्रकृति-श्यामलता और राधा की प्रेमिल गोराई भरा वह निनाद विरला ही सुनाई देता है। सारंगी, रुद्रवीणा, विचित्रवीणा, पखावज, नागस्वरम्, सुरबहार, सुरसिंगार जैसे वाद्य भी कहाँ सुनाई पड़ते हैं? भारतीयता को जिस संगीत-वाद्यों ने पहचान और पुष्टि दी है, वे ही उपेक्षित किए जा रहे हैं तथा वे लुप्त होते जा रहे हैं। जबकि बाँसुरी जब भी बजती है; कृष्ण स्मृतियों में रमण करने लगते हैं। एकदम सटकर बैठ जाते हैं। धीरे से बोल पड़ते हैं—मैं यशोदा का बेटा ही नहीं हूँ, राधा का साँवरा ही नहीं हूँ, श्रीदामा का सखा ही नहीं हूँ, मैं गौओं-बछड़ों का गोपाल ही नहीं हूँ, मैं पार्थ का सारथी ही नहीं हूँ, मैं कुरुक्षेत्र में प्रकट चमत्कारिक विराट् रूप ही नहीं हूँ, मैं दामोदर ही नहीं हूँ, मैं रणछोड़ ही नहीं हूँ, मैं द्वारिका में रहनेवाला उदास यादव कुलश्रेष्ठ ही नहीं हूँ, मैं प्रभाष क्षेत्र में पीपल के वृक्ष के नीचे अपनी ही मृत्यु-साँझ का प्रतीक्षा-रत युग पुरुष ही नहीं हूँ, बल्कि जैसे मैं मीरा का गिरिधर और पुंडलीक का पांडुरंग हूँ, वैसा ही तुम्हारा लड्डू गोपाल हूँ। प्रकृति के बीच जीवन के सुंदर खेल खेलने में तुम्हारा आत्मीय सखा हूँ। एक विश्वास हूँ।

इस विश्वास के बदले में और भरोसे में लोक ने विठ्ठल की खड़ी भक्ति प्रारंभ की। पदयात्रा प्रारंभ की। महाराष्ट्र में आषाढ़ी एकादशी (देवशयनी) को लाखों लोग पाँच दिन की पदयात्रा करते, विठ्ठल-विठोवा भजते पंढरपुर जाते हैं। यह स्वानुशासित और भक्ति-भावपूर्ण महायात्रा, यात्रापर्व से पंडरीनाथ के प्रति भक्तिपर्व में बदल जाती है। मध्य भारत के खासकर खानदेश, निमाड़, मालवा और भुआणा के लोक ने पांडुरंग के खड़े रहने की स्थिति को अपनी भक्ति का तप:रूप बना लिया है। इन क्षेत्रों में चौबीस घंटों या एक सप्ताह की रामसप्ताह (नाम सप्ताह) होती है; जिसमें बीच में मृदंग या ढोलक वादक होता है तथा उसके तीनों ओर अर्ध-पौने गोलाकार रूप में भजन गायक खड़े होकर भजन करते हैं। मृदंग या ढोलक भी चौबीस घंटे या सात दिनों तक लगातार बजती है और भजन भी अविराम चलते हैं। खड़े होकर भजन करना विठ्ठल्-विठ्ठल जपना और सुबह-शाम आरती में पंढरीनाथ-पांडुरंग के जयकारे लगाना—खड़ी तपस्या है। यह इसलिए कि पांडुरंग ईंट पर खड़े हैं। वे खड़े हैं तो लोक कैसे बैठ सकता है। भगवान् यदि भक्त की प्रतीक्षा में खड़े हैं, तो भक्त भी खड़े-खड़े, नाचते-नाचते, चलते-चलते, यात्रा करते-करते विठ्ठल को जपते हैं, उन्हें भजते हैं।

भगवान् भक्त के लिए आतुर हैं और भक्त भगवान् के लिए व्याकुल। यह परस्पर आत्मीयता ही भारतीय जन की और भगवान् की सहज प्रकृति है। क्योंकि दोनों प्रकृति के निकट हैं। प्रकृति सहअस्तित्व से चलती है। इसी में वह आनंद भाव प्राप्त करती है। यह आनंद पंढरपुर में पुंडलीक के द्वारे पांडुरंग के स्वरूप में भी बरस रहा है। उसमें भींगने चल सकोगे?

□

17

निरभ्र आकाश में आलोकित अद्वैतवाद

भारतभूमि संतत्व की विस्तार स्थली है। अपनी साधना-पद्धति के माध्यम से भारत ने आत्म-विस्तार की परिधि को विश्व-ध्रुवांतों तक फैलाया है। भारत की अग्रयात्रा ज्योति को प्राप्त कर पूरी मानवता को ज्योतिर्मय करने की कामना लिये हुए थी और है। भारत ने भूगोल की सीमाओं को बढ़ाने में अपना बल-प्रदर्शन नहीं किया, उसने आत्मा की अक्षुण्ण शक्ति को जानकर, उससे स्वयं प्रकाशित होते हुए जगत् को प्रकाशित करने का विश्वास सँजोया। भारत विश्व की अनूठी संपदा है, क्योंकि यहाँ महामानवों ने जन्म लेकर विश्व-मानवों का पथ-प्रदर्शन किया। अपना कुछ नहीं सहेजा; सहेजे को विश्व हित में बाँट दिया। स्वांत: सुखाय की परिणति भी अंतत: परजनहिताय में ही सार्थक होती है। जब तक द्वैत भाव का विलोपन नहीं होगा; तब तक 'अणु' और 'विभु' में संचरित एक ही शक्ति के आलोक से साक्षात् नहीं हो सकेगा। स्वामी विवेकानंद ने आत्मचेता ऋषि की भाँति उपनिषद् के अद्वैत चिंतन का भौतिक और व्यावहारिक प्रयोग करते हुए उद्घोष किया, "अद्वैतवाद ही संसार का मुक्तिमार्ग है।"

धर्म-चिंतन और राष्ट्र-चिंतन से ही संस्कृति और राष्ट्रीयता का अनुरक्षण और संवर्धन संभव है। दोनों का अलग-अलग नहीं; एक साथ चिंतन अनिवार्य है। संस्कृति का धर्म से भूमि और वनस्पति या फसल समान संबंध है। आचरणशीलता यदि मानव जीवन और इतर जगत् का शृंगार है, तो इसके मूल में प्रेरक धर्म ही है। यहाँ धर्म-चिंतन से आशय धर्म के उपादानों या तत्त्वों के आधार पर जीवन जीने की प्रकृति से है; जिससे मनुष्यता का विस्तार होता है। यह विस्तार दिगंतों तक प्रकीर्ण होकर पूरी वसुधा को कुटुंब समान देखने और व्यवहार करने की दृष्टि देता है। धर्म

की इस व्यापक और उदार अवधारणा की निर्मिति में राष्ट्र विशेष की भूमि, प्रकृति, जन और चिंतन रसस्रोत बनते हैं तथा सर्जन-उपादान भी होते हैं। इसलिए धर्म और राष्ट्र भिन्न दिशाओं और विपरीत कोणों से चिंतन का आधार यदि होंगे, तो यह कल्याणक तथा 'सत्यमेव जयते नानृतम्' की मानसी वृति का सर्जक नहीं होगा। देश भौगोलिक इकाई है और राष्ट्र भावात्मक विस्तार। बिना भावात्मक उदारचेता चिंतन के राष्ट्र-चिंतन सही दिशा में तथा सत्यान्वेषी नहीं होगा। आस्था और विश्वास दोनों ही धर्म और राष्ट्र दोनों के आँगन में रोपित-पल्लवित वृंदावन (तुलसीवन) हैं। विवेकानंद उसी के बीच खड़े होकर कहते हैं—

"भारतवर्ष का पुनरुत्थान होगा, पर वह शारीरिक शक्ति से नहीं, वरन आत्मिक शक्ति द्वारा। वह उत्थान विनाश की ध्वजा लेकर नहीं, वरन् शांति और प्रेम की ध्वजा से। मैं अपने सामने यह एक सजीव दृश्य अवश्य देख रहा हूँ कि हमारी वृद्ध माता पुनः एक बार जाग्रत् होकर अपने सिंहासन पर नवयौवनपूर्ण और पूर्व की अपेक्षा अधिक महामहिमान्वित होकर विराजी है। शांति और आशीर्वाद के वचनों के साथ सारे संसार में उसके नाम की घोषणा कर दो।"

स्वामी विवेकानंद की मेधा के निरभ्र आकाश में वेदांत का एक शब्द 'अद्वैतवाद' जलधर की भाँति घुमड़ा और विश्व पर बरस गया। 'अद्वैतवाद' की उन्होंने 'वैज्ञानिक धर्म' के स्वरूप में व्याख्या की। पराधीन भारत को जाग्रत् कर उठ खड़े होने और आत्मिक शक्ति की प्रबलता से स्वतंत्रता प्राप्ति और साथ ही दैन्य स्थिति से उबरने की विद्युत् शक्ति का संचार उन्होंने राष्ट्रवासियों में किया। अद्वैतवाद को उन्होंने आध्यात्मिक तथा भौतिक दोनों क्षेत्रों में उन्नति का युग-सत्य प्रतिपादित किया। उसका व्यावहारिक रूप संसार के सामने रखा। कहा, "यदि तुम धन-संपत्ति चाहते हो, तो उसे पाने के लिए प्रयत्न करो, वह तुम्हें अवश्य मिलेगी। यदि तुम प्रतिभाशाली और मनस्वी होना चाहते हो, तो उसके लिए भी चेष्टा करो, तुम वैसे ही होगे। यदि तुम स्वतंत्रता चाहते हो, तो प्रयत्न करो। तुम देवता बनोगे। 'निर्वाण', 'चिदानंद' का आश्रय लो। अद्वैतवाद का आत्मिक क्षेत्र में ही प्रयोग किया गया था, अब समय आ गया है, जबकि तुम्हें उसे भौतिक क्षेत्र में भी लाना है।"

भारतीय जीवन में धर्म का आधार किसी विश्वास की रूढ़ि नहीं रहा, बल्कि आचरण रहा है। सनातन धर्म सनातन मूल्यों पर आधारित है, जिसके तत्त्व सत्य, ऋत् और तप से संबद्ध हैं। भारतीय धर्म ने स्वाधीनता का वातावरण निर्मित किया। स्वाधीनता ने जीवन के प्रति अटूट आस्था और दायित्वबोध पैदा किया। उत्तरदायी बनने के लिए स्वाधीन होना आवश्यक है। स्वाधीनता एक मूल्य है। इसे स्वामी

विवेकानंद ने राष्ट्र-चिंतन एवं जीवन के अनुशासित-उन्मुक्त प्रसार के रूप में आवश्यक घटक स्वीकार किया है। स्वाधीनता की अवधारणा दूसरों की स्वतंत्रता की रक्षा करते हुए अपने आत्म-विस्तार के माध्यम से संसार को सर्वश्रेष्ठ और सर्वव्यापी परमात्मा के सौंदर्य को दिखाने से जुड़ी हुई है। भारतवर्ष क्या है? उसका रहस्य क्या है? स्वामी विवेकानंद ने न्यूयॉर्क में वेदांत सोसाइटी के सम्मुख दिए गए व्याख्यान में इस पर प्रकाश डालते हुए कहा, "समूची मानवजाति के इतिहास में संसार की यदि किसी जाति ने अपनी सीमाओं को लाँघकर अन्य जातियों को जीतने की इच्छा नहीं की तो वह हमारी हिंदू जाति ही है। भारतवासियों ने पराया धन पाने की चेष्टा कभी नहीं की। उनका दोष केवल इतना था कि उनकी भूमि बहुत उपजाऊ थी, उनकी बुद्धि बहुत प्रखर थी, जिससे कि उन्होंने अपने हाथों की गाढ़ी कमाई से अगाध धन-संपत्ति इकट्ठी की, जिसे देखकर अन्य जातियाँ लुभाती रहीं और आकर उसे हर ले गईं।"

लुटेरी जातियों ने हिंदू जाति को बर्बर, असभ्य तथा अंधविश्वासी कहा। लुटेरी जातियाँ हिंदू जाति की गाढ़ी कमाई का धन उससे छीनती रहीं और उसे असभ्य कहती रहीं। लुटेरी जातियों का आदर्श 'खाओ, पीयो, मौज करो' के आगे कभी जा न सका। धन और भूमि ही जिनका अभीपस्य रहे। इंद्रिय सुख-भोग ही जिनके वास्तविक सुख हैं। पैसा जिनका परमेश्वर है। विलासमय जीवन जीना जिनका ध्येय रहा है। ऐसी जातियों की संस्कृति नष्ट हो गई और जो बची हैं; वे विश्व में आतंकी चेहरे लिये लुक-छिपकर साँसें ले रही हैं। हिंदू जाति ने भौतिकवाद के पीछे छिपे वास्तविक मनुष्य की खोज में अपनी समग्र चेतना को केंद्रित किया और मनुष्य की आत्मा रूपी वास्तविक प्रकृति के सत्य को प्राप्त किया। स्वामी विवेकानंद श्रीमद्भगवत गीता का आधार लेकर इसी जगत्-सत्य को आलोकित करते हैं, "इस भौतिकवाद के पीछे मनुष्य की वह अमरस्वर्गीय प्रकृति रहती है, जिसे कोई पाप, दुष्कर्म व वासना दूषित अथवा कलुषित नहीं कर सकती, जिसे अग्नि जला नहीं सकती, पानी भिगो नहीं सकता, गरमी सुखा नहीं सकती, मृत्यु भी जिसे मार नहीं सकती। उनके लिए मनुष्य की यह वास्तविक प्रकृति उतनी ही सत्य है, जितना कि किसी पाश्चात्य के लिए कोई भौतिक पदार्थ।"

भौतिकवाद और अध्यात्मवाद के विपरीत दिखनेवाले ध्रुवों के बीच स्वामी विवेकानंद को सेतु-निर्माण का एक सारस्वत शब्द मिला—अद्वैतवाद। वे जीवन का एक पक्षीय विकास स्वीकार नहीं करते। प्राच्य विचारों और पाश्चात्य विचारों दोनों का अपनी-अपनी जगह महत्त्व और औचित्य है। दोनों की अपनी-अपनी

शोभा, अपना-अपना सम्मान है। स्वामी विवेकानंद ने दोनों के सहानुभूतिमय पारस्परिक सम्मिलन पर ध्यान आकर्षित किया। यह सृष्टि और जीवन के संतुलित विकास के लिए आवश्यक है। उन्होंने 'अद्वैतवाद' के आधार पर भौतिक प्रकृति और आत्मिक प्रकृति दोनों में एक ही तत्त्व (ईश्वर) की सत्ता का अनुभव किया। ऐसी स्थिति में दोनों की प्रकृति का गतिशील संचरण और संरक्षण आवश्यक है। भौतिक प्रकृति पर जीत के साथ अपने आप को जीतने की शक्ति भी स्वयं के भीतर जन्मना आवश्यक है। स्वामी विवेकानंद स्पष्ट करते हैं, ''पाश्चात्यों का प्रकृति से तात्पर्य केवल बाहरी भौतिक प्रकृति से ही होता है। निस्संदेह भौतिक प्रकृति सुंदर है। उसके पर्वत, नदियाँ, समुद्र सभी सुंदर हैं। उसके रूप और शक्तियाँ अनंत हैं। फिर भी मनुष्य की एक आंतरिक प्रकृति है, जो सूर्य, चंद्र और तारागणों से भी ऊँची, भौतिक प्रकृति और संसार से ऊँची, हमारे क्षणभंगुर जीवन बुद्‌बुदों से जो कहीं अधिक ऊँची है। इस प्रकृति की ओर भी ध्यान देने की आवश्यकता है। इस क्षेत्र में प्राच्य सदा बढ़े रहे हैं जैसे कि पाश्चात्य दूसरे में। अतएव यह योग्य ही है कि जब आत्मिक क्षेत्र में कोई परिवर्तन हो, तो उसका श्री गणेश प्राच्य में ही हो। साथ ही प्राच्य भी जब मशीन बनाना सीखना चाहे, तो उसे पाश्चात्य के चरणों का आश्रय ले सीखना चाहिए। और जब पाश्चात्य जीव, आत्मा, परमात्मा व इस सृष्टि के रहस्य को समझना चाहे तो उसे प्राच्य की दीक्षा लेनी चाहिए।''

भौतिक जगत् और आत्मिक जगत् दोनों को जानने-समझने तथा निरपेक्ष रहते-रहते लक्ष्य की ओर निरंतर बढ़ते जाने की साधना कर्म से ही संभव है। 'कर्म प्रधान विश्व रचि राखा' रामचरितमानस में कहा गया है। उसके भी पहले गीता में गीत गाया गया, 'कर्मण्येवाधिकारस्ते मा फलेषुकदाचन्'। फल की चिंता किए बिना कर्म को कर्तव्य की तरह करते हुए जीवन जीना ही पुण्य-प्रभा के दर्शन का मार्ग प्रशस्त करता है। निष्काम कर्म, निष्काम सहानुभूति और निष्काम सहनशीलता आत्मिक प्रगति के सोपान हैं। स्वामी विवेकानंद भारत की दुर्दशा पर चिंतन करते हुए निष्कर्ष पर पहुँचते हैं कि भारत-जीवन में अकर्मंयता के प्रवेश ने अवनति की राह बनाई। भाग्य के भरोसे बैठे रहकर फल प्राप्ति की कामना ने दैन्य, अकर्म और कायरता को गोद में बैठाया। यह अनुचित है। दु:खों-द्रारिद्रों से छुटकारा दिलाने के लिए ईश्वर के प्राकट्य या अवतरण की कामना करते हुए हाथ-पर-हाथ धरे बैठे रहना जीवन का तिरस्कार है। ईश्वर न तो प्रकृति के बाहर ही है और न भीतर ही; बल्कि ईश्वर, प्रकृति, आत्मा, विश्व—ये सब पर्यायवाची शब्द हैं। दो हैं ही नहीं। स्वामी विवेकानंद वेदांत के माध्यम से भारत-जीवन को भारत-धर्म का प्रकाश देते हैं—

''वेदांत कहता है, इस प्रकार तुम काम करो। वह सिखाता है कि तुम त्याग करो, इस मिथ्या माया-संसार का त्याग करो। इसका अर्थ क्या है? जैसा कि पहले कहा गया है, परमात्मा को प्रत्येक वस्तु में देखो। सौ वर्षों तक जीने की इच्छा करो, यदि चाहो, तो सभी सांसारिक सुखों को प्राप्त करो, केवल उनमें परमात्मा को देखो। सांसारिक से उन्हें स्वर्गीय बना लो और फिर सौ वर्षों तक जियो। संसार में सुख, आनंद और क्रियाशीलता के दीर्घ जीवन की इच्छा करो। कर्म करने का यही मार्ग है, अन्य नहीं।''

स्वामी विवेकानंद ने धर्म को कर्मकांड से प्रथक करते हुए उसे आत्मिक विस्तार की अणु-शक्ति के स्वरूप में देखा। मनुष्य को केंद्र में रखकर उसके व्यापक दृष्टि-बोध की संभावनाएँ 'अद्वैतवाद' के माध्यम से आलोकित कीं। दृष्टिबोध की व्यापकता कर्म की सही राह पर चलते हुए ही आती है। इसलिए उन्होंने व्यक्ति-जीवन की महत्ता को स्थापित करते हुए उसे धर्म से विस्तार और राष्ट्र से गौरव दिलाया। 'तुम कमजोर नहीं हो। तुम अमृत संतान हो' इस आर्षवाणी को राष्ट्र के प्रति जीवन-उत्सर्ग करने में सार्थकता दी। भारतवासियों के भीतर एक अजस्र शक्ति-स्रोत है, जो उन्हें अपने सांस्कृतिक परंपरा-शिखरों से प्राप्त हुआ है। वह विरल और विलोपित सा हो रहा था, उसे पुन: सलिल-समृद्ध करते हुए उसके तटों पर तीर्थ स्थापित करने की जरूरत है। यह कर्म से ही संभव है। निसर्ग में सौंदर्य प्रकृति से निपजा है। जीवन में सौंदर्य कर्म के द्वारा सर्जित किया जाता है। अपनी परंपरा से सीख और शक्ति प्राप्त कर जीवन को शत् शरदों की शोभा देखने योग्य बनाया जा सकता है। जीवन क्षणभंगुर होते हुए भी बहुमानधारक है, क्योंकि इससे कर्म के द्वारा इस मिथ्या सरीखा लगनेवाले संसार को स्वर्ग-सुषमा से मंडित किया जा सकता है। कठोपनिषद् की आर्ष वाणी में स्वामी विवेकानंद आह्वान करते हैं—''उत्तिष्ठत जाग्रत प्राप्य वरान्निबोधत्।'' उठो, जागो ! जब तक लक्ष्य को प्राप्त नहीं कर लेते, तब तक प्रयत्न करते रहो।

स्वामी विवेकानंद राष्ट्र की युवा और चिरनवीन सांस्कृतिक चिंतन की दश:भुजा शक्ति-प्रतिमा समान मानस में प्रकट हैं। एक अविरल, छिप्रगति चिंतन प्रवाह जीवन के भौतिक और अध्यात्मिक को मंगल-ऊर्जा देता हुआ, लक्ष्य की ओर ठेलता हुआ, उत्साह भरता है, जिनमें राष्ट्र, संस्कृति, संस्कार, शिक्षा, समाज, धर्म, दर्शन, कला, साहित्य एवं अर्थ की विविधकोणी रश्मियाँ प्रकीर्ण हो रही हैं। स्वामी विवेकानंद युवा हैं—शरीर और आत्मा दोनों स्तर पर। चिंतन और भाव के स्तर पर। मस्तिष्क और हृदय के स्तर पर। राष्ट्र और विश्व के स्तर पर। वे भारत के गौरव

हैं—हिमालय की तरह। वे सांस्कृतिक चेतना का प्रवाह हैं—नर्मदा की तरह। वे अपने गौरव में विनत हैं—विंध्याचल की तरह। वे विश्व को भारत का संदेश हैं—कोकिल की तरह। जो कार्य वैदिक धर्म-संस्कृति की पुनर्स्थापना का शंकराचार्य ने किया, शताब्दियों बाद वही पुण्य कार्य स्वामी विवेकानंद ने किया। वे भारत के सांस्कृतिक पुनश्चरण हैं। वे भारतीय संस्कृति की उत्तर परंपरा के संस्थापक हैं। उनके मुख से उपनिषदों के स्तोत्र उच्चरे, तो भारत अपनी चिंतना में नवीन और समृद्ध हुआ। वे विश्वमंच पर खड़े हुए तो भारत का ललाट विजय-कुमकुम से सुषमायित हो उठा। वे जागे तो भारत जाग उठा। वे उठे तो भारत राष्ट्र उठ खड़ा हुआ। शाश्वत सत्य उनके जीवन-घन से बूँद-बूँद झरा, तो माँ भारती के आँगन की चिंतन भूमि हरित-दूर्बा से सँवर गई। इन्हीं दूर्बादलों से अक्षय-अक्षुण्ण रसशक्ति लेकर भारतवर्ष पुनः विश्वविजय की भावभूमि पर खड़े होकर गाने के लिए अग्रसर है, 'ॐ तत्सत्'।

□

18

बातपेटी में कूकती कोकिल

महाविद्यालय में प्रवेश करता हूँ तो देखता हूँ कि महाविद्यालय प्रांगण में, उद्यान में, वृक्षों के नीचे, छात्र और छात्राएँ कान में आगपेटी (माचिस)-सरीखी 'बातपेटी' (मोबाइल) चिपकाए न जाने किन महत्त्वपूर्ण मुद्दों पर बतियाते रहते हैं। समझ में नहीं आता इतनी लंबी और इतनी देर तक किससे क्या बातें होती रहती हैं। प्राध्यापकों के कहने और कक्षाओं में जाने हेतु निर्देशित करने पर बड़ी मुश्किल से वे अपने स्थानों से चसते हैं, लेकिन मेढक जैसा (मोबाइल) बराबर कान से चिपका रहता है। लाज-शरम, मान-मर्यादा, काण-कायदा शब्द लगता है अपने अर्थ खो चुके हैं। आज जीवन तेज चलता हुआ इतना आगे निकल आया है, जहाँ विकास और आधुनिकता का बियाबान खड़ा है, जिसमें 'जंगल का कानून' लागू है। ये शब्द तो समाज की मैदानी और समतल जमीन के वाशिंदे हैं। नई पीढ़ी पुरानी पीढ़ी से अधिक ऊर्जावान और तार्किक है, लेकिन उसके पूरे शक्ति-प्रवाह को संस्कार-नहरों के द्वारा नियंत्रित और दिशा-निश्चित कर सूखे-क्षेत्रों तक नहीं पहुँचाया जा रहा है, जहाँ वह अपने शक्ति-जल से सिंचन कर नए युग की नई फसल उगा सके। युवा निरंतर बेखबर बातचीत में संलग्न है। वे चलित-दूरभाष पर बातचीत तो कर रहे हैं, परंतु संवाद कहाँ हो रहा है?

माँ कहती हैं, पछुआ तेज चलने लगी है; पानी का भराव हो रहा है। बादलों की जलकुंभ मोटरगाड़ियाँ (जल टेंकर) आनेवाली हैं। पिता कहते हैं—वनस्पति हरी-भरी हो चली हैं, गायों-भैंसों का दूध बढ़ गया है तथा उसकी मिठास और गाढ़ापन बढ़ गया है। वन में गवलन पक्षी की पुकार कातर हो उठी है, 'मऽ कोकऽ कहूँ राम, मऽ कोकऽ कहूँ राम'। मैं अपना दुःख किससे कहूँ? उसकी आर्त वाणी में एक

करुण-संदेश है। धरती तप रही है। सूरज तप्त किरणों से खेतों की नमी को सोख रहा है, ताकि वे उर्वरा बन बादलों की हजारों-हजारों बूँदों को धारण करने और संग्रहण करने की क्षमता प्राप्त कर सकें। नियति नटी के कार्य-कलाप निरंतर चलते रहते हैं। यह ऋत्विक देवता की विधायिनी शक्ति है। वह संकेतों और संदेशों में शांत-प्रसरित होती है और सृष्टि-विकास में गतिशीलता तथा परिवर्तन के नव्य रूपायन सिरजती है। कहाँ संकेत संदेश बन जाते हैं और कहाँ संदेश संकेत; यह कह पाना, कभी-कभी कठिन हो जाता है। संदेश संबंधों की जड़ों में पानी सींचते हैं, ताकि समाज-जीवन की पत्तियों के हरेपन में फूल और फल की 'ट्रीन-ट्रीन...' बज उठे।

संचार मानवीय भावों और विचारों को एक व्यक्ति से दूसरे व्यक्ति तक पहुँचने या पहुँचाने की प्रक्रिया है। मानवीय सभ्यता जितनी पुरानी है, उतनी ही पुरानी संचार की कहानी है। मनुष्य सामाजिक है। उसकी मूल प्रवृत्ति अलगाव की नहीं है। वह व्यष्टि से समष्टि तक की प्रसार-इच्छा स्वयं में सँजोए रखता है। मनुष्य की यह आत्म-प्रसारक प्रवृत्ति प्रकृतिदत्त है। यह अन्य से जुड़कर और सबमें बँटकर रहना चाहता है। यह जुड़ाव कई स्तरों पर होता है—व्यक्ति का दूसरे व्यक्ति से, व्यक्ति का घर-परिवार से, व्यक्ति का समाज से और व्यक्ति का विश्व से। जुड़ाव का एक स्तर और है—आत्मा का परमात्मा से। यह प्रक्रिया व्यावहारिक स्तर पर जब संपन्न होती है, तो संचार, आधार और आस-विश्वास का काम करता है।

भारतीय लोकमानस के पास पिछले पाँच हजार साल की अनुभव-गठरिया है। यह अनुभव उसे एक तो स्वयं के कार्यों द्वारा और दूसरे वाचिक परंपरा द्वारा प्राप्त हुए हैं। इन अनुभवों की दुनिया में संदेशों और संकेतों की समृद्ध बस्तियाँ हैं। लोक में ये संदेश और संकेत संचार का माध्यम थे और हैं। लोक में संचार का माध्यम-एक तो व्यक्ति द्वारा संदेश भेजना है और दूसरा प्रकृति एवं उसके सदस्यों की क्रियाओं से प्राप्त संकेत-संदेश है। व्यक्ति द्वारा ले जानेवाला संदेश भी दो तरह से होता है—लिखित और मौखिक। बच्चे के जन्म का संदेश कागज में लिखकर एवं उसके पगल्या (पाँवों की आकृति) बनाकर आज भी ब्राह्मण के हाथों भेजा जाता है। युवती ने बच्चे को जन्म यदि ससुराल में दिया तो संदेशा मायके भेजा जाता है और यदि जन्म मायके में हुआ तो संदेशा ससुराल भेजा जाता है। लोक में संदेश भेजने की प्रक्रिया पक्षियों के माध्यम से भी होती रही है। कबूतर, सुआ और हंस तथा पपीहा एक से दूसरे तक मन के तार जोड़ते रहे हैं। ''उड़-उड़ रे म्हारा हंस परेवा, एक संदेसो लई जाजो जी''।

लोक में ब्राह्मण और नाई की प्रायः सभी कार्यों और अनुष्ठानों में महत्त्वपूर्ण

भूमिका रही है। विवाह अनुष्ठान में लग्न-पत्रिका अभी भी ब्राह्मण ही तैयार करता है और उसे लड़के या लड़कीवाले के यहाँ भेजी जाती है। इस पत्रिका का संदेश इतना सुनिश्चित होता है कि सारा वैवाहिक अनुष्ठान उसी के द्वारा और उसी के अनुसार संपन्न किया जाता है। गाँव में नाई का महत्त्व अभी भी यथावत है। विवाह का न्यौता, विवाह के समय न्यौता रखने से लेकर पेरावणी, पंगत, कन्यादान, वर सिंगराई, बारात की विदाई, रसोई बनाना, रसोई जीमना, सत्यनारायण की कथा आदि का संदेश 'बुलावा' के माध्यम से दिया जाता है। मृत्यु की खबर एक गाँव से दूसरे गाँव या दूर बसे परिजनों तक किसी व्यक्ति, नाई या कोटवार के द्वारा भेजी जाती रही है।

मन की बात प्रियतम तक भेजने के लिए पथिक संदेश का प्रमुख माध्यम हुआ करता है। स्मरण आती हैं सूरदास की पंक्तियाँ—जिसमें माँ यशोदा उद्धव द्वारा देवकी को संदेश भेजती है, "संदेसो देवकी सो कहियो"। गोपियों ने श्रीकृष्ण के पास इतने संदेशे भेजे कि मधुवन के सारे कुएँ संदेशों से भर गए, "संदेसनि मधुवन कूप भरे"। रुक्मणी ने श्रीकृष्ण के पास ब्राह्मण द्वारा संदेश भेजा था। लोक में संदेशवाहक की विश्वसनीयता और वाक्पटुता का गहरा असर और महत्ता है। संदेशवाहक को ये दो ही चीजें आज तक लोक में स्थापित किये हुए है और तीसरी चीज है—उसकी सक्रियता, गतिशीलता और प्रत्युत्पन्नमति। इन सबके मूल में सांस्कृतिक मूल्य और संवेदना जितनी गहरी और व्यापक होगी, संचार का संप्रेष्य उतना ही तीव्र और विश्वसनीयता के साथ होगा। संदेशक की आँखों की चमक और बुझी-बुझी गमक उसके बोलने के पहले ही अपना गोपन-संदेश दे देती है। चेहरे की रेखाएँ भी बहुत कुछ बोल जाती हैं। आँसू शेष अध्याय को पूरा कर देते हैं। यहाँ तक कि चलने, बैठने और उठने के ढंग से लेकर द्वार पर प्रवेश करने की देह-भाषा से स्पष्ट संदेश मिल जाता है।

देह की एक भाषा होती है और अंग फड़कने का एक संदेश। पुरुष के दाएँ और स्त्री के बाएँ अंग का फड़कना शुभ-संदेश देता है। छींक का अपना लोकमत है। बिल्ली के रास्ते काटने के अलग-अलग अपने अर्थ संदेश हैं। शरीर के दाहिने भाग पर तिल, सिर के बालों का भौंरा, बदन पर मस्सा और लांछन का होना संदेश देता है कि व्यक्ति पुरुषार्थी और कर्मठ है।

तिल भौरा लहसुन मसा, होय दाहिने अंग।
जाय बसै बनखंड में, तऊँ लक्ष्मी संग॥

भारतीय लोकजीवन का प्रकृति के साथ गहरा संबंध रहा है। संवेदनाएँ जब

विस्तारित होती हुईं मानवीय जगत् को अतिक्रमित कर जाती हैं, तब प्रकृति दु:ख-सुख में सहचर बनकर आत्मीय हो उठती है। कबूतर, हंस, कोकिल, भौरा, कौआ, पवन, बदरा, बिजुरी, वृक्ष, नदी, पुष्प आदि सब प्रकृति-परिवार के सदस्य संदेश वाहक बन जाते हैं। मुँडेर पर कौआ सुबह-सुबह बोल उठे तो यह पक्षी-संदेश है कि जरूर कोई पावणा (पाहुना) आने वाला है। एक समय था, जब कबूतर के गले में चिट्ठी बाँधकर भेजी जाती थी। हंस और तोते के पंखों पर भी लिखकर भेजा जाता था। कोयल का सुबह-सुबह बोल सुनाई दे जाना आज प्रिय व्यक्ति से मिलाप होगा। पपीहा की वाणी में अपने ही मन की करुणा, रुदन बनकर फूटती प्रतीत होती है। फूल का खिलना, वृक्ष का फलदार होना, भ्रमर की गुंजार सब कुछ-न-कुछ कहते हैं—उनकी वाणी को सुननेवाले कर्णपटु और अर्थ खोलनेवाली मन की आँखें होनी चाहिए। मनुष्य प्रकृति के संकेतों में जीवन के क्रियात्मक और उल्लासपूर्ण संदेश प्राप्त करता रहा है। इन संदेशों की गहराई और जीवनकामी रंगदृष्टि जायसी जैसे लोकधर्मी कवियों ने अनुभव कर अपने महाकाव्य के पात्रों द्वारा अभिव्यक्त की। नागमती कहती है—

नहिं पावस वोहि देसरा, नहिं हेमंत-बसंत।
नहिं कोयल ना पपीहरा, जेहिं सुनि आवहिं कंत॥

यह मात्र नागमती का विरहदग्ध हृदय ही नहीं बोल रहा है, बल्कि प्रत्येक प्रतीक्षातुर और कातर मन की यह प्रश्न-पुकार है। कोयल माघ मास में पहली बार कूकती है तो पूरी प्रकृति चौकस और उत्साहित हो जाती है। ऋतुराज वसंत का आगमन होनेवाला है। साँझ की बिरियाँ वन से लौटती गाय जब हमरती (हुँकरती) है—तो संदेश मिलता है कि वह बछड़े की याद कर रही है। बछड़ा रँभा-रँभाकर अपनी माँ को आने का संदेश देता है। दिन में दोपहर में बछड़ा रँभाया कि माँ-पिता समझ जाते हैं—उसे प्यास लगी है। लोकजीवन प्रकृति के सान्निध्य में रहते हुए अनेक भाषा-बोलियों (पक्षियों की) में निहित संदेश समझने की क्षमता प्राप्त कर सका है। कुत्ते का भौंकना और कुत्ते का रोना अलग-अलग संदेश देता है। सियार का बोलना गाँव के लिए शुभ और उसका रोना अशुभ संदेश है। उल्लू का दिखना और बोलना दोनों ही अनिष्टकारक संदेश-संकेत हैं। जहाँ चिड़ियाँ झुंड में इकट्ठी होकर जोर-जोर से चें-चें करें, यह संदेश है कि वहाँ सर्प या बिल्ली के रूप में काल (मृत्यु) उपस्थित है। सुनसान रात्रि में टिटहरी बोले—तो यह संदेश है कि वहाँ मनुष्य या पशु की आहट है।

अनगिनत प्राकृतिक और मानवीय क्रियाएँ सगुन-संदेश बन गई हैं। जीवन

और सृष्टि दोनों ही अपनी नियति और कर्म के चक्रोंवाले रथ पर सवार हैं। प्रत्येक कार्य के पीछे कारण बोलता है। 'क्रिया की प्रतिक्रिया होती है,' इस सिद्धांत में हमारा विश्वास नहीं है। हम कार्य के आधार पर कारण की उपस्थिति अनुभव करते हैं। यह कार्य-कारण संबंध ही सृष्टि-विकास का आधार है। सूर्य क्यों उगता है? चाँदनी क्यों छिटकती है? हिमालय क्यों गरिमामय विशाल है? वनस्पति क्यों निरंतर सर्वस्व दान की प्रकृति से विनम्र-उद्धत रहती है? गंगा-नर्मदा क्यों अनादि समय से बहती आ रही हैं और समय के अनंत तक बहती रहेंगी? धरती क्यों गंधमय है? आकाश क्यों शब्दों से भरा-भरा है? आग में जलाने की क्षमता क्यों है? जल का गुण शीतल क्यों है? हवा में प्राण-तत्त्व क्यों हैं? यह शब्द, स्पर्श, रूप, रस, गंध का संसार इतना सुहावना और स्वर्ग से भी सुंदर क्यों है? यह पृथ्वी मृत्युलोक होते हुए भी जीवन-लता को सदैव-सदैव क्यों कुसुमित किए रहती है? उषा की छवि स्मित और हास से प्रतिदिन चंपई प्रातः क्यों खिलाती रहती है? सबेरा जब खिलता है, निद्रा क्यों पलकों से अपना बिस्तर समेट लेती है? नन्हे शिशु का मुख--स्पर्श पाकर माँ के स्तनों में दूध क्यों उतर आता है? बछड़े को देखकर ही गाय के थनों में डबाडब पय क्यों कैसे भर जाता है? वह कौन सी भाषा में दिया गया संदेश है, जिसे सुनकर पुष्प के पास भ्रमर और तितली दौड़े चले आते हैं? वह कही गई क्या बात है कि अनाज के अंकुरण के साथ ही किसान-मन की अभिलाषाएँ अँखुवाने लगती हैं? वह कौन है, जिसका संदेशा लेकर ये सब धरती पर आए हैं और किसके आनंद के लिए वे भूमा के मधुमय वरदान को पूरा कर रहे हैं?'' किसके चरणों में नत होता, नव प्रभात का शुभ उत्साह''।

जीवन निरंतर यात्रा-पथ का पथिक है। यात्राएँ उत्साह भरती हैं और अनुभव देती हैं। यात्रा पर निकलते हैं—घर से बाहर बछड़े को दूध पिलाती हुई गाय खड़ी है। सामने से सिर पर भरा घड़ा लिये युवती आ रही है। साइकिल सवार दूधवाला दूध के पात्र दोनों ओर लटकाए हुए सामने पड़ गया है। नीम पर कोयल बोल उठी है। थोड़ी दूर पर बिजली के तार पर एक नहीं दो-दो, तीन-तीन नीलकंठ बैठे हुए सगुन-विचार रहे हैं। विप्रदेव कर में पुस्तक लिये चले आ रहे हैं। वह देखो रास्ते के दाईं ओर का आम्र-वृक्ष कैरियों से लटालूम है। सुगना अपनी चोंच एक अधपकी कैरी में गड़ा रहा है। दूर खड़ा अमलतास सुधियों में खोया वसंत और पावस दोनों के संदेश निचाट दोपहरी में भी लिख रहा है। अचानक झाड़ से निकलकर लोमड़ी बाईं ओर से दाईं ओर रास्ता काटकर चली गई है। नेवला छुपता-छिपाता बार-बार दिखाई दे जाता है। वन प्रांतर के सुनसान में अचानक दूर कहीं मोर बोल उठता है।

योगी की समाधि टूटती है। 'राम-राम' का उच्चारण सुनाई पड़ता है। पूरब से हवा का एक शिशु-झोंका आता है और पथिक के गालों पर थपकी देता हुआ गेहूँ के खेतों में दूर तक हिलोर मचा जाता है। टेसू के फूल टप-टप आशीर्वाद से झर जाते हैं। हृदय की वीणा में स्वर फूटते हैं, "नवगति, नवलय, ताल छंद नव"।

मन की हाँडी में नेह के चावल चुड़ रहे हैं। कान इतने सतर्क और श्रवणातुर हैं, जैसे किसी प्रेमपगी देह का 'बातपेटी' (मोबाइल) पर अपने प्रिय की आवाज सुनने को आतुर रोम-रोम होता है। कोई पत्ता खड़कता है, तो लगता है वह आ रहा है। कोई आवाज होती है, तो लगता है कहीं वो ही तो नहीं पुकार रहा है। कोई दीप जलता है तो लगता है प्रकाश के मोती घर-आँगन में बिखर गए हैं। आँखें वृक्ष पर टिकती हैं तो लगता है वह कुछ कह रहा है। हवा का झोंका आता है तो लगता है उसी के शरीर की गति के बल से हवा उसके आगमन का संदेश लिये दौड़ पड़ी है। रेत पर पाँवों के निशान छूट गए हैं, लगता है वह अभी-अभी यहाँ से गुजरा है। रात के निपट अँधेरे सुनसान में घड़ी टिक-टिक बोलती है, तो लगता है उसी की धड़कन का स्पंदन मुखर हो उठा है। साँझ ढलती है तो लगता है बिछुड़ा-बिछुड़ा हुआ वह लौटकर आनेवाला है। बाँसुरी अपने हृदय के छिद्रों से गाती है तो लगता है मेरी ही करुणा स्वर बनकर उसको मनुहार रही है। धरती पानी में नहाती है तो लगता है तपन का दुःख सिर से उतर रहा है। कोई चिंगारी चिलकती है तो लगता है—उम्मीदें गुलाबी हो चली हैं। आकाश की नीलिमा के झरोखों से तारे और आकाश-गंगा झाँकती है, तो लगता है, 'मुसकाता संकेत भरा नभ, अलि क्या प्रिय आनेवाले हैं'?

मोबाइल, एस.एम.एस. (संदेश) साइबर कैफे, पेजर, इंटरनेट (अंतरजाल), ई-मेल, फैक्स के सहारे आज हमारा वर्तमान संदेशित हो रहा है। दूरभाष और चलित दूरभाष नगर, गाँव, घर में पहुँच चुका है। वह हलवाहे, चरवाहे, दूधवाले, सब्जीवाले, ऑटोवाले, मजदूर, हम्माल, नेता-अभिनेता, छात्र-प्रोफेसर, अफसर-सैनिक सबके हाथों में सज चुका है। वह मैदान से लेकर जंगलों-पहाड़ों और गुफाओं से लेकर देश की सीमाओं तक टिनटिना रहा है। वह सब जगह और सब समय बज रहा है। लगातार बोल रहा है।

अब घुड़सवार द्वारा वस्त्र-पट्टिका या कागज पर लिखा संदेश कई-कई दिनों बाद मिलने के दिन बीत गए हैं। अब सब कुछ सेकंड-मिनट में होता है। दुनिया की गति और मति तेज हो गई है। होना भी चाहिए। दुनिया आगे बढ़ गई है। बढ़ना भी चाहिए। दुनिया अधिक व्यावहारिक हो गई है, होना भी चाहिए। दुनिया के

संबंध और हिसाब-किताब गणितीय हो गए हैं, इस पर हम मौन और अवाक् होने को विवश हैं। दुनिया के संबंध-स्वास्थ्य के लिए रसायन तो आवश्यक है, लेकिन रिश्तों का गणित या गणितीय रिश्तों का संसार कैसा भयावह और अस्थिर होगा; इसकी कल्पना की जा सकती है। कहते हैं कुल मिलाकर दुनिया समझदार हो गई है। दुनिया की यह समझदारी समझ में नहीं आती है। या हम ही बहुत-बहुत पुराना और अनुपयोगी सोच लिये इस समझदार और व्यवहार-कुशल दुनिया में अकारण उपस्थित हैं। दीपावली, ईद, क्रिसमस, होली, दशहरा पर सारा संदेश-व्यवसाय फल-फूल रहा है। अब आदमी से प्रत्यक्ष मिलना, शुभकामनाएँ देना, विश्वसनीय के हाथों प्रिय को संदेश भेजना नितांत असामयिक सा हो चला है। तब भी सूर्य-आवन का संदेश पक्षी कैसे पा जाते हैं और जागकर कूकड़ा (निमाड़ अंचल में विवाह के समय भोर में गाया जानेवाला गीत) गाने लगते हैं। मन-बुद्धि प्रश्नाकुल हैं, ''प्रथम रश्मि का आना रंगिणी, तूने कैसे पहचाना''?

भारतीय जन-जीवन आज भी इन विश्वासों के पलते हुए संदेश को पढ़कर उनके अर्थ की व्याप्ति जीवन में कर रहा है। लोकजीवन में फैले इन संकेत-संदेशों को उपेक्षा की दृष्टि से नहीं, संचार के आधुनिक विस्फोटक युग में अपनी परंपरा के साथ जाँचने-परखने और जीवन में अपनाने की जरूरत है। माँ की 'बातपेटी' की संदेश-ध्वनि बजती है। आगपेटी के बराबर 'बातपेटी' के परदे पर संदेश उभरता है, 'माँ! मैं रक्षाबंधन पर घर आ रहा हूँ'। माँ इस दूरभाष डिबिया को झट से चूम लेती है और पूरा घर माँ की ममता की सुवास से सौरभित हो जाता है।

□

19

दूरदर्शन की भागवत कथा

श्रीमद्‌भगवत गीता में धृतराष्ट्र संजय से पूछते हैं, 'धर्मक्षेत्रे कुरुक्षेत्रे समवेता युयुत्सवः। मामकाः माण्डवाश्चैव किमकुर्वत संजय'॥ हे संजय धर्मभूमि कुरुक्षेत्र में एकत्रित, युद्ध की इच्छा वाले मेरे और पांडु के पुत्रों ने क्या किया? संजय के द्वारा कुरुक्षेत्र में युद्ध-सन्नद्ध सेनाओं का वर्णन और अठारह दिवसों तक चले महायुद्ध का वर्णन धृतराष्ट्र को सुनाया गया। संजय ने अपनी दृष्टि से देखकर नेत्रहीन धृतराष्ट्र को वह महासमर सुनाया और एक तरह से शब्द के माध्यम से दिखाया। संजय ने कथा कही। ध्रतराष्ट्र ने सुनी।

कुरुक्षेत्र को धर्मभूमि कहा गया है। उसमें युद्ध की इच्छा रखनेवाले पुराण-पुरुषों के बुद्धि-बल-कौशल का प्रदर्शन अपनी ऐषणाओं की पूर्ति के लिए किया गया। यह जगत् धर्मभूमि है। इसमें इच्छाओं से भरा मानव रागुदाय इच्छाओं की पूर्ति हेतु निरंतर युद्ध-रत है। वह निरंतर लड़ रहा है—छोटी-बड़ी उलझनों से। दौड़ रहा है—अपनी कामनाओं की तृप्ति के लिए। जूझ रहा है—अपने अस्तित्व की रक्षा के लिए उल्लास और उदासी के किनारों के बीच बहता हुआ देख रहा है—जीवन-नद को। उस नद के प्रवाहमय जल में कभी वह संस्कारों के शंख-सीपी खोजता है और कभी नैतिकता के अँजुरी भर पान-फूल लहर-लहर तिरोहित होता देखता है विवश और बेभान-बेजुबान। ऐषणाएँ तो उम्र और चतुराई के साथ ही वर्षा-काल की लताओं की तरह दिनोदिन हरियाती और बढ़ती हैं। सबके फूल काम के और सबके फल खाने योग्य नहीं होते। यद्यपि प्रकृति ने किसी वनस्पति और जीव को निरर्थक जन्म नहीं दिया है; लेकिन प्रत्येक जीवन को महानिलय के नीचे पल्लवित-फल्लवित संसार में से अपने अनुरक्षण-विकसन के लिए उत्तम

और उदात्त का चयन करना होता है।

दूरदर्शन ने विविधताओं का दृश्यमान संसार उपस्थित कर रखा है। तुलसी बाबा कहते हैं, 'जड़-चेतन, गुण-दोषमय, विश्व कीन्ह करतार; संत-हंस गुन गहहिं पय, परिहरि वारि-विकार।' विकारों का परिहार करने के लिए संतत्व का होना आवश्यक है। संतत्व मन-मिरगला की चपलता को स्थिर किए बिना क्या संभव है? मृग जब तक चौकड़ी भरता रहेगा; हाथ नहीं आएगा। चेतेंगे नहीं तो मिरगा सारा खेत चर जाएँगे। इसलिए चेतना जरूरी है। जीवन रूपी खेत में बाड़ी लगाई है। खेत को खूब हरा-भरा किया और सो गए; तो मृग खेत जुग जाएँगे और श्रम निष्फल हो जाएगा। जीवन के खेत में उत्तम बीज बोना, बोये को सींचना तथा अँखुवाने एवं कोंपलाने के बाद उसकी रक्षा करना धर्मक्षेत्र-कुरुक्षेत्र में धर्मयुद्ध करना ही है। कुरुक्षेत्र में किस तरफ खड़े होना है? इसका विवेक सम्मत निर्णय आवश्यक है; क्योंकि इसके परिणाम पीढ़ियों की हाथ-लकुटि बनते हैं।

आज से बीस-पच्चीस साल पहले वर्षा-काल चार महीने का हुआ करता था। आषाढ़ से लेकर आश्विन तक झमाझम बारिश होती थी। सत्ताईस नक्षत्रों में से प्रत्येक अपनी-अपनी प्रकृति के अनुकूल वर्षा को आमंत्रित करते थे और उसका स्वागत करते थे। मृगशिरा में यदि वर्षागमन हो गया और धरती में बीज पड़ गया तो फसल अच्छी और समय पर आ जाती थी। मघा (नक्षत्र) मन भरकर बरसी कि किसान का मन और धरती का तन तृप्त हो जाता था। पूर्वा में रह-रहकर पानी ऐसा बरसता था कि गाँव के नाले में दिनभर में सात बार पूर (बाढ़) आ जाती थी। हस्तिका नक्षत्र हाथी की प्रकृति का होता है, कभी इधर सूँड कर दी, कभी उधर सूँड फेर दी। अर्थात् कहीं बादल बरसे, कहीं नहीं बरसे। सावन और भादों में दस-दस, पंद्रह-पंद्रह दिनों की झड़ी लगती थी। झमाझम पानी बरसता था। तड़ातड़ बिजली चमकती थी। खेतों में काम करना मुश्किल होता था। फसल-अहोरात्र वर्षा-जल में नहाती थी और धरती अघाती थी। धरती अपना गर्भ-कुंभ शनैः शनैः लबरेज कर लेती थी। जहाँ-तहाँ धरती की परत को धकियाकर जल के सोते हुल्ल से बह निकलते थे। कोयल कूकती थी। पपीहा पुकारता था। मोर नाचता था। वनस्पति हँसती थी। धरती अपनी ममता पर गर्वित होती थी। आकाश दानी की मुद्रा में हजार-हजार बूँदों का दान बादलों के द्वारा भेजता था। यह सृष्टि अपनी मर्यादा और अपनी संवेदना में परिवर्तनशीलता के नए अर्थ खोजने-पाने लगती थी। ऐसी ही पावस की द्रवणशीत गाँव की भूमि पर जल-वर्षण-महोत्सव के बीच भागवत-कथा का आयोजन होता था। कथावाचक के मुख से चरित्रों और प्रसंगों की अमृत-

वर्षा और प्रकृति में जल-वर्षा एक साथ होती रहती थी। सात दिन की झड़ी और सात दिन की भागवत-कथा में धरती-आकाश और तन-मन सब सात्त्विक भाव-रस से छक जाते थे। धरती के कादों-कीच के बीच से छोटी-छोटी पतली-पतली जलधाराएँ और जीवन के हर्ष-विषाद के बीच से तमस-रजस को धकेलती हुई सत् की शुचि-धाराएँ बह निकलती थीं। बाहर और भीतर एक साथ आर्द्र और पावन हो उठते थे। जीवन-कामरी भींगकर वजनदार हो जाती थी। प्रकृति के साथ कितना कुछ सहज-सहज होता था।

भागवत कथा के दो तरह से सकारात्मक परिणाम मिलते हैं—एक तो सत्संग हो जाता है और दूसरा समय का सदुपयोग होता है। खाली दिमाग शैतान का घर होता है। इसलिए इसे बैल की तरह नाथे रहना ही ठीक है। जब घनघोर वर्षा हो रही होती हो या फिर रह-रहकर पानी के झल्ले आ रहे हों या सावन सेवरे किसी की पगड़ी, किसी की टोपी, किसी की जुल्फें, किसी की चुनरी, किसी की चुन्नी और किसी की लट भिगोकर खिलखिलाते हों, तो तन सावन और मन भादौं हुए बिना कैसे रह सकता है? ऐसे समय तन-मन दोनों को सँभालने की समझ होनी चाहिए। यह समझ राजा भर्तृहरि की सी हो, ऐसा आवश्यक नहीं है। एकदम वैराग्य का मार्ग पकड़ा और सरपट दौड़ लगा दी। पर यह समझ विदुर-विदुराणी या हरिश्चंद्र-तारामती जैसी तो हो। सत्संग विवेक का मार्ग खोलता है। सत्संग जीवन को पारस बना देता है। जीवन का मोल बताता है। जीवन का अर्थ गहराता है और जीवन प्रहलाद—जैसा अलाय-बलाय की लाय-लपट में से बेआँच और अनझुलसा निकल आता है। इसीलिए संत धंजीदास कहते हैं, 'सतसंगत मऽ सरक, अनाड़ी भाई सतसंगत मऽ सरक रे'। सत्संग की महिमा छुपी नहीं है। 'सत्संगति महिमा नहीं गोई'। सत्संग हिमालय-विंध्याचल-सतपुड़ा की कंदरा या गंगा, यमुना, नर्मदा, गोदावरी, कृष्णा, कावेरी के तट पर ही हो, यह भी कतई आवश्यक नहीं है। वह गाँव के किसी छप्पर के नीचे, वृक्ष के तले या आकाश की छाया में हो सकता है। पौराणिक संस्कार-कथाओं का अनुष्ठान गृहस्थ-धर्म के माध्यम से जीवन की जाँच-परख और आत्म दर्शन का सुमन-पथ है। इस पथ पर चलकर अनगिनत राही अपरिचित लोक को चले गए। वे यह कहते गए, 'सत्यमेव जयते नानृतम्'। सत्य ही विजयी होता है, अनृत नहीं। इंद्रिय-संयम और मन का निग्रह मनुष्य को उसके अभीष्ट तक पहुँचा सकता है।

साँप कितना ही आड़ा-टेढ़ा और बाँका-तिरछा चले, बिल में उसे सीधा होकर ही घुसना पड़ता है। बचपन से जवानी और प्रौढ़ावस्था तक का लहरदार

चलना एक दिन समाप्त होता ही है। इस सांध्य-वेला में जीवन का भोगा हुआ सच अनुचिंतन बनकर गहराता है। यह पछतावा का रास्ता नहीं; शेष दिनों को माँजकर उजला बनाने की प्रयासमय समझ का पथ है। इसलिए समाज-निर्माताओं पुरखों ने समाज की धवल चाँदनी की मनुहार में व्यक्ति-निष्ठा और व्यक्ति-चरित्र की विनम्र साझेदारी रेखांकित की है। व्यक्ति का चरित्र कारखानों में नहीं ढलता। वह बर्फ से नहीं गलता। वह पत्थरों से चूर नहीं होता। वह संस्कारों की तरल जलधार से कट-कटकर, तराश-तराशकर अनगढ़ कंकर से शंकर बनता है। इसलिए नर्मदा हर पत्थर को शिव बनाने का तरल-उपक्रम अनादिकाल से कर रही है। भारतीय वाङ्मय की रेवा भी तो वेदों से लेकर कामायनी और अंधायुग तक के अपने शब्द-अर्थ-निनाद में यही गूँज पैदा करती हुई सत्य, केवल सत्य और शाश्वत का आह्वान करती हुई अविराम रसवंती-सी बह रही है।

प्रत्येक दिन उल्लास की बौर-गंध से मधुमय हो। प्रत्येक रात विश्रांति की शुभ्र, ज्योत्स्ना, दिगंतों तक भरती रहे। प्रत्येक छोटी-बड़ी नदी का पानी, जल बन जाए और वह नहाने लायक और पीने योग्य हो सके। हमारा आकाश इतना निरभ्र और निर्मल हो जाए कि सृष्टि को शुद्ध हवा श्वास के लिए मिल सके। हमारी पृथ्वी शस्य-श्यामला हो। वृक्ष फलदार हों। सड़कों के किनारे वृक्ष लगे हों, ताकि पंथी और पंछी विश्राम पा सकें। हमारे बहुत पुराने और उपेक्षित पड़े हुए कुओं-बावड़ियों की मुसकान लौटे और उनमें से पानी भरता हुआ जीवन अपना सुख-दुःख सब में बाँटता हुआ मेहँदीभाव से भरा-भरा हो। हमारी गायों-भैसों के थनों में दूध इंजेक्शनों के लगाने से नहीं, उनके बछड़ों के मुख-स्पर्श और ममत्व को दुलराने से भरे। वे पिन्हायें और दूषण रहित दूध उनके बछड़ों और मानव-पुत्रों को मिले। हमारे वृक्षों का फल सहज प्रक्रिया में डालियों पर ही पुष्ट हों और पकें; ताकि हमारा खाद्य विष-रहित हो। सृष्टि-सरिता की लहरों पर जीवन का नन्हा दीप घिरते अँधेरे में अपना निष्कंप प्रकाश बिखेरता रहे। भूमा और विधाता भला और क्या चाहते हैं? बल्कि बस यही चाहते हैं।

दूर्बादल-सी जिजीविषा और धरती की उर्वरा-सी अकूत क्षमता लेकर मनुष्य पैदा हुआ है। मनुष्य-जीवन वास्तव में सुख-भोग के लिए नहीं, आनंद प्राप्ति के लिए है। आनंद त्याग और तपस्या के बिना नहीं मिलता। मनुष्य का स्वकेंद्रण अकल्याणकारी है। यह स्वकेंद्रण यदि स्वरूप-चिंतन और आत्म-चिंतन प्रेरित है, तो कार्य और व्यवहार में शिवत्व की रश्मियाँ अपने-आप जग को जगमग कर देती हैं; लेकिन दुःख और क्षोभ तो इस बात का है कि आज स्वकेंद्रण स्वार्थ-केंद्रित और

अर्थकेंद्रित हो गया है। विश्व बाजार हो गया और मनुष्य वस्तु। मनुष्य वस्तु तो है ही नहीं, लेकिन उसे वस्तु की तरह देखा और समझा जा रहा है। यह अशुभ है। इस समझ का एक रास्ता दूरदर्शन के चमकदार दृश्यों से भी निकलता है। इस चमक की क्षणिकता और हिंसक प्रवृत्ति को गहराई और स्थिर चित्त से समझने की जरूरत है। यह निश्चित रूप से हमारे सांस्कृतिक बोध, स्मृति-परंपरा और विशुद्ध संस्कृति-संपन्न मानव को समाप्त करने की कुचेष्टा है। इसका प्रतिरोध करना ही होगा।

दूरदर्शन को घरों से बाहर फेंका नहीं जा सकता है। वह घरों में रखा है तो उसे बंद भी नहीं किया जा सकता है। इसके सर्वाधिक दर्शक और आग्रहकर्ता जिद्दी बच्चे हैं। बच्चे घर में हैं। घर बच्चों से है। बिना बच्चों के घर क्या? अब तो बिना दूरदर्शन के भी कोई घर नहीं है। शहर-गाँव सब जगह यह पहुँच चुका है। इसकी अपनी महिमा है। अपना मायाजाल है। मायाजाल का आकर्षण है। इस आकर्षण का एक नशा है। नशे से उपजा शून्य है। शून्य चिंतनहीनता और स्मृतिहीनता के गुफा-द्वार तक धकेल रहा है। एक पूरी बच्चा-पीढ़ी की फौज अपने स्मृति-संसार से कटने और वैचारिक दारिद्र्य को वरण करने के लिए विवश होती जा रही है। बच्चों को दूरदर्शन पर ऊटपटाँग दृश्य देखने से रोकने की चिंता और साहस माता-पिता प्रायः खो चुके हैं। दूरदर्शन को यदि वे बंद करते हैं तो बच्चे-बड़े सब घर में भूचाल पैदा कर देते हैं। ऐसे बिफरे और बिखरे समय में करें तो करें क्या? अवश और विवश माता-पिता पैसा कमाने में बेतहाशा दौड़ते हैं। और तो और प्यासे माता-पिता पोखर-तालाब का पानी भी नहीं पी पाते। नदी में स्नान नहीं कर पाते। पहाड़ों पर घूम नहीं पाते। अपने घर की खिड़की में से तारों भरा खिड़की भर आकाश तक नहीं देख पाते। अपने ही हाथों गमले में रोपे गए पौधे में फूल आ गया है और वह उनसे बात करना चाहता है, इसकी भी सुध-बुध नहीं रख पाते। उनका प्यार-ममता खीसे में रखे बटुए और काँधे पर टँगे मोम के थैले में पड़ा-पड़ा मुरझाने लगा है। उन्हें याद नहीं, उन्होंने एक-दूसरे का मुख सावन-भादौं की आर्द्रता और चैत-वसंत की उमंगिता के साथ कब देखा था। उनके हाथों की उँगलियों में बच्चों के केश कब उलझे थे; उन्हें नहीं पता। वे यह भी भूल चुके हैं कि अपने चौके में अपने हाथों बने भोजन का स्वाद होटल और ढाबे के खाने से बहुत-बहुत अर्थों में भिन्न हुआ करता है। वे स्वतंत्रता की ओर बढ़ रहे हैं और बच्चे परम स्वतंत्रता की ओर कूच करने की तैयारी में हैं। घर में घर जैसा कुछ रह पाएगा या नहीं, कौन जानता है?

घर को घर के रूप में बचाना समाज-हित और सृष्टि-हित में आवश्यक है।

घर तभी बच पाएगा; जब बच्चे, बच्चों की तरह उसमें जनमें, पोषित हों और संस्कारित हों। माता-पिता के पास समय नहीं और समाज भोग और बाजार की नई-नई परिभाषा सीखने और लिखने के लिए चार्वाक के चरणों में बैठा हो, तब मृगशिरा समय पर बादलों की खेप ले भी आए और मघा (नक्षत्र) झकोर-झकोरकर बरस भी जाए, तब भी खेत हँस पाएँगे और घर का आँगन मुसकराएगा ही; क्या निश्चित है? खून के रिश्तों से बड़े और पावन रिश्ते ममता के होते हैं; यह समझाने के लिए अब कोई सूरदास शायद पैदा नहीं होगा। बच्चे फास्ट-फूड खाकर नहीं, संस्कार पाकर बंधनजयी होते हैं; अब कोई कुंती अपने युधिष्ठिर को यह बतानेवाली नहीं है। ऐसा बेसुरा और तीखा समय पहले कभी रहा होगा या नहीं, पर बच्चे अपने से इतने बेखबर और अपनों से कटे हुए इससे पहले संभवत: कभी नहीं रहे होंगे। क्या आनेवाले समय में माता की परिभाषा और भूमिका दोनों बदल जाएगी? क्या परिवार पिता से शून्य होगा? क्या समाज मुखिया विहीन होगा? क्या बच्चे केवल पैदा होने, खाने, कमाने और अपना सुख बटोरने के लिए होंगे? क्या पिता उनकी दृष्टि में ए.टी.एम. मशीन बनकर रह जाएँगे? तब घर कहाँ बच पाएगा? तब भारत, कहाँ रह पाएगा? तब हम-आप कैसे और कहाँ होंगे? हे ईश्वर, 'त्राहि माम्'।

दूरदर्शन घर में अनिवार्य है। ऐसी स्थिति में उसे ही महत्त्वपूर्ण भूमिका निभानी होगी। दूरदर्शन कथावाचक की तरह उवाच रहा है। पूरा जनमानस सयाने श्रोता की तरह उस पर लट्टू है। तब कथावाचक का भी धर्म होता है कि वह अपने अनुयायी समाज का संस्कार-शोधन करे। बड़े-बड़े ज्ञानी, ऋषि, मुनि, वक्ता और धर्मात्मा यह कहते आए हैं और कह रहे हैं। आश्रम, मंच, सभा-मंडप, भंडारा, प्रवचन सब कुछ चल रहा है। यह सकारात्मक रूप से ग्रीष्म में बादलों की छाया की तरह है। तपन भरे पथ पर चलते पथिक के लिए प्याऊ की तरह है। पर सब तो आश्रम, मंच, सभा-मंडप तक नहीं जा सकते। घर में बैठा दूरदर्शन कथावाचक की तरह घर को घर तथा बच्चों को प्राकृतिक से सांस्कृतिक मानव बनाने में कुशल उपदेशक बन सकता है। यह चिंतन दूरदर्शन की बटन और दूरदर्शन के कार्यक्रम-निर्माण के सूत्र जिनके हाथों में हैं, उन्हें करना है। यह राष्ट्र और विश्व तो उनका भी है, जो केवल पैसा कमाना चाहते हैं, परंतु वे जिनके माध्यम से उपभोक्ताओं के खीसों से पैसा निकाल रहे हैं, उनकी पूर्ण बर्बादी की दशा में वे भी क्या बच पाएँगे? यदि नहीं तो दूरदर्शन को कथावाचक और मानवधर्म संस्थापक के रूप में स्थापित और सुनिश्चित करने का पुण्य-कर्म किया जाना श्रेयस्कर है। तितली के पंख सुरक्षित रहें और उसके पंखों के रंग चटक और आकर्षक बने रहें। चीटीं के पाँवों में बँधे घुँघरू की

आवाज सुन सकें। घर की बगिया के पौधे पर खिले फूल सहलाने के क्षण हमारे पास हों। जंगल के वृक्षों की रक्षा की कामना लिये हम वन-पथों की यात्रा करें। बच्चा घर में चले, तो आँगन नाचे। वह बोले तो फूल झरे। माता-पिता को प्रणाम कर वह विद्यामंदिर जाए तो उगता सूरज उसे आशीर्वाद दे, ''अमृतस्य पुत्रः''। तू अमृत-पुत्र है।

□

20

शिक्षक : संस्कार का स्रोत

शिक्षा ज्ञान–संस्कार है। संस्कार जीवन को उन्नत और शांत शिखरों की ओर बढ़ने के लिए ही दिए जाते हैं और ग्रहण किए जाते हैं। मनुष्य जन्म के समय तो प्राकृत अवस्था में होता है। कोरी धुली–पुछी स्लेट की तरह उसका मस्तिष्क और हृदय होता है। संस्कार ही उसे परिवार, परिवेश और विश्व पारावार से जोड़ते हुए विकासानुकूल उसके भीतर एक प्रतिसंसार रचते हैं। एक संसार उसके भीतर होता है और एक दुनिया उसके बाहर की होती है। भीतरी संसार का संचालन और नियंत्रण आत्मा के द्वारा होता है और बाहरी दुनिया का संचालन और नियंत्रण ज्ञान–संस्कार से होता है। अत: आत्मस्थ स्तर पर आत्मबोध और बाहरी स्तर पर विवेकजन्य संस्कार मनुष्य के जीवन–उत्सर्ग में महती भूमिका निभाते हैं। उदार और उदात्त चरितानां ही वसुधैव कुटुंबकम् की रचना–प्रक्रिया में सन्नद्ध हो सकते हैं।

संस्कार हृदय की उपज है। शिक्षा आभ्यांतरिक शक्तियों की अभिव्यक्ति है। इससे मानव श्रेष्ठ बनता है। इस क्रम में मनुष्य को वास्तविक शिक्षा देने का प्रयत्न अपेक्षित है। पाठ्यक्रमों में वास्तविक शिक्षा का पुनर्स्थापन होना चाहिए। वास्तविक शिक्षा की सच्ची प्रेरणा–स्रोत प्रकृति होती है। प्रकृति में सर्वत्र सहअस्तित्व और सामंजस्य है। हमने मानव जीवन को शिक्षा–संस्कार के माध्यम से ऊर्ध्वमुखी बनाने हेतु चार पुरुषार्थों—धर्म, अर्थ, काम, मोक्ष की अवधारणा मान्य की है। इनकी प्रेरणा भी मानव–प्रज्ञा को प्रकृति से ही प्राप्त हुई है। इसलिए शिक्षा में इन पुरुषार्थों का समावेश अत्यावश्यक है। पहले शिक्षक आदर्श बने, फिर शिष्य आदर्श बनेंगे। शिक्षक की चूक शताब्दियों तक अपना प्रभाव छोड़ती है। एक अभियंता की भूल नींव में दबकर रह सकती है। एक वकील की भूल कागजों में दबकर रह सकती

है। लेकिन एक शिक्षक की भूल पीढ़ियों का नाश कर सकती है। शिक्षक यदि अपने मूल आदर्श से चूकता है, तो 'नॉलेज' का 'लगेज' बनने में देर नहीं लगेगी। वर्तमान शिक्षा हमारे मस्तिष्क के बाएँ भाग को जगाने का कार्य कर रही है। गणित भौतिक विकास करने की शिक्षा है। हमारे मस्तिष्क के दक्षिण भाग में आध्यात्मिक शक्ति है। शिक्षा के ज्ञान-संस्कार से उसका विकास होना चाहिए। आज शारीरिक और मानसिक विकास के साथ-साथ भावात्मक विकास की बहुत जरूरत है। माता का हृदय, पिता का मस्तिष्क और गुरु का आचरण जिसके पास हो, वह आदर्श शिक्षक है। इससे संबंधित शिक्षक के तीन प्रमुख शस्त्र या गुण कहे जा सकते हैं। वे अनुभव, अभिव्यक्ति और प्रभावशीलता हैं।

शिक्षा मानव के जीवन-निर्माण का आधार है। शिक्षा मनुष्य को प्राकृत से सुसंस्कृत बनाती है। इस प्रक्रिया या साधन-पद्धति में संस्कारों और आचरण की भूमिका सर्वोपरि है। शिक्षा एक संस्कार है। हमने ऊपर इसे ज्ञान-संस्कार कहा है। संस्कार को पहले स्वयं ग्रहण कर और आत्मसात् कर उसे अगली पीढ़ी में प्रत्यारोपित तथा हस्तांतरित करने का कार्य शिक्षक करता है। विद्यादान सबसे बड़ा दान और शिक्षकीय कर्म पुण्यकर्म है। शिक्षक का आचरण-समृद्ध होना, पीढ़ियों की समृद्धि और राष्ट्रोत्थान के लिए अत्यावश्यक है। शिक्षक इस रूप में मानव-जीवन को संस्कारित करनेवाला और समाज तथा राष्ट्र के लिए शांतिसंवाहक, संस्कारधारक एवं युगानुकूल पीढ़ियों का निर्माता होता है। जिस प्रकार किसी वस्तु का मैल छुड़ाने के लिए जल का शुद्ध होना आवश्यक है, उसी तरह शांति, सद्भाव से संस्कारित और विभूषित पीढ़ियों का निर्माण करने के लिए शांति, सद्भाव, समन्वय, सामंजस्य, धैर्य, संयम, स्नेह स्वयं व्यापक जीवनबोध तथा विश्वबोध जैसे मूल्यों की शिक्षा एवं ज्ञान-संस्कार से शिक्षक का विभूषित होना अपेक्षित है।

शिक्षा केवल अक्षर-ज्ञान आधारित न होकर जीवन-निर्माण एवं जनकल्याण और विश्वकल्याण से संबंधित होना चाहिए। चूँकि शिक्षा के चार स्तंभों—शिक्षक, पुस्तक, विद्यार्थी और विद्यालय में सर्वाधिक महत्त्वपूर्ण शिक्षक है। वह ज्ञान का स्रोत है। ज्ञानदाता, संस्कारधारक, संस्कारदाता है। वह स्वयं सदाचारी है। सदाचार का पाठ पढ़ाता है। आचरण की सभ्यताएँ उसके चरित्र से निकली हैं और निकलती हैं। अत: शिक्षक का शिक्षा के संदर्भ में मानवीय मूल्यों से पूरित होना वैसा ही अपेक्षित और अनिवार्य है, जैसा एक वृक्ष का फल से लदा होना और पथिक को छाया देने हेतु छतनार होना। उसकी दृष्टि स्नेहिल होगी तो सद्भावना और संवेदना से छात्र के हृदय और मस्तिष्क के भाव-विचार उद्भूत होंगे। आज का विद्यार्थी

कल का राष्ट्र निर्माता बनेगा, राष्ट्र की भूमिका विश्व के परिचालन और संवर्धन में प्रत्यक्ष-अप्रत्यक्ष रेखांकित होती है। शिक्षा के परिणाम और सुफल आज ही प्राप्त नहीं हो जाते। यह लेन-देन का सौदा नहीं है। यह युग-युगों की नींव गढ़ने और वैश्विक अंतरिक्ष में समभाव और सद्भाव को शांति की हवाओं में घोलने-मिलाने का पुण्यकार्य है।

महर्षि दयानंद सरस्वती सत्यार्थ प्रकाश के तृतीय समुल्लास के आरंभ में कहते हैं, ''संतानों को उत्तम विद्या, शिक्षा, गुण, कर्म और स्वभावरूप धारण कराना माता, पिता, आचार्य और संबंधितों का मुख्य कर्म है। सोने, चाँदी, माणिक, मोती, मूंगा आदि रत्नों से युक्त आभूषणों के धारण कराने से मनुष्य का आत्मा विभूषित कभी नहीं हो सकता। क्योंकि आभूषणों के धारण करने से केवल देहाभिमान, विषयासक्ति, चोर आदि का भय तथा मृत्यु भी संभव है।''

विद्याविलासमनसो धृताशीलशिक्षाः सत्यव्रता रहितमानमलापहराः।
संसारदुःखदलनेन सुभूषिता ये धन्या नरा विहितकर्मपरोपकाराः॥

(— सत्यार्थ प्रकाश)

स्पष्टतः महर्षि दयानंद सरस्वती ने शिक्षा के द्वारा संस्कारदान और चरित्र-निर्माण को प्रमुखता देते हुए उससे आचार्य के साथ माता-पिता, संबंधितों को भी जोड़ते हुए शिक्षा का संबंध और संतति के चरित्र-निर्माण की अवधारणा को व्यापकता दी है।

यह व्यापकता इसलिए कि ब्रह्मांड के केंद्र में सूर्य है और पृथ्वी के केंद्र में मनुष्य। सूर्य का प्रकाशवान होना समस्त ब्रह्मांड के लिए कल्याणकारी है। मनुष्य का विवेकवान और शांति-सद्भाव के गुणों से संपन्न होना विश्व-हितकारी है। व्यक्ति समाज की लघुतम इकाई होकर भी इसलिए सर्वथा केंद्र में है, क्योंकि वह और उससे ही एक और एक मिलकर दहाई, सैकड़ा, हजार, लाख और करोड़ का निर्माण होता है। वह ही व्यक्ति, परिवार, समाज, राष्ट्र और विश्व का निर्माता, संचालक और सूत्रधार होता है। जैसे व्यक्ति, वैसा समाज, वैसा राष्ट्र और वैसा विश्व होगा। व्यक्ति के वैश्विक संदर्भ चरित्र की उदात्तता या चरित्र की निम्नता से गहरे प्रभावित होते हैं। व्यक्तित्व-विकास और चरित्रगत उदात्तता की शिखर-रचना में शिक्षा मूलभूत अवदान देती है। शिक्षा का प्रदाता शिक्षक होता है। अतः शिक्षक के चरित्र, व्यक्तित्व, आचरण और संभाषण में मानवीय मूल्यों की सरिता का प्रवाह अपेक्षित होता है। वह गुरु के उच्चासन पर होता है। वह पथप्रदर्शक और ज्ञानपुंज

होता है। अत: मूल्यों से मंडित उसके व्यक्तित्व का मानव, समाज, राष्ट्र और विश्व के स्वास्थ्य और जीवन पर प्रत्यक्ष-अप्रत्यक्ष किंतु गहरा प्रभाव पड़ता है। शिक्षक का मानवीकरण अर्थात् शिक्षा मूल्य आधारित हो। मूल्यवान शिक्षा को देनेवाला शिक्षक मानवीय मूल्यों से स्वभावत: अभिसिक्त हो। महर्षि दयानंद सरस्वती का निदर्शन याद आता है—

"जिन पुरुषों का मन विद्या के विलास में तत्पर रहता है, सुंदर, शील, स्वभावयुक्त, सत्यभाषणादि नियम पालनयुक्त और जो अभिमान अपवित्रता से रहित, अन्य मलीनता के नाशक, सत्योपदेश, विद्यादान से संसारी-जनों के दु:खों को दूर करने से सुभूषित, वेदविर्हित कर्मों से पराए उपकार करने में रहते हैं, वे नर और नारी धन्य हैं। जो अध्यापक पुरुष या स्त्री दुराचारी हों, उनसे शिक्षा न दिलावें, किंतु जो पूर्ण विद्यायुक्त धार्मिक हों, वे ही पढ़ाने और शिक्षा देने योग्य हैं"। (सत्यार्थ प्रकाश)

उपनिषदकार ने दो प्रकार की विद्या का निदर्शन किया है—परा विद्या और अपरा विद्या। विद्याध्ययन को स्वाध्याय और अध्यापन को प्रवचन कहा जाता है। स्वाध्याय से अपरा विद्या का संबंध है। छांदोग्य उपनिषद में अपरा विद्या का विस्तार से वर्णन है। प्रवचन करानेवाले अर्थात् विद्या प्रदान करनेवाले गुरुजन केवल अपरा विद्या का अभ्यास कराकर संतुष्ट नहीं हो पाते हैं, वे केवल ज्ञान को शिक्षा का अपूर्ण अंग मानते हैं। शिक्षा की पूर्णता के लिए जिन गुणों की आवश्यकता होती है, उसका उल्लेख तैत्तिरीय उपनिषद् के नवम् अनुवाक् में किया गया है। ये गुण शिक्षा, शिक्षक और शिक्षार्थी में समवेत रूप से अपेक्षित हैं—

"(ऋतम्) यथार्थ आचरण से पढ़ें और पढ़ाएँ। (सत्यम्) सत्याचार से सत्य विद्याओं को पढ़ें और पढ़ाएँ। (तप:) तपस्वी और धर्मनुष्ठान करते हुए वेदादि शास्त्रों को पढ़ें और पढ़ाएँ। (शम:) मन की वृत्ति को सब प्रकार के दोषों से हटाकर पढ़ें और पढ़ाएँ। (अग्नय:) आह्वनीयादि अग्नि और विद्युत आदि के लिए ज्ञान को पढ़ते और पढ़ाते जाएँ। (अग्निहोत्रं) अग्निहोत्र करते हुए पठन और पाठन करें। (अतिथय:) अतिथि की सेवा करते हुए पढ़ें और पढ़ाएँ। (मानुषं) मनुष्य संबंधी व्यवहारों को करते हुए पढ़ें और पढ़ाएँ। (प्रजां) संतान और राज्य का पालन करते हुए पढ़ें और पढ़ाएँ। (वीर्य) पराक्रम की रक्षा और वृद्धि करते हुए पढ़ाएँ। (प्रजाति) अपनी संतान और शिष्यों का पालन करते हुए पढ़ाते जाएँ। इसके अनंतर उपनिषदकार ने विभिन्न आचार्यों के मतों का प्रतिपादन किया है। आचार्य रथीतर सत्यवाणी को सबसे ऊँचा मानते हैं। आचार्य मौद्गल्य स्वाध्याय और प्रवचन को शिक्षा का प्रधान अंग मानते हैं, जिसे दूसरे शब्दों में तप कहा जा सकता है"।

(तैत्तिरीय उपनिषद-तृतीय अनुवाक्) अतः स्पष्ट है कि केवल पुस्तकीय ज्ञान या पाठ्यक्रम-रटन शिक्षा नहीं है। और न ही पाठ्यक्रम का अध्यापन मात्र विद्यादान है। दस बजे से पाँच बजे तक विद्यालयों और चार-पाँच घंटे महाविद्यालयों-विश्वविद्यालयों में पुस्तक आधारित जानकारी प्रदान करना भी शिक्षा नहीं है। शिक्षा की पूर्णता के लिए गुरु-शिष्य साथ-साथ प्रतिज्ञा करें, ''सह नौ यशः सह नौ वर्चसम्''। (तैत्तिरीय उपनिषद-तृतीय अनुवाक्) हम दोनों का यश साथ-साथ हो। हमारा तेज और बल साथ-साथ बढ़े।

आज विश्व का मानव-समुदाय हिंसा की आग में झुलस रहा है। आतंकवाद का राक्षस अपने खूनी पंजे फैला रहा है। जो लोग आतंकवादी और हिंसक गतिविधियों में संलग्न हैं, उन्हें भी तो शिक्षा और संस्कार तथा आतंकी गतिविधियों का प्रशिक्षण किसी शिक्षक ने ही दिया होगा। यदि वे शिक्षक शांति और सद्भाव जैसे मूल्यों से पूरित होते, तो संभवतः ऐसा प्रशिक्षण न देकर उन्हें मानवता के विकास, चारित्रिक भराव और विश्वशांति की दिशा में अग्रसर करते। हमें शांतिदूत महात्मा गांधी और नेल्सन मंडेला को उनके गुरुओं से मिली शिक्षा और उनके गुरुओं की चारित्रिक उदात्तता में स्वयं को आलोकित करना होगा। शिक्षक का गुण-संपन्न और मानवीय मूल्यों को स्वभावतः धारण करनेवाला होना अनिवार्य है। यह तब संभव है, जब शिक्षक की शिक्षा और शिक्षक का प्रशिक्षण उदात्त मानवीय मूल्यों पर आधारित हो। शिक्षक का प्रशिक्षण औपचारिक मात्र न होकर राष्ट्रनिर्माता और विश्वशांति की स्थापना में अपनी समर्पणशीलता के साथ सन्नद्ध रहनेवाला उदारचेता ज्ञानी व्यक्तित्व के निर्माण का होना चाहिए। खेद है कि आज ऐसा शिक्षण-प्रशिक्षण नहीं हो रहा है।

अच्छे शिक्षक की आचार-संहिता या आचरण की सभ्यता पर विचार करते हैं या ध्यान जाता है, तो जीवन की तटवर्ती कछारी भूमि पर नर्मदा किनारे की वनराजी की हरीतिमा सहसा कौंध जाती है। सनातन गुरु और सनातन शिष्य अपनी ज्ञान-संस्कार परंपरा में आसन पर बैठे दिखाई देते हैं। मेरा मन-पंछी उड़ान भरता है और वहाँ पहुँच जाता है, जहाँ शिक्षक 'गुरु' के आसन पर ज्योति-दीप्त है। वह शारीरिक, मानसिक, नैतिक और वैयक्तिक गुणों से तेजोमय है। उसका स्वास्थ्य उत्तम है। उसमें ज्ञान-दान के प्रति स्फूर्ति और उल्लास है। उसकी वेशभूषा शिक्षकीय पद और दायित्व के अनुरूप है। उसकी वाणी आकर्षक और सम्मोहित करनेवाली है। भाषा की शुद्धता उसके उच्चारण और लेखनी से अपना रूप रचती है। उसे अपने विषय का पूर्ण ज्ञान है। उसे रुचिकर शिक्षण सिद्धांतों और विधियों का ज्ञान है। उसे

विद्यार्थियों और जीव-सृष्टि के मनोविज्ञान की परख है। उसे अपनी संस्कृति और ज्ञान-परंपरा का गहरा बोध है। उसे अपने परिवेश की जानकारी है। उसके पास न्यायशीलता और निष्पक्षता है। वह आत्मविश्वास से भरा है। उसके पास प्रबल इच्छाशक्ति की मणि है। वह प्रसन्न रहकर शिष्यों सहित सबको प्रसन्न रखता है। वह दया और सहानुभूति की प्रतिमूर्ति है। उसमें अपार धैर्य है। उसकी लगन असंभव को संभव बनाती है। वह प्रतिक्षण कर्मरत है। वह प्रतिपल आशावादी है। वह संस्कार का स्रोत है।

सोचता हूँ, आज शिक्षक 'गुरुदेव' के आसन से खिसककर शिक्षक, मास्टर, सर और मेम तक चला आया है। आज वह उत्साह और समर्पण के साथ शिक्षा के क्षेत्र में नहीं आ रहा है। विवशता से आ रहा है। अन्यत्र नौकरी न मिलने की विवशता। कुछ-न-कुछ करने की विवशता। शिक्षा दान में रुचि से नहीं, उदासीनता से काम लिया जा रहा है, इसलिए पीढ़ियों में ज्ञान-संस्कार और मानवोचित मूल्यों का रोपण अपेक्षित रूप से नहीं हो पा रहा है। विद्यार्थियों के प्रति अलगाव ने बहुत हानि पहुँचाई है। शिक्षकीय कार्य नौकरी भर रहकर वेतन प्राप्त कर परिवार पालने का आधार मात्र रह जाएगा तो मूल्याधारित शिक्षा, मूल्यधारक विद्यार्थी और चरित्र की उदात्त भूमि पर अवस्थित शिक्षक नहीं रह जाएँगे। उन्नत मानव समाज और विश्व-शांति का हमारा सपना भी पूर्ण नहीं होगा। स्वामी विवेकानंद कहते हैं, "सच्चा गुरु वही है, जो एक पल में मानो अपने सहस्रों रूप रख सकता है। सच्चा गुरु वही है, जो शिष्य के संग शिष्य बन सकता है। उसके शरीर में पैठ उसकी आँखों में देख सकता है। उसके ही कानों से सुन सकता है तथा उसके मस्तिष्क से विचार कर सकता है"।

आज विश्व यंत्र युग में जी रहा है। सारा विकास यंत्र आधारित है। यंत्र में संवेदना नहीं होती। संवेदना के बिना जीवन का विस्तार मानवता के पक्ष में नहीं होता है। जीवन अपने अपेक्षित लक्ष्य को नहीं पा सकता है। सभी जीवनों में मानव जीवन अपनी विवेकशीलता और संवेदना के कारण श्रेष्ठ है। मनुष्य मशीन नहीं है। मनुष्य वस्तु नहीं है। वह पाँच ज्ञानेंद्रियों और पाँच कर्मेंद्रियों के माध्यम से सृष्टि के संपर्क में आकर ज्ञान और अनुभव की अनमोल संपदा प्राप्त करता है। यह संपदा उसका आत्मिक विकास करती है। आत्मिक विकास उसकी चारित्रिक उदात्तता में स्फुरित होता है। चारित्रिक उच्चता व्यवहार में सक्रिय रहती है। व्यवहार की क्रियाशीलता समाज, राष्ट्र और विश्व को प्रभावित करती है। इसका प्रभाव शिक्षा पर भी पड़ता है। यह प्रभाव सकारात्मक हो, इसलिए मूल्य आधारित चारित्रिक

विकास अनिवार्य है। मनुष्य जीवन का मूल्य है—मनुष्यता का विस्तार करना और विश्वहित में पुष्प-सा झड़कर स्वयं को नि:शेष कर देना। मनुष्य में यह विकास शिक्षक भली-भाँति कर सकता है। इसके लिए शांति और सद्भाव जैसे मूल्यों पर आधारित शिक्षक-शिक्षा विश्वहित में सकारात्मक सिद्ध हो सकती है।

□

21

लाहौल में प्रकृति और संस्कृति का सनातन अनुनाद

यह भाद्रपद कृष्ण अष्टमी संवत् 2069 की स्वर्णिम भोर है। आज श्रीकृष्ण जन्माष्टमी है। हिमालय के आँगन की भोर है यह। हिमालय के असंख्य शिखर वानस्पतिक किलकारियों से अनुगूँजित हैं। देवरारु, वृक्ष में देवत्व की संपूर्ण सात्त्विकता के साथ इस देवभूमि पर आसीन है। मनालसू और व्यास अपने संगम से इस भूमि का मान बढ़ाती हैं। सौंदर्य अपने क्षण-क्षण की नितनूतनता के साथ पृथ्वी पर अवतरित होता है; तो सृष्टि-रचना के भोजपत्रों पर वैदिक ऋचाएँ गा उठती हैं। शिखर से आकाश और वसुंधरा दोनों निर्झर-शिशु की चपलता पर मुदित होकर अपनी महिमा में निखर उठते हैं।

मनाली से ही रास्ता लाहौल स्पीति को जाता है। यह रास्ता सेना के द्वारा बनाया गया है। रोहतांग घाटी के पार है—लाहौल स्पीति। मनाली से रोहतांग की सीधी चढ़ाई है। 'व्यास' नदी की उछलती-कूदती-घरघराती छवि कहीं आकर्षक और कहीं भयावह लगती है। देवदारु शांत हैं। उच्च शिखर मौन हैं। 'व्यास' मुखर है। यह वेदव्यास की वाणी को तब से अब तक गाती चली जा रही है। गाते-गाते बिलासपुर (हिमाचल प्रदेश का जनपद) के पास सतलुज की गोद में समा जाती है। रोहतांग दीवार की तरह खड़ा है। दीवार कहें या आदिम पुण्य-स्थली, जिससे 'व्यास नदी' का जलपुण्य और वेदव्यास का पुराणपुण्य वाणी के अमर स्रोत के रूप में प्रकट हुआ है। रोहतांग के शीर्ष पर समतल भाग में पहुँचकर उत्तर की तरफ दृष्टि जाती है, तो रोहतांग शिखर से ऊँचे अनेक शिखर दिखाई देते हैं। दिखाई देते ही कौतूहल प्रकट करते हैं। दूर रजत धार-सी पुराण प्रसिद्ध नदी 'चंद्र' दीख जाती

है। शिखर बहुत-बहुत ऊँचे हैं। उन शिखरों की पाँव-भूमि में 'चंद्र' भूमि की रसधार-सी बह रही है।

रोहतांग घाटी तक 'चंद्र' उत्तर से बहती हुई दक्षिण की ओर आती है। रोहतांग को सामने खड़ा देख यह यहाँ से पश्चिम की ओर मुड़ जाती है। दोनों ओर उच्च शिखर और बहुत नीचे जाने के लिए पूरी घाटी को कई घुमावदार रास्तों से उतरना पड़ता है। यहीं से शुरू होती है लाहौल की भूमि। खड़ी चट्टानों और दुर्घटनाओं से आसन्न रास्तों से चलकर हम लो-यू-लो (लाहुल) पहुँचते हैं। तिब्बती भाषा में इसे ल्हो-यल कहते हैं। हमारा दल लाहौल की भूमि पर स्थित पूर्व दिशा का पहला गाँव कोकसर पहुँचता है। हमारी यह सांस्कृतिक यात्रा है। अखिल भारतीय साहित्य परिषद् के आत्मीय आवाहन और संग-साथ यह सांस्कृतिक यात्रा-अनुष्ठान संपन्न होना है। इस यात्री-दल में सात राज्यों से बारह संस्कृतिनिष्ठ लेखकों का सदेह सहभाग है। सब उस हिमभूमि के गौरव आँगन में प्रविष्ट होकर विस्मित, उल्लसित और मुदित हैं। कोकसर को दुलराती 'चंद्र' बही जा रही है।

लाहौल भारतवर्ष का ललाट है। परम शीतल, परम सक्रिय, परम भुक्त-मुक्त, परम शांत। लाहौल-स्पीति का विस्तार 12015 वर्ग किलोमीटर है। 'चंद्र' और 'भागा' नदियाँ अपनी जल की महिमा, तरलता और शीतलता से इसका लालन-पालन करती हैं। हिमालय के चट्टानी शिखरों से पिघलती हुई बर्फ और हिमनद इसका पोषण करते हैं। हिम तरल बनकर, झरना बन ऊँचे शिखर से गिरता है। चंद्र-भागा में मिलने की आतुरता लिये दौड़ता है। उसी झरने या ऐसे ही अनेक झरनों के पानी को अँजुरी-अँजुरी सहेजकर लाहौल-स्पीति के निवासी पीने के काम में लाते हैं। पहाड़ों की कटान से झरनों के पानी को नालियों एवं पाइपों के द्वारा खेतों तक लाया जाता है। खेतों की प्यास बुझती है। बैसाख-ज्येष्ठ में फसल बोई जाती है। पहाड़ी आलू, मटर, फूलगोभी एवं बंदगोभी खेतों में खूब फलते हैं। भादों-कुआर तक फसलें आ जाती हैं। खेत सूने होने लगते हैं। जौ खूब होती है। गेहूँ नहीं होता है। होता भी है तो बहुत थोड़ा। जौ, आलू, मटर, कच्चा या सूखा मांस पेट की आग ही नहीं, पराक्रम के बाद की प्राकृतिक भूख को शांत करते हैं। पूरा लाहौल-स्पीति एक प्राकृतिक शीतगृह है। यहाँ कुछ भी खराब या बासी नहीं होता है—न नदी, न पहाड़, न अन्न, न भोजन, न मन, न मस्तिष्क और न सौंदर्य। सब कुछ अपने प्राकृत सौंदर्य में अटूट-अटल रहते हैं। जितने सुंदर पहाड़, नदियाँ, झरने, छोटे मैदान, आँगन सरीखे खेत हैं, उतने ही और वैसे ही सहज-सरल और शुभ्र सुंदरता से सृजित यहाँ के स्त्री-पुरुष हैं। यह भूमि भी तो देवभूमि है।

चंद्र और भागा नदियों की ममता और हिमालय के आशीर्वाद के कुनकुने ताप में निश्छल शिशु-सा खिलखिलाता लाहौल शेष दुनिया को कौतूहल भरी दृष्टि से देखते हुए कुछ-कुछ समझता हुआ बहुत कुछ जानने की उत्कंठा सहेजे हुए है। यहाँ की प्रकृति ने संस्कृति के सर्जन का एक सात्त्विक पुनश्चरण पूर्ण किया है। लाहौल ने समुद्र-सतह से 10-11 हजार फीट की ऊँचाई पर हिमालय के चट्टानी-बर्फानी शिखरों के बीच अपना घर-बार बसाया है। 10-11 हजार फीट से लेकर 14 हजार फीट की ऊँचाई तक छोटे-छोटे गाँव हैं। इसके बाद गाँव नहीं हैं। देवदारु भी 7-8 हजार फीट की ऊँचाई तक ही हैं। निचले पर्वतीय भागों में देवदारु का विशाल रूप है। ऊपरी भागों में इसका कद छोटा होता चला जाता है। उसके बाद की ऊँचाई पर वृक्ष नहीं हैं। ऑक्सीजन कम है। इसलिए वृक्ष भी विरले और बौने हैं। हरी-हरी छोटी-छोटी घास और उस पर खिले सुंदर छोटे-छोटे फूल, वनस्पति की शेष भागवत कथा कहते प्रतीत होते हैं। अधिक ऊँचाई पर सिर्फ हिमालय है। समाधिस्थ और चैतन्य शिव हैं, कैलाश है। इन गाँवों के रक्षक भी रत्नमय हिमशिखर हैं। यहाँ प्रायः वर्षा नहीं होती है, बर्फ बरसती है। मानसून के बदरा रोहतांग का घाट चढ़ते-चढ़ते थक जाते हैं और वहीं उस पार तक ही हजार-हजार बूँदों में बरस जाते हैं। इस पार तक वर्षावाले बादल आ नहीं पाते। इसलिए पहाड़ भूरी-भुरभुरी प्यासी सूखी मिट्टी लिये खड़े हैं। शीर्ष पर चट्टानें धारण किये हैं। जिन पर हिम जमा है। वह पिघलती है तो झरने बहते हैं। जीवन की प्यास बुझती है। आस फलती है। प्रेम की बेल लहलहा उठती है।

चंद्र और भागा नदियाँ हिमालय के ठीक उत्तर में 16,500 फीट की ऊँचाई से बारालाचा शिखर स्थित चंद्रताल और सूरजताल से निकलती हैं। मान्यतानुसार चंद्र चंद्रमा की बेटी है और भागा सूर्य की बेटी है। दोनों तांदी में आकर मिलती हैं। चंद्र का पर्वतीय मार्ग अपेक्षाकृत कम कटाओं और अवरोधों वाला है। भागा बारालाचा से दक्षिण-पश्चिम दिशा का रास्ता बनाती है। इसकी राह कठिन, दुर्गम, अधिक कटावदार, अधिक गहरी, अधिक घुमावदार और अधिक भयप्रद है। इसलिए यह मार्ग की प्रतिकूलताओं को पार करने हेतु उद्दाम है। वेगवान भागती है, इसलिए भागा है। भागा कहीं किसी पुरा कथाओं में सूर्यपुत्री है और कहीं सूर्यपुत्र। हिमालय की जनजातियों की एक मिथक कथा का उल्लेख हिमालयन वंडरलैंड में आता है—सूरज के बेटे भागा और चंद्रमा की बेटी चंद्र का आपस में प्रेम हो जाता है। दोनों एक-दूसरे को बहुत चाहने लगते हैं। विवाह करने के लिए वे बारालाचा घाटी (शिखर) पर उतरते हैं। दोनों ने विचार किया है कि यहाँ से नीचे चलकर सुरक्षित

जगह पर विवाह करते हैं। कोई न देखे, जाने-समझे, इसलिए दोनों बारालाचा से अलग-अलग रास्तों से आगे बढ़ते हैं। चंद्रमा की बेटी उत्तर-पूर्वी ढाल से नीचे उतरकर पहाड़ियों के बीच सुगम रास्ता बनाती तांदी पहुँच जाती है। सूर्यपुत्र भागा का रास्ता तंग, दुर्गम, विपतभरा होने से वह तांदी देर से पहुँचता है। चंद्र प्रतीक्षा करती है। भागा दुर्गम पथ पार करता हुआ तांदी पहुँचता है। दोनों उत्कंठित होकर विवाह करते हैं। तांदी संगम स्थल है। यहाँ चंद्र और भागा मिलकर चंद्रभागा हो जाती हैं। दोनों एक हो जाते हैं। देह-देह, मन-मन, प्राण-प्राण, तंतु-तंतु, मिलकर जीवन-नदी हो जाते हैं। दोनों अपना नाम खो देते हैं—केवल रूप रह जाता है। चंद्रभागा हो जाते हैं। तांदी से आगे चंद्रभागा और उदयपुर से इनका नाम चिनाब हो जाता है। हिमालय प्रदेश के चंबा क्षेत्र में बहते हुए चिनाब पंजाब में पंचनदों में से एक सांस्कृतिक- ऐतिहासिक नद हो जाता है। तांदी में चंद्र और भागा संगम करते हुए लाहौल की भूमि को अभी भी स्वर्गिक गौरव दे रही हैं।

कोकसर में लकड़ी का पुल पारकर चंद्रा के उत्तर तट से पहाड़ों के कटावों से टकराते, भयभीत होते और जिज्ञासा से भरे हुए तांदी पहुँचते हैं। तांदी में चंद्रभागा के संगम पर भी उस पार जाने का पुल बना है। यहीं पर लाहौल का पेट्रोल पंप है। सटकर चंद्रा बहती है। उसके उत्तर-पूर्व शिखर पर तोपचिलिंग गोनपा बौद्ध मंदिर है। बाहर प्रांगण में पद्मासन लगाए बुद्ध भगवान् की पत्थर से बनी छोटी प्रतिमा है। प्रतिमा के नीचे हिंदी में लिखा है, 'अतुल्य भारत'। भीतर स्वर्ण-सी चमकवाली धातु की विशाल ध्यानस्थ प्रतिमा है। मंदिर में प्रशांत शांति है। निष्कंप जलता दीपक है। आरती का थाल है। थाल में कुमकुम, अक्षत, पुष्प हैं। दो नारियल के गोले हैं। फर्श पर कालीन बिछी है। लकड़ी के छोटे डेस्क हैं। तिब्बती भाषा में लिखी पोथी हैं। यह भाषा 'भोटी' भाषा है। भोटी शब्द संभवतः बोधि से बना है। इस भाषा में बौद्ध धर्म के अनेक ग्रंथ लिखे हुए हैं। अलमारी में ग्रंथ तरीके से रखे हैं। गोनपा के पीछे की पहाड़ी पर गुरुघंटाल देवस्थल है। रास्ता दुर्गम है। चुनौतीपूर्ण और खतरों भरा है। देवता ऐसी जगह ही बसे हैं!

तांदी से भागा की उँगली पकड़कर उत्तर की तरफ चलते चले जा रहे हैं। यह भागा और हिमालय रचित प्राकृतिक आश्चर्यों भरा क्षेत्र है। बहुत छोटी हरीकच्च किंतु अनेक रंग-बिरंगे फूलोंवाली घास पर्वतों के पाँवों से लेकर पेट तक बिछी है। पर्वतों की छाती और मस्तकों पर वनस्पति प्रायः नहीं है। या तो बर्फ है या बर्फ धुली-पोछी चट्टानों-मंडित पर्वत श्रेणियाँ हैं। वैसे हिमालय मिट्टी का पहाड़ है। मिट्टी के भीतर छोटे-बड़े, लघु विशाल पत्थर दुबके हैं। मिट्टी के साथ जब

पहाड़ टूटता है तो ये पत्थर विध्वंस मचाते हैं। राह रोकते हैं, जीव और जीवन की धड़कनों को दबा देते हैं। हँसता-खेलता जीवन महामौन धारण कर लेता है। सृष्टि फिर भी चलती रहती है। हम भी चलते चले जा रहे हैं। केलाँग पहुँचते हैं। केलाँग भागा के तट पर पर्वतीय ढलान पर बसा लघु नगर है। यह लाहौल का जिला मुख्यालय है। चारों ओर ऊँचे शिखर हैं। गहरे-बहुत-गहरे में भागा भागी जा रही है। केलाँग से ही राष्ट्रीय राजमार्ग लेह-लद्दाख को जाता है। केलाँग में स्वतंत्रता दिवस पर 14, 15 एवं 16 अगस्त को अंतरराष्ट्रीय जनजातीय उत्सव मनाया जाना है। उसी की तैयारियाँ चल रही हैं। सांस्कृतिक संदर्भ आधारित विमर्श भी होना है। 15 अगस्त, 26 जनवरी राष्ट्रीय पर्व के रूप में मनाए जाते हैं। लोग जुटते हैं, सांस्कृतिक कार्यक्रम होते हैं। भारत को गौरव देते हैं, भारत का मान बढ़ता है।

प्रकृति की गोद में जीवन की आँखें खुलती हैं। फूल उत्सव मनाते हैं। पक्षी सोहर गाते हैं। हवाएँ जीवन के आगमन का संदेश दिशा-दिशा में पहुँचाती हैं। आकाश धूप, जलवर्षण और बर्फकणों की वर्षा से आशीर्वाद देता है। चंदा मामा दूध की कटोरी भर लाता है। नदियाँ लोरी गाती हैं। पत्थर खिलौना बन जाना चाहते हैं। माटी चंदन हो जाती है। आशाएँ जागती हैं। पराक्रम अँखुआता है। पुरुषार्थ गतिमान होता है। चिड़ियों के बच्चे घोसले के द्वार पर आकर कौतुक भरे जगत् को देखते हैं। पंख खुलते हैं और आकाश की नीलिमा में खो जाना चाहते हैं। बचपन पाँव-पाँव चलते युवा हो जाता है। युवा जीवन शिखर चढ़ता है। समुद्र तैरता है, नदी लाँघता है। खेतों के बीच खड़ा होता है, तो सृष्टि का श्रृंगार बन जाता है। सफलाएँ आरती उतारती हैं। विजय माथे पर तिलक लगाती है। धरती वारी जाती है। वैदिक ऋषि गा उठता है, 'अदीनाः स्याम शरदः शतम्'। हम सौ वर्षों तक दीनतारहित होकर जीयें।

लाहौल में हिंदू और बौद्ध बराबर संख्या में हैं। हिंदुओं के अपने संस्कार हैं। बौद्ध, भगवान् बुद्ध को तो अपनी आस्था का केंद्र मानते ही हैं, लेकिन ये मूलतः बोन धर्म के अनुयायी हैं। लाहौल स्पीति के ज्ञानवृद्ध-वयोवृद्ध साहित्यकार छेरिंग दोरजे बताते हैं कि बोन धर्म तिब्बती है। यह धर्म बौद्ध धर्म से भी पहले का है। बोन धर्म में पत्थर, पेड़, पानी की पूजा होती है। छेरिंग दोरजे भी तिब्बती नाम है; जिसका अर्थ है—दीर्घायु वज्र। वे आगे कहते हैं, तिब्बती तथा लाहौल स्पीति की संस्कृति और बोन धर्म से संबंधित सबसे पहला काम पंडित राहुल सांकृत्यायन ने किया। लेह-लद्दाख के रास्ते की खोज छेरिंग दोरजे के पूर्वजों ने की। यह रास्ता लेह-लद्दाख को भारत का अभिन्न भाग बनाए रखने की दृष्टि से और सामरिक

दृष्टि से अत्यंत महत्त्वपूर्ण है। ठाकुर देवीसिंह और ठाकुर शिवचंद ये दो भारत-पुत्रों ने लेह-लद्दाख तक जाने का मार्ग बताया और भारत सरकार के संकेत से गोरखा सेना को रक्षार्थ सन्नद्ध किया। आज लेह-लद्दाख अखंड भारत का अत्यंत संवेदनशील, सतर्क और पुरुषार्थ-समर्थ शीर्ष अंग है। इसका खाद्य और भोज्य लाहौल के मार्ग से ही जाता है। ये सब भू-भाग माटी के कण में परम सत्ता की उपस्थिति और जल-बिंदु में उसी परमाप्रकृति की उजास का सांस्कृतिक गौरव-गान करते हैं।

सांस्कृतिक सरणियों की गहराई में जाकर हमें निष्कर्ष हाथ लगते हैं कि बोन धर्म यदि बौद्ध धर्म से पहले का है और इसमें पत्थर, पेड़, पानी अर्थात् प्रकृति की पूजा होती है तो बौद्ध धर्म के पहले के सनातन धर्म, वैदिक धर्म में भी प्रकृति की आराधना-उपासना के गीत गाए गए हैं। ऋग्वेद का नासदीय सूक्त और अथर्ववेद का पृथ्वी सूक्त प्रकृति की मनुहार और वंदना करते हैं। लाहौल के लोकगीतों में अनेक संदर्भ प्रकृति-पूजा के हैं, जो वैदिक सूक्तों से प्रायः साम्य रखते हैं। तिब्बती लोकसाहित्य और लाहौल लोकसाहित्य बौद्ध धर्म से पहले का है। यह प्रकृति की विराट् और अखंड शक्ति की उपासना में गाया गया है। लोकसाहित्य बहुत गहरे में हमारे प्रकृति साहित्य, सनातन संस्कृति साहित्य और वैदिक साहित्य को सृष्टि-मंदिर के प्रांगण और गर्भगृह में साथ-साथ बैठने का आमंत्रण देता है। आदिम भारतीय संस्कृति और साहित्य दूध की उज्ज्वलता और घृत की स्निग्धता स्वयं में सँजोए हुए है। दही, माखन, घी मिलता है दूध से। दूध अमृत-समान रसधार है। लाहौल की भी यही पहचान है। गायें, यार्क, भेड़ें, बकरियाँ हिमालय की देवभूमि के हरित तृणों से बूँद-बूँद रस ग्रहण करती हैं। दूध बनाती है। जीवन को पोषती हैं। गायों-भेड़ों के थनों में दूध है। घर के बरतनों में दूध है। शिशुओं की कटोरियों में दूध है। दूध-सी धाराएँ पर्वतों से झर रही हैं। धूप दूध-सी खिली है। लाहौल-निवासियों का सौंदर्य दूध-सा है। चंद्रभागा की दूध-सी प्रबल धारा अविराम बह रही है।

केलाँग में भागा के पश्चिम तट के पर्वत की चोटी पर सेस्सूर गोनपा स्थित है। पर्वत बहुत ऊँचा है। उसकी चोटी के छोटे से समतल भाग पर यह बौद्ध मठ बना है। वहाँ तक कटावदार-घुमावदार सकरी कच्ची सड़क से पहुँचना होता है। नीचे से ऊपर की कार चींटी सरीखी दीखती है और ऊपर से नीचे देखने पर नीचे के लोग, गायें, वाहन, घर-मकान, कीड़े-मकोड़े बराबर लगते हैं। हमारा वाहन जब चढ़ाई या उतराई के घुमावदार रास्ते के मोड़ पर मुड़ता, तो जगह कम होने के

कारण उसे आगे ले जाकर पीछे करना होता है। यदि एक फुट या आधे फुट भी वाहन आगे या पीछे सरक गया तो जानिए कि हम वाहन सहित हजारों फीट नीचे धड़ाम से गिरेंगे और वाहन सहित हमारे किरचे-किरचे भाग की भूरी मिट्टी पर बिखर जाएँगे। वे क्षण बहुत लोमहर्षक होते हैं। ऐसे समय कोई याद नहीं आ रहा है केवल भगवान् याद आते हैं। ऐसी विपत घड़ी में विश्वास और पुष्ट होता है कि ईश्वर नाम की शक्ति सर्वत्र व्याप्त है, जो अनचाहा होने नहीं देती और चाहा हुआ घटित हो जाता है। वह दयार्द्र, करुणार्द्र, प्रेरक, रक्षक, पालक है। वह शक्ति ही पलकों की ओट में जीवन को बचा लेती है।

सेस्सूर गोनपा तीन-मंजिला लकड़ी का बना बौद्ध मठ है। मंदिर में पूरा कार्य लकड़ी का है। अंदर बुद्ध और लामा की मूर्तियाँ हैं। मंदिर 17वीं शताब्दी का है - ऐसा मंदिर के पुजारी तेंजिन कैसो बताते हैं। बुद्ध के साथ देवा गैछो (DEVA GYATSO) लामा की प्रतिमा है। अनेक छोटी-बड़ी प्रतिमाएँ हैं। दीप जल रहा है। आरती सामने रखी है। आरती में दीप है। चावल है। नारियल नहीं, नारियल के गोले हैं। मंदिर में सब तरफ रेशमी कपड़े की झालर लगी है। मंदिर के गर्भगृह में दीवारों पर भगवान् बुद्ध के चित्र अंकित हैं। सामने की दीवार पर काली का नृत्यमय चित्र भी है। मंदिर की मूर्तियों में गुरु रिंपोचे की मूर्ति भी है। एक मूर्ति पद्मासन बाबा की है, जो अपने बाएँ हाथ में त्रिशूल लिये हुए हैं। त्रिशूल पर तीन राक्षसों की मूर्तियाँ टँगी हैं। ऐसी मान्यता है कि इन राक्षसों को त्रिशूल में बाँध रखा है, यदि ये आजाद हो जाएँगे, तो सृष्टि का नाश हो जाएगा। पता नहीं क्यों, मुझे त्रिशूलधारी पद्मासन बाबा में शिव की उपस्थिति का भान हुआ। सामने दीवार पर काली माँ का नृत्यमय चित्र सृष्टि की आदि शक्ति की उपस्थिति प्रत्येक पंथ, मत में सर्वथा-सर्वदा है; इस व्यापक विचारबोध को प्रमाणित करता है। बौद्ध धर्म और हिंदू धर्म दोनों के मूल में करुणा है। सृष्टि-रचना और सृष्टि-संहार एवं आत्मा की सत्ता के संबद्ध में थोड़ी-बहुत मत-भिन्नता हो सकती है। तृष्णा के त्याग और आठ सत्य आधारित आचरण के साथ जीवन जीते हुए आनंद की प्राप्ति दोनों पंथों के मूल लक्ष्य हैं।

सेस्सूर गोनपा के मठ के अंत:भाग की बाहरी दीवारों पर चारों ओर एक मंत्र अंकित है, 'ॐ मणि पद्मे हुँ'; इस मंत्र को 'मने' कहते हैं। इस मंत्र का भोटी (तिब्बती भाषा) मूल और हिंदी अनुवाद भिक्षु सुमति मंजुश्री ने किया है। यह आर्य अवलोकितेश्वर के षड्क्षरीय हृदय का मानचित्र है। इस मानचित्र के एक भाग में षड्क्षर जप का माहात्म्य और फलश्रुति का उल्लेख है। षड्क्षर जप से देवग्रह,

मातृकाग्रह, राजग्रह, पृथ्वीपतिग्रह, मार यमराजग्रह, यक्षग्रह और गंधर्वग्रह की पराजय होती है। षड्क्षर जप से गृहघात, मातृकाघात, नागघात, पृथ्वीपतिघात, यमराजघात और यक्षघात की शांति होती है। षड्क्षर जप से सन्निपात रोग, ज्वर रोग, वातरोग, श्लेष्म रोग (कफ, बलगम) पित्तरोग आदि का नाश होता है। षडक्षर से व्याधिकल्प, अग्निकल्प, दुर्भिक्षकल्प, विषकल्प, शास्त्रकल्प, अकालमृत्युकल्प से मुक्ति मिलती है। षडक्षर जप से आयु सिद्धि, अरोग्य सिद्धि, श्री सिद्धि, प्रभाव सिद्धि, तेज: सिद्धि की प्राप्ति होती है। षड्क्षर के जप से असुरयोनि, तिर्यगयोनि (पशुयोनि) प्रेतयोनि, नरकयोनि का विच्छेद होता है। षड्क्षर जप से कायावरण, वागावरण, चिंतावरण, क्लेशावरण, वासनावरण, सर्वज्ञेयावरण की शुद्धि होती है। षड्क्षर जप से मोह, द्वेष, अंहकार, राग, ईर्ष्या नष्ट होते हैं। षड्क्षर जप से काय-समय, वाक्-समय, चित्त-समय, मूल-समय, अंग-समय आदि सर्वक्षीण समयों का निवारण होता है। षड्क्षर जप से संभार मार्ग, प्रयोग मार्ग, दर्शन मार्ग, भावना मार्ग, युगनद्ध मार्ग की प्राप्ति होती है। षड्क्षर जप के मूल में मंगल कामना है, 'इसके पुण्य से संपूर्ण जगत् की संतान में मोक्ष का बीज उत्पन्न हो'। इस देश का मनीषी भी तो मंत्र उच्चारते हुए 'सर्वे भवन्तु सुखिन:' की कामना करता है—और प्रार्थना करता है, 'स्वस्ति पन्थामनुचरेम्'। हम कल्याण मार्ग के पथिक हों।

इतनी ऊँचाई पर पहुँचकर अनुभव हुआ कि बहुत ऊँचाई पर बहुत देर नहीं रहा जा सकता है। बहुत ऊँचाई दूर से आकर्षित करती है और पास से भयभीत भी करती है। ऊँचाई प्राप्त करना संभव है। उसे बनाए रखना कठिन है। इसके लिए धैर्य, साहस, पराक्रम जिद सब चाहिए। वह केवल हिमालय के पास है। बहुत कुछ लाहौल वासियों के पास भी है। तभी तो जहाँ हमें डर लगता है, वे वहाँ घर बनाकर रहते हैं। खेती करते हैं। नौकरी करने नीचे भारत के मैदानी भागों में जाते हैं। लौटकर उन्हीं बर्फ से ढके और आत्मीयता की गरमाहट से उष्मित घरों में आते हैं। सेव के बगीचे उन्हें बुलाते हैं। लिलियम के पुष्पों की सुगंध उन्हें आकर्षित करती है। पहाड़ों का निरपराध जीवन उन्हें रह-रहकर संग-साथ चलने और जीने के लिए पुकारता है। हिमाचल प्रदेश अर्थात् हिमालय की भूमि के घरों में चोरी नहीं होती है। अपराध, लूटपाट, भगदड़, विरोध, विद्रोह नहीं होता है। कहीं पान-तंबाकू-गुटखा की दुकानें नहीं हैं। दुकानों-टपों पर युवाओं का निरुद्देश्य खड़ा समूह या हुजूम दिखाई नहीं देता है। सब अपने काम-से-काम रखते हैं। आपस में मिलने पर लोगों को राम-राम करते भी सुना है। हमारा वाहन चालक वाहन के टेप में पूरे चार दिनों तक भजन-विशेषकर रामचरितमानस की चौपाइयाँ और कबीरदास के दोहे,

श्रीराम स्तुति और हनुमान चालीसा ही बजाता रहा। शायद इसलिए भी कि मार्ग में पग-पग पर आसन्न दुर्घटनाएँ खड़ी हैं, उनसे सुरक्षित ईश्वर ही रख सकता है। मार्ग भी कठिन है। यहाँ जीवन भी कठिन है। जीवन संघर्षमय है। जीवन पुरुषार्थमय है। लगता है—इन्हीं हिमशिखरों में कहीं जटाएँ फैलाए शिव समाधिस्थ बैठे होंगे। हाँ सचमुच ऐसा ही आभास और विश्वास होता है।

इन्हीं पर्वतों के पुत्र अजय लाहौली कहते हैं—हमें सिखाया गया कि हमारी राष्ट्रभाषा हिंदी है। हिंदी को हमने दिल से स्वीकार किया है। सबसे शुद्ध हिंदी तो हिमाचल में ही बोलते हैं। हम नीचे जाते हैं तो कोई अवधी में बात करता है। कोई ब्रज में बोलता है। कोई बुंदेली, छत्तीसगढ़ी को अपनी भाषा कहता है। मराठी, गुजराती आदि अन्य भाषा-भाषी भी हैं। लेकिन हम राष्ट्रभाषा हिंदी में बात करते हैं। यह भूखंड कैसा भी है, लेकिन बहुत खूबसूरत है। यह नहीं होता तो नीचे का भारतीय भाग रेगिस्तान हो जाता। इस भूखंड ने बर्फीली हवाओं को रोककर नीचे के हिस्से को रेगिस्तान बनने से रोक दिया। लाहौल स्पीति में छह बोलियाँ बोली जाती हैं—तीनन, पटनी, पुनन, तोत्पा, लोहारी और चिनाली। इन बोलियों को बोलनेवाले आपस में एक-दूसरे की बोलियाँ नहीं समझते हैं। इनकी लिपियाँ नहीं हैं। इन सबके संप्रेषण की भाषा हिंदी है। हिंदी संपर्क भाषा है। हिंदी सबको जोड़नेवाली भाषा है। इसी हिंदी के माध्यम से लाहौल-स्पीति के निवासी शेष भारत से जुड़ते हैं। लाहौल-स्पीति से दो साहित्यिक पत्रिकाएँ अस्किनी और चंद्रताल निकलती हैं। 'अस्किनी' चिनाब का पुराना नाम है। सतीशलोपा, छेरिंग दोरजे, तोबदन, रामनाथ साहनी, अजेय, संजीव, शेरसिंह मोरपा, अनिल सहगल, शिवदयाल आदि साहित्यकार यहाँ की भूमि, जन, प्रकृति और संस्कृति को साहित्यिक अभिव्यक्ति दे रहे हैं। 'जाड़ा काटे सारा सोई-सोई, रातें काटें सारी रोई-रोई'।

तांदी से चंद्रभागा (चिनाब) के उत्तर तट से धुर पश्चिम को जाते समय अनेक छोटे-बड़े गाँव मिलते हैं। दूर पर्वत की तलहटी में चिनाब के किनारे पर बसा लाहौल का सबसे बड़ा गाँव घोशाल है। इस गाँव में लगभग 100 घर हैं। लाहौल से भारतीय प्रशासनिक सेवा और भारतीय पुलिस सेवा में सबसे अधिक व्यक्ति यहीं के हैं। अन्य गाँवों से भी इन उच्च सेवा पदों पर स्थापित हैं। लाहौल के अपने विश्वास हैं। मिथक हैं। टोने-टोटके हैं। आदिम कथाएँ हैं। वज्रधर हैं। वज्रयोगिनियाँ हैं। तंत्र-मंत्र हैं। साधना पद्धति है। उसी के बीच शिक्षा का दीप जल रहा है। यह शिक्षादीप वैचारिक खुलापन, जीवन विधि और सांस्कृतिक बोध को विस्तार दे रहा है।

जाहलमाँ गाँव में स्वागत होता है। हम किशनसिंह ठाकुर के घर जाते हैं। उनकी पत्नी, उनका बेटा जगदीश ठाकुर, उनकी बेटी सब सेवा-स्वागत को तत्पर हैं। लाहौल में स्वागत पुष्प और खदक देकर करते हैं। खदक छोटा दुपट्टे जैसा सफेद या गुलाबी या हल्का पीले रंग का अंग वस्त्र होता है। पेय में पहले नमकीन चाय फिर मीठी चाय पिलाते हैं। किशनसिंह ठाकुर कहते हैं—यहाँ छह महीने बर्फ जमी रहती है। छह महीने में ही बारह महीने का भोजन, पशुओं का चारा और अर्थव्यवस्था जुटानी पड़ती है। जब बर्फ जम जाती है, तब हम गायों, भेड़ों, बकरियों की सेवा करते हैं। पुराने घर लकड़ी के बने हैं। घरों के नीचे के भागों में पशुओं को बाँधते हैं। ऊपरी भागों में परिवार रहते हैं। पशु नीचे से घर को गरम रखते हैं। हम पशुओं की सेवा करते हैं। घास डालते हैं, गोबर फेंकते हैं। किशनसिंह ठाकुर जोर देकर कहते हैं—जहाँ गाय होती हैं, वहाँ की भूमि पवित्र होती है। जहाँ की भूमि पवित्र होती है, वहाँ सत्य होता है। जहाँ सत्य होता है, वहाँ सदाचरण और शांति होती है। लाहौल में सदाचरण है। शांति है। चिनाब उद्दाम-शांत बह रही है।

हिमाचल राज्य परिवहन की मोटरों (बसों) पर 'देवभूमि हिमाचल' लिखा रहता है। अनेक छोटे वाहनों पर हिंदी या अंग्रेजी में 'राजा घेपन की जय' लिखा पाया जाता है। सिस्सू गाँव चंद्रभागा के उत्तर तट पर पहाड़ों के बीच बसा हुआ छोटा सा सुंदर गाँव है। सड़क किनारे ही राजा घेपन का मंदिर है। घेपन लोक देवता है। मंदिर में धातु से बनी राजा घेपन की छोटी सी मूर्ति है। अन्य मूर्तियाँ भी हैं। वस्त्रों के रंगबिरंगे टुकड़ों से मंदिर की मूर्तियाँ परिधानित हैं। मंदिर के पुजारी कहते हैं—घेपन चार भाई थे—घेपन, जमदग्नि, शृंगि और पाराशर। बाद के तीन का तो पुराण साहित्य में वर्णन आता है। संभवत: घेपन हिमालय से नीचे ना जा पाए हों। अत: वे तत्कालीन ऋषियों के संपर्क में न आ पाए हों। लेकिन यह कहा जा सकता है कि घेपन राजा देव परिवार के हैं। आज वे घेपंग शिखर पर लोकदेवता के रूप में स्थापित हैं। उदयपुर की मृकुला देवी (काली देवी का एक रूप), त्रिलोकीनाथ के मंदिर में विराजित भगवान् शिव और भगवान् बुद्ध लाहौलवासियों की आस्था के केंद्र हैं। हिंदू और बौद्ध दोनों ही इन देव स्थानों पर आकर अपने भाव-पुष्प चढ़ाते हैं। एक मिलीजुली जीवन पद्धति और भक्तिभावना संपूर्ण लाहौल क्षेत्र में स्रोतस्विनी-सी बह रही है। भक्ति रस की शीतलता लिये चिनाब बह रही है।

लाहौल के पश्चिमी भाग में उदयपुर बसा हुआ है। चंद्रभागा यहाँ आकर अपना नाम चिनाब धारण कर लेती है। चिनाब यहाँ पुलिनशालिनी है। वह शांत है। फैल गई है। उस तक जा सकते हैं। स्नान-आचमन कर सकते हैं। दोनों ओर

समतल हरितभूमि भाग हैं। उसी हरित तृणसंकुल भूमि पर हँसता-खेलता-गाता उदयपुर है। पायजामा, चोलू (लंबा चोला) कोट पहने, परंपरागत टोपी लगाए पुरुष हैं। पायजामा, चोलू पहने सिर पर रूमाल (स्कार्फ) बाँधे स्त्रियाँ हैं। उनके गले में सोने की कंठी है, जिसमें फिरोजा, मूँगा, पोया हुआ है। कान में सोने या चाँदी का तड़का (कर्णफूल) है। हाथ में सोने-चाँदी के कंगन हैं। उँगलियों में सोने-चाँदी की सुरदूब (अँगूठी) पहने हैं। माँग में सिंदूर भरने, माथे पर बिंदी लगाने, पाँव में बिछिया पहनने का रिवाज नहीं है। संभवतः प्राकृतिक स्थितियों के कारण ऐसा हो। विवाह के समय दूलहा-दूलहन को हल्दी नहीं लगाई जाती है। पुराने समय में जब ये परंपराएँ बनी हैं, लाहौल में न तो हल्दी पैदा होती थी और न ही बाहर से आती थी। हल्दी यहाँ आज भी पैदा नहीं होती है। भूगोल भी संस्कृति को रचता है। लाहौल में प्रकृति और संस्कृति सृष्टि की हरी घास पर बैठकर आपस में बतिया रही हैं।

हम लाहौल के पश्चिमी भाग में स्थित आखिरी गाँव तिंदी तक जाते हैं। चिनाब के दक्षिण तट पर बसा पहाड़ की ममता की छाया में पला तिंदी छोटा सा ठेठ पहाड़ी गाँव है। इसका मूल नाम कुठाड़ है। जौ, आलू, मटर के खेतों को पार करते हुए लोग-लुगाइयों के पास जाते हैं। तिंदी की प्राथमिक शाला के छोटे प्रांगण में खड़े होकर तिंदी गाँव की सादगी, सौजन्य, आत्मीयता, सौंदर्य पर हम मुग्ध हैं। स्त्रियाँ काम कर रही हैं। सड़क बनाने हेतु पत्थर-रेत ला रही हैं। उन स्त्रियों के साथ किशोरियाँ भी काम कर रही हैं। हम उनका नाम पूछते हैं—उत्तर मिलता है, कविता, सुनीता, सुरुचि, सावित्री। दो बच्चे दौड़ते चले आते हैं, नाम बताते हैं—रोहित, मोहित। लाहौल में स्त्रियों का वर्चस्व है, खुलापन है, परदा नहीं है। हिमालय के खुले-पारदर्शी शिखरों सा खुला-खुला जीवन है। संपत्ति पर स्त्रियों का अधिकार है। परिवार के निर्णयों में उनका प्रभुत्व है। स्त्रियाँ नैसर्गिक सौंदर्य से विभूषित हैं। किशोरियाँ हँसते हुए बात करती हैं, तो लगता है—वृक्ष से टप-टप फूल झर रहे हों। या चाँदनी धुले आकाश में तारे छिटक गए हों। इतने पर भी सफेद बर्फीला भालू चुपके से सेब खा जाता है। आइस बेग (बर्फीला बकरा) चरने की लालच में बर्फीले पहाड़ों पर दौड़ता हुआ नीचे तक आ जाता है। सफेद तेंदुआ कभी-कभी झपट्टा मार देता है। पहाड़ों में फिर भी जीवन के अमृत-गीत गूँजते रहते हैं। चिनाब हिमालय की पर्वत शृंखलाओं में जल-उत्सव के गीत-गाते अगम दिशा में चली जाती है। हमारी यात्रा पूरी होती है। हम लौटते हैं।

यात्रा का आखिरी दिन है। यह भाद्रपद कृष्ण द्वादसी की स्वर्णिम भोर है।

आज गोवत्स द्वादसी है। 14 अगस्त, 2012 का पुण्य दिवस है। विश्रामगृह के प्रांगण में सूर्योदय से पहले की अरुणिमा में नहा रहा हूँ। सामने पर्वत शिखर पर बर्फ का मुकुट है। सूर्य की किरणें पड़ती हैं, धीरे-धीरे पूरा शिखर प्रकट हो जाता है। बर्फ और रवि-रश्मियाँ कुछ ऐसा कौतुक रचती हैं कि पूरा शिखर सोने जैसा लालिमायुक्त पीलाघम्म हो जाता है। जैसे स्वर्ण की वर्षा हो रही हो। ऐसा दृश्य जीवन में पहली बार देखा। मैं अवाक् हूँ। 'गिरा अनयन, नयन बिनु वाणी' की स्थिति हो गई है। आँखों से टप-टप अश्रुसुमन प्रकृति देवी के चरणों में अर्पित हो जाते हैं। हिम शिखरों को देखकर पांडवों के स्वर्गारोहण का प्रसंग स्मरण हो आता है। पांडवों का महाप्रस्थान-पथ महागिरि हिमवंत के इन्हीं शिखरों से होकर जाता होगा। पुण्य का उदय हुआ, सो इस देवभूमि तक आ सका। उसे मन की आँखों से देख सका। हिमालय देवालय है। यह ऋषियों, मुनियों, तपस्वियों, सिद्धों, योगियों, विरागियों की साधना भूमि है। यह परम सौंदर्यशाली, परम रम्य, शीतल, शांत, लालित्यमय है। यह भोगप्रद और मोक्षप्रद दोनों है। यह सरग-निसेनी है। हिमालय ईश्वरीय सौंदर्य का अनुपम अंग है। इसे कोटि-कोटि प्रणाम।

□

22

रोहतांग शिखर और नदी विपाशा

भारतवर्ष का प्राकृतिक और सांस्कृतिक वैभव अतुलनीय है। प्रकृति से संस्कृति निपजती है। दोनों का माँ-बेटी सरीखा संबंध है। जब-जब भी हिमालय की ओर दृष्टि जाती है; मन कौतूहल भरा प्रश्न करता है, यह किसका उल्लास शुभ्र हिममंडित शिखरों के मिस मुसकरा रहा है? किसके आनंद के लिए? हिमालय की भूमि को पग-पग जोहने और वानस्पतिक-प्राकृतिक जगत् से आत्मसात् होने के बाद उत्तर मिलता है—यह महाशक्ति परमाप्रकृति का उल्लास ही नदी, नद, भूधर, हिम और वनस्पति में स्फुरित हो रहा है; आदिदेव शिव के आनंद के लिए। शिव ज्ञान स्वरूप हैं। भगवती इच्छास्वरूप है। शिव ने सर्जन की इच्छा प्रकट की। इच्छा को साकार करने के लिए शिव ने अपनी ही शक्ति को क्रियारूप में प्रकट किया। आदिशक्ति ने यह संसार रचा, 'आदिशक्ति जेहि जग उपजाया।'

अहमेव वात इव प्रवाम्यारभमाणा भुवनानि विश्वा।
परो दिवा पर एना पृथिव्यैतावती महिना संबभूव॥

(ऋग्वेद, मंडल 10, अध्याय 10)

(मैं कारण रूप से जब समस्त विश्व की रचना आरंभ करती हूँ, तब दूसरों की प्रेरणा के बिना स्वयं ही वायु की भाँति चलती हूँ। स्वेच्छा से ही कर्म में प्रवृत्त होती हूँ। मैं पृथ्वी और आकाश दोनों से परे हूँ। अपनी महिमा से ही मैं ऐसी हुई हूँ।)

हिमाचल भगवती पार्वती का मायका है। कैलाश, पति-गेह है। इधर हिमाचल है। उधर कैलाश है। रोहतांग शिखर के इस पार दक्षिण में कुल्लू-मनाली है। उधर, उस पार उत्तर में लाहौल है। स्पीति है। लेह-लद्दाख है। रोहतांग अटल दीवार की

तरह स्थित हिमालय का ऐसा दुर्गम-विराट्-उच्चशिखर है, जो हिमालय की बर्फाच्छादित शृंखलाओं और मैदानी भागों को तोड़ता-जोड़ता है। रोहतांग के दक्षिण से प्रायः मैदानी भाग शुरू हो जाता है। उत्तर में चंद्र, भागा है। दोनों तांदी में मिलती हैं। मिलकर चिनाब बनती है। पश्चिम की ओर बहती-बहती सिंधु नद में समा जाती हैं। इन्हीं के सौंदर्य को समेटे तटों के किनारे-किनारे हिमाच्छादित शिखरों की गोद में लाहौल-स्पीति नाम-रूपधारी भारतवर्ष का अनुपम संस्कृति-जगत् बसा हुआ है।

समुद्र सतह से रोहतांग शिखर (रोहतांग पास) 13,050 फीट की ऊँचाई पर है। मनाली से लेह-लद्दाख जानेवाले मार्ग को इसने सैनिकों के जाने के लिए जगह दी है, वरना यह तो अक्खड़-दुर्जेय घाटी है। व्यास को अपने ऊपर मोतियों के चमकते धवल हार जैसा धारण करनेवाला यह रोहतांग शिखर मध्य हिमालय का बहुत भयानक और बहुत आकर्षक शिखर है। इसी के शीर्ष से पुराण-प्रसिद्ध नदी व्यास निकलती है। वेदव्यास के समग्र चिंतन और महाभारत के आदि कथानक को धवल जल-बिंदुओं की सघनता में प्रवाह देने वाली व्यास बह रही है। झरती हुई, दौड़ती हुई, उछलती हुई, खड्डों-खाइयों में डूबती-उतराती हुई, दहाड़ती हुई, पत्थरों को पछाड़ती हुई, तटों को हरियाती हुई, मानव को अपनी शुभ्र तरलता से शृंगारित करती हुई व्यास नदी ज्ञानधारा सी अनादि, अनश्वर, अविराम बह रही है। सैकड़ों निर्झरों, बर्फ-नदों को आमंत्रित करती, स्वयं में समाहित करती व्यास मनाली में मनालसु को अपने अंक में भरकर और उल्लसित तथा वेगवान हो उठती है। धारा के पास बैठे भूरे-धवल गोल पत्थर बटुकों की तरह आचमन करते नदी-गीत सुन रहे हैं। किनारे के देवदारु अपनी सँवलाई हरियाली और स्फीत यौवन भरी देहयष्टि से संपूर्ण कुल्लू-मनाली की घाटी को आरण्यक-सुषमा देते हैं। टप्प से सेवफल टपकता है और व्यास की हथेली पर बैठ जाता है। व्यास के दोनों तट सेव के बगीचों में जीवन-रस और प्रकृति-सौंदर्य के प्रतिमान ढूँढ़ने लगते हैं। दूर कुल्लू के सामने की पहाड़ी पर आसमान की ऊँचाई से बिजली-महादेव के मंदिर की घंटा-ध्वनि उतरकर व्यास के पुलिनों पर विश्राम करने लगती है। प्रकृति देवी की प्रार्थना में देवदारु अविचल-अखंड खड़े हैं। व्यास आरती गाती, बूँद-बूँद से अभिषेक करती नृत्यमय भंगिमा में बहती चली जा रही है।

व्यास हिमालय को संस्कृति-संस्कार देती है। वह जल को आकार देती है। पहाड़ों को उत्सव देती है। धरती को शील देती है। तटों को तीर्थ देती है। विकास को विद्युत् देती है। प्रकृति को सौंदर्य देती है। आकाश को आमंत्रण देती है। बादलों

के आनंदाश्रुओं को अपने धारा-घट में स्थान देती है। रोहतांग के उच्च-धूसर मस्तक पर जल की धारा से प्रभामय तिलक करती है। यह हिमालय के अकुंठ विश्वास की तरह पृथ्वी पर विहँस रही है।

अचानक दृष्टि व्यास के उत्तर तट पर लकड़ी से बने छोटे से मंदिर पर जाकर अटक जाती है। यह वशिष्ठ ऋषि का मंदिर है। पास में गरम पानी का प्राकृतिक कुंड है। प्रकृति ने मौसम और भौगोलिक स्थितियों के अनुकूल सब व्यवस्थाएँ कर रखी हैं। इस ठंडे भाग में स्नान-आचमन के लिए गरम जल का स्रोत पैदा कर रखा है। वशिष्ठ मंदिर को देखकर स्मृतियाँ त्रेतायुग में पंखपसार उड़कर चली जाती हैं। वशिष्ठ पुत्र-शोक से विह्वल हैं। ज्ञान-ध्यान, योग-तप एक क्षण के लिए दुबक जाते हैं। जीवन में शून्य गहराता है। सुई-पटक सन्नाटा जन्म-मृत्यु के बीच पसर जाता है। जीने का अर्थ मुट्ठी की रेत-सा खिसक जाता है। वशिष्ठ कावरे-बावरे होकर स्वयं को रस्सी में बाँधकर यहीं-कहीं व्यास की गोद में बैठ जाते हैं। गहर-गंभीरा व्यास गुरु वशिष्ठ को सांत्वना देती है, प्रबोधती है, पाशमुक्त करती है, किनारे लगाती है। तब से यह व्यास नदी विपाशा कहलाती है। अगगम-पच्छम काल के विचारक गुणी गुरु वशिष्ठ यहीं विपाशा के शीतल, हरित, तरल पुलिन पर अपनी मंदिर-मढ़ैया में ध्यानस्थ स्थित हैं।

वशिष्ठ की मढैया के सामने से जानेवाला मार्ग ही रोहतांग शिखर को जाता है। मनाली से रोहतांग 51 कि.मी. की दूरी पर है। व्यास को आड़े-टेढ़े मार्ग से चलते हुए तीन बार पार करना पड़ता है। मनाली से रोहतांग शिखर और व्यासकुंड तक जाते हुए सड़क के 60 मोड़ हैं। न कम, न ज्यादा, पूरे 60 मोड़। प्रत्येक शिखर होड़ लगाता प्रतीत होता है। प्रत्येक मोड़ पर जी धक् से होता है। कोई शक्ति है, जो ऊपर ले जाकर नीचे तक सुरक्षित ले आती है। कोई जियावणहार है, जो प्रत्येक भयानक को सामान्य करता हुआ मोटर के स्टेयरिंग और चकों के नीचे की मिट्टी को सँभाले रहता है। वरना शीशा टूटने में देर नहीं लगे; और जीवन की माला के मोती रोहतांग की अनमापी गहरी घाटियों में ऐसे बिखरे कि एक को भी समेट न पाएँ। ईश्वर है, तभी तो हम हैं, सृष्टि है।

रोहतांग शिखर (दर्रा) को स्पर्शकर, व्यास के उद्‍गम को देखकर और वेदव्यास की मढ़ैया में बैठी मौन प्रतिमा को प्रणामकर दोपहर 3-4 बजे से पहले ही या तो लौट आएँ या रोहतांग के उस पार लाहौल को चले जाएँ, अन्यथा भीषण हवाओं, तेज दौड़ते बादलों, लपट-झपटकर पछाड़ने को आतुर झंझावातों और घुप्प अंधेरे की चपेट से जीवन को चाहकर भी बचा-पाना मुश्किल है। सड़क मार्ग और

सुरक्षित जीवन की अनेक यंत्रिकाएँ होने के बाद आज भी रोहतांग शिखर पर काल का अनावृत्त नर्तन है; तब सैकड़ों-हजारों वर्षों पहले की स्थिति की कल्पना में रोहतांग शिखर पार करता विवश, असहाय और प्रकृति के भरोसे टिमटिमाता जीवन सूखे पत्ते-सा झरता और कागज की तरह गलता अनुमान होता है। मौत से बचकर पार हो गया तो पराक्रम और भाग्य; यदि मृत्यु की गोद में चिर निद्रामय हो गया तो क्षणभंगुरता की विजय। इसीलिए पुराने समय में यह शव-स्थान के नाम से जाना जाता था। रोहतांग 'भोटी मूल' का शब्द है। 'भोटी' भाषा तिब्बत और लेह-लद्दाख की भाषा है। बौद्ध भाषा है। भोटी भाषा में इस दुर्गम पर्वत को 'रोथङला' कहते हैं। 'रो' का अर्थ है—शव; 'थङ' का अर्थ है—स्थान या मैदान। 'ला' का अर्थ है शिखर, घाटी या दर्रा। रोथड़ का अर्थ हुआ शव का मैदान। इस शिखर (पहाड़) को पार करते-करते पुराकाल में शव बिछ जाते थे। रोहतांग के शीर्ष पर अभी भी आवास की स्थिति नहीं है। एक विवर्ण-ठंडा सन्नाटा दूर-दूर तक फैला है। जीवन की क्षीण आशा सी व्यास शांत-कलकल बह रही है।

वेदव्यास की वाणी शिखरों में गूँजती है। महाभारत के अनुशासन पर्व में भृगतुंग के माहात्म्य का वर्णन महामुनि अंगिरा महर्षि गौतम से करते हुए कहते हैं— 'जो लालसाहीन होकर तीन रात तक भोजन का त्यागकर भृगुतुंग के महानद में स्नान करता है; आचमन करता है, वह ब्रह्महत्या के पाप से मुक्त हो जाता है।' 'कुलूत देश की कहानी' के लेखक लालचंद प्रार्थी भृगुतुंग का अपभ्रंश रोहतांग को मानते हैं। कुल्लू-मनाली और लाहौल-स्पीति में यह विश्वास प्रचलित है कि पांडवों के स्वर्गारोहण का पथ भी यहीं से था। द्रौपदी जब श्लथ होकर हिमाच्छादित भूमि पर गिर पड़ी थी और प्राण देह त्याग स्वर्ग को चले गए थे, तो उनका अंतिम संस्कार तांदी में ही किया गया था। तांदी में चंद्र और भागा नदियों का संगम है। यह महाश्मशान भूमि है। तांत्रिक भूमि है। लोगों का कहना है कि भृगुतुंग पहुँचते-पहुँचते धर्मराज युधिष्ठिर और उनके श्वान को छोड़कर सभी पांडव बर्फ में गलकर गिर पड़े थे। सभी का अंतिम संस्कार चंद्र-भागा के संगम तांदी में किया गया था। यह पांडवों के शवों का स्थान भी है। महाभारत के महाप्रस्थानिक पर्व में युधिष्ठिर अर्जुन को काल की प्रबल महत्ता समझाते हैं; फिर भाइयों और पत्नी सहित हिमालय को महाप्रस्थान करते हैं। उत्तर दिशा में नगाधिराज का दर्शन करते हैं। वे महत्शैल सुमेरु शिखर के भी दर्शन करते हैं। एक-एक महाप्रयाण भी करते जाते हैं। धर्मराज युधिष्ठिर और उनका कुत्ता सशरीर स्वर्ग जाते हैं। स्वर्गारोहण पथ पूर्ण होता है।

हिमालय और रोहतांग शिखर को देखकर महाजलप्लावन की महाघटना

मस्तिष्क-तंतुओं से टकराती है। महाजलप्लावन की घटना में हिमगिरि के उत्तुंग शिखर का वर्णन है। कालिदास के 'कुमारसंभव' के वर्णन की भी प्राकृतिक स्थली यही है। भारतीय अनेक ग्रंथों में उत्तुंगशिखर पर एक 'तरुण तपस्वी' की साधना का प्रसंग आता है। साधनारत यह 'तरुण तपस्वी' संभवतः आदिपुरुष मनु हैं; जो जलप्लावन के बाद अपनी नौका को हिमगिरि के उत्तुंग शिखर पर महावट से बँधी पाते हैं। इस महावट के दर्शन वर्तमान में रोहतांग प्रक्षेत्र में नहीं होते हैं। हाँ 'वटवृक्ष' शिमला से कांगडा जाते समय, वहाँ के उच्च शिखरों के मध्यभाग में अत्यंत विरल(इक्का-दुक्का) मिलते हैं। शतपथ ब्राह्मण में मनु की नाव 'उत्तरगिरेर्मनोरवसर्पण' पर एक महावृक्ष से बँधी होती है, ऐसा वर्णित है। महाजलप्लावन के समय मनु की नाव बिना पतवार की थी। महामत्स्य की चपेट या धक्क से वह उत्तरगिरि के सिर से टकराती है। 'कोशोत्सव स्मारक संग्रह-ग्रंथ' के निबंध में महाकवि जयशंकरप्रसाद कहते हैं, "मेरु और उसके पास ही उत्तरकुरु का वर्णन है। कई प्राचीन ग्रंथों में मेरु के समीप ही उत्तरकुरु का नाम आने से प्रतीत होता है कि ये दोनों देश और पर्वत आसपास हैं। उत्तरकुरु प्रदेश भारतीय उपाख्यानों में पवित्र और पूर्वजों का देश कहा गया है। भीष्मपर्व में इसका विशद वर्णन है। वहाँ के लोग शुक्ल वर्ण (गौर) अभिजात, संपन्न, नीरोग और दीर्घजीवी होते थे।" लाहौल स्पीति के लोग ऐसे ही होते हैं। वृहत्संहिता में भी उल्लेख है—

उत्तरतः कैलासो हिमवान वसुमान गिरिर्धनुष्मांश्च।
क्रौञ्चोमेरुः कुरवो तथोत्तराः क्षुद्रमीनाश्व॥ 14/24

रोहतांग जैसे अनेक शिखर, हिमवान, महिमावान हैं। कुछ हरे-हरे हैं। कुछ पत्थर देह हैं। कुछ हजारों वर्षों से बर्फ से ढके हैं। जब से उनका जन्म हुआ, तब से उन्होंने हिममणि धारण कर रखी है। कहा जाता है कि सौ वर्ष तक बर्फ जमी रह जाए, तो वह मणि हो जाती है। यहाँ तो हिमालय के जन्म के समय से बर्फ जमी है। सारी बर्फ मणि-तुल्य हो गई है। उन हिममंडित मणिशिखरों पर मणि लेने कौन जा सकता है? दुर्गम, अलंघ्य, असंभव, अकल्पनीय, असाध्य है। उन नील मणियों को पाने में झंझावात और शीत से शरीर ही नीला पड़ जाएगा। देह बर्फखंड बनकर रह जाएगी। इसलिए कंपित स्नायुओं से नीलमणि पर्वतों को प्रणाम करता हूँ। उनकी ज्योति को आँखों में भरता हूँ। रोम-रोम से उन स्वर्ण-नील शिखरों की आभा के रस को पीता हूँ। तृप्त होता हूँ। यात्रा का पुण्य मानता हूँ। हिमालय की माटी को माथे से लगाता हूँ। बैखरी गा उठती है, 'भूमि शिला है, भूमि धूल है, प्रस्तर है, अपार गिरि-शैल से सुशोभित है, इसके अनेक रूप हैं, यह धर्म का आधार लेकर टिकी

है। यह सुवर्ण की मनोहर खान है। जिसका आँचल अभिराम है; उस पृथ्वी देवी को हम सब सादर प्रणाम करते हैं'—

शिला भूमिरश्मा पांसुः सा भूमिः संधृता धृता।
तस्यै हिरण्यवक्षसे पृथिव्या अकरं नमः॥

(—पृथ्वीसूक्त, 12/26)

मन हुमस-हुमस कर जानना चाहता है रोहतांग शिखर के उस पार का जीवन कैसा है? संस्कार, संस्कृति, आचरण, धर्म, दर्शन, जीवन का वास्तव कैसा है? दृष्टि जाती है। चंद्र नदी है, भागा है, लाहौल है, स्पीति है। शिखर-ही-शिखर हैं। बौद्ध मठ हैं। गोनपा (बौद्ध मंदिर) हैं। तांदी के पास बौद्ध गोनपा में 'तत्त्व संग्रह' ग्रंथ रखा है। यह ग्रंथ बौद्ध भिक्षु शांतरक्षित द्वारा रचित है। शांतरक्षित सातवीं शताब्दी में विक्रमशिला से तिब्बत गए थे। रास्ते में उन्होंने लोगों को शिक्षा दी। भिक्षु संस्कारों से दीक्षित किया। अंत में निर्वाण को प्राप्त हुए। वे बोधिसत्व के समान थे। दूसरे आचार्य पद्मसंभव हुए, जिन्होंने तिब्बत में महायान पंथ का प्रचार कर उसे सुदृढ किया। कहा जाता है कि पद्मसंभव हिमाचल प्रांत के रिवालसर के निवासी थे। संभवतः उनका तिब्बत जाने का मार्ग भी रोहतांग शिखरवाला ही रहा होगा। पद्मसंभव उन आचार्यों में प्रमुख हैं, जिन्होंने विशाल भारत से धर्म-शिक्षा और तंत्र-विद्या को लेह-लद्दाख और तिब्बत में पहुँचाया। धर्मप्रचार, आचार व्यवहार से वनखंडों और हिमखंडों में ठंडाते जीवन को ज्योतिमय करने की अदम्य सद्इच्छा इनके भीतर पलती रही। भगवान् बुद्ध की सम्यक् दृष्टि और सम्यक् ज्ञान की राह पर चलते-चलते इन्हीं पर्वत शिखरों में खो गए। लिखा हुआ शब्द और कही हुई बात आज भी इन पर्वतमालाओं में बसे-धड़कते जीवन के संग-साथ है। पर्वत शिखर से झरना टूटकर घाटी में, फिर नदी में और फिर समुद्र में समाहित हो रहा है। देवदारु मौन हैं। आकाश हँस रहा है। माटी की प्रतिमा स्थितिप्रज्ञ है। कोई पक्षी आकाश में उड़ रहा है।

रोहतांग शिखर की खोज और लोगों को उसके पहली बार दिखाई देने के बारे में कुल्लू में किंवदंती प्रचलित है। कहते हैं कि पहले, बहुत पहले लाहौल-स्पीति और कुल्लू-मनाली के बीच कोई राह नहीं थी। एक दुनिया इस पार थी। एक दुनिया उस पार थी। लाहौल-स्पीति के लोग बहुत उदास थे। सीमित क्षेत्र था। सिमटा-सिमटा जीवन था। हवाओं और चिड़ियाओं ने उन्हें पर्वत के उस पार की समृद्ध, सुखी, संपन्न, मैदानी दुनिया के विषय में बताया था। उन्होंने पर्वत पार करने

के बार-बार प्रयास किए, परंतु कोई जतन न सफल हो पाया। रास्ता नहीं मिल सका। पर मृणमय देहधारी मानव ने कब हार मानी है? पुरुषार्थ हारा, तो देवधामी, पूजा-अर्चना, तप-उपासना की झीनी-झीनी चमकती राह उसे दिखाई दी। हवाओं और चिड़ियाओं की बातें उसे बराबर याद रही कि उस पार मैदान की दुनिया माल-खजाने से भरी है। अत: पार जाने की आकांक्षाओं को भी पंख फूट आए। लोगों ने पर्वतनिवासी और पर्वतविहारी देव भगवान् शिव से प्रार्थना कर मार्ग चाहा। लोगों ने अनेक जतन कर शिव को प्रसन्न करना चाहा। शिव नहीं प्रकटे। न मार्ग मिला। तब पुजारी सहित सभी लोगों ने शिव की करुण स्वर में स्तुति की। शिव प्रकट हुए। कहा—तुम्हारी आराधना से हम प्रसन्न हैं। तुम लोग पर्वत लाँघ सकते हो। रास्ता मैं बनाऊँगा। लेकिन राह बनाते समय तेज हवाएँ चलेंगी। बवंडर उठेंगे। शिखर धसकेंगे। पत्थर टूटेंगे। तुम उनसे बचकर रहना। अपने को हर प्रयत्न से सुरक्षित रखना। लोगों ने ऐसा ही किया। स्वयं को दुबकाए रखा।

शिव ने घोर गर्जना की। उत्तुंग गिरिशिखर पर चरण रख उन्होंने अपने दंड से प्रचंड प्रहार किया। अटल-अचल पर्वत में कंपन हुआ। शिखर विचलित हो उठे। प्रबल वेग से पवन उठा। आकाश झुका। घटाएँ घिरीं। शिखर धसके। निर्झर टूटे। वृक्ष विनसे। पक्षी टपके। सूर्य-रथ के सप्त अश्व ठिठके। पृथ्वी अपने भीतर की गड़गड़ाहट से आलोड़ित हो उठी। वाक् अवाक् हुई। झंझा, घोर-गर्जन स्तब्धता ने मिलकर क्षणभर के लिए तांडव रच डाला। और फिर प्रशांत नीरवता। सब चुप-चुप। मौन। अचकचाए। जिज्ञासु। उल्लसित। धुँधलका छटा। ज्योति किरण ने धरती के मस्तक पर बिंदी लगाई। लोगों ने देखा-सामने रोहतांग शिखर है।

लाहौल निवासियों के जीवन में भी रोहतांग अनगढ़, किस्से, कहानियों के माध्यम से गनगनाहट पैदा करता रहा है। लाहौलियों की धारणा में रोटांगला एक अनमापी और अलंघ्य पर्वत-बाधा थी। एक समय की बात है—पश्चिमी तिब्बत में ग्यलपो गेसर नामक राजा था। वह बड़ा प्रतापी, पुरुषार्थी और महात्त्वाकांक्षी था। उसके पास एक थुरु क्यङ्पों नाम का पराक्रमी घोड़ा था। वह उड़नघोड़ा था। वह घोड़ा उड़ सकता था। या उसकी गति इतनी तीव्र थी कि वह दौड़ता था, तो उड़ते हुए प्रतीत होता था। पहाड़ों, शिखरों पर वह एक पहाड़ से दूसरे, एक शिखर से दूसरे शिखर पर छलाँग लगा लेता था। एक बार वह राजा घोड़े पर सवार होकर लाहौल आया। राजा के साथ अने गुरनम ग्यलमो नामक देवी भी थी। राजा और देवी ने घोड़े सहित लाहौल को देखा। चंद्र-भागा को देखा। बर्फ ढकी पर्वतमालाओं को देखा। सुंदर, पुष्ट, गौर, सहज, सरल, स्मितयुक्त लोग-लुगाइयों, बच्चों-बूढ़ों

को देखा। कोकसर में चंद्र नदी के बहाव को देखा और अचानक ऊँचे, बहुत ऊँचे गिरि-उत्तुंग को देखा। उसके पराक्रम ने पर्वत की चुनौती को मन-ही-मन अभिमान की बूँद में घुलते हुए अनुभव की। उसने अपने जादुई कोड़े से पर्वत की चोटी पर फटकार लगाई। देखते-देखते कोकसर के पास उस शिखर पर की भूमि अपनी सुई-आकृति से धसककर हथेली की आकृति सी बराबर उसी ऊँचाई पर हो गई। एक राह बन गई। उत्तर-दक्षिण का मार्ग खुल गया। भारतवर्ष का आँगन और चौड़ा, बड़ा तथा मणिपूरक चौक से फब उठा।

अब के 'रोहतांग पास' और तब के 'रोहतांगला' के बीच बहुत अंतर आ गया है। अब यह शवस्थान नहीं रहा है। आमोद-प्रमोद, भ्रमण-मनोरंजन का आकर्षण-स्थल बन चुका है। इसकी मिट्टी को आच्छादित किए हुए छोटी घास या बेल जैसी बिछी वनस्पति औषधि बनाने के काम आ रही है। लेह-लद्दाख की सीमा तक सैनिकों की भोजन सामग्री ले जानेवाले भारी-भारी ट्रकों की आवाजाही, पर्यटकों के वाहनों, सड़क सुधारक मजदूरों और सड़क चौड़ी करनेवाली मशीनों से पूरा रोहतांग कोलाहल से भरा कच्च-मच्च हो गया है। अब यह अजेय या दुर्जेय नहीं रहा। सब कहीं मनुष्य, कौओं, गायों, खच्चरों, भेड़ों, बकरियों की पदचापों से कूजित है। रोहतांग के हर मोड़ पर या बीच में चाय बेचनेवाले, मक्का के भुट्टे बेचनेवाले, मूँगफली के सिंगदाने बेचनेवाले की भूख-मिटाती कर्णप्रिय ध्वनि सुनाई देती है। मढ़ी में अनेक दुकानें सज उठी हैं। नाना प्रकार के व्यंजन हैं। भोजन हैं। बस अड्डा है। नकली पंख लगाकर उड़ने का अभ्यास करानेवाले प्रशिक्षक समूह हैं। मढ़ी के नीचे समतल पर व्यास नदी पर ऊँचा-चौड़ा पुल बनानेवाली आधुनिक तकनीक है। पनबिजली बनाने का उपक्रम है। मनाली से लाहौल तक रोहतांग शिखर के पेट को कुरेदकर, फोड़कर बनाई जा रही एशिया की सबसे बड़ी 11 कि.मी. लंबी सुरंग है। पहाड़ है, जल है, नदी है। रोहतांग शिखर है। इन सबके बीच निरंतर चलता, आगे बढ़ता जीवन है। मनुष्य का पराक्रम है। पराक्रमी मनुष्य के माथे से इस शीत-स्थल में भी पसीना टपक रहा है। पसीना व्यास के पानी में घुल रहा है। व्यास बह रही है। बहती ही जा रही है।

मैं रोहतांग से लौट रहा हूँ। व्यास के संग-साथ चल रहा हूँ। ऊँचाई से उतर रहा हूँ। आकाश से धरती पर उतर रहा हूँ। धरती के प्राणी को तो धरती पर ही अच्छा लगता है। अधिक ऊँचाई पर बहुत देर तक स्थिर नहीं रहा जा सकता है। रोहतांग पर तो बिल्कुल भी नहीं। मैं लौट रहा हूँ, पर रोहतांग आँखों में बसा है। शीत, शांति, सौंदर्य सबको चाहता हूँ, खीसे में रख लूँ। खीसा छोटा है और शीत,

शांति, सौंदर्य अपार है। भोजपत्रों पर लिखे धर्मवाक्य आँखों में, स्मृति में अटके हैं। देवदारु की देवत्व-काया लुभाती है। विपाशा से पाशमुक्त करने की प्रार्थना करता हूँ। पाश-मुक्ति हो जाए तो रोहतांग शिखर की उजास में जीवन के अक्षर पढ़ सकूँ। जन्म-मृत्यु के प्रश्न सरल हैं, लेकिन उत्तरों की खोज बहुत कठिन है। जीवन पुण्य है; मृत्यु उत्सव। हिमवंत अटल है, विपाशा तरल-चपल है। पृथ्वी के अरण्य में हिमालय विविधवर्णी पुष्प की भाँति पाँखुरी-पाँखुरी खिला है। पुण्यभूमि को प्रणाम।

□

23

श्रीलंका में रामकथा और शिव आराधना के पुण्य प्रसंग

जीवन का पुण्य प्रगट हुआ। भारत से श्रीलंका की यात्रा पर जा सका। अखिल भारतीय साहित्य परिषद् के देश के जाने-माने विद्वानों के ग्यारह सदस्यीय दल में, मैं भी एक हूँ। मन में उंमग है कि बचपन से रामचरितमानस में जिन रामकथा के प्रसंगों को पढ़ता-गुनता-कल्पना करता रहा हूँ, उन स्थलों को भर आँखों से देखने का अवसर है। उन स्थलों पर पाँव-पाँव चलने का सुख है। यात्राएँ उत्साहित करती हैं। यात्राएँ समृद्ध करती हैं। यात्राएँ आमंत्रित करती हैं। यात्राएँ स्वागत करती हैं। यात्राएँ भावों से आर्द्र करती हैं। यात्राएँ विचारों से संबल देती हैं। यात्राएँ निरंतर हैं। यात्राएँ कभी समाप्त नहीं होती हैं। समाप्त होने के बाद भी यात्राएँ मानस में जारी रहती हैं। यात्राएँ स्मृतियों में घुमड़ती रहती हैं। यात्राएँ यदा-कदा-हमेशा जीवन के आँगन में झाँकती रहती हैं। यात्राएँ संग-साथ चलती ही रहती हैं।

रामकथा मंदाकिनी, रामकथा कलि कलुष निकंदिनी, रामकथा कलि पन्नग भरनी, रामकथा सुंदर करतारी आदि-आदि पदबंधों के अरण्य-कपाट खोलने का बार-बार प्रयास करता हूँ। द्वार तक ही अटक जाता हूँ। शब्दार्थ की देहरी लाँघ, गूढ़ार्थ के अंत: कक्ष में प्रवेश नहीं कर पाता हूँ। वह अर्थ-गर्भ-कक्ष जहाँ मधुर-मधुर नीला प्रकाश दसों दिशाओं में फैला हुआ है। उस नील सरोरुह, नीलमणि, नील नीरधर श्याम-आलोक के वृत्त के भीतर सूरज-चाँद, पृथ्वी-समुद्र, जल-थल-नभ, जीव-जंतु, कृमि-कीट, दग्गड़-पत्थर-वनस्पति, जड़-चेतन, अग-जग सब कुछ समाया हुआ है। अरण्य-कपाट खुल भी जाते हैं, तो भी देहरी लाँघकर

भीतर जाने में औत्सुक्य भय सामने आ जाता है। तब लगता है उस नीलाग्नि प्रस्फुटित अपरिमित ज्योति को दो भौतिक नेत्रों से क्या झेल पाऊँगा? बिनु गुरु होई कि ज्ञान, ज्ञान कि होई विराग बिनु।

देश और काल के ध्रुवों के बीच रामकथा के अन्वय को देखा और अनुभव किया जा सकता है। देश के संबंध में रामकथा के प्रसार को संकेतित करते हुए कहा है, 'रामकथा कै मिति जग नाहीं।' काल के संबंध में कही गई प्रमाणक बात को पढ़कर मति भौंचक रह जाती है, 'कलपभेद हरिचरित सुहाए'। आगे कहा गया है- 'राम अनंत-अनंत गुन, अमित कथा विस्तार'। 'कल्प-कल्प लगि प्रभु अवतरेहूँ।' यह एक युग, एक कल्प की कथा नहीं है। यह सृष्टि की सनातन कथा है। सृष्टि के रचयिता का लीला विस्तार है। इसकी व्यापकता देश-काल में अवस्थित और उपस्थित समस्त जीव-सृष्टि में भी प्रमाणित की है—आकर चार लाख चौरासी, जाति जीव जल थल नभ वासी। सीय राम मय सब जग जानी। यह भाव भेद को मिटाकर 'आत्मवत् सर्वभूतेषू' की अखंड अद्वैतता प्रतिपादित करता है। इसलिए काल की निरंतरता के साथ-साथ रामकथा निरंतर हैं। यह इतिहास के कोट-कँगूरों के भीतर बँधकर साँस-उसाँस लेनेवाली कथा नहीं है। यह सिंधु का संतरण कर देश की सीमाओं का अतिक्रमण करती राष्ट्रबोध और राष्ट्रधर्म की कथा है।

जैसे वायुमंडल में हवाओं के साथ रज-कण उड़ते चले जाते हैं—दूर-दूर, देश-विदेश तक। जैसे सुमनों की सुगंध दौड़ती चली जाती है—बागों, उपवनों, वनों, वतांतों, खेतों, पहाड़ों तक। जैसे माँ की ममता की यादें चली आती हैं—दूर देश-विदेश में सिसकते एकांतिक क्षणों तक। जैसे विद्वानों की कीर्ति फैलती चली जाती है—भौगोलिक सरहदों को लाँघती दूर-दूर तक सर्वत्र। जैसे सिंधु की सतह से उठकर बादल चला जाता है—पर्वतों-पहाड़ों, वनखंडों को पार करता हुआ सूखी-प्यासी धरती तक। जैसे ऋतु का संदेश पाकर कोकिल कूकती है और भारतवर्ष की भूमि के पार तक आम्रपल्लवों से बौर झाँकने लगते हैं। वैसे ही रामकथा जनभावों की लहरियों पर आसीन होकर जन-गण-मन को जोड़ती हुई समुद्र पार तक चली जाती है।

समुद्र पार श्रीलंका है। यह भारतवर्ष का ही सुंदर अंग रहा है। अब स्वतंत्र देश है। श्रीलंका दक्षिण बिंदु है रामकथा का और अंतिम प्रसंग भी। राम की यात्रा, कीर्तियात्रा, जययात्रा, मर्यादायात्रा पुरुषोत्तमी यात्रा अयोध्या से प्रारंभ होती है और अपना उत्कर्ष श्रीलंका में प्राप्त करती है। अनगिनत काँकर-पाथर, सिकता-कण और माटी-कण श्रीलंका में रामकथा और शिवआराधना के पुण्य-प्रसंग उद्भाषित

कर रहे हैं। उन्हीं के मुख से निस्रत मर्मकथा को सुनने के लिए मैं ठौर-ठौर ठिठक रहा हूँ। आर्द्र हो रहा हूँ। पूरित हो रहा हूँ। धन्य हो रहा हूँ।

ऊँ नमः शिवाय और श्रीराम शरणं मम् के साथ ही सर्वत्र बुद्धं शरणं गच्छामि, घम्मं शरणं गच्छामि के प्रार्थना-स्वर सुनाई देते हैं। इस पार भारत में रामेश्वरम् है। धनुषकोटि और मन्नारतलाई के तटों को रामसेतु जोड़ता है। मन्नारतलाई से भारत तक समुद्र में एक हल्की पतली सी रेखा जल के तल में दिखाई देती है। यहाँ समुद्र उथला है। कहीं-कहीं भूमि के टुकड़े जल में डूबते-निकलते देखे जा सकते हैं। यही रामसेतु का स्थल है। यही रामसेतु के अवशेष हैं। यही समुद्र-पथ है। मन्नार श्रीलंका का वह तट है, जहाँ रामसेना समुद्र पारकर पहली बार श्रीलंका की भूमि पर गर्जना करती है। अब यहाँ श्रीलंका की नौसेना का छोटा सा किंतु सतर्क अड्डा है। यहाँ से रामेश्वरम् की दूरी मात्र 18 किलोमीटर है। समुद्र पार यहाँ से हल्का-हल्का भारत दिखाई देता है। प्रकाश-स्तंभ दिखाई देते हैं। समुद्र का विस्तार है। भारत-श्रीलंका दो भूमि-खंड हैं। समुद्र उन्हें जोड़ रहा है। एक हाथ से भारत और दूसरे हाथ से श्रीलंका को थपथपा रहा है। जल के मन में दीवार नहीं है। वह तरल है। इसलिए अभेद-अफाँक है। रामसेतु दोनों देशों का सांस्कृतिक सेतु भी है। सीताजी आकाश-मार्ग से रावण के द्वारा श्रीलंका ले जाई जाती हैं। राम भूमि मार्ग से सेतु पर चलकर श्रीलंका पधारते हैं।

तिरुकोणेश्वर समुद्र-तट के पाषाण-पर्वत पर घने वटों की छाया में बना शिव मंदिर है। इसके तीन तरफ गहरा-नीला समुद्र सोया हुआ है। समुद्र जब जागता है, तो पाषाण-पहाड़ी के पैरों पर, कमर पर, जंघाओं पर थपेड़-थपेड़ चोट करता है। पहाड़ी अनादि काल से अडिग-अविचल है। महादेव गर्भगृह में बैठे हैं। दुनिया का दस्तूर और करतूत देख रहे हैं। शांत-निमग्न। लेकिन सब खबर है उन्हें। कौन किस भाव से आ रहा है। कौन दबे पाँव जा रहा है। कौन समर्पण पूजा लिये है। कौन आचमन तटस्थ भाव से है। कहते हैं यहाँ रावण की माताजी कैकसी नित प्रति शिव-पूजन हेतु आती थी। माता चाहे रावण की हो या हमारी-आपकी; सबके मन की झबरिया में आस्था, श्रद्धा, विश्वास के पान, फूल, दधि, दूर्बा, अक्षत धरे रहते हैं। मंदिर में प्रशांत-शांति है। दीप जल रहे हैं। नंदी ध्यान मुद्रा में है। पुजारी आस्था से झुके-झुके हैं। परम शांत वातावरण है। कोई-पंडा-पुजारी की झिड़की नहीं। कोई चुटैया-दुपट्टा का आतंक नहीं। कोई दान-चढ़ौत्री की लूट-खसोट नहीं। दान की पेटी रखी है। श्रद्धा-धुले हाथ खीसे में जाते हैं। दान-पेटी में ठन्न से सिक्का ठनकता है। दो हस्तक सहज जुड़ जाते हैं। मस्तक सहज झुक जाता है। मंदिर में

देववाणी गूँजती है, 'नमामीशमीशान निर्वाण रूपं, विभुं व्यापकं ब्रह्म वेद स्वरूपम्'।

मन्नार के शिव मंदिर हो या तिरुकोणेश्वर का देवालय या कोलंबों का बाणेश्वर शिवालय हो, सबकी एक संस्कृति है। एक सी पूजा-विधि है। बहुत शांत वातावरण है। भक्ति का अर्थ इन मंदिरों में समझा जा सकता है। ईश्वर के व्यापकत्व का अनुभव किया जा सकता है। शिव मंदिरों में अधोवस्त्र में ही प्रवेश कर सकते हैं। ऊपरी वस्त्र को उतारना पड़ता है। पूजा-सामग्री में भारत के मंदिरों जैसा नारियल, प्रसाद, धूपबत्ती जैसा वहाँ कुछ नहीं है। बस फूल-फल हैं और संपूर्ण श्रद्धा-भक्ति है।

पूरा वातावरण शांत और स्वच्छ है। स्वस्थ और प्रशांत है। मंदिर प्रवेश के साथ ही देह भक्ति-भाव से रोमांचित हो जाती है। भक्ति मन से होती है। देह उस मन का भौतिक आधार है। श्रद्धालु सब अपने जैसे लगते हैं। भारतीय मुखमुद्राएँ, मुखाकृतियाँ, देहयष्टि और देहसौंदर्य से श्रीलंका के लोग-लुगाइयों की संरचना भिन्न नहीं है। तमिलनाडु, केरल, कर्नाटक, आंध्र और विशेषकर उड़ीसा के लोगों का रूप-रंग-स्वरूप जैसा ही तो श्रीलंका के लोगों का है। भेद राजनैतिक है। मनुष्य की आकृति और प्रकृति तथा संस्कृति में बहुत अंतर नहीं है। तमिल हिंदुओं के सारे जीवन-संस्कार सनातन धर्म के सोलह संस्कारों के अनुसार हैं। आकृति-प्रकृति देखकर सहज नहीं जान सकते कि श्रीलंका का यह भाई सिंहली है और यह हिंदू है।

बड़ा अनुपम प्रभाव है शिव का। कहाँ कैलाश मानसरोवर और कहाँ श्रीलंका दक्षिण तट स्थित बाणेश्वर। सब जगह शिव अपने शिवत्त्व से प्रकृति और मनुष्य की संस्कृति में दूज के चंद्रमा की आभा भर रहे हैं। चंद्रगौलि का यह देश चंद्रमा सा उज्ज्वल और शीतल-शांत है। प्रकृति ने तो अवतार ही धर लिया है। श्रीलंका का चमत्कारिक प्रकृति परिवेश है। सघन और हराकच्च है पूरा देश। जनसंख्या का दबाव नहीं है। जितनी भूमि है, उसी आदर्श अनुपात में आबादी है। कुल दो करोड़ लोग हैं यहाँ। इनमें से लगभग एक करोड़ तीस लाख सिंहली हैं। लगभग 40 लाख हिंदू (तमिल) हैं। शेष इसलाम को माननेवाले, ईसामसीह को माननेवाले और अन्य हैं। मतलब कि यहाँ भगवान् बुद्ध की, भगवान् शिव की, भगवान् राम की, अल्लाह की और ईसामसीह की आराधना के स्वर फूटते रहते हैं। अद्‌भुत शांत श्रद्धा भाव जन-मन में है। सब अपने-अपने पंथों के पूजा-स्थलों में मथ्था टेकते हैं। जीवन का परम पा जाने के प्रयास में हैं।

श्रीलंका की हरित-तृण भूमि पर शिव-परिवार के सारे देवी-देवताओं के

अनेक जगह मंदिर हैं। महामंगेश्वरम् में मीनाक्षी देवी (माता पार्वती) सुशोभित हैं। कतरगामम् के विशाल प्रांगण स्थित मंदिर में भगवान् कार्तिकेय माता देवयानी और वलीअम्मा के साथ विराजित हैं। माणिक्य गंगा सरिता के तीर भगवान् गणेश पूर्वाभिमुख होकर विशाल, सुंदर और वास्तुकला का अनुपम प्रतीक गणेशमंदिर में आसीन हैं। कार्तिकेय के क्षेत्र में मयूर बहुत हैं। घर, चौगान, मैदान, खेत, वन सब कहीं मयूर विहार करते देखे जा सकते हैं और कहीं भी, कभी भी उनकी कुहुक-वाणी सुनी जा सकती है। बड़ा सम्मोहन होता है—जब पंख-पसार मयूर नाचता है। देवों ने प्रकृति को वाहन बनाया। देवों की गति सहज-सुलभ हुई। प्रकृति धन्य हो गई। पर्यावरणीय संस्कृति पुष्ट हुई। रे मनुष्य! यह सब देख; और अब भी चेत सके तो चेत रे मूरख।

पृथ्वी के मानचित्र में श्रीलंका एक छोटी सी सुंदर नाव-सरीखा ही तो लगता है। चारों ओर उदधि और बीच में वानस्पतिक संपदा से समृद्ध श्रीलंका का भूमिखंड। श्रीलंका के माँझी ने मनुष्य और प्रकृति को एकसाथ समय की नौका पर बैठाकर सृष्टि-सिंधु के संतरण हेतु समझ की पतवार देकर भविष्य के प्रति आगाह और आश्वस्त कर दिया है। नौका महोदधि की तरंगों से अठखेलियाँ करती नील जलधि की सतह पर नीलगगन के नीचे हौले-हौले तैर रही है। अपने तट-लक्ष्य की ओर बढ़ रही है। प्रकृति और मनुष्य के संवादों को सुनना बहुत अच्छा लगता है। नारियल न होता तो पूजा अधूरी रह जाती। कदली फल न होता तो प्रसाद का पात्र सूना रह जाता। अक्षत (चावल) न होते तो देवता के भाल पर लगा तिलक मोतियों-सा न चमकता। आम न होता तो रस की गागर रीती रह जाती। कटहल और मुनगा न होते तो साभर-सब्जी की कटोरी खाली रह जाती। चावल न होते तो भोजन की थाली सूनी रह जाती। अनन्नास, बेर, सीताफल और अमरूद न होते तो फलों की टोकरी अपने भाग्य को कोसती रह जाती। श्रीलंका के घर-आँगन में ये सब लहलहा रहे हैं। हरी सब्जियों की खेप-की-खेप खेतों-उद्यानों-बगीचों से आती हैं और बचपन के गालों पर लाली और यौवन के पाँवों में गति भर देती है। प्रकृति ने अपने घर से श्रीलंका को जो अन्न और फल-सब्जियों का उपहार दिया, उसे ही श्रीलंका ने नाना व्यंजनों और चटनी-अचार में अपने कौशल से रूपांतरित कर पेट के पोषण में देववस्तु के रूप में ग्रहण कर लिया। सचमुच न! प्रकृति कितनी उदार है। धरती कितना देती है। बहुत-बहुत! खूब सारा! प्रकृति देवी को प्रणाम है। श्रीलंका की वनदेवी को अभिवादन है।

उस दिन अगहन सुदी पूर्णिमा थी। जिज्ञासा हुई आज इतने सारे लोग, लुगाई,

बूढ़े, बच्चे पान-फूल आस्था लेकर देवालयों की ओर क्यों जा रहे हैं? पता चला प्रत्येक मास की पूर्णिमा को श्रीलंका में अवकाश रहता है। यह भी ज्ञात हुआ कि श्रीलंका और भारत के पंचांग, तिथियों और समय में कोई अंतर नहीं है। सब कुछ संवत्सर के अनुसार ही संस्कार-संपन्नता होती है। भारत और श्रीलंका के घड़ी-समय में और दिन-रात के चक्र में कोई अंतर नहीं है। भारतीय संवत्सर की तिथियों के अनुसार ही तिथियाँ और उससे जुड़े अनुष्ठान हैं। काल की एक ही सरणी में दोनों देशों के भावानुष्ठान और सामाजिक संदर्भ पूर्णता पाते हैं। समय और मानव प्रकृति की अनेक समानताएँ दोनों देशों को बड़े-छोटे भाई सिद्ध करती हैं। देवालयों में दर्शन की लालसा और अपने देव के प्रति मौन समपर्ण भी दोनों को मंदिर परिसर की एक ही पाँत में खड़ा करता है। भारत के दक्षिण की मिट्टी और श्रीलंका की माटी का रंग-रूप एक सा है। प्रकृति एक सी है और बहुत कुछ संस्कृति भी एक सी है।

श्रीलंका में भ्रमण करते कहीं ऐसा नहीं लगता कि हम भारत से बाहर हैं। घर-द्वार, आँगन-चौगान, खेत-वन, पर्वत-नदी, समुद्र-पेड़-पौधे, हाथी-घोड़े, चिड़ी-चिड़कली, रेल-मोटर, सड़क-पगडंडी, मंदिर-मूर्ति सब कुछ, बहुत कुछ भारत जैसा ही है। वट वृक्षों के समूह, बोधिवृक्षों (पीपल) का दिगंतव्यापी शाखा-प्रशाखीय विस्तार, नीमों की शीतल पर्यावरणीय विशुद्ध औषधीय प्रस्तुति भारत-श्रीलंका की समान वानस्पतिक वंशावली प्रकट करते हैं। श्रीलंका के व्यक्ति की सीधाई प्रणम्य है। सहयोग और सहकार मन को जीत लेता है। गौमाता देशी भी हैं और जरसी भी। उत्तरी श्रीलंका में कहीं-कहीं जरसी गायें हैं; मध्य और दक्षिण श्रीलंका में झटक देशी गायें ही हैं। दक्षिण श्रीलंका में बकरियों-गाडरों के रेवड़ भी हैं और भैंसों के समूह भी। साँझ ढले चरवाहा उसी तरह गायों-भैंसों को चराकर वापस लाता है, जैसा भारत में; पर श्रीलंका में साँझ के समय गोधूलि नहीं उड़ती, क्योंकि यहाँ की मिट्टी रेतीली है और सड़क तथा पैदल पथ को छोड़कर एक अंगुल धरती भी हरियाली से रहित नहीं है। या तो वानस्पतिक हरियाली है या जलीय प्रसार। नदी, नद, सरोवर, समुद्र बार-बार यात्रा में भुजभर भेटने को आतुर-आकुल से खड़े हैं। मन इनमें खो जाता है। सम्मोहन के बिंदु पर स्थिर होकर पाता हूँ कि यह सब एक ज्योति का सकल पसारा ही तो है। राम की सुध आती है। नयन भर-भर आते हैं।

नावेरा एलिया में अशोक वाटिका है। माता सीता निर्झरणी के तीर, वन में उदास प्रतीक्षारत बैठी हैं। हनुमानजी विषण्ण मुख मर्यादित खड़े हैं। आगे वह स्थल है, जहाँ माँ वैदेही को अग्नि-परीक्षा देना पड़ी है। वह स्थल अभी भी लगता है कि

माता की अग्नि-परीक्षा का साक्ष्य दे रहा है। सीता की खोज करने आए पवनतनय जिस पर्वत पर प्रथमत: उतरे; वह अभी भी 'पवनतनय बल पवन समाना' की कथा बाँच रहा है। श्रीलंका के दक्षिण का सिंधु-तट हनुमानजी की पूँछ बुझाते समय जल गए, काले स्याह पड़ गए पत्थरों, चट्टानों, शिलाखंडों की अग्नि-कथा कह रहा है। समुद्र बार-बार उन्हें पानी में डुबोता है, मानो उनकी जलन, तपन, पीड़ा को शीतलता से शांत कर रहा हो। उपचार कर रहा हो। यह पयोधि तब से लेकर आज तक उस धरती, उन शिला-ढूहों का शाप-ताप शमन कर रहा है। युद्ध के बाद रावण चिरनिद्रा में रावण गुफा में सो रहा है। रावण-प्रपात रावण के समय से अब तक न जाने कितनी जलराशि समुद्र को सौंप चुका है। शिवगिरि का पाषाण-पर्वत अभी भी रावण के महल, रनिवास, राजदरबार के खँडहर-अवशेष को धारण किए हुए हैं। वन, बाग, उपवन, वापिका, सर, कूप, वापी, खाई, चौहद्दी, कोट-परकोट के शेष-अवशेष रावण के वैभव की अशेष कहानी कह रहे हैं। उस हजारों मीटर उच्च पाषाण शिखर पर से चारों ओर दृष्टि दौड़ती है, तो लगता है संपूर्ण लंका द्वीप में ही रावण की लंका का विस्तार रहा होगा। 'गिरि त्रिकूट ऊपर तँह लंका' समूचा द्वीप ही त्रिकूट पर्वत कहलाता होगा। यहाँ से चहुँओर दृष्टि जाती है तो दूर-दूर तक फैली सघन हरितिमा आच्छादित ऊँची-ऊँची पहाड़ियों और पर्वत-शिखरों से सहज ही प्राकृतिक रूप से सुदृढ और सुरक्षित राजमहल, राजवंश, राजसत्ता सामरिक प्रभुता का प्रतिभास होता है। रामकथा से संदर्भित श्रीलंका में स्थित स्थलों का रूप-स्वरूप भले ही समय की झोंक और झकोरों में बदल गया हो, पर यह सुनिश्चित है कि स्थल वही हैं। प्रत्यक्ष दर्शन से अनुभव भी यही होता है और अनुभूति मुखर हो उठती है, 'लंका कोट समुद्र-सी खाई, जात पवनसुत बार न लाई।' कोलंबो स्थित विभीषण मंदिर के पृष्ठ भाग पर लक्ष्मणजी इसी लंका का विभीषण को राज्य सौंपते हुए राज्याभिषेक कर रहे हैं।

अनुराधापुरम् श्रीलंका की प्राचीन राजधानी रहा है। सम्राट् अशोक युद्ध की विभीषिका से द्रवित होने और बुद्ध की करुणा से एकमेक होने के बाद अपने बेटे महेंद्र और बेटी संघमित्र को बोधिवृक्ष की शाखा लेकर श्रीलंका भेजता है। महेंद्र-संघमित्र बोधिवृक्ष को श्रीलंका में लाकर रोपते हैं, वह स्थल यही अनुराधापुरम है। सैकड़ों एकड़ का परिसर विस्तार है। इसमें विशाल और विराट् बौद्ध-स्तूप है। मैंने अपने जीवन में प्रत्यक्षत: और चित्रों में इतना आत्मबोध-आत्मशांति प्रदायक विराट् स्तूप इससे पहले नहीं देखा। धन्य भाग्य जो इन स्थलों को नयन भर देख रहा हूँ। पुण्य भाग जो इन स्थलों तक चलकर पाँव आए हैं। भगवान् बुद्ध की अमरवाणी

चारों ओर गूँज रही है। सूर्य अस्ताचलगामी हो रहा है। स्तूप पर से नीले सांध्य पीताभ आकाश में पश्चिम की ओर सरकता-डूबता दिनकर चेतना को अपने से जोड़ लेता है। भीतर पीली-झिलमिल आलोकाभा अनुभव करता हूँ। भगवान् बुद्ध को नमन और भगवान् भास्कर को प्रणाम। चित्त संपूर्ण परिसर में पसर जाता है। उस पुरातन किंतु चिरनवीन बोधिवृक्ष की परिक्रमा का पुनश्चरण पूरा करता हूँ। भगवान् बुद्ध की करुणा धरती पर बिछ जाती है। उनका संदेश संपूर्ण आकाश में भर उठता है, 'संसार दुःखमय है। दुःख का कारण तृष्णा है।' संपूर्ण मानव जाति को नया आत्मबोध हुआ। धर्म की नई व्याख्या मिली। बुद्धवाणी का धम्मपद में प्राकट्य हुआ। मानव जाति नए पंथ पर चल पड़ी। पुराना-निरर्थक पीछे छूट गया। भगवान् बुद्ध की वाणी से करुणा की सरिता बह चली, बह रही है।

कल-कल निनादिनी प्रसिद्ध ग्यारह नदियों का वह देश। गिरि-शिखरों, निर्झरों-गह्वरों, वनों-खेतों का वह देश। सिंधु का आशीर्वाद और दुलार पाता वह देश। जलनिधि के अनेक-अनेक सौंदर्य-बिंदु और अनेक रूप-स्वरूप से स्वयं को शृंगारित करता वह देश। चाय के बागानों की चादर ओढ़े वह देश। अपने श्रम और सद्भाव में ठोस और साफ-सुथरा, स्वस्थ-स्वच्छ वह देश। अपने विश्वविद्यालय में तमिल, सिंहली, हिंदी की त्रिवेणी सहित अनेक मानवीकी विषयों की जलधाराओं से ज्ञान-क्षेत्रों को सिंचित करनेवाला वह देश। सिंधु सिकता के बिछौनें पर पाँव-पाँव चलने वाला वह देश। नौका पर सवार होकर दिन-दिन भर मछरियों की चाहत में जल की सतह पर तैरनेवाला वह देश। आधुनिक विश्व की तरह ही स्वयं को भी हर क्षेत्र में विकसित-समृद्ध करनेवाला वह देश; वहीं रह जाता है, जहाँ वह सैकड़ों-हजारों वर्षों से है। इतना बड़ा सुंदर वह देश मेरे मन की मंजूषा में स्मृतियों के साथ समा गया है। हवाई जहाज ने उड़ान भर ली है। मेरे साथ ही रामकथा के स्थल-प्रसंगों को लेकर वह स्वर्णाभ वाला देश संग-साथ चला आया है। वह कह रहा है—हमारी भूमि और हमारी संस्कृति बहुत-बहुत समान है। आओ साथ बैठते हैं। फिर नई दिशाओं की ओर साथ-साथ चलते हैं।

□□□